김성종장편추리소설

불타는 여인

2

이 소설 은 1993년 도서출판 추리문학사에서 발행되었습니다

김성종장편추리소설

불타는 여인

2

도서출판 남도

차 례

AIDS 환자

밖으로 허둥지둥 나온 형사들은 비로소 자신들이 식은땀을 흘리고 있음을 알았다.

"에이즈를 먼 나라의 남의 이야기로만 듣고 있었는데 그게 아니었어."

차에 시동을 걸면서 마 형사가 중얼거렸다.

"그러고 보니까 우리는 지금까지 에이즈 보균자들을 상대로 수사를 해온 것 같은데요."

잠자코 차를 몰고 가던 마 형사가 갑자기 길 한쪽에 차를 세우고 남 형사를 돌아보았다.

"우리가 에이즈 보균자들을 상대로 수사를 해왔다니 그게 무슨 말이지?"

"보균자들이라고 단정을 내릴 수는 없지만 그럴 가능성이 많은 자들을 상대해왔다고 볼 수 있지 않습니까. 우선 피살자부터가 그렇지 않습니까. 유밀라는 1년 동안이나 모겐도와 동거생활을 했던 여자입니다. 그 여자는 누구보다도 에이즈에 감염되었을 가능성이 큰 여자였습니다. 모겐도와 동거생활에 들어간 지 얼마 안 되는 박명희도 에이즈에 걸렸는데 유밀라가 걸리지 않았을 리가 있겠습니까. 그뿐이 아닙니다. 그녀는 죽었지만 그녀의 남편인 배창기, 그리고 그녀가 낳은 동재, 그녀가 관계했던 황개 등 모두가 에이즈에 감염됐을 가능성이 큽니다."

"우리가 배창기를 만났을 때…… 그 사람 병색이 완연했고 기침을 자주 했어. 그 사람 환자 아닌가?"

두 사람은 얼어붙은 표정으로 서로를 쳐다보았다. 차들이 질주하는 소리가 요란스러웠지만 그들은 한동안 적막감에 사로잡혀 있었다.

"백가서림 주인 오미애도 모겐도와 관계가 있었다면 에이즈에 걸렸을 겁니다. 황개도 보균자였다면 그의 동거녀인 황석희 역시 전염됐을 가능성이 큽니다."

"빌어먹을…… 안 걸린 사람이 없잖아."

"생각만 해도 소름이 끼치는데요. 잘못하다가는 우리까지 전염 되겠는데요."

"이러다가는 정말 에이즈 천국이 되겠어."

마 형사는 거칠게 차를 출발시켰다.

"어디로 가시는 겁니까?"

"아무튼 모겐도를 만나 봐야 할 거 아니야?"

"아이구, 그 에이즈 환자를 만나 보시겠다구요? 맙소사! 전 빠지겠습니다. 반장님이나 만나 보십시오."

"에이즈 환자라고 수사 대상에서 제외될 수는 없잖아."

"그럼 반장님 혼자 만나십시오. 전 밖에서 기다리겠습니다."

"맘대로 해!"

"그동안 우리도 에이즈에 감염됐을지 모르겠는데요."

"쓸데없는 소리!"

마 형사는 차를 오른쪽으로 홱 꺾었다.

"모겐도는 지금 사형선고를 받은 기분이겠는데요."

"사형집행을 기다리고 있는 기분이겠지. 망할 자식, 그동안 그 자식이 데리고 논 한국 아가씨들이 부지기수일 텐데 그 아가씨들은 어떻게 하지? 그 아가씨들을 전부 잡아들여야 할 텐데 어떡하지?"

"그건 우리 관할이 아닙니다. 보사부에서 알아서 할 일입니다. 모겐도를 거쳐 간 아가씨들만 잡아들인들 뭐하겠습니까. 그동안 그 아가씨들은 또 다른 남자들과 무수하게 접촉했을 거고 또 일부는 결혼해서 자식까지 낳았을 텐데요."

"그야말로 소리 없이 쳐들어온 침략군 같군."

"소리 없이 스며들어 눈에 띄지 않게 먹어들어가기 때문에 더욱 가공스러운 거죠."

"모겐도 같은 에이즈 환자가 아무런 통제도 받지 않고 맘대로 국내에 들어올 수 있었다니 정말 한심한 일이야."

"우리나라는 외국인들한테는 관대하지 않습니까."

"빌어먹을!"

마 형사는 차의 속도를 더 빨리했다.

병원에 도착하니 이미 거기에는 모겐도를 만나 보기 위해 여러 사람들이 와 있었다. 미국 대사관 직원 두 명과 S자동차회사 직원 두 명, 모겐도와 함께 파견 근무중인 미국인 등이 정신병동 대기실에서 서성거리고 있었다. S사 직원가운데 한 명은 안면이 있는 총무부장이었다.

"어떻게 오셨습니까? 알고 오신 겁니까?"

남 형사의 물음에 총무부장은 고개를 끄덕였다.

"보고 싶지는 않지만 확인은 해야겠기에 왔습니다."

그는 꺼리는 눈초리로 외국인들을 힐끗 쳐다보았다.

"외국인들은 그 사람이 에이즈 환자라는 것을 믿지 않는 모양입니다."

"만나봤습니까?"

"아직 만나 보지 못했습니다. 기다리라고 해서 대기하고 있는 중입니다."

미국인들은 자기들끼리 둘러서서 작은 소리로 속삭이고 있었다. 조금 있자 중년의 의사가 대기실로 들어왔다. 그는 외국인들에게 진료차트를 보이면서 서투른 영어로 뭐라고 설명했지만 그들은 완강하게 고개를 내저었다. 그러자 그는 벌컥 화를 내면서 한국인들 쪽으로 다가왔다.

"건방진 자식들, 한국 의사를 뭘로 아는 거야."

그는 화를 참지 못해 씩씩거리며 투덜거렸다.

"왜 그러십니까?"

남 형사가 물었다.

"아, 글쎄, 저치들이 미국인 에이즈 환자를 내놓으라지 뭡니까. 정신병동에 수용하지 말고 환자를 집에 있게 해달라는 겁니다. 그게 어디 말이나 되는 소립니까. 그리고 한국 의사의 진단을 믿을 수가 없다는 겁니다. 그래서 환자를 일단 집으로 데려다놓고 나서 미국 쪽 의사의 진단을 받도록 하겠다는 겁니다. 미 8군에 있는 의사한테 보일 모양인데 그게 어디 될 법이나 한 소립니까. 일단 에이즈 환자로 판명되면 격리 조치키로 법에 규정되어 있기 때문에 외국인이라 하더라도 예외는 될 수가 없어요. 그걸 알면서도 저치들은 미국인 환자를 내놓으라는 겁니다."

"절대 내놓지 마십시오."

남 형사가 흥분해서 말했다.

"그야 물론이죠. 세상이 두 쪽이 나도 법을 무시하고 내놓을 수는 없죠. 법이 아니더라도 에이즈 환자는 격리시켜야 합니다."

"하지만 외국인을 언제까지고 여기에다 격리시켜 놓을 수는 없는 거 아닙니까?"

"그야 그렇죠. 지금 확인검사에 들어갔으니까 확인이 끝나는 대로 국외로 추방해버릴 겁니다."

"저 사람들은 환자를 만나봤어요?"

"조금 전에 만나봤습니다."

"박명희라는 아가씨는 어떻게 됐습니까?"

"그 아가씨 역시 격리해 놨습니다. 확인검사가 끝나면 별도 조처를 취할 겁니다."

"우리는 수사 때문에 온 사람들이니까 지금 바로 미국인 환자를 면회했으면 합니다."

"만나 보는 건 좋은데 환자가 지금 극도로 흥분해 있으니까 조심해서 만나 보십시오. 물론 환자 방에 들어갈 수는 없습니다. 따로 수용시설이 없기 때문에 임시로 정신병동에 격리시킨 거니까 기분이 언짢더라도 그렇게 알고 만나 보십시오."

의사는 그들을 육중한 철문 앞에까지만 안내했다. 벨을 누르자 남자 간호사가 얼굴을 내밀었다.

"경찰에서 오신 분들이니까 이분들을 미국인한테 안내해 주세요."

그들이 안으로 들어가자 뒤에서 철문이 쾅하고 닫혔다. 그 소리가 가라앉으면서 대신 짐승들이 울부짖는 것 같은 요란한 괴성이 여기저기서 들려왔다. 대담한 형사들도 놀라서 목을 움츠릴 정도로 그것은 소름끼치는 소리였다. 복도를 사이에 두고 서로 마주보고 있는 방 안에는 정신질환자들이 수용되어 있었는데 그들은 쇠창살 밖으로 손을 내저으며 낯선 방문객들을 향해 울부짖고 있었다.

복도 끝에는 또 하나의 철문이 기다리고 있었다.

"여기는 중환자실입니다."

남자 간호사가 자물통을 열면서 말했다. 문이 열리자 안쪽에서 철문을 두드려대면서 영어로 악을 쓰는 소리가 들려왔다. 카투사 출신인 남 형사는 그 소리를 어느 정도 알아들을 수 있었다.

"내보내줘! 이놈들아, 내보내달란 말이야! 난 미국인이야! 왜 나를 여기다 가둬두는 거야! 대사관 직원들은 어디 갔어?"

철문이 쿵쿵쿵하고 울리는 소리가 마치 북소리처럼 들려오고 있었다.

"맨 안쪽 오른쪽에 미국인 환자가 있습니다. 위에 있는 작은 문을 열면 안을 들여다볼 수 있습니다."

남자 간호사는 더 이상 안쪽으로 들어가는 것을 꺼리는 것 같았다.

"박명희라는 아가씨는 어디에 수용되어 있나요?"

"그 맞은편 방에 있습니다. 중환자실에는 현재 그 두 사람만 수용되어 있습니다. 정신질환자들은 모두 다른 곳으로 옮겼습니다. 나오실 때 문을 두드리면 열어드리겠습니다."

형사들이 안으로 들어서자 그들의 뒤에서 육중한 철문이 다시 쾅하고 닫혔다.

그들은 마치 자신들이 강제로 갇혀버린 것 같은 기분을 느끼면서 안색이 창백해졌다.

"기분이 별로 안 좋은데요."

남 형사가 기분을 바꿔보려는 듯 담배를 피워 물면서 말했다.

"귀청이 터질 것 같군."

철문을 두드려대는 소리에 마 형사는 두 손으로 귀를 막았다.

중환자실 역시 복도를 사이에 두고 방들이 서로 마주보고 있었는데 방 수는 모두 해서 8개쯤 되었다. 일반 환자실과 다른 점은 방문이 쇠창살로 되어 있지 않고 철문으로 완전히 막혀 있는 것이었다.

복도 끝에 이른 그들은 오른쪽 방문 앞에서 잠시 심호흡을 한 다음 위에 붙어 있는 작은 문의 고리를 벗겨냈다. 그것은 안에서는 열 수 없게 되어 있었다. 문을 열자 그 공간만큼 쇠창살이 나타났고 그 창살 사이로 실내가 보였다. 실내 중간에 서 있던 모겐도가 문 쪽으로 돌진해 오는 바람에 그들은 놀라서 뒤로 물러섰다. 그는 쇠창살을 움켜잡고 그들을 노려보았다.

"물…… 물…… 물 좀 달란 말이야!"

그의 노리끼한 두 눈에서는 증오의 불길이 타오르고 있는 듯했다.

"뭐라고 그러는 거야?"

영어를 알아듣지 못하는 마 형사가 물었다.

"물좀 달랍니다. 몹시 목이 마른 모양입니다."

모겐도는 땀을 뻘뻘 흘리고 있었고 온몸을 떨어대고 있었다. 그는 입은 옷 그대로 수용되었는지 양복저고리는 방바닥에 내던져져 있었고, 와이셔츠는 땀에 절어 있었다.

실내에는 아무것도 없었다. 마룻바닥 위에 있는 것이라고는 배설통으로 보이는 플라스틱통 한 개와 휴지뿐이었다. 침상도 없는 것으로 보아 마룻바닥 위에서 그대로 누워서 자도록 되어 있는 것 같았다.

병원측이 에이즈 환자를 얼마나 경원하고 있으며 그들에 대한 인식이 어떠한 것인가를 단적으로 말해 주는 장면이었다. 치료가 불가능하니 남에게 전염이나 되지 않게 가둬두고 죽기만을 기다리는 수밖에 다른 도리가 없는 모양이라고 생각할 수밖에 없었다. 참혹한 일이 아닐 수 없었다.

"에이즈 환자는 사람 대접을 못 받는 군요."

"모두가 증오하고 있으니까. 물을 좀 달라고 해."

"왜 나를 가둬두는 거야? 난 에이즈 환자가 아니야! 한국놈들! 더러운 한국놈들이 뭘 안다고 나를 가둬두는 거야! 난 미국인이야! 너희들은 나를 가둬둘 자격이 없어! 난 미국인이야! 난 미국으로 갈 거야! 날 미국으로 보내줘! 이 원숭이 같은 놈들아!"

모겐도는 쇠창살을 움켜잡고 울부짖었다. 그는 거의 미쳐 있는 듯했다. 숨을 헐떡거리면서 쇠창살을 움켜잡고 흔들어댔지만 그것은 끄덕도 하지 않았다.

"이걸 보십시오."

남 형사가 찌그러진 주전자를 쳐들어 보였다. 물을 보자 모겐도는 두 손을 창살 밖으로 내뻗으면서 물을 달라고 아우성쳤다. 그러나 남 형사는 쉽게 물을 주지 않았다.

"미스터 모겐도, 우리는 경찰이야. 묻는 말에 성실히 대답해 주면 이 물을 주겠어. 알겠어?"

그때 맞은편 철문이 울리면서 여자의 가날픈 외침이 들려왔다.

"여보세요! 여보세요! 문 좀 열어줘요! 문 좀 열어줘요!"

형사들은 그 쪽으로 다가가 작은 문을 열어보았다. 문 앞에는 박명희가 서 있었다. 철딱서니 없는 아가씨는 너무 운 탓으로 두 눈이 퉁퉁 부어 있었다. 형사들을 알아본 그녀는 방구석으로 가더니 쭈그리고 앉아 서럽게 울기 시작했다.

"꼴 좋군. 외국인이라면 쓸개까지 빼주는 아가씨들이 이 꼴을 좀 봤으면 좋겠는데요."

남 형사가 화가 나서 중얼거렸다.

작은 문을 도로 닫자 안에서 다급하게 문을 두드리는 소리가 났다.

"문 좀 열어줘요! 경찰 아저씨 문 좀 열어줘요!"

다시 문을 열자 바로 앞에 박명희가 다가와 있었다. 그녀는 흐느끼면서 말했다.

"아저씨, 내보내줘요! 부탁이에요! 내보내줘요! 사람을 이렇게 무턱대고 잡아가둘 수가 있어요? 내보내 주세요!"

"무턱대고 잡아가둔 게 아니지. 아가씨는 왜 여기 왔는지 모르나?"

"알고 있어요. 하지만 그건 엉터리 진단이에요! 그럴 리가 없어요! 보세요! 전 아무렇지도 않아요!"

그녀는 갑자기 입고 있던 빨간색 티셔츠를 상체에서 뒤집어 뽑았다. 브래지어로만 가려진 희디흰 상체를 느닷없이 보게 된 형사들은 당황했다.

"아, 됐어. 됐어. 옷 입어요."

그러나 그녀는 대담하게도 하나밖에 남아 있지 않은 브래지어마저 벗어버렸다.

그것을 바닥에다 내동댕이치면서

"보란 말이에요! 에이즈는 무슨 말라빠진 에이즈예요!"

하고 소리쳤다.

악에 받친 그녀는 수치심 따위는 잊은 듯했다. 하긴 대학생인 몸으로 40대의 외국인 남자와 버젓이 동거생활을 했을 정도이니 처음부터 수치심 같은 것은 아예 없었는지도 모른다.

몸에 비해서 그녀의 젖가슴은 비정상적일 정도로 너무 커보였다. 그것이 몸의 균형을 깨뜨리고 있었다. 그녀가 몸을 움직일 때마다 그것은 묵직하게 처진 채 덜렁거렸다.

"아가씨가 에이즈에 감염됐는지 어쨌는지 난 알 수 없어요. 그건 병원에서 판단할 일이니까 우리가 상관할 일이 아니지. 의사의 진단을 엉터리라고 하면 도대체 아가씨는 누구 말을 믿지? 저길 보라구."

남 형사는 맞은편 방을 가리켰다. 쇠창살을 움켜쥐고 있는 모겐도의 모습이 보였다. 그는 박명희가 맞은편 방에 갇혀 있는 것을 처음 알게 된 듯했다. 박명희 역시 모겐도를 처음 본 것 같았다.

"미스터 모겐도, 어떻게 된 거예요?"

"오, 미스 박, 왜 거기에 갇혀 있는 거지?"

그들은 너무 놀라서 말이 안 나온다는 표정으로 서로를 한참 동안 쳐다보고 있었다. 박명희의 얼굴이 점점 일그러지는 것을 보고 모겐도가 마침내 변명을 늘어놓았다.

"미스 박, 한국 의사들은 엉터리야. 대사관에 이야기해 놨으니까 난 곧 나가게 될 거야. 내가 나가면 미스 박도 꺼내줄 테니까 너무 걱정하지 말아요."

형사들은 어처구니없다는 표정으로 모겐도를 바라보았다. 남 형사가 참지 못하고 기어코 영어로 한마디 했다.

"당신은 에이즈 환자야. 당신이 아무리 발버둥쳐도 당신이 에이즈 환자라는 사실은 숨길 수 없는 사실이야. 에이즈 균을 퍼뜨린 사람이 무슨 할 말이 있다고 뻔뻔스럽게 떠드는 거야? 엉터리는 한국 의사가 아니고 바로 당신이야! 알았어?"

남 형사가 격하게 쏘아붙이자 모겐도는 주춤하는 것 같았다. 남 형사는 명희 쪽을 돌아보았다.

"저 미국인은 에이즈 환자로 밝혀졌어요. 그러니까 박 양이 에이즈에 감염된 것은 바로 저 사람 때문이야. 저 사람이 마구 퍼뜨린 거야. 이제야 알겠어?"

박명희의 얼굴에 경련이 일었다. 그녀는 증오에 찬 눈으로 모겐도를 노려보다가 급기야 그를 향해 고래고래 소리를 지르기 시작했다.

"야, 이 새끼야! 이 더러운 자식아! 너 혼자 죽을 것이지 왜 나까지 끌고 가는 거야! 왜 나한테 그 더러운 병을 옮겼어! 난 어쩌란 말이야? 말해 봐! 난 어쩌란 말이야? 이 더러운 새끼야!"

악에 받쳐 발버둥치는 그녀를 더 이상 두고볼 수가 없어 마 형사는

"아가씨도 잘한 거 없어."

하고 쏘아붙이면서 작은 철문을 닫아버렸다.

문 저쪽에서 한동안 그녀의 울부짖는 소리가 들려오다가 이윽고 그것은 흐느낌으로 변해갔다.

박명희는 한국말로 욕설을 퍼부어댔지만 모겐도는 그녀의 표정만 보고서도 그녀가 무슨 말을 했는지 충분히 짐작한 것 같

았다.

형사들이 다시 방 안을 들여다보았을 때 그는 풀이 죽어 구석에 쭈그리고 앉아 있었다.

"모겐도씨, 이리 와 봐요."

남 형사가 손짓하자 그는 흐릿한 눈으로 이쪽을 바라보다가 일어서서 비틀거리며 다가왔다.

"물좀…… 물좀 줘요."

그는 말라붙은 입으로 말했다.

"묻는 말에 사실대로 말해요. 그러면 물을 줄 테니까."

"당신들…… 경찰관이라고 그랬지?"

"그렇소. 우린 경찰 수사관이오."

"경찰 수사관이 왜 여기엔 왔지? 무슨 일이오?"

그는 두 손으로 쇠창살을 움켜쥔 채 몸을 버티고 있었다.

"살인 사건을 수사하기 위해 당신을 만나러 온 거요."

살인 사건이라는 말에 그는 별로 놀라는 빛을 보이지 않았다. 하긴 사형 선고나 다름없는 에이즈 환자로 판명된 지금 그를 놀라게 할 수 있는 것이란 아마 아무것도 없을 것이라고 형사들은 생각했다. 죽음의 공포에 사로잡혀 있는 그가 그 밖에 또 무엇을 두려워하겠는가!

"살인 사건? 그게 어쨌다는 거요?"

모겐도는 흥미 없다는 듯이 중얼거리는 소리로 물었다.

"밀라…… 유밀라…… 몇 년 전 당신과 동거생활 했던 여자 말이오. 그 여자 생각나요?"

"그 여자가 어쨌다는 거요? 헤어진 지 오래 됐는데…… 제발 물좀……."

미국인은 말라붙은 입술을 혀로 핥으면서 한 손을 창살 밖으로 내밀어 흔들었다. 남 형사는 주전자를 든 채 뒤로 물러섰다. 그의 손에 닿으면 에이즈에라도 걸리는 듯이.

"묻는 대로 숨김없이 말해요. 그 여자가 호텔에서 살해됐어요. 지난 19일 당신이 미국으로 떠나던 날 말이오. 그 여자가 죽고 나서 수 시간 후에 당신은 미국으로 떠났어요. 우리가 조사한 것은 틀림없는 사실이오."

그 말에도 모겐도는 별로 놀라는 반응을 보이지 않았다. 그는 밖에 내밀고 있던 손을 도로 거두면서 머리를 흔들었다.

"난 관심 없어요. 그 여자하고는 오래 전에 헤어졌고…… 그동안 보지도 못했어요. 그 여자가 죽은 게 나하고 무슨 상관이란 말이오? 그 여자가…… 그 여자가 죽었다면…… 그건 자신을 불사른 거겠지?"

마지막 말은 중얼거리는 소리였기 때문에 잘 알아들을 수가 없었다.

"자신을 불사르다니, 그게 무슨 말이지요?"

미국인은 말하기 귀찮다는 듯 한숨을 내쉬었다. 그의 두 눈이 잠시 허공을 더듬었다.

"유밀라…… 그 아가씨는 내가 만난 한국 아가씨들 가운데 가장 매력적이고 섹시한 여자였어요. 그 아가씨는 일단 침대에 올라가면…… 불덩이 같았어요. 마치 벽난로에서 타오르는 불덩이 같았어요. 오로지 섹스를 위해서 태어난 여자…… 그것을 위해서 자신을 불태우고 싶어한 여자였어요."

남 형사는 모겐도의 말을 알아들을 수 있었지만 한 마디도 알아들을 수 없는 마 형사는 그저 답답하기만 했다.

"나는 그 아가씨를 감당할 수가 없었어요. 그 열정을 도저히 감당할 수가 없었어요. 그 아가씨하고 1년 동안 함께 사는 동안…… 나는 체중이 10킬로그램 이상이나 빠졌어요. 더 이상 함께 살다가는…… 나는 불에 타서 재가 될 것 같았어요."

미국인은 잠시 황홀한 표정으로 허공을 바라보았다. 불타는 여인과 함께 지냈던 지난날들을 생각하면서 두 번 다시 결코 맛볼 수 없는 그 황홀했던 순간순간들을 음미하는 것 같았다.

이 우람한 체격에 정력적으로 생긴 미국인이 견뎌내지 못할 정도였다면 도대체 유밀라라고 하는 그 여인은 그것이 얼마나 강했다는 것인가. 그 정도로 그것이 강했으니 배창기 같은 병약한 사내한테 어떻게 만족할 수 있었겠는가. 그녀가 시누이의 약혼자인 황개 같은 인물과 놀아난 것도 무리는 아니었다고 생각하면서 남 형사는 잠자코 모겐도의 다음 말을 기다렸다.

미국인은 생각에 잠겨 방 안을 왔다 갔다 하다가 다시 문 쪽으로 다가와 꿈꾸는 듯한 표정으로 말을 이었다.

"나는 그 아가씨를 감당할 수가 없었어요. 도저히…… 그럴 수가 없었어요. 그래서 할 수 없이 헤어지기로 했어요. 하지만 난 그 아가씨를…… 사랑했어요. 정말로 사랑했어요. 그 아가씨는 흡사 불덩이처럼 열정적이었기 때문에…… 나는 그 아가씨가 언젠가는 그것 때문에 자신을 불살라 죽일 것이라고 생각했어요. 그 아가씨는 충분히 그럴만한 여자였어요. 그 아가씨 자신도 언젠가 나한테 그런 말을 한 적이 있어요. 자기는 섹스 때문에 죽을 거라고…… 그 불길 속에 자신을 태워버리고 싶다고…… 자신을 그 불길 속에 태워버릴 수가 있다면 얼마나 행복하겠느냐고…… 자신을 태워버릴 수 있는 남자가 있다면 목숨이라도 던져서 그 사람을 붙잡겠다고 했어요…… 그 아가씨가 죽었다는 말을 들으니까…… 그녀가 한 말이 생각나서 말한 거요…… 그 아가씨는 결국 자기 말대로 자신을 그 불길 속에 태워죽인 거요…… 내말 알아듣겠소, 경찰관 나리……?"

"우리는 모겐도 당신이 그 여자를 죽인 증거를 가지고 있어. 엉뚱한 수작부리지 말고 솔직히 말해요!"

남 형사가 눈을 부라리며 말하자 모겐도는 멍하니 형사들을 쳐다보다가 갑자기 웃음을 터뜨렸다.

"내가 죽였다구? 내가 이 두 손으로 그 여자를 죽였단 말이지?"

"그래! 그러고 나서 미국으로 내뺀 거야! 그렇지 않아? 호텔 방 안에서 당신 지문도 채취했어!"

그 말에 모겐도는 자신의 큰 손을 펴들고 새삼스럽게 그것을 들여다보았다. 재미있다는 듯 열 손가락을 흔들어 보다가 그는 배를 움켜잡으며 다시 웃음을 터뜨렸다. 한참 동안 그렇게 정신없이 웃다가 그는 갑자기 웃음을 딱 그치면서 그 자리에 털썩 주저앉았다.

"그래 당신 말이 맞아. 내가 그 여자를 죽였지. 내가 그 여자를 죽였지. 내가 죽였어. 너무 사랑했기 때문에 죽였어. 죽이지 않으면 그 여자를 차지할 수 없었어."

그는 흐느끼기 시작했다. 건장한 외국인이 나약하게 흐느끼는 모습이란 정말 보기 민망했다. 남 형사의 눈이 번쩍 빛났다. 그는 마 형사에게 재빨리 속삭였다.

"놈이 자백하기 시작했습니다. 자기가 유밀라를 죽였답니다!"

"어떻게 죽였다는 거야?!"

마 형사의 점 같은 조그만 눈이 믿을 수 없다는 듯 모겐도 쪽을 바라보았다.

남 형사는 큰 소리로 흐느끼고 있는 모겐도를 불렀다.

"이봐, 미스터 모겐도! 어떻게 그 여자를 죽였지?"

모겐도는 진저리치는 듯 머리를 흔들었다.

"칼로 가슴을 찔렀어…… 아름다운 가슴을 찔렀지…… 그 아가씨는 더 깊이 찔러달라고 애걸했어……."

"이런 빌어먹을! 이봐! 누굴 놀리는 거야? 죽인 장소가 어디야?"

"뉴욕 맨해튼……."

모겐도는 눈물을 훔치면서 킬킬거렸다.

"망할 자식, 미쳐도 단단히 미쳤군."

"뭐라는 거야?"

마 형사가 답답하다는 듯 물었다.

"칼로 가슴을 찔러 죽였답니다. 죽인 장소는 뉴욕 맨해튼이랍니다. 울다가 웃기도 하고 횡설수설하는 게 미쳐도 단단히 미친 것 같습니다."

남 형사가 화가 잔뜩 나서 모겐도를 노려보았다.

"미스터 모겐도, 당신은 에이즈 환자이기 때문에 어차피 죽게 돼. 아무리 발버둥쳐도 소용없어. 얼마 안 있어 죽는단 말이야. 이왕 죽을 바에 솔직히 털어놓는 게 어때? 그렇다고 두 번 죽는 건 아니니까 말이야. 에이즈 환자라는 걸 명심하란 말이야. 당신이 아무리 미국인이라해도 소용없어. 에이즈가 미국인이라고 해서 봐줄지 알아?!"

"난 아니야!"

모겐도는 거세게 머리를 흔들었다.

"난 아니란 말이야!"

모겐도는 두 주먹을 움켜쥐고 형사들을 노려보았다. 그의 노리끼리한 두 눈은 할활 타오르는 듯했다.

"난 에이즈 환자가 아니야! 아니란 말이야!"

"당신 때문에 저 아가씨도 감염됐어!"

남 형사는 박명희가 갇혀 있는 방을 가리켰다.

"당신 때문에 몇 명이 감염됐는지 몰라. 당신은 책임을 져야 해! 당신은 큰 죄를 진 거라구. 양심의 가책도 안 느끼나? 한국 아가씨들을 그렇게 함부로 건드려도 되는 거야?!"

"난 에이즈 환자가 아니야! 잘못 진단한 거야!"

모겐도는 큰 소리로 항변했지만 목소리는 처음보다 많이 수그러들어 있었다.

"당신은 에이즈 환자에다 살인자야! 이 세상에서 제일 나쁜 조건만 갖추고 있는 사람이야! 이래 죽으나 저래 죽으나 당신은 어차피 죽기 마련이야."

남 형사는 자신이 생각하기에도 놀라울 정도로 잔인한 말들을 내뱉었다.

"아무리 거짓말쟁이라도 죽음을 앞두고는 사실대로 이야기한다는데 당신은 그럴 생각이 없나보지? 사실대로 자백하고 용서를 빌면 하느님께서 당신을 용서해줄 것이고 당신은 편안히 눈을 감을 수 있을 텐데 왜 끝까지 거짓말을 하는 거지? 당신은 크리스천이 아닌가?"

"난 크리스천이야. 하지만 난 그 여자를 죽이지 않았어."

그는 허공을 향해 두 팔을 벌려보였다. 그리고 신에게 무엇인가 갈구하듯 허공을 올려다보다가 도로 팔을 떨어뜨렸다. 그리고 다시 맥없이 비틀거렸다.

"당신은 그 여자를 잊을 수가 없었어. 그래서 그 여자와 다시 맺어보려고 했지만 그 여자가 말을 듣지 않았어. 당신은 그 여자가 행복하게 사는 것을 보고 질투를 느꼈어. 그래서 결국 견딜 수가 없어 그 여자를 호텔로 유인해서 살해한 거야. 그렇지 않아?"

"한국 경찰관은 상상력이 뛰어나군요. 그런 식으로 사건을 꾸며서 두드려 맞추는가요? 당신은 차라리 코미디언이 되는 게 낫겠어. 난 별로 웃지 않는데 당신 말을 들으니까 웃음이 나온단 말이야. 당신은 충분히 코미디언이 될……."

"닥쳐!"

"이 애송아, 내가 살인범이라면 내 손목에다 수갑을 채울 것이지 왜 그러고 있어? 그렇지 않아도 난 사람을 한번 죽여보는 게 소원이야. 하지만 아직 죽여보지도 않았는데 날 살인범이라고 하면 좀 곤란하잖아. 자, 이제 쓸데없는 이야기 그만 하고 물 좀 줘요. 약속대로 물을 줘야할 거 아니야."

남 형사는 그를 노려보다가 주전자 꼭지를 창살 사이로 밀어넣었다. 창살 사이가 좁아 주전자가 통째로 들어갈 수는 없었다. 모겐도는 무릎을 꿇고 입을 벌렸다. 위풍당당하고 오만하던 미국인도 상황이 이렇게 되니 별 수 없다고 생각하면서 남 형사는 주전자를 앞으로 기울였다. 모겐도는 얼굴 위로 쏟아지는 물을 정신없이 받아마셨다. 그는 얼굴과 옷이 온통 젖는 것도 상관하지 않은 채 한 방울이라도 더 마시려고 필사적이었다.

주전자의 물을 모두 붓고 나서 남 형사는 헐떡거리고 있는 모겐도를 향해 다시 질문을 던졌다.

"미스터 모겐도, 당신이 지금까지 한국에서 건드린 아가씨는 도대체 몇 명이나 되지? 그건 숨김없이 말할 수 있겠지?"

모겐도는 물에 젖은 얼굴을 손바닥으로 훔쳤다.

"수도 없이 많아요."

"대략 얼마나 돼요?"

"셀 수 없이 많아요. 아마 수백 명은 될 거요."

그는 자랑스러운 듯 어깨를 으쓱했다.

"동거생활 한 여자들 외에 말인가?"

"물론……."

미국인은 당연하다는 듯 고개를 끄덕였다. 그리고 그는 이렇게 말했다.

"내가 손을 벌리지 않아도 한국 아가씨들이 자진해서 몸을 주겠다고 덤비는 데야 어떡하겠어. 예쁜 아가씨들이 덤벼드는데 물러날 바보가 어디 있어. 그것도 고르고 골라서 상대한 아가씨가 수백 명이지 만일 원하는 대로 받아들였다면 수천 명은 됐을 거야. 내 책임이 아니야. 아가씨들 책임이지. 한국 아가씨들 귀여워요. 그리고 부끄러움이 많은 것 같으면서도 실제로는 미국 아가씨들보다도 몸을 함부로 굴려요."

"그 수백 명의 아가씨들이 당신 때문에 에이즈에 걸렸을지도 모르는데…… 당신은 그 결과를 생각이나 해봤어?"

"에이즈를 퍼뜨린 쪽이 어느 쪽인지 당신이 어떻게 알아? 그 아가씨들 가운데 누군가가 나한테 그것을 옮겼을 수도 있잖아. 내가 책임질 일은 하나도 없어."

"당신은 그야말로 구제불능이군."

"나를 내보내줘. 한국인들이 무슨 권리로 나를 여기에다 가둬두는 거야? 빨리 나를 내보내줘."

"잠자코 있어. 여긴 한국이야!"

남 형사는 박명희가 갇혀 있는 방의 작은 철문을 열었다. 박명희는 문 앞에 서서 밖에서 들려오는 이야기를 모두 듣고 있었는지 문이 열리자마자 모겐도를 향해 욕설을 퍼부었다.

"더러운 놈! 더러운 자식!"

그녀는 모겐도를 향해 침까지 뱉었다. 그러나 침은 모겐도한테까지 가지 못하고 복도 위에 떨어졌다."

"오, 미스 박, 오해하지 말아요! 난 에이즈 환자가 아니야! 난 깨끗한 사람이야! 곧 풀려날 테니까 기다려줘요!"

형사들이 긴 복도를 걸어 나와 문을 닫을 때까지도 박명희의 욕설과 모겐도의 변명은 계속되고 있었다.

백가서림 안으로 세 명의 남자들이 들어섰다. 한 명은 사복이었고 다른 두 명은 정복차림의 경찰관이었다. 유밀라 피살사건 때문에 형사들이 찾아온 적도 있어 오미애는 긴장해서 그들을 쳐다보았다. 그녀는 벗어놓았던 안경을 도로 끼고 그들을 주시했다. 그들은 책 같은 것은 거들떠보지도 않고 곧장 그녀가 앉아 있는 쪽으로 다가왔다.

"오미애 씨가 누굽니까?"

점퍼 차림의 중년이 거칠게 물었다. 오미애는 엉거주춤 몸을 일으켰다.

"전데요."

"보사부에서 나왔습니다."

사내가 증명을 얼른 꺼내 보인 다음 도로 주머니에 집어넣었다. 그녀는 그 말을 얼른 알아들을 수가 없었다.

"어디서 나오셨다구요?"

"보사부에서 나왔다니까요."

중년이 신경질적으로 말했다.

"보사부라구요?"

그녀는 영문을 알 수 없었다.

"무슨 일로 그러시는데요?"

책방이야말로 보건당국하고는 아무런 관계가 없는 업종이다. 글쎄, 정신건강을 이야기한다면 또 몰라도…….

"잠깐 시간좀 내 주셔야겠습니다. 조사할 게 있으니까 함께 좀 가 주셔야겠습니다."

"조사라구요? 보사부에서 뭘 조사한다는 건가요? 경찰이라면 또 몰라도……."

그녀는 말없이 서 있는 경찰관들을 힐끗 쳐다보았다.

"가 보면 알아요. 그래서 경찰관하고 함께 온 거니까…… 자, 갑시다."

중년은 따라오라고 손짓까지 해 보였다. 그러나 그녀는 두려움과 영문을 알 수 없다는 표정으로 그를 쳐다보기만 했다.

"어디로 가자는 거예요? 이유도 말하지 않고 무턱대고 가자고 할 수 있나요? 이유를 말씀해 보세요."

"가 보면 안다는데 왜 이래요. 빨리 나와요!"

중년이 고갯짓을 하자 경찰관 두 명이 양쪽에서 그녀의 겨드랑이를 끼었다.

"이거 놔요! 왜 이러는 거예요?"

그녀는 비명을 지르며 종업원에게 도움을 청했다. 남자 종업원이 달려들어 그들을 떼어놓으려고 하자 중년은 눈을 부라렸다.

"공무집행중이니까 방해하지 마."

그 서슬에 종업원은 머쓱해서 뒤로 물러섰다. 그녀가 경찰관들에게 끌려나오자 골목을 오가던 사람들이 발길을 멈추고 호기심어린 눈으로 그 광경을 쳐다보았다.

이웃 가게에서도 사람들이 나와 그녀가 끌려가는 것을 구경했다. 낯이 익은 암달러상들도 그 틈에 끼어들어 반항하는 오미애를 거들었다. 그러나 공무집행중이라는 말에 모두들 슬그머니 뒤로 물러섰다.

골목에는 앰뷸런스가 대기하고 있었다. 앰뷸런스 뒤에는 흰 가운을 입은 두 명의 남자 간호사들이 문을 열어놓고 대기하고 있었다. 그들은 마스크를 쓰고 있었고 손에는 고무장갑을 끼고 있었다. 그들을 보자 오미애는 완전히 겁에 질려 뒤로 물러섰다.

"이거 놔요! 도대체 이유도 밝히지 않고 왜 이러는 거예요? 당신들 누구예요?"

"보면 몰라?!"

경찰로부터 그녀를 인계받은 남자 간호사들은 우악스럽게 그녀를 앰뷸런스 안으로 밀어 넣었다. 그녀가 발버둥치자 그들중의 한 명의 그녀의 등을 팔꿈치로 찍었다.

"빨리 들어가! 얻어터지기 전에!"

그녀는 앰뷸런스 바닥에 짐짝처럼 처박혔다. 뒤에서 문이 쾅하고 닫히자 캄캄한 어둠이 덮쳐왔다. 그것은 완전히 밀폐된 차였다. 앰뷸런스는 안에 불도 켜지 않은 채 그대로 달려갔다. 오미애는 주먹으로 문을 두드려대면서 소리소리 질렀지만 그녀에게 반응을 보이는 사람은 아무도 없었다.

그녀는 자신이 왜 끌려가는지 도무지 알 수가 없었다. 악당들에게 끌려가는 것은 아닌 것 같았지만 두렵기는 마찬가지였다. 경찰이 살인 사건을 조사하기 위해 자신을 연행해 간다면 이해가 되지만 경찰관들은 뒤로 빠진 채 앰뷸런스에 싣고 가는 것을 보면 그것도 아닌 것 같았다. 뭐가 잘못돼도 단단히 잘못된 모양이라고 생각하면서 그녀는 조용해졌다. 소리치고 발버둥친다고 해서 될 일이 아닌 것 같다고 판단되었기 때문이었다.

앰뷸런스는 응급환자를 싣고 가기나 하는 듯 계속 사이렌을 울리며 달려갔다. 바람 한 점 들어오지 않는 차 속은 숨막힐 듯 더웠다.

이윽고 차에서 내렸을 때 그녀가 입고 있는 흰색 블라우스는 땀에 흠뻑 젖은 채 등에 찰싹 달라붙어 있었다. 그 때문에 브래지어의 끈이 고스란히 드러나 보였다.

그녀는 어느 병동의 빈 방으로 들어섰다. 진찰대와 철제 의자 두 개 그리고 철제 책상 한 개만이 놓여 있는 을씨년스러운 방이었다. 그녀를 방 안으로 밀어 넣은 남자 간호사들은 돌아가지 않고 문 앞 복도에 그대로 대기하고 있었다.

반시간 가까이 기다리고 있자 이윽고 문이 열리면서 의사와 간호사가 들어왔다. 그들은 마치 수술실에 들어온 것처럼 모자와 마스크를 쓰고 있었고, 손에는 고무장갑까지 끼고 있었다. 그들은 차가운 눈으로 오미애를 살펴보더니 책상 앞에 가서 앉았다.

"도대체 왜 이러는 거예요? 여기가 어디예요? 제가 왜 이런 데 와야 하나요?"

오미애가 겁에 질려 항의하자 의사는 입가에 냉소를 지었다.

그는 안경 너머로 그녀를 뚫어지게 응시하다가

"여기에 왜 왔는지 몰라요?"

하고 물었다.

"모르겠어요. 강제로 끌려왔어요. 이유도 듣지 못하고 끌려왔어요. 민주국가에서 이러는 법이 어디 있어요?"

"민주국가?"

의사와 간호사는 마주 쳐다보며 다시 차가운 미소를 지었다.

"묻는 말에 대답해요. 아가씨는 찰스 모겐도라는 미국인 남자와 성 꽁초를 가진 적이 있지요?"

오미애는 소스라치게 놀랐다. 그게 왜 이제 와서 문제가 된단 말인가? 그리고 의사가 어떻게 그걸 알았을까? 그녀가 당황해하고 있는데 의사가 다시 말했다.

"물론 한두 번 관계를 맺은 건 아니겠지? 그렇죠? 그 미국인이 모두 털어놨어요. 그 사람 지금 이 병원에 수용되어 있어요. 에이즈 환자로 밝혀졌기 때문에 강제로 격리시켜 놨어요. 이제 이유를 알겠어요?"

오미애는 의사를 멍하니 바라보다가 천천히 고개를 흔들었다. 그러나 그녀의 입에서는 아무런 말도 흘러나오지 않았다.

"그 미국인과 접촉한 여자들은 모두 역학검사를 받아야 해요. 에이즈에 감염됐을 가능성이 크니까요. 이건 법에 따라 강제 집행되는 거예요. 민주시민이라면 법에 따라야죠. 그렇지 않아요? 우선 웃옷을 모두 벗고 저 위에 가서 누워요. 브래지어까지 모두 벗어요!"

한마디 대꾸도 하지 못한 채 멍하니 서 있다가 그녀는 기계적으로 옷을 벗기 시작했다. 그녀는 마치 환각상태에 빠진 것처럼 움직였다.

이윽고 그녀가 진찰대 위에 가서 눕자 의사는 가까이 다가와 그녀의 몸을 구석구석 살폈다. 입속까지 살펴보고 나서 그는 고개를 끄덕이면서 간호사를 돌아보았다. 간호사는 그녀의 팔뚝에 고무줄을 감고 나서 혈관을 찾아 주사바늘을 찔렀다. 검붉은 피가 주사기 안으로 흘러들어가는 것을 바라보다가 오미애는 두 눈을 질끈 감아버렸다.

그녀가 정신을 차린 것은 뒤에서 철문이 요란스러운 소리를 내면서 닫혔을 때였다. 그녀는 자신이 밀폐된 다른 방에 갇혔음을 비로소 깨달았다.

형사들이 가고 나서 지쳐 잠들었던 박명희는 울부짖는 소리에 눈을 떴다. 그것은 바로 옆방에서 나는 젊은 여자의 울부짖는 소리였다.

"여보세요! 여보세요! 거기 아무도 없어요?! 이 문 좀 열어줘요! 왜 생사람을 잡아가두는 거예요?! 난 아무 병도 없어요! 난 건강하다구요! 난 에이즈 같은 거 안 걸려요! 이 문 좀 열어줘요! 제발 좀 열어줘요! 여보세요! 거기 아무도 없어요?!"

철문을 두드리는 소리가 주위를 울리고 있었다. 박명희는 옆방에서 울부짖는 소리가 귀에 익은 소리임을 알았다. 그녀는 문 앞으로 달려갔다.

"언니! 미애 언니! 미애 언니 아니에요?"

문을 두드리면서 큰 소리로 부르자 울부짖는 소리가 뚝 그쳤다. 그녀는 자기보다 나이가 훨씬 더 많은 오미애를 언니라고 부르고 있었다.

모겐도의 말에 의하면 오미애는 그의 과거의 여인이었다고 했다. 그런데도 그녀는 가끔씩 모겐도의 집에 놀러오곤 했고, 밖에서 세 사람이 함께 만나는 적도 있었기 때문에 그녀들은 속으로는 적대감을 품고 있으면서도 겉으로는 언니 동생하고 부르면서 지내고 있었다.

박명희가 다시 한번 큰 소리로 부르자 마침내 옆방에서 반응이 있었다.

"명희야!"

"언니!"

"어떻게 된 거야?!"

"강제로 끌려왔어요! 언니는 어떻게 된 거예요?!"

"나도 강제로 끌려왔어!"

"그럼 언니도 그것 때문에 끌려온 거예요?!"

잠시 침묵이 흘렀다. 조금 후,

"그거라니, 그게 뭐야?!"

하고 오미애가 물었다.

"에이즈 말이에요?"

박명희는 거침없이 말했다.

"너도 그것 때문에 끌려왔니?!"

"네, 그래요! 저보고 에이즈에 걸렸대요! 언니는 검사받았나요?"

그때 철문을 두드리는 소리와 함께 영어로 외치는 소리가 들려왔다.

"저 사람, 모겐도 아니니?!"

"그래요 모겐도예요! 모든 게 저 자식 때문이에요! 저 자식은 에이즈 환자예요! 저 자식이 우리한테 에이즈를 퍼뜨린 거예요! 그런 줄도 모르고 우리는 저 자식이 좋다고 상대한 거예요! 저 자식 손에 놀아난 거예요! 저 자식은 그걸 숨기고 우리를 농락한 거예요! 저런 자식은 죽여야 해요! 언니, 어쩌면 좋아요?!"

"너무 걱정하지 마. 괜찮을 거야."

"언니, 에이즈가 그렇게 무서운 병인가요?"

"치료가 불가능하다니까 사형선고 받은 거나 다름없겠지."

"언니, 언니는 검사받았나요?"

"지금 받고 있는 중이야. 난 아닐 거야."

박명희는 입술을 삐쭉 내밀었다.

"저는 양성반응이래요."

"양성반응이 뭐지?! 그럼 어떻게 되는 거지?!"

그때 작은 문이 열렸다. 밖에는 남자 간호사가 서 있었다.

"식사 시간이야. 떠들지 말고 얌전히 있어요. 떠든다고 에이즈가 달아나는 건 아니니까."

남자 간호사는 우유봉지 한 개와 카스텔라 하나를 창살 안으로 던져 넣었다. 마치 개한테 먹이를 던지듯이.

이윽고 모겐도가 들어 있는 방의 작은 철문도 열리면서 모겐도의 모습이 나타났다. 모겐도를 보자 박명희는 기다렸다는 듯이 다시 욕설을 퍼붓기 시작했다.

"이 새끼야! 이 더러운 새끼야! 날 살려내! 날 살려내란 말이야!"

모겐도는 더 이상 변명할 말도 잊었는지 초췌한 모습으로 울상을 지으면서 여자들을 바라보았다. 자기가 데리고 놀던 아가씨들을 보자 그는 감회가 새로워지는지 눈물을 글썽이다가 명희의 욕설이 갈수록 심해지자 이윽고 냉소적인 표정으로 변했다.

"난 너희들을 데리고 갈 거야…… 혼자 갈 수는 없어…… 혼자 가면 너무 외로워서 안 돼…… 이번 여행은 아주 기나긴 여행이 될 거야…… 흐흐."

"저런 개자식……."

오미애의 입에서도 마침내 욕설이 튀어나왔다.

"닥쳐요! 뭐가 잘났다고들 큰 소리예요?!"

어느새 들어왔는지 의사가 그녀들을 흘겨보고 있었다.

"당신들은 아직도 정신을 못 차렸어. 당신들은 외국인이라면 간이라도 빼 주는 아가씨들의 대표적인 전형이야! 결혼도 하지 않은 아가씨들이 외국인이라면 사족을 못 쓰고 몸을 함부로 주고…… 도대체 어떻게 그럴 수가 있어?! 당신들은 자진해서 에이즈를 산 거야! 뭐가 잘났다고 큰 소리는 큰 소리야?! 우리 한국 아가씨들이 이렇게 타락한 걸 보고 나는 가슴이 찢어지는 것 같아요! 난 아직 미혼이에요! 하지만 어떻게 믿고 한국 아가씨하고 결혼할 수 있겠어요?! 당신들은 시침 떼고 한국 총각들하고 결혼하겠지? 처녀라고 하면서 말이야?!"

젊은 의사는 격렬하게 그녀들을 나무랐다.

미로의 함정

실내는 무더웠다. 창문을 모두 열어두었지만 밖에서는 바람 한 점 들어오지 않고 있었다. 한 대의 선풍기가 바람을 일으키고 있었지만 더위만 더욱 부채질하는 것 같았다.

모두가 더위에 지친 모습으로 앉아 있었다. 그러나 더위 탓만은 아니었다. 그들은 수사에 지쳐 있었던 것이다.

"우리도 에이즈 검사를 받아야 하지 않을까요?"

남 형사의 느닷없는 말이 실내의 무거운 침묵을 깨뜨렸다.

"그게 무슨 말이지?"

안경 낀 염 형사가 물었다.

"우리가 상대한 사람들은 거의가 에이즈에 감염됐거나 감염됐을 가능성이 많은 사람들이었거든요. 따라서 우리도 감염됐을지 모르니까 한번 검사를 받아보는 게 어떨까 싶군요."

마 형사가 담배를 피워문 채 그를 흘겨보았다.

"검사받고 싶으면 혼자 가서 받아!"

다른 형사들이 킬킬거리고 웃었다. 남 형사는 손을 들어 그들을 제지했다.

"웃을 일이 아니에요. 에이즈에 감염돼서 갇혀 있는 사람들을 못 봐서 그러는데 한번 가서 구경 좀 해 보세요. 그게 얼마나 심각하고 무서운 병인가를 알게 될 거예요. 우리는 살인 사건을 수사하다 말고 갑자기 에이즈 바람에 휘말린 기분이에요. 에이즈에 걸린 게 확인되면 바로 그 순간부터 그의 인생은 끝장난 거예요. 울고불고 해 봐야 소용없어요. 돈이 아무리 많아도 소용없어요. 하느님은 공평하게 벌을 내리시거든요."

"그 에이즈 소리 좀 그만할 수 없어!"

마 형사가 뭉툭한 코를 씰룩거리며 말했다. 그러나 남 형사는 하고 싶은 말을 계속 지껄여댔다.

"네, 그만하겠습니다. 그 미국인하고 재미 봤다가 에이즈에 걸려 수용된 박명희라는 아가씨…… 정말 예쁘게 생겼다구요. 그 애를 보면 모두 한번 안아 주고 싶을 걸요. 하지만 이젠 다 소용없는 일이 돼버리고 말았죠. 그 아가씨 정신병동 중환자실에 갇혀서 내보내달라고 울부짖는 모습은 정말 눈뜨고 볼 수 없을 정도였어요. 울다가도 모겐도를 보면 욕을 퍼붓는 거예요. 모겐도가 이젠 원수나 다름없겠죠. 찢어죽이고 싶도록 미울 겁니다. 오미애는 어떻게 됐는지 한번 알아봐야겠는데요."

남 형사는 여기저기 전화를 걸어 보고 나더니

"그렇다니까요."

하면서 수화기를 내려놓았다.

"어떻게 됐어?"

유도선수 출신인 거한 조 형사가 물었다.

"그 아가씨도 수용됐답니다. 에이즈 보균자로 확인됐답니다."

남 형사는 형사들을 둘러보았다. 지친 표정으로 앉아 있던 그들의 얼굴에 경악하는 빛이 나타났다.

"그 미국인이 관계한 아가씨들은 거의가 에이즈에 걸린 모양이군."

"모겐도의 말로는 자기가 지금까지 관계한 한국 아가씨들은 일일이 셀 수도 없이 많답니다. 아마 수백 명은 넘을 거라고 했습니다."

"맙소사."

형사들의 입에서 탄식조의 한숨이 흘러나왔다.

"아니, 도대체 어떻게 그럴 수가 있지?"

분노에 찬 목소리가 터져 나왔다.

"그 수백 명이 모두 에이즈에 걸렸을 거 아냐?"

"그야 말할 필요 없겠지."

"그야말로 닥치는 대로 먹어치웠군. 그 자식 잡식성인 모양이지?"

"문제는 한국 아가씨들한테 더 있어요. 외국인이라면 사족을 못 쓰고 함부로 몸을 주니까 놈들이 닥치는 대로 먹어치운 거죠. 한국 아가씨들의 정조관념이 어쩌다가 이 지경이 됐는지 정말 한심합니다."

남 형사가 두 눈을 굴리며 말했다.

"결혼 안하면 될 거 아냐!"

마 형사가 퉁명스럽게 쏘아붙였다.

"그렇다고 반장님은 결혼 안하실 겁니까?"

"난 안해."

마 형사는 단호하게 말했다. 그는 얼굴을 찌푸리며 수사기록을 들여다보았다.

"에이즈 이야기는 그만하고 이제 지금까지의 결과를 검토해 보자구. 지금도 모겐도한테 미련이 있나?"

마 형사는 남 형사를 향해 물었다.

"글쎄요."

남 형사는 단정을 못 내리고 머뭇거렸다.

"모겐도 수사에는 한계가 있어. 무엇보다도 그를 의심할만한 증거가 없어. 그를 의심할 수 있는 것은 유밀라가 피살되던 날 밤에 미국으로 떠났다는 점인데…… 그건 모겐도가 다시 한국으로 돌아옴으로써 문제가 안 된다고 봐. 그가 정말로 범인이라면 한국에 그렇게 빨리 돌아올 리가 없어. 그렇게 생각지 않나?"

"네, 그렇게 생각되기는 합니다만……."

남 형사는 억울하다는 듯이 중얼거렸다.

"유밀라와 황개의 죽음을 일단 별개의 것으로 떼어놓고 생각해 보자구. 우선 유밀라의 경우를 보자구. 그 여자는 지난 7월 19일 오후 황개를 만나 S호텔 1924호실로 들어갔어. 당연히 두 사람은 정사를 가졌을 것으로 생각했는데 검사 결과 유밀라의 질 속에서는 남자의 정액이 검출되지 않았어. 그야 남자가 사정을 안 했을 수도 있고, 콘돔을 사용했을 수도 있겠지. 하지만 사용된 콘돔은 그 방에서 발견되지 않았어. 그건 그렇고…… 유밀라는 방에 들어간 후 세 시간쯤 지나서 누군가에 의해 살해됐어. 살해 방법은 대충 청산염을 탄 맥주를 마시게 해서 죽인 것 같아. 살인을 보다 확실히 해두기 위해 그 여자를 물이 채워진 욕조 속에다 집어넣기까지 했어. 범행에 성공한 범인은 밖으로 나와 유밀라의 차를 몰고 멀리 떨어진 잠실로 가서 어떤 여관의 주차장에다 갖다버렸어. 그 차 속에서 우리는 루주가 묻은 장미 담배 꽁초를 발견했어. 거기에 묻어 있는 타액을 검사한 결과 AB형의 혈액형을 가진 사람이 피운 것으로 밝혀졌어. 유밀라는 B형이고 말보로를 즐겨 피웠어. 다른 의견을 가지고 있으면 말해 봐요."

마 형사는 형사들을 둘러보았다. 그들의 반응을 기다리면서 그는 담배에 불을 붙였다.

"대강 들어맞을 것 같은데……."

염 형사가 안경을 벗어 닦으며 말했다.

마 형사는 담배연기를 허공에다 후하고 내뿜었다.

"황개가 유밀라를 죽였다면 더 이상 할 말이 없어져. 그러나 다른 누군가가 그 여자를 살해했다고 볼 때 우리는 다음과 같은 의문을 해결하지 않으면 안 돼. 범인이 두 사람이 있는 방 안에 어떻게 침입해서 유밀라를 살해했는가 하는 점이야. 여기서 또 하나의 의문이 생겨. 그 범인은 황개의 협조하에 유밀라를 죽였을까 아니면 황개가 나가고 난 뒤 방 안으로 들어가 유밀라를 살해했을까 하는 점이야. 이 의문에 대해서는 현재로서는 어떤 단정도 내릴 수가 없어. 분명한 것은 제3의 여인이 그 방에 있었다는 점이야. 보험회사 직원들의 증언과 피살자의 것이 아닌 음모가 그것을 증명해 주고 있어."

"그런데 그 방 안에는 그 음모 외에 제3의 여인이 남긴 증거물이 하나도 없지 않습니까? 하다못해 그 장미 꽁초라도 하나쯤 있다면 몰라도 말입니다."

조 형사가 바위 같은 덩치를 움직이면서 말했다.

"내가 보기에는 그 제3의 여인은 아주 치밀해서 지문 하나 남기지 않았어. 그 방 안에는 던힐 꽁초와 말보로 꽁초가 있었는데 그건 황개와 유밀라가 피운 것으로 추정돼. 제3의 여인이 담배 꽁초 하나 남기지 않은 것은 당연한 일이야. 제3자가 침입했다는 증거를 남기지 않음으로써 유밀라를 살해한 범인이 황개라고 생각하게끔 만든 것 같아. 수사의 혼선을 노린 거지."

"그렇다면 유밀라의 차에 있는 장미 꽁초는 뭡니까?"

"그 점이 바로 범인의 영리함을 나타내는 증거라고 나는 봐. 그것은 제2의 방어벽이라고 나는 생각해. 제1의 방어벽, 즉 유밀라를 죽인 범인이 황개가 아니고 다른 제3자라는 것이 밝혀질 경우에 대비해서 만들어놓은 함정이란 말이야. 제1의 방어벽이 무너질 경우에 대비해서 만들어놓은 두 번째 벽이 바로 그 장미 꽁초라고 나는 생각해. 사건 현장에 아무런 증거도 남기지 않은 범인이 차 속에다 자기가 피운 담배 꽁초를, 그것도 한 개가 아닌 여러 개를 실수로 남겨두었다는 것은 말도 안 돼. 그것은 경찰의 수사 촉각을 유인하려고 만들어놓은 함정이 분명해. 그 꽁초에 루주가 묻어 있는 것을 보고 그 담배를 피운 사람이 여자라고 생각하는 것은 당연하단 말이야. 그래서 우리는 AB형의 혈액형을 가진 여자를 범인이라고 생각할 수 있었던 것이고, 또 그렇게 생각했었지. 하지만 그건 함정이라고 나는 생각하고 싶어."

"그 이발소 주인의 차에서 발견된 장미 꽁초도 같은 함정이란 말인가?"

가장 나이 많은 염 형사가 물었다.

"그렇지. 유밀라의 차에서 발견된 것하고 같은 종류로 봐서 무리가 없을 거야. 같은 장미에다 타액에서 나온 혈액형 역시 AB형이야. 우연의 일치라고 보기에는 너무 똑같단 말이야. 남 형사가 황개에 대해서 설명해 보지 그래."

마 형사는 남 형사를 턱으로 가리켰다.

"네, 제가 이야기해 보겠습니다."

남 형사는 잔기침을 하고 나서 형사수첩을 들여다보았다.

"12시경에 황개는 약혼녀인 배미화를 만나 점심식사를 하고 나서 1시경에 M호텔 1510호에 투숙, 정사를 가진 다음 2시 40분경에 그녀와 헤어졌습니다. 그리고 그 길로 바로 S호텔로 가서 유밀라를 만나 1924호실로 들어갔습니다. 피살된 유밀라의 질 속에서 비록 황개의 정액이 검출되지 않았다 해도 두 사람이 오래 전부터 불륜의 관계를 맺어왔던 것은 틀림없습니다. 그러니까 놈은 한 집에서 살고 있는 시누이 올케 사이의 여자들과 번갈아 가며 재미를 본 거죠. 놈은 여자를 유혹하는데 뛰어난 솜씨를 가졌던 것 같습니다. 그렇지 않고서야 어떻게 시누이와 올케를 번갈아가며 농락할 수 있겠습니까. 하지만 그 방면에 아무리 탁월한 솜씨를 가졌다 해도 놈이 어떻게 유밀라에게 접근할 수 있었는지는 역시 미스터리로 남습니다."

"서론이 길군."

하고 염 형사가 빈정거렸다. 남 형사는 그를 묵살한 채 능청스러운 어조로 이야기를 계속했다.

"아무튼 19일 황개는 6시 반경에 S호텔 1924호실을 나와 엘리베이터를 타고 지하주차장으로 내려갔습니다. 거기서 자기 차를 몰고 그곳을 떠나려다가 변을 당한 것입니다. 추정하건대 그가 그의 차 속으로 들어가자 기다리고 있던 범인이 도난 차량인 베이지색의 소형 승용차를 황개의 차 곁에다 바싹 갖다 댄 것 같습니다. 황개의 차는 벽과 다른 차 사이에서 샌드위치가 되어 버린 셈이죠. 그래서 그는 문을 열고나올 수가 없었습니다. 차를 앞으로 뺄 수도 없었습니다. 바퀴에 바람이 빠진 데다 바퀴 밑에 대형 벽돌이 괴어 있었기 때문입니다. 처음부터 계획적으로 그렇게 만들어 놓았던 게 틀림없습니다. 도난 차량 속에서 망치가 발견된 것으로 보아 범인은 그것으로 황개의 차창을 부순 다음 휘발유 같은 것을 들어부은 것 같습니다. 순식간에 일어난 일이라 황개는 미처 손을 쓸 수가 없었을 겁니다. 문을 열 수가 없으니 손을 쓸래야 쓸 수도 없었겠죠. 그래서 그는 그 안에서 고스란히 타죽은 겁니다. 나중에 목격자 두 사람이 그것을 발견하고 소형차를 끌어낸 다음 문을 열어 주긴 했습니다만 그때는 이미 늦은 뒤였습니다. 그는 형체를 알아볼 수 없을 정도로 까맣게 타죽고 말았습니다. 만일 그게 복수극이라면 그야말로 통쾌한 복수극이었다고 볼 수 있을 겁니다. 그렇게 철저한 복수는 아마 찾아보기 어려울 겁니다. 목격자들의 진술에 의하면 소형차 속에서 뛰어나와 사라진 사람은 여자였다고 합니다. 거기에 걸맞게 그 차 안에는 루주가 묻은 장미 꽁초가 몇 개 들어 있었습니다. 그것 역시 혈액형 AB형인 사람이 피운 것이었습니다. 반장님의 말씀대로 한다면 범인은 거기에도 제2의 방어벽을 설치한 겁니다. 따라서 외견상으로 볼 때 범인은 AB형의 혈액형을 가진 여자라고 볼 수 있습니다. 그러나 그것이 함정이라고 본다면 우리는 그것을 무시할 수밖에 없겠죠. 사실 제 생각에도 여자가 그런 범행을 저지를 수 있다는 것이 믿어지지가 않습니다. 대단한 담력과 힘이 있는 여자가 아니라면 어렵지 않을까 생각됩니다. 한 사람도 아닌 두 사람이나 죽인다는 것이 말입니다."

남 형사는 자신의 설명에 스스로 만족한 듯이 다른 사람들을 쳐다보았다.

"목격자들이 말한 그 여자의 인상 착의를 다시 한 번 정리해 보지.”
하고 염 형사가 말했다. 남 형사는 수첩을 들어다본 다음 입을 열었다.

“증권회사에 다니는 청년들의 말은 서로 일치하지가 않았습니다. 한 친구는 그 여자가 20대 아가씨 같았다고 말했고, 다른 한 친구는 40대 같았다고 증언했습니다. 그리고 옷차림도 한쪽은 파란 옷, 다른 쪽은 노란 옷이라고 증언했습니다. 한 여자를 놓고 서로 보는 눈이 이렇게 다를 수가 없습니다. 아무리 경황 중에 얼핏 봤다해도 증언이 너무 차이가 납니다. 한 가지 같은 것이 있다면 그 여자가 선글라스를 끼고 있었다는 사실입니다.”

마 형사가 기침을 했다.

“불빛이 침침한 지하주차장에서 선글라스를 끼고 있었다는 게 이상하지 않나?”

“이상합니다.”

“그렇다면 자신의 얼굴을 가리기 위해 선글라스를 끼고 있었다고 봐야해. 그 여자는 변장했을 가능성이 커. 여자로 말이야. 남자가 여자로 변장했기 때문에 그 어설픈 변장에 대해 목격자들의 증언이 그렇게 차이가 난다고 생각해.”

“범인이 남자란 말입니까?”

모두가 마 형사를 주시했다.

“나는 그렇게 생각하고 싶어. 거듭 생각해 보았는데 시간이 흐를수록 그런 생각이 들어.”

“하긴 여자가 두 사람씩이나 그렇게 죽였다는 게 아무래도 이해가 안 되긴 했어.”

염 형사의 말이었다. 마 형사는 튀어나온 이마를 손으로 문질렸다.

"아까도 말했지만 두 곳에다 같은 담배 꽁초를 남겼다는 것이 첫 번째로 내가 함정이라고 생각하는 점이야. 두 번째로는 그 꽁초를 통해 범인은 자신이 여자임을 강조했다는 점이야. 장미는 여자들을 위해서 만든 담배야. 거기다 루주까지 묻혀놨고, 목격자들 역시 여자라고 증언했어. 유난히 여자라고 강조한 바로 그 점이 어쩌면 여자가 아닐지도 모른다는 생각을 낳게 한 거야. 자연스럽지가 못하고 어쩐지 어색한 느낌이 든단 말이야. 그렇게 생각지 않나?"

"말씀을 듣고 보니까 그렇게 생각되는군요."

조 형사가 느릿한 어조로 말했다.

"범인은 수사의 초점을 여자 쪽으로 유도한 거야. 자기가 여자라면 그럴 리가 있겠어?"

"그럴 리가 없죠."

"이제부터 여자는 젖혀두고 남자 쪽을 더듬어야겠군."

하고 염 형사가 중얼거렸다. 도수 높은 안경 때문에 그의 표정은 잘 읽을 수가 없었다.

"마음에 짚이는 사람이라도 있어?"

마 형사가 눈을 가늘게 뜨면서 물었다. 마 형사가 두 살 더 아래였지만 서열상으로는 염 형사보다 위였다. 그러나 그들은 그런 것 저런 것 따지지 않고 친구처럼 지내고 있었다. 염 형사는 천천히 고개를 내저었다.

"짚이는 사람은 없지만…… 범인이 남자라면 유밀라와 깊은 관계에 있었던 자가 분명해. 유밀라는 남자 관계가 복잡했으니까 그 관계를 캐보면 아직 드러나지 않은 남자들이 또 있을 거야. 그

중의 누군가가 유밀라를 살해했을 거야. 그러고 나서 황개까지 살해했겠지. 그 여자의 복잡했던 남자 관계로 비추어볼 때 치정에 얽힌 살인 사건일 가능성이 많아."

모두가 의외로 무표정하게 앉아 있었다. 그것을 보고 자기 말이 별로 공감을 못 얻고 있다고 생각했는지 그는 머쓱해서 그만 입을 다물고 말았다.

그는 민완 수사관과는 좀 거리가 먼 형사였다. 그에게는 문제를 너무 쉽게 해석해 버리려고 드는 버릇이 있었다. 그러다보니 항상 제자리에 머물러 있었다.

"그냥 지나칠 수 없는 중요한 문제가 하나 있습니다."

강아지처럼 선배 형사들의 뒤만 졸졸 따라다니는 햇병아리 형사가 조심스럽게 말을 꺼냈다. 스물일곱 살 먹은 강인재(姜仁在)라는 형사였다. 일체 말이 없는 그가 입을 열었기 때문에 모두가 그를 주시했다.

"석방된 김영대는 하마터면 억울한 누명을 쓸 뻔했습니다. 우연히 재수가 없어서 죄를 뒤집어쓸 수도 있습니다만 김영대의 경우는 그렇지가 않았습니다. 그를 제물로 삼으려고 했던 흔적이 뚜렷합니다. 그를 제물로 삼으려고 했던 자가 바로 범인이라고 저는 생각합니다."

"그를 제물로 삼으려고 했던 흔적이란 뭐지?"

염 형사가 얼굴을 찌푸리며 물었다.

"유춘지라는 있지도 않은 여인 이름으로 김영대에게 편지를 보낸 사실 말입니다. 편지 내용도 그에게 불리한 묘한 것이었지 않습니까? 그것 때문에 그는 범인으로 몰려 곤욕을 치르지 않았습니까?"

"그래, 그건 맞아."

남 형사가 맞장구쳤다.

"그는 알리바이가 없었어."

조 형사가 말했다. 마 형사가 몸을 움직였다.

그의 뭉툭코가 씰룩거렸다.

"범인은 유춘지라는 이름으로 김영대한테 그런 편지들을 보냄으로써 두 가지를 노렸던 것 같아. 첫째는 피살자를 유춘지라는 가공 인물로 만듦으로써 그 신원을 영원히 미궁 속으로 빠뜨리려고 했고, 둘째는 강 형사가 말한 것처럼 김영대를 자기 대신 제물로 삼으려고 했던 점이야. 그러나 결국 모두 실패하고 말았지. 강 형사, 계속 말해 봐."

"제 생각에는 범인은 김영대를 알고 있는 사람 같습니다. 그리고 편지를 여러 통 보낸 것으로 봐서 상당기간 동안 그를 제물로 삼기 위해 치밀하게 계획을 세워왔던 것 같습니다."

"치밀하게 계획을 세워온 건 맞아."

하고 염 형사가 말했다.

강 형사는 얼굴을 붉혔다. 그러나 그는 계속해서 말했다.

"김영대를 만나서 그의 협조를 얻어 추적해 보면 그를 제물로 삼으려고 했던 사람이 누구인지 알아낼 수 있을지 모릅니다."

마 형사는 고개를 끄덕였다.

"강 형사가 김영대를 만나서 그 관계를 한번 알아봐."

강 형사의 눈이 빛났다. 선배 형사들의 뒤만 말없이 그림자처럼 따라다니던 그가 처음으로 독자적인 수사를 맡게 된 것이다.

"마음에 맞는 사람 한 명 데리고 가도 좋아."

강 형사는 형사들을 둘러보았다. 모두가 선배들로 그에게는 하나같이 어려운 상대들이었다.

"우선 저 혼자 가 보겠습니다. 인원이 필요하면 그때 가서 요청 하겠습니다."

"알아서 해."

마 형사는 퉁명스럽게 대꾸했다.

"그리고 또 하나 간과해서는 안 되는 점이 있습니다."

강 형사는 주위의 눈치를 살피고 나서 더욱 조심스럽게 입을 열었다.

"유밀라가 시체로 발견된 S호텔 1924호실을 예약했던 사람 말입니다. 이미 2년 전에 사망한 서창배라는 사람의 이름으로 예약이 되어 있었습니다. 그 이름을 도용한 사람은 황개로 추정됩니다. 어떻게 해서 황개가 그 이름을 도용하게 됐는지 그걸 알아볼 필요가 있다고 생각합니다. 황개는 서씨의 주민등록증까지 가지고 있었다는데 말입니다. 그리고 서씨는 2년 전에 뺑소니차에 치여 사망한 것으로 밝혀졌는데 아직도 그 뺑소니차 운전기사를 붙잡지 못한 상태입니다. 이런저런 문제들이 서로 얽혀 있는 것이 실타래 풀리듯 풀려야만……."

그는 슬그머니 입을 다물었다.

"그 문제도 당연히 짚고 넘어가야겠지."

마인은 조 형사 쪽으로 시선을 돌렸다.

"그 관계는 조 형사가 끝을 내지. 다시 한 번 부산에 내려가서라도 말이야."

거한은 가슴을 쭉 펴보였다.

"알겠습니다. 끝을 내겠습니다."

"한 사람 데려가라구."

"밤차로 내려가겠습니다."

그는 몸이 커서 행동이 굼뜬 데가 있었지만 그 대신 모든 일에 아주 열성적이었다.

마 형사는 둘러앉아 있는 형사들을 한 사람씩 눈여겨보았다. 그의 표정이 심각했기 때문에 모두가 입을 다문 채 침묵을 지켰다. 저돌적으로 생긴 그의 앞이마가 더욱 앞으로 튀어나오는 것 같았다.

"내가 정리해 보지. 여러 가지 정황으로 보아 황개가 유밀라를 살해한 다음 조금 후에 그 자신이 살해당했다고 볼 수는 없어. 범인이 연달아 유밀라와 황개를 살해했다고 보는 게 옳을 거야. 그런데 그 범인이 혼자인가 아니면 두 명 이상인가 그것이 분명치가 않아. 갈피를 잡을 수가 없단 말이야. 분명히 황개가 범인이 아니라면 그 존재가 확인된 문제의 그 제3의 여인이 범인일 가능성이 큰 데 그 여자가 유밀라를 살해한 후 곧바로 아래로 내려와 황개를 살해했겠느냐 이거야. 다시 말해 1924호실에 있었던 제3의 여인이 증권회사 직원들이 지하주차장에서 목격했던 그 여인과 동일인물이냐 이거야. 1924호실에서 제3의 여인을 목격했던 보험회사 직원들은 그 여인이 검정 옷 또는 빨간 옷을 입고 있었다고 증언했어. 증권회사 직원들은 지하주차장에서 봤던 여인이 파란 옷 또는 노란 옷을 입고 있었다고 증언했어. 옷 색깔이 일정하지가 않기 때문에 뭐라고 단정을 내릴 수는 없지만 양쪽에서 말하는 옷 색깔이라는 것이 아주 다른 것으로 봐서 동일인물이 아닐 가능성이 크다고 봐."

마 형사는 형사들의 표정을 훑어보고 나서 말을 이었다.

"또 하나는 시간상의 문제인데…… 유밀라와 황개는 거의 비슷한 시간대에 살해되었어. 황개는 목격자가 있으니까 6시 30분경에 불에 타죽은 게 틀림없는데 유밀라는 6시 30분 전후이기 때문에 그 전에 죽었는지 그 후에 죽었는지 정확하지가 않아. 아무튼 두 사람이 비슷한 시간대에 살해된 것만은 분명한데 과연 한 사람이 그들을 연달아 죽일 수 있었을까 하는데 대해서는 나는 선뜻 수긍할 수가 없어. 같은 장소도 아니고 한 곳은 19층에 있는 방이고 다른 한 곳은 지하에 있는 주차장이야. 사람을 죽인다는 것이 마음먹은 대로 정확한 시간대에 맞춰 실행할 수 없는 것이라는 것은 다 알고 있을 거야. 그런데 한 사람이 19층을 오르내리면서 같은 시간대에 두 사람을 연달아 죽일 수가 있겠어? 난 아무리 생각해도 그건 어렵다고 봐. 혼자서 두 사람을 죽이려면 먼저 한 명을 죽이고 나서 다음 단계를 위한 준비가 있어야 할 것은 당연하단 말이야. 황개가 6시 30분경에 지하주차장에 내려 올 것이라고 어떻게 범인이 단정할 수 있었겠어? 그보다 30분 전에 내려올 수도 있고 30분 늦게 내려올 수도 있단 말이야. 따라서 내가 보기에는 범인은 6시 30분 훨씬 이전부터, 적어도 두어 시간 전부터 지하주차장에서 황개가 나타나기를 기다리고 있었다고 생각돼. 그래야만 살인이 가능하단 말이야. 이렇게 볼 때 범인은 한 명이 아닌 두 명 이상이라고 보는 게 온당할 것 같아. 목격자의 증언으로 미루어보아 범인은 두 명일 가능성이 많아. 두 명이 공모해서 두 사람을 살해하는 것은 얼마든지 가능하지. 한 명은 유밀라를 맡고 다른 한 명은 황개를 맡는다는 식으로 말이야. 하지만 이건 가능성일 뿐이야. 가장 큰 가능성이지만…… 얼마든지 뒤집힐 가능성도 있어. 우리가 생각하고 있는 것이란 항상 빈약하기 이를 데 없으니까 말이야. 어떻게 생각해?"

그는 점 같은 눈을 더욱 작게 뜨고 부하들을 쳐다보았다.

"범인이 두 명이라면 한 명은 여자이고 다른 한 명은 남자가 아닐까요?"

남 형사가 조심스럽게 마 형사의 눈치를 보면서 입을 열었다.

"그렇게 보는 이유는?"

염 형사가 물었다.

"보험회사 직원들이 목격한 제3의 여인은 여자로 위장한 게 아닌 진짜 여자가 틀림없다고 봅니다. 침대에서 채취한 여자 음모가 그것을 말해 주고 있습니다. 그 여자가 제1의 범인입니다. 그리고 지하주차장에서 황개를 살해한 범인은 반장님의 말마따나 여자로 위장한 남자로 생각됩니다. 이렇게 볼 때 범인은 남녀 두 명인 셈입니다. 남녀 한 쌍이 공모해서 그들을 해치운 겁니다."

"그럴듯하군."

염 형사가 중얼거렸고, 나머지 사람들은 침묵을 지켰다. 아직까지는 거기에 반박할 말이 생각나지 않는 모양이었다. 한참 후 침묵을 깨고 마 형사가 다시 입을 열었다.

"이제 드러날 사람들은 모두 드러났고 지금쯤은 사건을 정리할 단계라고 나는 생각해. 하지만 우리 사정은 그렇지가 못하다는 걸 잘 알거야. 범인은 우리의 움직임을 알고 있겠지만 우리는 범인에 대해서 아직 윤곽조차 파악치 못하고 있어. 지금 범인은 우리들의 어리석은 움직임을 지켜보면서 회심의 미소를 짓고 있을지 몰라. 우리는 지금이야말로 그 범인한테 반격을 개시해야 할 때라고 생각해. 범인은 가까운 데 있을 수도 있고 우리가 생각도 못했던 의외의 인물일 수도 있어. 드러난 모든 인물들을 새로

점검하고 그들을 범인이라 생각하고 샅샅이 조사해 봐요. 지금까지의 수확이라면 수사망에 걸린 인물들 거의 모두가 에이즈에 감염되어 있었다는 것, 두 건의 살인 사건은 공범의 소행이고 범인은 남녀 한 쌍일 가능성이 많다는 것 정도였어. 이 정도의 수확이라면 나는 범인을 체포하는 것은 그다지 어렵지 않다고 생각해. 경우에 따라서는 이것은 굉장한 수확일 수도 있어. 지금부터 일대 반격을 개시하면 범인은 의외로 쉽게 밝혀질지도 몰라. 자, 모두들 밖으로 나가요. 여기에 죽치고 앉아 있다고 해서 범인이 제발로 걸어 들어오지는 않으니까. 가서 그자의 멱살을 잡아끌고 오라구."

"밖에 비가 오는데……."

염 형사가 중얼거리면서 창밖을 바라보았다.

밖에는 이미 어둠이 깔려 있었고 비가 퍼붓고 있었다.

밖으로 나온 형사들은 어둠 속으로 뿔뿔이 흩어졌다. 마 형사는 맨 마지막으로 밖으로 나와 남 형사와 함께 차에 올랐다.

유춘지는 누구일까? 왜 그 여자는 나에게 그런 편지를 보내 나를 곤경에 빠뜨렸을까? 왜 나는 지난 7월 19일 오후의 알리바이가 없을까?

김영대는 거나하게 취했으면서도 머릿속은 더욱 맑아지기만 하는 것을 느끼고 있었다. 그와 같은 의문은 경찰로부터 풀려났을 때부터 줄곧 머릿속에서 떠나지 않고 있는 것이었다. 그 때문에 그는 부산집에도 내려가지 않은 채 서울에서 어정쩡하게 머물고 있었다. 그 의문들이 풀리지 않는 한 부산에는 당분간 못 내려갈 것 같았다.

그는 손을 뻗어 전기스탠드의 스위치를 올렸다. 사이드 탁자 위에 놓여 있는 손목시계가 새벽 2시 8분을 가리키고 있었다. 그는 고개를 돌려 침대 위에 잠들어 있는 여자를 바라보았다. 무더운 밤이었기 때문에 시트 같은 것은 아예 덮지도 않고 알몸인 채로 잠들어 있었다. 어제 저녁 술집에서 데리고 온 아가씨였는데 접촉감이 좋아 정말 오랜만에 몸에 쌓인 찌꺼기를 남김없이 쏟아버릴 수가 있었다. 지칠 대로 지친 그녀가 살려달라고 사정을 하는 것을 보고서야 그는 물러났는데 그 즉시 그녀는 땀에 젖은 몸을 씻지도 않은 채 잠에 떨어졌다. 그녀는 벽 쪽으로 돌아누워 자고 있었다. 허리에서 둔부로 이어지는 선이 새로운 욕정을 불러일으키고 있었다. 그러나 그는 고개를 돌려버렸다.

창가에 놓여 있는 테이블 위에는 빈 양주병과 빈 잔들이 놓여 있었다. 그는 담배를 한 대 피워물고 나서 창가로 다가갔다. 그 역시 몸에는 아무것도 걸치지 않고 있었다. 그의 육체는 여자들이 좋아 할 만큼 허우대가 크고 든든해 보였다.

호텔 방에서 내려다보이는 밤거리는 텅 빈 도시처럼 적막해 보이기만 했다. 비가 내리는 거리에는 행인도, 굴러가는 차도 거의 보이지 않았다.

그가 서울에 올라온 것은 지난 7월 18일 아침이었다. 비행기 편으로 상경했었다. 그리고 20일 저녁 부산 집에 내려갔다가 경찰에 체포되었던 것이다.

서울에 올라온 것은 여자를 만나기 위해서였다. 석달 전에 사귄 그 여자는 양방희라고 했다. 농익을 대로 익은 그녀는 정체를 알 수 없는 여인이었다. 나이는 서른 안팎이었고 물 쓰듯이 돈을 쓰는 것으로 보아 돈이 많은 여자 같았다. 그녀와는 그동안 서너

번 관계를 맺었었다. 호텔 나이트클럽에서 우연히 눈이 맞아 함께 춤 한번 춘 것이 계기가 되어 깊은 관계로 발전했던 것이다. 그녀는 어떤 돈 많은 남자의 후처쯤 되는 것 같았지만 정확한 것은 아직 알 수 없었다.

그가 7월 18일에 양방희를 만난 것은 그날 아침 그녀의 전화를 받고서였다. 그녀가 직접 집으로 전화를 걸어온 것은 아니었다. 어떤 남자가 양방희의 부탁을 받고 대신 전화를 거는 것이라고 하면서 일방적으로 시간과 장소를 말하고는 전화를 끊었다. 그의 아내가 전화를 받을까봐 대신 남자를 시켜 전화를 건 것임이 분명했다. 그는 밖으로 나와 공중전화로 즉시 그녀한테 전화를 걸어 보았다. 늙은 여자가 전화를 받았는데 방희는 지금 집에 없다는 대답이었다. 그 전에도 그는 방희의 연락처에 몇 번 전화를 걸어 보았었는데 그때마다 전화를 받지 않던가 그 늙은 목소리의 여인이 쌀쌀맞은 목소리로 퉁명스럽게

"없어요. 몰라요."

하면서 전화를 끊어버리기 일쑤였다.

방희는 거의 집에 있지 않았다. 밤늦게 전화를 걸어 보면 지금 자고 있기 때문에 바꿔줄 수 없다고 하면서 또 전화를 일방적으로 끊어버리는 것이었다. 몇 번 그렇게 당한 그는 기분이 잡쳐 더 이상 전화를 걸고 싶은 마음이 일지 않았다. 방희한테 도대체 그 늙은 여자가 누구냐고 물었더니 자기 어머니라고 하면서 남자한테서 전화가 걸려오면 그렇게 퉁명스럽게 대한다고 하면서 생글생글 웃었다.

7월 18일 아침 비행기로 상경한 그는 시간에 맞춰 약속 장소에 나가 보았다. 그곳은 어느 호텔 커피숍이었는데 약속 시간이

10분쯤 지났을 때 그를 찾는 전화가 있었다. 방희의 전화였다. 그녀는 아주 급한 일이 생겨서 그러니 미안하지만 내일 만나자고 했다. 화가 치민 그가 누굴 놀리는 거냐고 하면서 전화를 끊으려고 하자 그녀는 오빠가 지금 교통사고를 당해 병원에 와 있는데 목숨이 위태롭다고 하면서 제발 좀 사정을 이해해 달라고 애걸하듯 말했다. 그 말을 듣고 보니 영대는 치민 화가 눈 녹듯이 사라지고 말았다. 걱정하지 말고 오빠 간호나 잘하라고 말한 뒤 내일 만날 약속을 하고 전화를 끊었다.

다음 날, 그러니까 7월 19일 오후 1시 15분에 영대는 어제와 같은 호텔의 커피숍으로 나갔다. 일부러 약속 시간보다 15분 늦게 나갔는데 그녀는 나와 있지 않았다. 1시 20분쯤 되었을 때 그를 찾는 전화가 있었다. 방희가 걸어온 전화였다. 그녀는 밝은 목소리로 호텔 방에 있으니 올라오라고 했다. 그러면 그렇지. 그는 그녀가 알려준 방으로 올라가 보았다. 초인종을 누르자 문이 열렸고, 그가 안으로 들어가자 그녀가 벌거벗은 모습으로 침대 쪽으로 뛰어가는 모습이 보였다.

그는 달려가 그녀를 뒤에서 끌어안으며 오빠는 어떻게 됐느냐고 물어보았다. 그녀는 다행히 위기는 넘겼다고 말하면서 그의 옷을 벗기기 시작했다.

그날 그녀는 유난히도 열정적으로 굴었고 다른 때보다도 훨씬 상냥한 태도를 보였다. 그리고 다른 때 같으면 관계가 끝나면 바로 헤어지기 마련이었는데 그날만은 왠지 그렇지가 않았다. 그녀는 돌아갈 기미를 보이지 않고 영화보러 가자고 그를 졸랐다. 영화를 별로 좋아하지 않는 그였지만 꿍꿍이속이 있었기 때문에 그녀가 하자는 대로 따라나섰다.

꿍꿍이속이란 적당히 기회를 봐서 돈을 우려내는 일이었다. 처음에는 점잖게 언질을 준 다음 반응을 기다려보는 것이다. 상대가 알아서 자진해서 돈을 내놓으면 다행이지만 그렇지 않을 경우에는 태도를 고쳐 위협적인 모습을 보여준다. 그래도 말을 듣지 않으면 그때에는 주먹을 쓰는 수밖에 없다. 잘만 구슬리면 몇 천은 우려 낼 수 있을 것이라고 그는 생각했다.

호텔을 나선 것이 3시 30분경. 그리고 4시경에 그들은 영화관에 들어갔다. 무슨 음악을 주제로 한 외국영화였는데 그는 그것이 끝날 때까지 내내 졸기만 했다. 그가 고개를 떨어뜨릴 때마다 그녀는 그의 허벅지를 꼬집곤 했기 때문에 그는 깜짝깜짝 놀라곤 했다.

영화관을 나선 것이 6시경. 그녀는 느닷없이 드라이브를 하자고 했다. 전에 없던 일이었지만 그는 별로 반대하지 않고 그녀가 운전하는 차에 올랐다.

그녀는 운전을 아주 잘하는 편이었다. 차도 고급 신형이었다. 그는 그녀의 정체를 알아보려고 했지만 그때까지 아무것도 알아내지 못하고 있었다. 그녀의 신상에 대해서 물으면 그녀는 웃기만 할뿐

"그런 건 알아서 뭘 하느냐. 차차 알게 될 것이다."

라는 식으로 말하곤 했다. 그녀 자신도 그에 대해서 알려고 하지 않았다.

"육체만이 순수한 거예요. 남녀 사이에 중요한 건 그것밖에 없어요. 다른 건 아무 필요도 없어요. 제 육체를 남김없이 봤잖아요. 그럼 됐지 뭘 또 알려고 하는 거예요. 시시하게."

그녀가 깊이 잠들었을 때 백을 뒤져보기도 했지만 그녀의 신

분을 말해 주는 것이라고는 아무것도 없었다. 거기에는 주민등록증도 자동차운전면허증 같은 것도 없었다. 그런데도 그녀는 자가용을 몰고 다녔다. 그렇다고 면허증도 없이 어떻게 차를 운전하고 다니느냐고 물어볼 수도 없었다.

차는 계속 북쪽으로 달렸다. 그들이 탄 차는 다른 차들을 제치고 빠른 속도로 달려갔다. 영대는 은근히 겁이 났다. 그래서 천천히 운전하라고 하면서 도대체 운전대를 잡은 지 얼마나 됐기에 그렇게 빨리 달리느냐고 물었다. 그녀는 10년 가까이 된다고 대답했다. 영대는 믿을 수 없다고 하면서 면허증을 좀 보자고 요구했다. 그녀는 생글생글 웃으면서

"그런 거 없어요."

하고 말했다.

아니, 면허증도 없이 운전하고 다니나? 그는 기가 막힌다는 표정으로 그녀를 쳐다보았다. 거기에 대해 그녀는 면허증이 있기는 있는데 어디다 두었는지 기억이 안 난다고 능청스럽게 얼버무렸다.

한 시간쯤 지났을 때 그들은 차도를 벗어나 숲 속의 오솔길을 달리고 있었다. 그녀는 그곳의 지리에 익숙한 것 같았다. 도대체 어디 가는 거냐고 물었지만 그녀는 그저 웃기만 했다. 사람 하나 보이지 않는 오솔길이었다. 그가 불안해하고 있을 때 갑자기 시야가 확 트이면서 호수가 나타났다. 호수는 석양빛으로 붉게 물들어 있었다. 호숫가로 뛰어가 수면을 바라보는 그녀의 뒷모습이 아름답고 선정적으로 보였다.

주위에는 아무도 없었다. 그녀가 몸을 돌려 그를 바라보았을 때 그녀의 블라우스 앞은 모두 열려 있었고 그 사이로 흰 젖가슴

이 흔들리는 것이 보였다. 그제서야 그는 그녀가 왜 이곳으로 차를 몰고 왔는지 그 이유를 알 수 있을 것 같았다. 그는 그녀의 욕구에 기가 질렸다. 그는 아까 호텔에서 너무 힘을 쏟았기 때문에 조금도 그녀를 안고 싶은 마음이 없었다.

그러나 그녀는 노골적으로 그를 유혹하고 있었다. 그녀를 실망시킬 수는 없다고 생각한 그는 저고리를 벗었다. 바람에 그녀의 블라우스 자락이 날리면서 그녀의 풍만한 젖가슴이 완전히 드러났다. 그것을 보자 그는 새로운 힘이 솟구치는 것을 느꼈다. 자신은 역시 유혹에 약하다고 생각하면서 숲 속으로 들어갔다. 그녀가 미소를 지으면서 말없이 그를 따라왔다. 그가 그녀를 안았을 때 그녀는 자기는 원시적인 인간이 좋다고 말했다.

V자형의 나무가 한 그루 서 있었다. 그녀는 그 사이로 목을 드밀면서 하는 말이 마치 기요틴 같다고 했다. 그녀가 킬킬거리고 웃는 바람에 온몸이 흔들렸다.

밀폐된 공간에서의 행위 때와는 전혀 다른 쾌감이 곧 그들을 침묵시켰다. 그 침묵을 깨고 그녀의 신음소리가 흘러나오기 시작했다. 머리 위에서는 둥지를 찾아온 새들의 지저귐이 유난히도 시끄러웠다.

그들이 일을 치르고 난 뒤에도 그녀는 얼른 그곳을 떠나려고 하지 않았다. 그의 팔에 매달려 숲 속을 거닐면서 그녀는 감상에 젖어 시를 읊기도 하고 여고 시절에 겪었던 첫사랑에 대해서 이야기하기도 했다. 그녀의 첫 남자 관계는 여고 2학년 때에 있었다고 했다. 그것도 유부남과의 관계였었다고 했다. 그러나 결국은 헤어질 수밖에 없었고 그 이후부터는 닥치는 대로 남자들을 사귀었다고 말했다. 모두가 그럴 듯한 이야기였지만 지금 생각해 보면 하나같이 구름 잡는 이야기들 같았다.

날이 어둑어둑해질 때쯤에야 그들은 숲속을 벗어나 서울로 향했다. 그리고 서울에 도착했을 때에는 날이 완전히 어두워져 있었다. 그녀는 특급호텔로 가서 그에게 뷔페식사를 대접했다. 그다음 그들은 나이트클럽으로 갔다.

그녀가 그와 그렇게 오랜 시간을 함께 보내기는 처음이었다. 그는 그녀가 완전히 자신에게 빠졌다고 생각했다. 함께 블루스를 출 때 그는 그녀에게 자기를 어떻게 생각하느냐고 물어보았다. 그녀는 그의 목을 끌어안으면서 거침없이 사랑한다고 말했다. 그의 입에서도 사랑한다는 말이 나왔다. 물론 그것은 거짓말이었다. 그가 이 세상에서 사랑하는 사람이란 아무도 없었다. 그는 아무도 사랑하지 않았다.

그녀가 흠뻑 취해서 그에게 깊이 빠졌다고 생각되었을 때 그는 마침내 그때까지 벼르고 있던 이야기를 꺼냈다. 오늘 헤어지면 방희를 당분간 만나지 못하게 될 것 같다고 말하자 그녀의 두 눈이 휘둥그래졌다. 기대했던 대로 그녀의 반응은 심각했다. 그는 그 이유를 설명했다. 사업 때문에 당좌수표를 발행했는데 그것을 이삼일 내에 메우지 못하면 형사 처벌을 받게 된다고. 형사 처벌을 받게 되면 적어도 6개월 이상은 감옥살이를 해야 한다는 그의 말에 그녀는 소스라치게 놀라는 얼굴이 되었다. 그는 능청스럽게 그렇다고 법망을 피해 언제까지고 도망다닐 수는 없지 않느냐고 말했다. 그는 그녀가 도대체 무슨 사업 때문에 그렇게 됐느냐고 물을 줄 알고 거기에 대한 답변도 준비해 놓았는데 그녀는 그런 것은 묻지도 않았다. 그러고 보니 그녀는 그에 대해서 구체적으로 물어본 것이 아무것도 없었다. 이를테면 몇 살이냐, 어디에 살고 있느냐, 직업이 무엇이냐 하는 것 등 알고 싶은 것들이 많을 텐데 이상하게도 어느 것 하나 물어보지를 않았다.

마침내 그녀가 얼마면 급한 것을 메울 수 있느냐고 물어왔다. 그는 급한 대로 5백만 원 정도만 있으면 급한 불은 끌 수 있다고 대답했다.

돈 5백만 원 때문에 그런 일을 당해서야 되겠느냐고 그녀가 측은한 눈길로 그를 바라보면서 말했을 때, 그는 하는 수 없지 않느냐, 법치국가에서는 법을 당연히 준수해야 하지 않느냐, 모든 게 내 잘못이니까 형사처벌을 감수할 수밖에 없다, 그리고 처벌받는 건 문제가 아니고 그것 때문에 방희와 한동안 만날 수 없다는 게 가슴 아프다, 우리는 어쩌면 영영 만날 수 없을 지도 모른다고 제법 비통한 표정까지 지어가며 이야기했다.

가만히 듣고 있던 그녀는 어쩌면 영영 만날 수 없을지도 모른다는 말에 펄쩍 뛰었다. 그런 말이 어디 있어요. 돈 몇 푼 때문에 어떻게 그럴 수가 있어요. 저를 사랑한다면 어떻게 그럴 수가 있어요. 미워요. 그는 당황하는 척하면서 아무리 당신을 사랑한다해도 현실은 그렇지가 않지 않느냐고 말했다. 그러자 그녀는 발끈해서 자기가 그 돈을 마련해볼 테니 따라오라고 했다.

이렇게 해서 말 한 마디로 돈을 버는구나 하고 속으로 쾌재를 부르면서 그는 그녀를 따라 나이트클럽을 나왔다. 그때가 자정도 지난 7월 20일 1시경이었다. 여자란 섹스만 충족시켜 주면 간이라도 빼 주려고 한다는 것이 그가 많은 경험을 통해 터득한 것이었다. 지금 그녀는 간을 빼 주기 위해 나서고 있었다.

밖에는 부슬비가 내리고 있었다. 그녀가 많이 취한 것을 보고 그가 대신해서 운전대를 잡으려고 했지만 그녀는 한사코 자기가 운전하겠다고 하면서 그를 옆자리로 밀어붙였다.

차가 출발했을 때 그는 '여자한테 신세를 지게 될 줄은 정말 몰랐다. 사내로서 좀 부끄럽다. 하지만 이건 어디까지나 빌리는 것이니까 조만간 곧 갚도록 하겠다. 아무튼 고맙다.' 라고 능청을 떨었다.

거기에 대해 그녀는 돈이란 서로 나눠가져야 그 진정한 가치가 있지 않느냐고 하면서 입가에 묘한 미소를 지어보였다.

차는 고속도로로 접어들고 있었다. 그가 어디 가느냐고 묻자 그녀는 천연스럽게 대구로 가는 중이라고 대답했다.

"아니, 지금 이 시간에 대구까지 간다는 거야?"

"네, 거기 가야 돈이 생기거든요. 아빠가 거기 계셔요."

"부친이 거기서 뭘 하시는데?"

"섬유회사를 경영하고 계셔요. 우리 아빠는 늙으셨어요. 평생 섬유회사에서만 일하셨어요."

대구 쪽에는 큼직한 섬유회사들이 있다는 것을 그는 들어서 알고 있었다. 아하, 그러고 보니까 이 아가씨 섬유회사 사장 딸이구나. 글쎄, 부잣집 딸 같더라니까. 그는 속으로 쾌재를 불렀다.

그녀는 답답할 정도로 천천히 운전했다. 취해서 그러는 모양이라고 생각하면서 그는 느긋하게 몸을 뒤로 젖혀 그녀의 허벅지를 쓰다듬어 주었다. 때때로 그들은 고속도로 한켠에 차를 세워놓은 채 격렬한 키스를 나누곤 했다.

그는 서두르지 않고 아주 자연스럽게 그녀의 집안에 대해서 물어보았다. 그전 같으면 미소로서 대답을 회피했던 그녀가 그때만은 묻는 대로 술술 털어놓았다. 아리송하던 그녀의 정체가 비로소 풀리는 것 같았다. 그녀의 아버지가 경영하는 섬유회사의 이름은 '한우섬유주식회사' 였고, 그녀는 5남매의 막내딸이었다. 그녀가 돈 많은 늙은이의 정부쯤 될 것이라고 여겼던 그의 생각은 빗나갔다. 그녀는 현재 스물아홉이었는데 6개월 전에 결혼한 남편과 별거중이라고 했다. 결혼하기 전까지는 미국에 살고 있는 오빠네 집에서 학교에 다녔다고 했다. 그녀의 전공분야는 장식미술이었고 국내 모 대학에서 그 분야의 강의를 가을 학기부터 맡게 될 것 같다고 말했다. 신혼의 남편과 별거하게 된 이유에 대해서 그녀는 잘 말하려들지 않았다. 그가 거듭해서 캐묻자 그녀는 씁쓸한 미소를 지으면서 그 사람은 도대체 여자를 사랑할 줄을 모른다고 말했다. 현재 모 대학의 이공계 교수인 그 젊은 박사는 사랑을 추한 행위로 여기는 것 같았고 그녀가 그것을 요구하면 그저 마지못해 형식적으로 응하다가 물러나버리곤 한다는 것이었다.

"제가 요구하지 않으면 언제까지 안 하는 거예요. 남자가 먼저 손을 뻗어와야지 여자가 언제나 먼저 요구하는 법이 어디 있어요."

거기에 대해 그녀는 몹시 자존심이 상했던 모양이었다.

"수재인지는 모르지만 정말 멋대가리 없는 남자예요. 난 그런 남자보다는 당신 같은 남자가 백배 천배 좋아요. 남자는 역시 남자다워야 하지 않아요?"

그녀의 손이 그의 다리 사이를 더듬었다.

"이혼해야겠군."

그의 말에 그녀는 당연하다는 듯 고개를 끄덕였다.

"그런데 남자 쪽에서 들어주지를 않아요. 전 솔직히 말해 줬어요. 당신 같은 남자는 혼자 사는 게 나을 거라고 말이에요."

그 말을 듣고 난 영대는 그녀에게 자신의 남자다움을 다시 한 번 과시하고 싶었다. 보다 자극적이고 스릴 넘치는 섹스를 보여주고 싶었다. 그녀 역시 정상적인 것보다는 그런 것을 더 좋아하는 것 같았다.

추풍령 조금 지나 내리막길에서 그는 마침내 고속도로 한켠에 차를 세우게 한 다음 그녀의 아랫도리를 벗겼다.

그녀는 기다렸다는 듯이 응해왔다. 비가 퍼붓고 있는 데다 가로등 하나 없는 깊은 밤의 고속도로 위였지만 그런 곳에 차를 세워놓고 그 안에서 카섹스를 벌인다는 것은 강심장이거나 미치지 않고는 도저히 할 수 없는 짓이었다.

가끔씩 지나치는 헤드라이트 불빛이 순간적으로 차 안을 비추긴 했지만 그들은 아랑곳하지 않고 뜨겁게 엉겨붙어 서로 떨어질 줄을 몰랐다. 의자를 뒤로 젖혀 침대처럼 만들어놓고 그 위에서 일을 벌이고 있었지만 자리가 워낙 비좁았기 때문에 때때로 머리와 다리 또는 팔꿈치 같은 것이 실내 여기저기에 부딪쳐 쿵쿵 소리를 내곤했다. 의자는 계속 삐걱거리는 소리를 내고 있었다. 실내에는 '슬픈 로라' '안개낀 밤의 데이트' 에 이어 애절한 트럼펫솔로 소리가 흐르고 있었다. 뜨거운 열기 때문에 차창은 뿌옇게 흐려져 있었다.

고속도로 위에 세워둔 차 속에서 자신의 남자다움을 유감없이 발휘하고 난 영대는 자리에 퍼져 있는 여자를 대신해서 운전대를 잡았다. 그때만은 그녀도 자기가 운전해야 한다고 고집을 피우지 않았다. 그들은 여행을 좀 더 즐겁게 하기 위해 날이 샐 때까지는 아랫도리를 입지 않기로 했다. 아랫도리를 벌거벗은 채 고속도로 위를 달려가는 짓거리는 지금까지와는 다른 기묘하고 신선한 자극을 그들에게 안겨 주고 있었다. 여자는 윗도리까지 아예 벗어버리고 싶어했지만 그가 도중에 순찰차에 걸리면 곤란하다고 말하는 바람에 그것만은 그만두기로 했다. 그들은 계속 킬킬거렸다.

"나체란 역시 기막히게 편안하고 좋은 거예요. 나체주의자들의 기분을 알 수 있을 것 같아요. 옷으로 겹겹이 에워싼 인간들의 위선이 역겨워요. 패션이다 뭐다해서 비싼 돈 들여가면서 몸에 휘감고 다니는 옷, 얼마나 웃겨요. 그건 사기예요!"

그녀는 쉴 새 없이 계속 지껄여댔다. 날이 뿌옇게 밝아오기 시작했을 때에도 그들은 그 자극적인 아슬아슬한 기분을 버리고 싶지 않아 옷을 입지 않고 그대로 달려갔다. 그러다가 날이 완전히 밝아온 다음에야 차를 세우고 옷을 입었다.

"아이, 답답해 미치겠어!"

옷을 입고 난 그녀는 투덜거렸다.

별짓을 다하며 굼벵이처럼 갔기 때문에 대구 시내에 도착한 것은 아침 8시가 가까워서였다. 그들은 해장국집에 가서 선짓국밥으로 아침을 때웠다. 그러고 나서 호텔로 가서 커피를 한 잔씩 마셨다. 거리는 러시아워의 혼잡으로 부산스러워 보였지만 그들은 더없이 한가로워 보이는 한 쌍으로서 나른한 피로감에 젖어 있었다.

양방희가 찻잔을 내려놓으며 일어선 것은 9시가 좀 지나서였다.

"아빠한테 가서 돈을 가져올 테니까 이따가 만나요. 푼돈이라면 금방 얻어올 수 있지만 그렇지 않으니까 시간이 좀 걸릴 거예요. 늦어도 11시까지는 돌아올 테니까 11시에 여기서 다시 만나요. 알겠죠?"

그는 어린애처럼 고개를 끄덕였다.

그녀가 가고 나자 그는 비로소 극심한 피로감을 느꼈다. 눈꺼풀이 자꾸만 밀려 내려와 그대로 앉아 있을 수가 없었다. 11시까지는 아직 세 시간 가까이 남아 있었다. 이럴 때 시간을 보내기는 사우나탕이 제일 좋다. 그는 그 호텔 내에 있는 사우나탕으로 갔다. 온탕과 냉탕 사이를 두어 번 왔다갔다 한 다음 대충 몸을 씻고 나자 피로가 좀 풀리는 것 같았다. 휴게실로 가서 의자를 뒤로 젖히고 몸을 눕힌 그는 금방 잠이 들었다. 11시에는 커피숍으로 내려가야 한다는 생각 때문이었는지 그는 도중에 한 번 깨어났다. 시간을 확인한 다음 그는 다시 눈을 붙였다. 한 시간 후면 5백만 원이 굴러 들어온다. 돈 벌기가 어렵다고 하지만 그건 바보같이 우직한 놈들이나 하는 소리이다. 그는 미소를 지으면서 가늘게 코를 골았다.

그가 눈을 뜬 것은 11시가 막 지나서였다. 그는 벌떡 일어나 급히 옷을 입고 아래층 커피숍으로 내려갔다. 시계를 보니 11시 5분이었다. 그녀의 모습은 보이지 않았다. 조금 늦겠지. 그는 당연하게 생각하며 창가에 자리를 잡고 앉았다. 그 자리에서는 길가를 오가는 사람들의 모습이 잘 보였다. 그는 여자들의 모습을 눈여겨보았다. 방희의 모습이 금방이라도 나타날 것만 같았다. 그러나 그녀의 모습은 좀처럼 보이지 않았다. 30분이 지나자 그는 혼자서 커피를 시켜 마셨다. 그는 자꾸만 시계를 들여다보았다. 5백이 굴러들어오면 뭘 할까? 우선 옷이나 두어 벌 맞춰 입고 나서 차를 바꿔야지. 여편네한테는 30이나 40만 원 정도 떼어줘야지.

12시가 지나자 그는 마침내 좀이 쑤시기 시작했다. 빌어먹을. 전화라도 걸어줄 것이지.

1시가 가까워졌을 때 그는 비로소 공돈 벌기가 쉽지 않다는 것을 깨달았다. 별의별 생각이 다 들었지만 그는 그녀가 틀림없이 나타날 것이라고 철석같이 믿으면서 커피 한 잔을 더 시켜 마셨다.

오후 2시가 되었을 대 그의 표정은 똥물을 뒤집어쓰기나 한 것처럼 잔뜩 일그러져 있었다. 그는 더 이상 그곳에 앉아 있을 수가 없었다. 뭔가 잘못되어도 단단히 잘못된 것 같았다.

커피숍 밖으로 나왔지만 그래도 아쉬움이 남아 그 부근에서 어슬렁거리며 커피숍을 드나드는 사람들을 살펴보았다. 그렇게 한 시간 넘게 서성거렸지만 그녀의 모습은 끝내 나타나지 않았다. 망할년 같으니! 만나기만 해 봐라. 오다가 자동차 사고가 난 게 아닌가. 별의별 생각이 다 들었지만 결국 그의 분노를 더욱 부채질하기만 했다.

마침내 그가 그곳으로부터 발길을 돌린 것은 3시가 지나서였다. 약속 시간으로부터 무려 4시간이나 지나서였다. 호텔 문을 나서려다 말고 그는 공중전화 쪽으로 걸어가 전화번호부를 뒤적여보았다. 방희는 그녀 아버지가 경영하는 회사의 이름이 한우섬유주식회사라고 말했었다. 회사에 전화를 걸어 그녀 아버지의 집 전화번호를 알아낸 다음 다시 그곳으로 전화를 걸어 양방희를 찾을 생각이었다. 분통이 터져 그대로 돌아갈 수는 도저히 없었다.

전화번호부에는 한우섬유주식회사의 이름이 분명히 나와 있었다. 그는 동전을 집어넣고 버튼을 급하게 눌렀다.

"한우섬유입니다."

교환 아가씨로 생각되는 여자의 매끄러운 목소리가 들려왔다. 그는 굵고 무거운 목소리로 말했다.

"사장님 성함하고 댁 전화번호 좀 가르쳐 주십시오."

그럴 줄 알고 그는 준비해 놓은 것이 있었다.

"경찰입니다. 특별수사부인데 사장님 사모님한테 뭐 좀 확인할 게 있어서 그래요. 사장님 이름이 두 개이죠? 공식적으로 쓰는 이름 외에 또 뭐가 있어요?"

"전 잘 모르는데요. 잠깐 기다리세요. 비서실로 돌려……."

"아아, 그럴 필요 없어. 이건 은밀히 조사해야 하니까 소문나면 좋지 않아요. 아는 대로 말해 봐요. 빨리!"

"저기…… 제가 알고 있는 사장님 성함은 양갑식이고…… 집 전화번호는……."

정신을 못 차리게 윽박지르는 바람에 교환 아가씨는 엉겁결에 묻는 대로 대답했다.

"더듬거리기는 왜 더듬거려!"

영대는 한 마디 하고 나서 전화를 끊었다. 다시 동전을 집어넣고 나서 이번에는 양갑식 댁으로 전화를 걸었다. 한참 후 신호가 떨어지더니 쌀쌀맞은 여인의 목소리가 들려왔다.

"양방희 씨 계십니까?"

"누구요?"

"양방희 씨 말입니다."

"그런 사람 없어요."

퉁명스럽게 말하고 나서 이쪽에서 뭐라고 말할 사이도 없이 전화를 끊어버린다. 영대는 화가 나서 다시 전화를 걸었다. 조금 전의 그 쌀쌀맞은 목소리가 들려왔다.

"실례지만 거기 양갑식 사장님 댁인가요?"

"네, 그래요."

"양방희 씨 계십니까?"

"그런 사람 없다니까요! 전화 똑똑히 거세요!"

숨쉴 틈도 주지 않고 다시 일방적으로 전화를 끊어버린다. 영대는 화가 머리끝까지 치솟았다. 그는 다시 버튼을 눌렀다. 그리고 조금 전의 목소리를 듣자마자

"이야기가 끝나지도 않았는데 그렇게 전화를 끊어버리면 어떡합니까?"

하고 거칠게 쏘아붙였다.

"아니, 뭐라구요? 그런 사람 없다고 하잖았어요. 그럼 됐지 또 뭐예요?"

"있는데 왜 없다고 거짓말하는 겁니까?"

"참, 기가 막혀서…… 여보세요, 사람을 찾으려거든 똑똑히 알고 전화거세요. 그런 사람은 여기에 없어요."

"양 사장님 따님 가운데 양방희라는 여자가 있는 걸로 아는데 왜 거짓말하는 겁니까? 여긴 경찰이니까 사실대로 이야기해요. 오늘 서울서 내려왔지요?"

"사장님한테는 딸이 없어요. 아들만 셋이에요. 아시겠어요?"

"전화 받는 당신은 누구죠?"

"여기서 일하는 사람이에요."

"가정부예요?"

"네, 그래요."

"가정부 주제에 건방지게! 전화 좀 친절히 받아. 알았어?"

영대는 수화기를 거칠게 내려놓고 다시 커피숍으로 가 보았

다. 커피숍을 한번 둘러본 다음 호텔 밖으로 나왔다.

"개 같은 년! 만나기만 해 봐라. 이게 나한테 거짓말을 다 해. 사람을 뭐로 알고……."

거짓말이라면 그도 사기 전과가 있을 정도로 그 방면의 전문가라고 할 수 있었다. 그런 그가 여자한테 멋지게 당한 것이다. 그는 참담한 패배감을 맛보면서 호텔 앞에 한동안 멍하니 서서 비 오는 거리를 바라보고 있었다.

도대체 뭐하는 여자일까? 그동안 그 계집에 대해서 알아보지 않고 게으름을 피운 것이 영 후회가 되었다.

돈을 주겠다고 대구까지 끌고 와서는 사람을 기다리게 해놓고 연기처럼 사라져버렸다. 생각할수록 그는 울화통이 터지고 어이가 없었다. 양 사장의 딸이라는 것도 거짓말이었다. 양방희라는 이름 자체도 거짓말일지 모른다.

지금에 와서 생각해 보면 결국 그녀 때문에 알리바이를 댈 수가 없게 되었던 것이다. 그녀는 그의 알리바이를 증명해 줄 수 있는 유일한 증인이었다. 그러나 그녀한테는 연락이 되지 않았다. 경찰에 연행된 후 증인으로 그녀를 내세웠지만 그녀라는 존재는 이미 증발되고 없었다. 이상한 일이었다. 그 때문에 경찰은 있지도 않은 사람을 증인이라고 내세웠다고 오히려 더 그를 의심했고, 그래서 그는 더욱 심한 곤욕을 당해야 했었다.

경찰에 구속된 상태에서 수사관 입회하에 그는 몇 번이나 양방희한테 전화를 걸어 보았었다. 그러나 전화를 걸 때마다 통화 중임을 알리는 신호음만 들릴 뿐이었다. 수사관들은 그것을 보고 있지도 않은 전화번호에다 전화를 건다고 그의 머리통을 쥐어박곤 했었다.

결국 지금 와서 생각해 보면 그는 양방희라는 여인한테 끌려다니는 바람에 알리바이를 증명할 수가 없게 되었던 것이다. 그리고 그녀는 그를 대구까지 끌고 내려가 골탕을 먹인 다음 어디론가 증발해 버린 것이다. 왜 나를 골탕 먹이고 사라져 버렸을까? 처음부터 어떤 목적을 가지고 나한테 접근했던 게 아닐까? 그 어떤 목적이란 나를 곤경에 빠뜨리는 게 아니었을까? 그녀는 내가 알리바이를 증명할 수 없게 하기 위해 나를 끌고 다녔고 그런 다음 증발해 버린 게 아닐까? 그렇다면 왜 하필 나를 그 살인 사건의 희생양으로 삼으려 했을까? 왜 내가 그 판에 선정되었을까? 그러고 보니 유춘지의 편지라는 것부터가 이상했다. 그것은 살인 사건의 용의자로 몰리게 한 결정적인 단서가 되었다.

하마터면 살인범으로 몰려 사형대의 이슬로 사라졌던가 아니면 감옥에서 평생 썩을 뻔했다고 생각하자 등골로 식은땀이 흘러내렸다. 그와 함께 자신을 희생양으로 삼으려 했던 양방희에 대해 분노가 끓어올랐다. 도저히 그대로 덮어둘 수는 없다. 기어코 찾아내서 본때를 보여줘야지. 그 여자야말로 어쩌면 그 살인 사건의 범인일지도 모른다고 생각하자 그는 스릴까지 느꼈다. 자신이 어쩌면 살인범을 체포할지도 모른다는 생각에 그는 몸이 근질거렸다.

침대 위의 아가씨는 꼼짝도 하지 않고 잠들어 있었다. 침대로 다가간 그는 잠들어 있는 아가씨의 몸 위로 올라가 그녀의 두 다리를 벌렸다. 그녀가 음음하면서 몸을 뒤틀었다.

"이봐 무슨 잠을 그렇게 자는 거야?"

그가 그녀의 뺨을 찰싹찰싹 때리자 그녀가 가늘게 눈을 떴다.

"아이, 왜 그래요? 졸려서 죽겠어요."

술집 아가씨는 피곤해서 죽겠다는 표정으로 말했다. 그녀의 입에서는 아직도 술 냄새가 풍기고 있었다. 그가 다리를 더욱 벌리자 그녀는 고통스러운 표정을 지었다.

"아, 아파요. 그만하면 됐잖아요. 또 하려구요?"

"그래."

그는 그녀에게 팁을 많이 줬기 때문에 본전을 뽑을 생각이었다. 이미 본전은 뽑고도 남았지만.

그녀가 눈을 흘기면서 하는 수 없다는 듯 그를 받아들일 자세를 취했다.

"나한테 걸리면 뼈도 못 추려."

"정말 그러겠어요. 아저씨 같은 남자는 처음이에요."

그는 그 술집 아가씨를 양방희로 생각하고 격렬하게 밀어붙였다. 어떻게 하면 그 계집년을 찾을 수가 있을까. 어디로 가면 만날 수가 있을까. 그는 행위를 하면서도 그 생각만 하고 있었다. 술집 아가씨는 눈을 감은 채 하품만 해대고 있었다.

결국 그녀가 적극성을 보이지 않은 바람에 마지막 게임은 싱겁게 끝나고 말았다. 그녀의 몸에서 떨어져 나온 그는 벌렁 드러누워 천장을 바라보았다.

양방희는 완전히 증발되기 위해 전화까지 없애버린 것 같았다. 교활한 년이다. 어디 두고 보자. 제깟년이 도망치면 어디까지 가겠는가. 좁게는 서울바닥, 넓게는 한국 내에 있겠지. 나를 함정에 빠뜨렸지만 나는 곧 그 함정에서 빠져나왔다. 이번에는 네년이 함정에 빠질 차례다.

영대는 몸을 일으켜 침대에 걸터앉았다. 그리고 수화기를 집어 들고 양방희의 전화번호에다 다시 한 번 전화를 걸어 보았다.

놀랍게도 이번에는 신호가 가는 소리가 경쾌하게 들려왔다. 한참 후에 신호가 떨어지면서 잠에 취한 남자의 묵직한 목소리가 들려왔다.

"밤늦게 미안합니다. 거기…… 양방희 씨 댁입니까?"

"그런 사람 없어요."

영대는 전화번호를 말해 보았다.

"네, 번호는 맞는데 그런 사람 없어요. 전화가 바뀌었어요."

"언제 바뀌었습니까?"

상대방은 귀찮다는 듯 전화를 끊어버렸다.

생 명

"큰일 났어요!"

수화기를 통해 들려오는 다급한 목소리에 창기는 신경이 곤두섰다.

"왜 그래! 무슨 일이야?"

"동재가 많이 아파요. 열이 펄펄 끓어요. 정신을 못 차리고 있어요!"

미화의 목소리는 송곳처럼 그의 귓속을 파고들고 있었다. 그는 벌떡 몸을 일으켰다.

"지금 가까운 소아과병원으로 데려가 보려고 해요."

"그러지 말고 K병원으로 가! 나도 그 쪽으로 갈 테니까."

"거긴 너무 머잖아요."

"가라면 가!"

그는 소리치고 전화를 끊었다. 잠시 그는 기침을 했다.

"차를 대기시켜요."

그는 인터폰으로 비서에게 지시했다.

"네, 알겠습니다."

여비서가 재빨리 대답했다.

한여름인데도 그는 소매가 긴 와이셔츠를 입고 있었고 검정색 넥타이로 목을 조여 놓고 있었다. 거울에 비친 핏기 하나 없는 자신의 얼굴을 쳐다보면서 그는 감색 저고리를 입었다.

호텔 로미오와 줄리엣 정문 앞에는 코발트색의 볼보가 대기하고 있었다.

아래층으로 내려온 그는 운전기사가 문을 열어놓고 기다리고 있는 볼보 안으로 들어가 앉았다.

배미화는 침대 위에 누워 있는 동재의 얼굴을 물수건으로 닦아 주면서 아기의 어깨를 가만히 흔들어 보았다. 그러나 아기는 감고 있는 눈을 뜨지 않았다. 아기의 입에서는 아주 가느다랗게 신음소리가 새어나오고 있을 뿐이었다.

"불쌍한 애기."

하고 그녀는 속으로 중얼거렸다.

그녀는 전보다 더 아기에게 애정을 쏟고 있었다. 충격적인 사건이 연이어 일어난 탓도 있었지만 아무튼 그녀는 외출도 삼간 채 아기한테만 매달려 있었다. 아기는 아빠를 닮아 너무 작고 연약했다. 그 모습이 측은해서 그녀는 아기 곁을 잠시도 떠날 수가 없었다.

"자, 아가야, 병원에 가야지. 옷 갈아입고 병원에 가자."

그녀는 땀에 젖은 아기의 옷을 벗겼다.

"어머나, 이게 뭐지?"

그녀는 아기 몸에 솟아난 자줏빛 반점들을 보고 깜짝 놀랐다.

옷을 갈아입히고 난 그녀는 아기를 안아 올려 품에 안고 밖으로 나갔다.

주차장에는 세 대의 승용차가 세워져 있었다. 한 대는 빨간 차였고 또 한 대는 벤츠, 그리고 나머지 한 대는 녹색 차였다.

창기는 두 대의 외제차를 가지고 있는데 벤츠보다는 스웨덴제 볼보를 더 자주 이용하고 있었다. 녹색 차는 경찰이 발견해서 연락을 취해 주었기 때문에 끌어다놓은 것이었다. 그것은 저주받은 물건처럼 먼지를 뒤집어쓴 채 버려져 있었다.

주인을 잃은 그것은 갖다버려지거나 중고차 시장에 내다팔지도 않은 채 여전히 주차장 한쪽 구석에 세워져 있었다. 미화가 한번 창기한테 그 차의 처분에 대해서 물어보았지만 그는 아무 반응도 보이지 않았다. 그래서 그것은 거기에 먼지를 뒤집어쓴 채 그대로 세워져 있었던 것이다.

그녀는 아기를 차의 뒷좌석에 눕힌 다음 옆에 세워져 있는 녹색차 안을 들여다보았다.

차 안에는 차 주인의 손이 닿았던 물건들이 그대로 놓여 있었다. 그 중에 운전석 옆자리에 놓여 있는 세 권의 책들이 유난히 시선을 끌었다. 그것들은 어린이 잡지인 <천사들의 집>과 일본 패션잡지인 <논노> 그리고 미국 사진잡지인 <라이프>지였다.

천사들의 집은 8월호였고 논노와 라이프지는 7월호였다. 이상하게도 그것들은 아무도 손을 대려고 하지 않았기 때문에 차 안에 그대로 버려져 있었던 것이다. 천사들의 집은 글보다는 그림 위주로 꾸며진 잡지이기 때문에 동재 또래의 아이들이 보기에는 좋은 책이었다. 그런데도 아무도 그것을 꺼내려고 하지 않았다. 마치 불결한 것이라도 되는 듯 아무도 거기에 손을 대려고 하지 않았다.

차를 몰고 집을 빠져나오면서 미화는 창기가 못마땅한 생각이 들어 미간을 찌푸렸다. 집에서 가까운 곳에 소아과병원이 있었다. 그런데 굳이 창기는 K병원을 고집하고 있었다. K병원은 창기의 친구가 병원장이기는 하지만 너무 먼 곳에 위치해 있었다.

K병원 원장실.

두 남자는 차가운 눈으로 서로를 쳐다보고 있었다.

K병원 원장 민우철과 창기는 절친한 친구 사이였다.

민우철은 깡마른 얼굴에 금테 안경을 끼고 있었다. 그 때문인지 그는 꽤나 신경질적으로 보였다. 그는 창기보다는 머리 하나가 더 클 정도로 키가 큰 사내였다.

"증상이 나타나기 시작하고 있어,"
하고 민 원장이 말했다.

"사람들과 접촉하는 것을 피하는 게 좋겠어."

원장은 아주 냉정한 어조로 말했다. 그러나 창기를 바라보는 두 눈에는 슬픈 빛이 담겨 있었다.

먼저 시선을 피한 것은 창기 쪽이었다. 그는 시선을 밑으로 떨어뜨린 채 두 손을 만지작거리고 있었다. 여자처럼 섬세해 보이는 손등과 핏기 하나 없는 얼굴의 관자놀이께에는 파란 혈관이 솟아나와 있었다.

실내에 깔려 있는 무거운 침묵은 마치 거대한 벽처럼 그들 사이를 가로막고 있는 것 같았다. 사형선고를 내린 사람과 그것을 받은 사람 사이에는 절친하다는 것만으로는 어떻게 해볼 수 없는 엄청난 거리가 생겨나게 마련이었다. 그들은 말은 안 했지만 그것을 분명히 느끼고 있었다.

자본주의 사회에는 분명히 돈의 위력이 절대적이지만 그 돈으로도 고칠 수 없는 것이 바로 에이즈라는 병이었다. 그 병에는 돈도 현대 의술도 무력하기만 했다.

"어떻게 해볼 수 없을까?"

쓸데 없는 말인 줄은 알면서도 창기는 지푸라기라도 붙잡고 싶은 심정으로 중얼거려 보았다. 원장은 목에 걸고 있던 청진기를 벗어서 책상 위에 올려놓았다. 그 질문은 그를 가장 곤혹스럽게 만드는 물음이었다. 그는 거기에 대해 명쾌한 대답을 할 수가 없는 것이 안타깝기만 했다. 친구도 대답은 바라고 있지 않을 것이라고 생각했지만 그는 가슴이 메어지는 것 같았다.

배창기—그는 에이즈 환자였다. 환자로서의 증상이 차츰 나타나고 있었다. 얼마 전까지만 해도 그는 양성반응자였었다. 그가 에이즈 보균자로 밝혀졌을 때 민 원장은 제발 그가 환자가 되지 말았으면 하고 바랐었다. 보균자가 환자로 변할 수 있는 가능성은 15% 정도였다. 그 점을 주지시키면서 그는 창기를 안심시켰었다. 창기의 아들인 동재도 에이즈 양성반응을 보이고 있었다. 그런데 그의 그 같은 바람은 물거품이 되고 말았다.

창기와 그의 어린 아들이 에이즈 보균자였다는 사실은 그들 두 사람만이 알고 있는 비밀이었다.

의사는 자신이 진찰한 사람이 에이즈 보균자로 밝혀질 경우 지체 없이 보건당국에 신고하도록 되어 있었다. 그러나 그는 창기와 그의 어린 자식이 에이즈 보균자라는 사실을 보건당국에 신고하지 않았다. 신고하게 되면 그 즉시 격리 수용된다는 사실을 말해 주자 창기는 제발 신고하지 말고 비밀로 해달라고 간곡히 부탁했고, 그래서 그는 친구와의 정분을 생각해서 지금까지 그 비밀을 지켜왔던 것이다. 다만 비밀을 지켜 주는 대신 다른 사람들에게 전염이 되지 않도록 각별히 조심해달라는 주의 말만은 분명히 해두었다.

배창기가 에이즈 보균자로 밝혀진 것은 1년쯤 전이었다. 본래가 병약한 몸이라 감기만 들어도 K병원을 찾곤 했는데 그 과정에서 우연히 보균사실이 밝혀졌던 것이다. 놀란 민 원장은 창기의 가족들을 모두 검진해 봐야겠다고 나섰고 잔뜩 겁에 질린 창기는 한 살 밖에 안 된 아기를 병원으로 데리고 와서 검사를 시켜보았다. 그 결과 아기 역시 에이즈에 감염되어 있음이 밝혀졌던 것이다.

창기의 충격은 컸다. 충격이 큰 정도가 아니었다. 그는 마치 죄인과 같은 모습이었다. 민 원장은 그의 부인도 데리고 오라고 말했다. 그 말에 창기는 펄쩍 뛰었다.

"아, 그건 안 돼! 집사람한테는 비밀로 해야 돼!"

그는 그렇게 소리쳤었다.

만일 아내마저 감염이 되어 있다면 그녀가 나를 얼마나 원망하겠느냐. 그것이 두려워서 아내를 데려올 수 없다고 그는 말했다. 그는 앞뒤 가릴 생각도 해 보지 못한 채 자기가 가족들한테 병균을 옮긴 감염의 주범이라고 생각했던 것이다.

"내 아내는 검사해볼 필요도 없어. 아기도 감염됐는데 제 엄마가 감염되지 않았을라구. 우리 집사람만은 건드리지 말고 제발 그대로 둬."

그가 하도 완강히 반대하는 바람에 민 원장은 더 이상 유밀라를 검진하겠다고 나설 수가 없었다.

"도대체 넌 누구한테 그런 걸 선물 받았지? 넌 여자 관계도 복잡하지 않잖아. 콜걸하고 상대한 적 있어? 아니면 술집 아가씨하고 관계했나? 잘 생각해 봐. 틀림없이 그것을 옮겨준 여자가 있을 거야.”

민원장은 친구를 노려보면서 추궁해 들어갔다. 창기는 온몸의 피가 말라붙는 것만 같았다. 그는 여자에 대해서만은 결벽증이 있을 정도로 깨끗한 여자만을 원했다. 콜걸이나 술집 아가씨는 여자 취급도 하지 않았고 그렇지 않은 여자라 할지라도 조금 야하거나 불결해 보이면 거들떠보지도 않았다.

더구나 몸이 쇠약했기 때문에 다른 남자들처럼 게걸이 들린 듯 닥치는 대로 여자를 탐한다거나 하는 것은 생각할 수도 없는 일이었다.

특히 죽은 아내에 대해서는 그녀의 불같은 성욕에 짓눌려 콤플렉스를 느끼고 있었기 때문에 아예 자신이 먼저 건드리려고 하지도 않았다. 어쩌다가 아내가 그에게 다가와 관계를 요구하면 하는 수 없이 응하는 게 고작이었지만 그런 경우는 한두 달에 한 번 있을까 말까 했다. 아내가 그에게 어쩌다가 관계를 요구하는 것도 최근에는 다분히 형식적인 것에 지나지 않았다. 거기에는 아내이기 때문에 봉사해 주어야 한다는 형식적인 의식이 깔려 있었던 것이다.

그에게서 만족을 얻을 수 없었던 그의 아내는 그런 형식적인 관계 말고는 그를 별로 찾으려고 하지도 않았고 시간이 흐를수록 그에게서 차츰 멀어져가는 느낌이었다. 그 역시 아내가 그를 찾아오지 않으면 그 자신이 자진해서 아내에게 다가가는 일이 거의 없었다.

결혼 초기만해도 그들은 한 침대에서 몸을 꼭 붙인 채 자곤 했었다. 그것이 어느새 두 개의 침대로 분리되었고, 그 두 개의 침대는 처음에는 사이드 테이블을 사이에 두고 나란히 놓여 있다가 나중에는 ㄱ자형으로 자리를 바꾸게까지 되었던 것이다. 그들은 물론 같은 방을 쓰고 있기는 했지만 최근에는 거의 별거하고 있는 것이나 다름없는 상태에 놓여 있었던 것이다.

그때 멀어지기만 하는 아내의 얼굴 위로 겹쳐 떠오르는 얼굴이 하나 있었다. 아름답고 다소곳한 모습의 미치코였다. 미치코, 바로 너였구나. 나한테 에이즈를 옮겨준 여자가 바로 너였구나. 이럴 수가…….

그의 일본인 애인인 미치코의 모습이 머리에 확연하게 떠오르는 순간 뒤통수라도 한 대 얻어맞은 듯 머리가 멍해져왔다. 그것을 보고 민 원장은 한층 더 집요하게 그를 추궁해 들어왔다. 하는 수 없이 창기는 자기 혼자만 알고 있던 미치코의 이야기를 꺼냈다.

"일본 아가씨를 한 명 알고 있어. 알게 된 지는 한 3년쯤 됐는데 대학생이야. 내 마음에 드는 아가씨야. 그 아가씨한테 옮았을 가능성이 커."

그의 이야기를 듣고 난 민 원장은 혀를 끌끌 차면서 한숨을 내쉬었다.

"그것 보라구. 그렇다니까. 일본 아가씨들은 정조관념이 희박하기 때문에 마음에 들기만 하면 아무하고나 몸을 섞는다구. 특히 서양사람들이라면 사족을 못 쓴다구. 그 아가씨도 아마 그래서 에이즈를 갖게 되었을 거야."

민 원장은 마치 미치코를 검진이나 한 것처럼 단정적으로 말했다.

'그 아가씨는 그런 여자가 아니야!' 창기는 반사적으로 튀어나오려는 말을 간신히 눌러 참았다. 미치코를 변호한다는 것이 얼마나 어리석은 짓인가를 깨달았기 때문이었다. 그에게 에이즈를 옮긴 여자라면 그의 생각에 미치코밖에 없었다. 그렇다면 그녀는 도저히 변호를 받을 수 없는 여자라고 할 수 있었다. 변호는 커녕 비난받아 마땅할 아주 못되고 더러운 여자라고 할 수 있었다. 그 아름답고 청순한 모습 속에 그 더럽고 무서운 에이즈 균이 자라고 있었다는 말인가. 그는 소름끼치는 전율을 느끼면서 머리를 흔들었다. 그것은 도무지 믿어지지가 않는 일이었다. 믿어지지가 않았지만 그에게 에이즈를 옮긴 여자는 아무리 생각해도 그녀밖에 없을 것 같았다. 그런데 이상하게도 미치코에 대해서 증오심이 솟는다거나 그녀가 원망스럽다거나 하는 마음이 조금도 일지 않았다. 그녀에게 속았다는 생각도 들지 않았다. 그들은 서로 사랑하고 있었다. 그래서 그는 그녀가 일부러 그를 속였을 리는 없다고 생각했다. 그녀는 자기가 에이즈에 걸렸다는 사실도 모른 채 나와 관계했을 것이다. 불쌍한 미치코……. 그는 그녀가 가엾은 생각이 들었고 그녀의 행위를 이해하고 싶었다.

탁자 위에는 주스가 담긴 두 개의 유리잔이 놓여 있었다. 하나는 반쯤 비어 있었고 다른 하나는 입도 대지 않은 상태로 놓여 있었다. 주스가 처음 그대로 담겨 있는 것은 창기의 것이었다. 민 원장의 방으로 들어섰을 때 간호사는 아무것도 모르고 그의 앞에도 주스 잔을 갖다놓았지만 그는 그것을 도저히 마실 수가 없었던 것이다. 이유는 잔을 통해서 에이즈 균이 다른 사람한테 감염되는 것을 피하고 싶었기 때문이었다. 민 원장은 그런 그를 보고 에이즈는 그런 것을 통해 전염되는 것이 아니니까 걱정하지 말고 마시라고 말했지만 그는 아무래도 그럴 수가 없었다.

간호사가 들어와 동재가 왔다고 일러 주었다.

이윽고 미화가 동재를 안고 안으로 들어왔다. 창기는 벌떡 일어나 미화로부터 아기를 안아서 품에 꽉 안았다. 아기의 몸은 뜨거웠다. 건강하게 자라준다면 그보다 더 바랄 것이 없겠지만 가엾게도 아기는 엎친 데 덮친 격으로 몹쓸 병에 걸려 있었다. 아기가 그렇게 된 것은 순전히 못된 어른들 탓이었다.

아기는 의식을 잃은 채 가는 신음소리만 내고 있었다. 민 원장은 문을 안으로 걸어 잠그고 나서 창기에게 아기를 진찰대 위에 눕히게 했다. 그러고 나서 그는 미화를 바라보았다. 창기가 동생이라고 그녀를 소개하자 그는 놀란 듯이

"아, 그래? 난 부인인 줄 알았지."

하고 말했다.

"배미화예요. 말씀은 많이 들었어요."

"미인이군."

민 원장은 그녀를 찬찬히 쳐다보고 나서 시선을 돌렸다.

민 원장이 아기를 진찰하는 동안 실내에는 무거운 침묵만이 감돌고 있었다. 미화는 고무장갑을 끼고 아기를 진찰하는 민 원장의 태도가 못마땅했다. 그의 태도는 마치 몹쓸 전염병에 걸린 환자한테서 병이 전염될까봐 전전긍긍하는 그런 모습이었다. 비록 친구이기 때문에 다른 의사들보다는 정성들여 봐 주겠지만 소아과 의사도 아닌 사람한테 아기를 데려온 것은 잘못된 일이라고 그녀는 생각했다. 집에서 가까운 소아과 의사한테 데려가는 게 더 좋았을 걸 잘못했어. 참 이상하단 말이야. 아무리 친구라고는 하지만 굳이 아기를 여기까지 데려오게 할 게 뭐람.

민 원장은 아기의 옷을 헤치고 몸에 피어오른 붉은 반점들을

살펴보고 있었다.

"열이 아주 심해요. 열이 심해서 생긴 건가요? 열꽃 같지는 않은데……."

미화가 볼멘소리로 말하자 민 원장은 그녀를 경계어린 눈으로 힐끗 쳐다보고 나서 아기의 입 속을 들여다보았다. 창기는 창백하게 굳은 표정으로 잠자코 지켜보고만 있었다.

"입원시켜야겠어."

민 원장이 마침내 진찰대에서 물러나면서 말했다. 창기는 그의 어조에서 절망감이 느껴진다고 생각했다. 친구의 표정을 살피면서 그는 아무것도 묻지 않았다.

"입원시켜야 한다구요? 무슨 병인데 입원시켜야 하나요?"

미화가 놀란 표정으로 의사를 바라보면서 물었다. 그녀의 두 눈은 의혹에 차 있었다. 민 원장도 창기도 그녀의 시선을 피했다.

"폐렴 같아."

민 원장이 낮은 소리로 중얼거리듯 말했다.

"폐렴이라구요?"

미화는 소스라치게 놀라며 두 사람을 번갈아 쳐다보았다. 그러나 그들은 왠지 그녀의 시선을 슬슬 피하기만 했다. 미화는 울상이 되어 창기의 팔을 잡아 흔들었다.

"어떡해요?"

"할 수 없지 뭐. 입원시키라면 입원시켜야지."

별로 놀라는 것 같지도 않은 그의 태도와 맥 빠진 듯한 중얼거림이 미화는 몹시 못마땅했다. 어쩌면 남자들은 이럴 수가 있을까. 정말 마음에 들지 않는다. 자기 자식이 폐렴으로 입원해야 한다는 데도 어쩌면 저렇게 태연할 수가 있을까.

그녀는 폐렴이라는 것이 무슨 병인지는 잘 모르지만 그것이 몹시 위험하다는 것 정도는 알고 있었다.

"왜 그런 병에 걸렸죠? 폐렴에 걸리면 몸에 이런 붉은 반점이 생기나요?"

그녀는 진찰대 곁에 다가앉아 아기의 몸을 만지면서 물었다.

"입원시킨 다음 경과를 더 두고 봐야겠어요. 폐렴 증상인데 아직 확실하게 단정을 내릴 수는 없어요."

"저기……."

그녀는 조심스럽게 말을 이었다.

"…… 소아과에 한번 데리고 가면 어떨까요?"

"그건 안 돼!"

민 원장이 뭐라고 말하기도 전에 창기가 날카롭게 소리쳤다. 민 원장한테 의사를 물었던 미화는 창기의 신경질적인 반응에 놀란 눈으로 그를 쳐다보았다. 그녀는 그가 그렇게 반대하는 이유를 알 수가 없었다. 친구에 대한 의리 때문이라면 할 말이 없지만 이건 그런 것을 떠나 아기의 생명에 관계되는 일이 아닌가. 그녀는 구원을 청하듯 민 원장을 바라보았다.

민 원장은 난처한 표정으로 잠시 무엇인가 생각해 보는 듯 하다가 힘들게 입을 열었다.

"꼭 그렇게 하고 싶다면……."

"아니에요. 오빠가 반대하시면 굳이 그렇게까지 할 생각은 없어요. 전 너무 놀라서 그런 생각을 해본 것뿐이에요."

미화는 당황해서 얼버무렸다.

"이렇게 하는 게 어떨까. 내 친구 가운데 소아과 전문의가 있는데…… 그 친구에게 여기 와서 아기를 좀 봐달라고 부탁하면 되지 않을까. 굳이 아픈 아기를 여기저기 데리고 다닐 필요 없이……."

"네, 그게 좋겠군요."

미화로서는 반대해야 할 이유가 없었다. 그런데 민 원장은 그 친구라는 소아과 의사를 당장 부르지 않았다.

"바쁜 친구니까 지금은 안 되고 이따가 점심시간에 좀 와달라고 해야겠어. 내가 알아서 할 테니까 걱정하지 말고 집에 돌아가 있어요."

그 말에 그녀는 펄쩍 뛰었다.

"아니에요! 전 여기에 있겠어요. 아기 혼자 두고 어떻게 집에 돌아가요. 제가 옆에 없으면 아기가 막 울 거예요."

민 원장은 골치 아픈 아가씨를 쫓아버릴 수 있는 적당한 말이 떠오르지 않았다. 그렇다고 그녀를 에이즈 환자와 함께 있게 할 수는 없었다. 그녀가 눈치를 채면 곤란하기 때문이었다.

"걱정하기 말고 돌아가 있어요. 혹시 전염성이 있는 병일지도 모르니까요. 아기 곁에서 간호한다는 것은 위험해요. 정성껏 도와줄 간호사들이 있으니까 아무 걱정하지 말고 집에 돌아가 있어요. 가족이 곁에 있는다고 해서 도움이 되는 건 사실 하나도 없어요. 오히려……."

그러나 미화는 아기를 떼어놓고 갈 수는 없다고 끝까지 고집을 부렸다. 보다 못한 창기가 정색을 하고 그녀를 나무랐다.

"왜 그렇게 고집을 부려? 자꾸 그러면 서로 피곤하잖아. 빨리 돌아가란 말이야!"

그가 그렇게 정색을 하고 신경질적인 반응을 보이기는 처음이었다. 그녀는 눈물이 글썽한 눈으로 아기를 바라보다가 하는 수 없다는 듯 문 쪽으로 향했다. 그러면서도 그녀는 걱정이 되어 물었다.

"언제까지 입원하고 있어야 하죠?"

"그렇게 오래 걸리지는 않을 거예요. 걱정하지 말고 돌아가 있어요."

"잘 부탁하겠어요."

그녀는 밖으로 나가려다 말고 창기를 바라보았다.

"더 계실 거예요?"

"음, 난 좀 있다가 가겠어. 할 이야기도 있고……."

미화가 의심쩍은 표정으로 사라지자 남자들은 비로소 안도하는 표정으로 서로를 쳐다보았다. 그러나 그들의 표정은 이내 다시 어두워졌다. 민 원장이 간호사를 불렀다.

"아기를 입원시켜. 특실에 입원시키고 아무도 특실에 접근시키지 마."

그는 처방전을 급히 작성하여 간호사에게 넘긴 다음 얼굴에 흐르는 땀을 닦았다.

간호사들이 아기를 데리고 나갈 때까지 그들은 꿀 먹은 벙어리처럼 아무 말 없이 서 있었다. 이윽고 아기를 태운 스트레처카를 간호사가 밀고 나가자 민 원장은 문을 닫았다.

"정말 폐렴이야?"

창기가 소리를 죽여 물었다. 그의 표정에는 긴박감이 흐르고 있었다. 민 원장은 무겁게 고개를 끄덕였다.

"면역기능이 떨어져서 생긴 거야."

"소아과 의사한테 보일 거야?"

"그럴 필요 없어. 면역기능이 떨어져서 생긴 거란 말이야."

민 원장은 되풀이해서 말했다. 자신의 말뜻을 알아듣지 못하는 창기가 답답하다는 표정이었다.

"담배 한 대 줘."

그는 평소에 피우지 않던 담배까지 다 찾았다. 실내는 금방 두 사람이 피우는 담배 연기로 가득 찼다.

"면역기능이 떨어지고 있다는 건…… 증상이 나타나기 시작했다는 말이야. 다시 말해서…… 아기는 양성반응 단계를 지나서 이제 환자가 된 거야. 너처럼 말이야."

창기는 파랗게 질린 얼굴로 그를 바라보다가 가만히 창가로 돌아서서 문을 열었다. 밖에는 비가 세차게 내리고 있었다. 그는 창밖으로 손을 내밀었다. 손과 소매가 금방 비에 젖었다.

"아기는 저항력이 아주 약해서 견뎌낼 수 있을지 모르겠어. 성인이라면 어느 정도 시달리다가 죽겠지만 아이들은 그렇지가 못해."

"위독하다는 말이야?"

창기는 창밖을 바라본 채 떨리는 목소리로 물었다. 민 원장은 그의 뒤에서 창기의 뒤통수를 쏘아보면서 고개를 끄덕였다.

"그래. 위독해."

빗소리가 유난히 크게 들려오고 있었다. 그들은 약속이나 한 듯 그 소리에 귀를 기울이고 있었다.

"어떻게 좀 안 될까?"

침묵을 깨고 창기가 물었다. 민 원장은 팔짱을 낀 채 가만히 서 있었다.

"죽으면 안 돼…… 그애가 죽으면 안 돼……."

창기의 목소리는 빗소리에 스며드는 것처럼 아주 작게 들렸다. 그가 계속해서 뭐라고 중얼거렸지만 민 원장의 귀에는 잘 들리지가 않았다.

그는 에이즈 환자로 밝혀진 사람들을 더 이상 자신의 보호 하에 숨겨둔다는 것이 얼마나 어리석고 위험한 짓인가를 잘 알고 있었다.

나중에 역시 에이즈 감염자로 밝혀졌던 유밀라는 이미 죽었고 이제 어린 아기의 목숨이 경각에 달려 있다. 그 다음에는 배창기의 차례이다. 배창기 다음에 배미화일까. 그는 배미화를 유밀라로 착각할 뻔했었다. 그만큼 두 여자는 비슷한 모습이었다. 그는 전에 유밀라를 한번 본 적이 있었다.

친한 친구의 일가족이 어쩌면 에이즈 때문에 모두 죽을지도 모른다는 생각에 그는 잠시 공포에 사로잡혔다.

그렇다고 친한 친구를 당국에 고발할 수도 없는 일이었다. 고발당한 즉시 창기는 격리 수용되어버릴 것이다. 그리고 아무도 보지 않는 곳에서 누구의 보호도 받지 못한 채 외롭게 죽어가겠지. 그가 가지고 있는 그 엄청난 부가 다 무슨 소용이 있는가.

"어느 병실에 입원시켰지?"

한참 만에 창기가 고개를 돌려 민 원장을 쳐다보았다. 그의 두 눈은 젖어 있었다. 안경 밑으로 눈물이 흘러 내려와 있었다.

민 원장은 그를 데리고 5층으로 올라갔다. 5층 복도의 맨 끝까지 걸어가자 철문이 그들을 가로막았고 그 철문 위에는 출입금지라는 팻말이 걸려 있었다. 벨을 누르자 안에서 간호사가 밖을 내다본 다음 문을 열어주었다.

내부는 유리벽을 사이에 두고 나뉘어 있었다. 유리벽 저쪽은 병실이었고 이쪽은 간호사가 대기하고 있는 곳 같았다. 책상 위에는 간호사가 손대고 있던 것으로 보이는 뜨개질감이 놓여 있었다. 간호사는 나이 들어 보였다. 그들은 유리문을 통해 안으로 들어갔다. 그때 민 원장을 찾는 구내 전화가 걸려왔다. 전화를 받은 간호사가 급한 환자가 생겨 원장님을 찾는다고 하자 그는 창기에게 다녀오겠다고 말한 다음 급히 밖으로 사라졌다.

창기는 접근하기 두려워하는 눈으로 아기를 내려다보았다. 아기의 얼굴에는 산소마스크가 씌워져 있었고 팔에는 주사 바늘이 꽂혀 있었다. 주사 바늘에 이어진 긴 줄을 타고 묽은 액체가 조금씩 흐르고 있었다.

창기는 무릎을 꿇고 침대 곁으로 다가앉았다. 그리고 두 손으로 아기의 조그만 손을 가만히 감싸 쥐었다. 아기의 손은 차가웠다. 그는 아기의 손에다 얼굴을 비비다가 끝내 참지 못하고 울음을 터뜨렸다.

"내가 잘못했다…… 내가 잘못했어…… 용서해다오…… 부모 잘못 만나 넌 피어보지도 못하고 가는구나…… 안 돼…… 동재야, 안 돼…… 가면 안 돼…… 모두 가면 난 어떻게 하란 말이냐……."

그는 속으로 웅얼거리면서 흐느껴 울었다

아기의 맥박은 가냘프게 뛰고 있었다. 맥박을 짚어보고 있는 창기는 그것이 금방이라도 멎어버릴까 봐 불안해서 견딜 수가 없었다.

"네가 죽으면…… 이 아빠도 죽을 거야…… 다른 세상에 가서 행복하게 사는 것도 괜찮을 거야…… 하지만 나는 네가 크는 것을 보고 싶었는데……."

간호사가 들어와 뭐라고 말했지만 그는 그대로 엎드려 있었다. 그의 그런 모습은 비통함을 이기지 못해 몸부림친다기보다는 자신의 죄를 사해달라고 빌고 있는 것 같은 그런 모습이었다.

"너무 그러시지 마세요. 환자한테 영향이 있으니까 밖으로 나가 주세요."

간호사가 어깨를 건드렸지만 창기는 움직이려들지 않았다.

민 원장은 모니터 앞에 앉아 버튼을 눌렀다. 화면이 흔들거리다가 이윽고 정지하면서 배동재가 입원하고 있는 특실 내부가 나타났다. 화면은 컬러로 나오고 있었다. 침대 위에 엎드려 흐느끼고 있는 창기의 모습이 뚜렷이 보였다. 소리는 들리지 않았지만 안경 밑으로 하염없이 흘러내리는 눈물로 보아 몹시 비통하게 울고 있는 것을 알 수가 있었다. 그것을 보고 있자니 민 원장은 가슴이 미어지는 것 같았다. 의사로서 친한 친구한테 자신이 조금도 도움이 되지 못하고 있다는 사실에 그는 심한 무력감을 느끼지 않을 수 없었다. 의사가 된 이후 그가 그렇게 심한 무력감을 느껴보기는 처음이었다. 무력감과 함께 그는 자신의 직업에 대한 회의까지 느끼고 있었다.

1년 전 창기와 그의 아들이 에이즈 보균자로 밝혀졌을 때 창기는 그들한테 에이즈 균을 감염시킨 사람은 바로 일본인 애인인 미치코가 틀림없다고 주장했었다. 그의 말을 들은 민 원장은 충분히 근거가 있다고 생각했다. 그러나 그는 자신이 직접 그 여자를 검사해 보고 싶었다. 그래서 창기에게 미치코를 서울로 데리고 올 수 없느냐고 넌지시 물어보았었다. 물론 그녀를 서울로 데리고 올 때에는 에이즈 검사를 해야 한다는 말 같은 것은 접어둔 채 아주 자연스럽게 그럴듯한 이유를 붙여 초대해야 할 것이라는 말까지 곁들여 해 주었다. 창기는 곰곰 생각해 보더니 한번 해보겠다고 말했다.

한 달쯤 지나 창기는 정말로 미치코를 데리고 그 앞에 나타났다. 미치코를 본 순간 민 원장은 그 아름다움에 숨이 막히는 것 같았다.

그들이 처음 인사를 나눈 곳은 어느 고급 레스토랑이었다. 민 원장은 일어를 할 줄 몰랐기 때문에 미치코와 대화를 할 때에는 주로 영어를 사용했다. 미치코도 서투르나마 어느 정도 영어는 지껄일 줄을 알고 있었다.

식사를 하면서 이런저런 이야기를 나누던 끝에 그는 자신의 병원에 종합검진을 위한 최신 기계가 도입되었는데 그 기계는 단시간 내에 검진을 끝낼 수 있을 뿐만 아니라 그 정확도가 90% 이상이라고 자랑했다. 그러면서 그녀에게 종합검진을 받아본 적이 있느냐고 물어보았다. 그녀는 웃으면서 그런 것을 받아본 적이 없다고 대답했다.

"그럼 잘 됐어요. 서울까지 오셨는데 내가 특별히 해드릴 것은 없고 종합검진이나 해드리지요. 이건 어디까지나 서비스로 해주는 것이니까 부담 갖지 말고 귀국하기 전에 내 병원에 한번 들려줘요. 아무리 건강해도 한번쯤은 검진을 받아보는 게 좋을 거예요.

그녀는 웃으면서 부끄러워하는 표정을 지었고, 옆에서 두 사람의 대화를 지켜보던 창기는 이런 기회에 종합검진을 받아보는 것도 괜찮을 것이라고 은근히 부추겼다.

다음 날 창기는 미치코를 데리고 병원으로 민 원장을 찾아왔다. 병원시설을 둘러본 미치코의 얼굴은 어느새 신뢰의 빛을 띠고 있었다. 그녀에 대한 종합검진은 별 어려움 없이 진행될 수 있었다. 혈관에서 혈액을 뽑을 때에도 그녀는 검진에 필요하기 때문에 그러는 줄 알고 잠자코 있어 주었다. 그녀가 검진을 받는 동안 민 원장은 창기에게

"넌 무슨 재주가 있어 저런 미녀를, 그것도 일본 아가씨를 애인으로 두었느냐."

하고 농담 삼아 말하기까지 했다.

결과는 예상했던 대로였다. 물론 미치코한테는 그 즉시 에이즈 보균자라는 사실이 통보되지 않았다. 그 문제는 전적으로 창기한테 맡겨졌다. 에이즈 보균 사실을 빼고는 미치코는 모든 면에서 정상적이고 양호한 편이었다. 종합검진 결과가 아무 이상 없이 A급 판정으로 나왔다고 하자 그녀는 속도 모르고 아주 기뻐했다.

한편 창기는 자신이 예상했던 대로 결과가 나오자 새로운 고민에 휩싸였다. 새로 밝혀진 사실 자체에 대해서는 이미 예상했던 것이었기 때문에 별로 놀라거나 하지 않았다. 그리고 그녀가 저주스럽다거나 하지도 않았다. 오히려 아무것도 모른 채 종합검진 결과에 기뻐하고 있는 그녀의 모습에 한없이 불쌍한 생각만 들었다. 그를 괴롭힌 것은 그 사실을 미치코한테 알려야 하느냐 아니면 비밀에 부쳐두느냐 하는 문제였다. 그것의 처리를 놓고 그는 며칠 동안 괴로워했지만 결국 미치코가 일본으로 돌아갈 때까지 아무 말도 하지 못하고 말았다. 그녀는 한국에 일주일 동안 머무르다 돌아갔다. 창기는 그 한 주일 내내 미치코의 곁에 있어 주었다. 한국에 처음 왔던 그녀는 모든 것에 신기해했지만 그중에서도 한국의 절에 완전히 매료되어 다시 한 번 오고 싶다는 말을 여러 번 했다. 마지막 날 밤은 절에서 방을 하나 빌려 지냈는데

그녀는 평생 잊지 못할 밤이었다고 말했다. 한국의 절은 일본의 절과는 달리 자연의 품속에 안겨 더없이 포근하고 안정된 분위기를 띠고 있으며 절 자체로 하여 그 주위의 자연미가 더욱 돋보인다고 그녀는 나름대로의 평가를 내리기까지 했다.

그녀가 떠난 후 창기는 고민 끝에 그녀가 에이즈 보균자라는 사실을 알려 주는 편지를 써서 그녀에게 보냈다. 물론 거기에는 그녀를 한국으로 초청하여 그녀 모르게 에이즈 검사를 하지 않을 수 없었던 이유도 상세히 적어 보냈다.

"…… 미치코, 사랑하는 미치코, 나와 나의 사랑하는 아들이 그 무서운 병에 걸리긴 했지만 나는 조금도 미치코를 원망하지 않아요. 우리가 서로 사랑했다는 사실도 후회하지 않아요. 그것이 우리가 서로 사랑했었다는 증표라면 나는 그것을 오히려 자랑스럽게 간직한 채 죽어갈 수 있어요. 아무것도 모르고 있을 미치코가 이 편지를 받고 얼마나 충격을 받을까 생각하면 내 가슴은 천 갈래 만 갈래로 찢어지는 것만 같아요. 미치코, 너무 절망하지 말아요. 에이즈 보균자라고 해서 다 환자가 되는 것은 아니니까. 15퍼센트만 환자가 된다고 하니까 너무 걱정하지 말고 굳세게 살도록 해요. 물론 다른 사람들한테 전염이 되지 않도록 조심할 필요는 있겠지. 우리는 언제 다시 만날까? 과연 앞으로 다시 만날 수가 있을까? 사랑하는 미치코, 보고 싶어. 미치도록 보고 싶어. 미치코를 더욱 사랑할 수밖에 없는 나의 심정을 알아주겠지."

그는 편지를 이렇게 끝맺고 있었다. 그것은 다시 만날 수 없음을 예감하는 비통어린 편지였다.

미치코로부터는 얼른 답장이 오지 않았다. 이상하다고 생각하고 있는데 며칠 후 그녀로부터 전화가 걸려왔다. 지금 서울에

와 있다는 놀라운 전화였다. 창기는 그녀가 기다리고 있는 호텔로 달려갔다.

그녀는 호텔 방에서 혼자 그를 기다리고 있었다. 며칠 사이에 그녀는 놀라울 정도로 수척해져 있었다. 그들은 아무 말 없이 서로 껴안았다. 미치코는 그의 품에 안겨서 울음을 터뜨렸다.

"편지를 쓸 수가 없었어요! 편지에 모든 것을 담을 수가 없었어요! 몇 번이나 썼다가 찢곤 했어요! 사랑해요! 사랑해요!"

그녀의 흐느낌과 몸부림은 전류처럼 창기의 몸에 와 닿았다.

"미안해. 편지를 보내놓고 후회했어."

"아니에요! 그런 편지가 없었다면 우리의 사랑은 위선적인 것이 됐을 거예요! 전 당신을 만날 거예요! 죽을 때까지 만날 거예요! 에이즈가 왜 우리를 갈라놓아야 하나요?! 그게 뭔데…… 도대체 그게 뭔데……."

그녀의 입을 덮어 누르는 창기의 입 때문에 그녀는 더 이상 말을 이을 수가 없었다.

한동안 실내는 미치코의 흐느낌으로 가득 차 있었다. 창기는 그녀를 껴안은 채 소파로 가서 앉은 다음 그녀가 울음을 그치기를 기다렸다.

한참 만에 그녀는 화장실로 들어가 얼굴을 고친 다음 그의 옆으로 돌아와 앉았다. 그녀의 얼굴빛은 납처럼 무겁고 창백해 보였다.

"저를 원망하고 계시죠?"

그녀가 그를 외면한 채 떨리는 목소리로 물었다.

"아니, 그렇지 않아. 조금도 그렇지 않아."

그가 다시 그녀를 안으려고 하자 그녀는 어깨를 돌려 그를 피했다.

"편지를 받고 나서 저는 왜 제가 그런 병에 감염됐을까 하고 생각해 보았어요. 아무리 생각해도 이해가 되지 않았어요. 저는 선생님이 두 번째였어요."

그녀는 차마 하기 어려운 말을 꺼내는 것이 몹시 괴로운지 두 손을 마구 비틀어대고 있었다. 창기는 숨을 죽인 채 꼼짝하지 않고 귀를 기울였다.

"첫 번째 남자는…… 사촌동생이었어요…… 부끄러운 이야기지만…… 고등학교 2학년 때 한 살 아래인 사촌동생과 관계를 가진 적이 있었어요…… 단 한 번이었어요…… 그때 너무 부끄럽고 충격이 컸기 때문에 선생님을 만나기 전까지는…… 남자들과 만나는 것이 두렵고 싫었어요…… 그러고 나서 두 번째로 선생님을 만났던 거예요…… 하지만 선생님은 저한테 최초로 사랑을 가르쳐 주신 분이었어요…… 그리고 선생님은 제가 세상에 태어나서 처음으로 사랑하게 된 분이었어요…… 선생님과 만나면 저는 그렇게 행복 할 수가 없었어요……."

그녀의 말에서는 아무런 가식이나 거짓도 느낄 수가 없었다. 그녀가 진실을 말하고 있다는 것을 창기는 분명히 느낄 수가 있었다.

"…… 선생님의 편지를 받고 나서 저는 저한테 에이즈를 전염시킨 사람이 저와 첫 관계를 가졌던 그 사촌동생이라고 생각했어요…… 만일 에이즈가 육체 관계를 통해서만 전염된다고 가정한다면 말이에요…… 하지만 그것은 벌써 여러 해 전의 일이었고…… 어린 사촌동생이 에이즈를 전염시켰다는 것이 도무지 납득하기가 어려웠어요…… 그 동생은 저와 관계를 맺고 난 얼마

후에 교통사고로 죽었어요…… 결국 저는 이렇게 판단할 수밖에 없었어요…… 사촌동생한테 전염된 것이 아니라 다른 이유…… 육체 관계와는 관계가 없는 주사기 같은 것을 통해서 전염된 것이라고 말이에요…….”

고개를 숙인 채 떨리는 소리로 나직이 말하는 그녀의 태도는 마치 죄인처럼 잔뜩 주눅이 들어 죄를 고백하는 것 같았지만 사실은 자신의 무죄를 주장하는 것이라고 볼 수 있었다. 그 주장을 그녀는 매우 완곡한 표현을 빌려 아주 공손하게 하고 있었다. 결코 자신의 죄를 부인하지는 않는다는 식으로.

창기는 그녀가 차라리 직접적인 표현을 사용하여 이렇게 말해 주었으면 하고 바랐다.

"저는 아무 죄가 없어요. 당신과 관계하기 전까지는 저는 에이즈 같은 건 걸리지 않았어요. 저한테 에이즈를 전염시킨 사람은 바로 당신이에요. 유부남인 당신이야말로 에이즈에 걸렸을 가능성이 저보다 훨씬 더 높잖아요. 왜 저한테 그 책임을 덮어씌우는 거예요. 그런 오해를 받다니 저는 정말 억울해요."

아무튼 창기는 미치코로부터 그런 변명 아닌 변명을 듣고 나서 큰 혼란에 빠졌다. 그녀가 서울에까지 날아와 이렇게 처절한 모습으로 그런 말을 하는 것을 보면 결코 거짓말일 리가 없었다. 그녀의 어느 구석에서도 그녀가 거짓말을 하고 있다는 것이 느껴지지가 않았다. 그녀가 거짓말을 해야 할 입장이었다면 굳이 서울에까지 날아올 필요도 없었을 것이고 두 번 다시 그를 만나려고 하지도 않았을 것이다. 그가 그녀한테 그런 편지를 보낸 것으로 해서 그들 사이는 끝장이 난 것이나 다름없다고 그는 생각했던 것이다. 그런데 미치코의 이야기를 듣고 보니 그는 자신이 그녀를 크게 오해하고 있었음을 비로소 알게 되었다.

그와 미치코 사이에 존재하는 것은 오로지 사랑과 진실밖에 없다는 것을 그는 새삼 다시 한 번 깨달았다. 결국 그는

"미치코는 아니다!"

라고 단정했다.

그렇다면 누구일까? 결론적으로 말한다면 미치코가 나한테 그 몹쓸 병균을 옮겨준 게 아니라 오히려 내가 그녀한테 옮겨준 것이다. 그렇다면 나한테 그것을 옮겨준 사람은 누구란 말인가?

"미치코, 미안해. 용서해 줘. 이야기를 듣고 보니까 내가 오해를 하고 있었어. 미치코는 나 때문에 에이즈에 걸린 거야. 미치코의 깨끗한 몸속에 그 더러운 병균을 옮겨 준 사람은 바로 나였어. 그런 줄도 모르고 나는 오해하고 있었어."

"아, 아니에요. 그렇지 않아요. 선생님을 망친 사람은 바로 저에요!"

그녀는 다시 창기의 품에 안겨 울음을 터뜨렸다.

"전 이것이 누구의 책임인지 알고 싶지 않아요…… 이제 와서 그런 걸 따져서 뭐해요…… 저한테 필요한 건 선생님의 사랑뿐이에요……."

세상에 이렇게 아름다운 마음을 가진 여자가 또 어디 있을까? 여느 여자 같으면 자기를 살려내라고 눈에 불을 켜고 달려들 것이다. 에이즈를 감염시켰다고 악을 써대며 몸부림칠 것이고 두고두고 저주를 퍼부을 것이다. 미치코의 사랑이야말로 진정한 사랑이구나. 진정한 사랑이란 이처럼 초월적인 힘을 발휘할 수 있는 것인가. 놀라운 일이다. 이 아가씨는 나를 조금도 원망하지 않는다. 어쩌면 이럴 수가 있을까. 그는 일본 아가씨를 으스러지게

껴안았다.

"내가 바보였어…… 정말 미안해…… 어쩌다가 내가 이렇게 바보가 됐지…… 미치코, 미안해…… 정말 미안해…… 용서해 줘……."

그는 울고 싶었고 쥐구멍이라도 있으면 들어가고 싶은 심정이었다.

"그런 말씀하지 마세요…… 그런 말씀하시면 싫어요…… 에이즈 같은 게 무슨 문제예요…… 전 에이즈보다도 그 때문에 우리가 헤어질지도 모른다는 게 더 무서워요…… 헤어지지 않겠다고 약속해 주세요……."

"약속해."

그는 고개를 끄덕이며 중얼거렸다.

미치코가 그렇게 말할수록 그는 고개를 쳐들 수가 없었다.

미치코한테서 에이즈 균이 감염되지 않았다면 이제 그 전염원은 자명해진 셈이었다. 그러나 창기는 두 번 다시 그와 같은 실수를 범하지 않기 위해 신중을 기해 거기에 접근해 나가기로 마음먹었다.

그러나 그것은 사실 확인하기 두려운 상대였다. 마치 자신이 지키고 싶은 마지막 보루를 그 스스로가 까뭉개는 것 같은 그런 두려움이 계속 그를 망설이게 하고 있었다.

마침 유밀라는 간염 예방접종을 맞은 후 1년이 지나도록 게으름을 피우는 바람에 그때까지 확인 검사를 못 받고 있었다. 그것을 알고 있던 창기는 그것을 꼬투리삼아 그녀를 심하게 나무랐고, 결혼 후 처음으로 혼이 난 그녀는 그 즉시 민 원장에게 달려가 확인검사를 받았다. 간호사가 혈관에다 주사바늘을 꽂고 혈액을 채취하는 것을 보고 그것이 에이즈 검사를 하기 위해 그러는 것인 줄 그녀가 상상이나 했겠는가.

확인검사 결과 간염 항체가 생겼다는 말을 듣고 그녀는 몹시 기뻐했고 그 사실을 전화로 창기에게 알려 주기까지 했었다.

"항체가 생겼대요. 이젠 안심해도 되죠?"

"음, 다행이군."

"아침에 호되게 야단맞고 눈물이 다 났어요. 점심 사줘요."

"안 돼, 약속이 있어."

그는 냉정하게 전화를 끊고 나서 민 원장에게 전화를 걸었다.

그는 숨을 죽인 채 민 원장의 대답을 기다렸다. 민 원장은 한참동안 침묵을 지키다가 이윽고 마지못한 듯 입을 열었다.

"A가 맞아."

A는 에이즈를 가리키는 말이었다.

"수고했어. 고마워."

창기는 중얼거리면서 힘없이 수화기를 내려놓았다. 이로써 일가족 세 명이 모두 에이즈 보균자로 확인된 셈이었다. 그는 주위를 천천히 둘러보았다. 안개가 낀 듯 뿌옇게 흐려져서 아무것도 보이지 않는다. 그것이 점점 어두운 색깔로 보이고 있었다. 어두운 색깔 저편에서 모든 것들이 하나 둘씩 무너져 내리는 소리가 들려오고 있었다.

나에게 에이즈를 전염시킨 사람이 바로 내 아내란 말인가? 도저히 믿어지지가 않는다. 그것이 사실이라면 아내는 또 누구한테서 그것을 옮겨 받았을까? 아내한테 그것을 전해준 사람은 물론 남자이겠지. 과거에 아내를 거쳐 간 남자…… 한 명일까 두 명일까. 아니면 세 명일까. 화려한 미모를 갖추고 있으니까 항상 그 주위에는 남자들이 끊이지 않았겠지. 아내의 과거는 어떤 것이었을까? 아내가 정말 나에게 에이즈를 전염시켰을까? 에이즈는 성관계가 아닌 다른 경로를 통해서도 전염된다고 했다. 이를테면 수혈, 주사기, 면도기 등등…….

그것은 벌써 1년쯤 전의 일들이었다.

몇 시간이 지났는지 모른다. 그는 딱딱한 나무의자에 조각처럼 미동도 하지 않고 앉아 있었다. 간호사가 들어와 나가달라고 말했지만 그는 움직이려고 하지 않았다. 그는 멍하니 침대 위의 아기를 바라보고 있었다.

민 원장이 몇 번씩 나타나 유리벽 너머로 그가 앉아 있는 모습을 안타까운 눈으로 쳐다보다가 돌아가곤 했다. 그는 차마 친구를 데리고 나올 수가 없었기 때문에 왔다가는 아무 말도 못하고 발길을 돌리곤 했던 것이다.

어둠이 밀려와 실내에 불이 켜졌을 때까지도 창기는 거기에 그렇게 앉아 있었다. 그는 화장실에 갈 때에만 몸을 움직였을 뿐이었다. 하루 종일 아무것도 먹지 않았고, 물 한 모금 마시지 않았다. 보다 못한 간호사가 민 원장에게 가서 어떻게 좀 해보라고 간청했지만 민 원장 자신도 얼이 빠진 듯 그저 앉아 있기만 했다.

두 사람은 병원에서 밤을 꼬박 지새웠다. 한 사람은 병실에서, 또 한 사람은 원장실에 앉아서 밤을 꼬박 지새웠다.

새벽에 민 원장이 간호사의 연락을 받고 병실로 달려갔을 때 창기의 모습은 더욱 작아보였다.

병실 안으로 들어간 민 원장은 먼저 침대 쪽으로 가서 아기의 맥박을 짚어본 다음 창기한테 다가갔다.

창기의 초점 없는 두 눈은 침대 쪽을 향하고 있었다. 그는 완전히 얼이 빠진 모습으로 미동도 하지 않고 앉아 있었다. 물 한 모금 마시지 않은 채 딱딱한 나무의자에 앉아서 밤을 새운 그의 모습은 너무도 초췌하고 조그마해 보였다.

민 원장은 한 손을 그의 어깨 위에 올려놓았다. 그리고 어깨를 가만히 흔들면서 잠긴 목소리로,

"아기는 엄마 곁으로 갔어."

라고 말했다. 그 말 한 마디를 하고 난 그는 목이 몹시 아픈 것을 느꼈다.

창기는 사랑하는 아들이 날개를 달고 하늘로 올라가는 것을 볼 수 있었다. 아기의 한쪽 손을 잡고 있는 사람은 아름다운 천사였다.

"안 돼! 아니야!"

그가 중얼거리면서 벌떡 일어서는 바람에 간호사가 놀라서 뒤로 물러섰다. 그는 충혈된 눈으로 방 안에 있는 사람들을 쳐다보다가 출구 쪽으로 비틀거리며 걸어갔다.

"어디 가는 거야? 아기한테 마지막 인사를 해야지."

그 말에 창기는 멈칫하다가 그대로 밖으로 걸어 나갔다. 민 원장은 다급해서 그 뒤를 따라 나갔다. 그는 친구의 팔을 움켜잡았다.

"이거 봐! 어디 가는 거야? 동재가 엄마 곁으로 갔단 말이야. 작별 인사를 해야지."

"아니야."

창기는 머리를 세차게 흔들면서 민 원장의 팔을 뿌리쳤다.

"아들 눈을 감겨줘야 할 거 아니야!"

다시 걸어가는 창기의 뒤에다 대고 민 원장이 말했다. 그러나

창기는 멈추지 않고 그대로 비틀비틀 걸어갔다.

어제 내리던 비는 그치지 않고 여전히 내리고 있었다. 창기는 병원 건물을 나서서 빗속을 걸어갔다. 우산도 쓰지 않은 채 비를 고스란히 맞으며 위태롭게 걸음을 옮겼다.

"그건 말도 안 돼……."

그는 중얼거렸다. 그는 우주선을 타고 천사를 쫓아가 동재를 빼앗아오고 싶었다. 차들이 그의 앞을 스쳐가고 있었다. 그는 멈춰 서서 하늘을 올려다보았다. 구름에 가려 아무것도 보이지 않았다.

추 적

그 집은 골목의 맨 안쪽에 자리잡고 있는 단층 양옥이었다. 오래 된 듯 꽤 낡아보였지만 대문 너머로 들여다보이는 집 안은 깔끔하게 정돈이 되어 있었다. 문패에 적혀 있는 이름과 주소를 확인한 다음 그는 초인종을 눌렀다.

"누구요?"

잠시 후 늙은 여인의 목소리가 안쪽에서 들려왔다. 전화에서 듣던 그 퉁명스러운 목소리가 틀림없다고 그는 생각했다.

전화국을 통해 이 주소를 알아내기까지 그는 꽤나 애를 먹어야 했다. 그러나 이젠 모든 것이 제대로 풀려나간다고 생각하자 그는 긴장으로 몸이 굳어지는 것을 느꼈다.

"실례합니다."

"누구세요? 무슨 일로 그러세요?"

문을 잘 열어주지 않을 경우에 대비해서 그는 준비해둔 대답이 있었다.

"뭐좀 조사할 게 있어서 왔습니다."

대문 틈으로 보이는 여인은 50대 중반의 깡마른 여인이었다.

"어, 어디서 오셨는데요?"

"경찰에서 왔습니다. D경찰서 수사과 박 형사입니다."

그녀는 문틈을 통해 방문객을 살폈다.

"어떻게 경찰관이라는 걸 믿을 수 있죠? 신분증 가지고 계세요?"

김영대는 잠자코 형사 신분증을 문틈으로 밀어 넣었다.

그 신분증에는 <형사>라는 붉은 글자가 큼직하게 찍혀 있었다. 여인은 거기에 적혀 있는 인적사항을 꼼꼼히 읽어보고 나서 날카로운 눈매로 거기에 붙어 있는 사진과 방문객의 얼굴이 같은지를 문틈으로 확인한 다음 마침내 대문을 열어주었다.

"실례합니다."

깔끔한 복장의 젊은 사내는 우산을 접고 집 안으로 들어서면서 정중하게 머리를 숙여 보였다.

"하숙을 많이 치나보죠?"

조그만 방들이 연이어 있는 것을 바라보면서 가짜 형사가 물었다.

"학교 앞이니까 하숙생들이 좀 있어요."

"방학 중에도 학생들이 남아 있습니까?"

"지금은 모두 고향에 내려가고 없어요."

그 집에서 가까운 곳에는 유명한 Y여대가 있었다. 가짜 형사는 마루에 걸터앉았다.

"주인께서는 무슨 일을 하십니까?"

집 안이 조용한 것으로 보아 집에는 그녀 혼자밖에 없는 것 같았다.

"장사하고 있어요."

그녀는 불안한 기색으로 말했다. 방문객은 굳이 무슨 장사를 하고 있느냐고는 묻지 않았다.

"사상적으로 의심이 가는 학생들이 이 집에 하숙하고 있다는 정보가 들어와서 실태를 알아보려고 온 겁니다. 이 집에 하숙하고 있는 사람들 가운데 행동이 수상하거나 한 사람은 없었나요?"

"그런 사람은 없는데요."

"학생들 사이에 불온한 사상이 퍼져 있고…… 그 배후에 간첩들이 준동하고 있다는 거 아주머니도 잘 알지요?"

그가 날카로운 눈매로 쏘아보자 그녀는 잔뜩 움츠러들면서 고개를 흔들었다.

"우리 집에 하숙하는 학생들은 모두 착한 학생들뿐이에요."

"이 아주머니, 아무것도 모르는군. 간첩이 겉으로 보기에 악하게 보이는 줄 아시우. 더없이 착하게 보인다구요. 방 좀 조사합시다. 학생방에 안내해요."

갑자기 그는 거칠게 나오고 있었다.

"모두 집에 내려가고 없는데……."

"짐은 있을 거 아니오."

그녀는 잔뜩 주눅이 들어 방 하나를 열어주었다.

그 방은 여대생 두 명이 쓰던 방이었다. 창가에 책상이 두 개 나란히 놓여 있었고, 책상 위에는 대학교재가 가지런히 꽂혀 있었다. 여학생들 방답게 깔끔하고 예쁘게 꾸며진 방이었다.

방 안으로 들어간 그는 먼저 책상서랍을 열어 뒤집었다. 책들도 끌어내려 대충 훑어보고는 아무데나 내던져 버렸다. 그런 그의 거친 행동을 주인 여자는 떨면서 지켜보고 있었다.

"학생 말고 일반인도 하숙쳤지요?"

"일반인은 없고…… 모두 학생들뿐이에요."

"거짓말 말아요!"

그는 버럭 고함을 지르면서 들고 있던 책을 내던졌다. 그녀는 소스라치게 놀라 그를 쳐다보았다.

"다 알고 왔는데 거짓말하면 안 돼요. 간첩을 숨겨 주면 어떻게 되는 줄 알지? 신세 조진다구."

가짜 형사는 이제 반말조로 위협하기 시작했다.

"아이구, 간첩을 숨겨주다니요. 우리 아들은 장교인데……."

"알아요, 알아. 장교라면 진급에 영향이 있어요. 양방희 방은 어디야?"

"네?!"

"양방희 말이야! 양방희 몰라?!"

그가 주먹으로 책상을 쾅 치는 바람에 그녀는 화들짝 놀랐다.

"다 알고 왔으니까 거짓말할 생각하지 말아요. 양방희 어디 갔어?"

"어, 어디 갔는지 몰라요."

"양방희 방이 어디야?"

"그, 그 아가씨는 얼마 전에 나가고 없는데요."

"양방희는 간첩이야! 알았어? 간첩을 숨겨 주면 어떻게 되는지 알지?"

"아이구 숨겨 주다니요. 숨겨 주지 않았어요. 하숙을 하겠다기에 받아 주었을 뿐이에요."

양방희가 간첩이라는 말에 그녀는 바들바들 떨면서 말했다.

가짜 형사는 그때부터 양방희에 대해 집중적으로 추궁해 들어갔다. 주인 여자는 겁에 질려 가짜 형사가 묻는 대로 순순히 대답해 주었다.

양방희가 그 집에 하숙방을 얻어든 것은 4개월쯤 전이었다. 그녀는 노처녀로 대학생은 아니었고, 그렇다고 달리 뚜렷이 하는 일도 없는 것 같았다. 그런데도 그녀는 혼자서 비싼 독방을 사용했고, 거기다 개인 전화까지 가설하고 씀씀이가 헤프고 사치스러운 것이 돈이 많은 것 같았다. 일주일에 두서너 번씩은 외박하고 들어오곤 했는데 그런저런 것들을 살펴볼 때 요정 같은 데 나가는 것 같았지만 확인할 수가 없어 정확한 것은 알 수가 없었다. 하숙집 여주인은 그녀가 씀씀이가 헤픈 데다 특히 자신한테 친숙하게 굴고 비싼 선물까지 자주 주곤 했기 때문에 그녀에게 깊이 빠져들었다. 양방희는 넉살좋게 그녀를 어머니라고 불렀고 그녀 역시 양방희를 친딸처럼 생각하게 되었다. 양방희는 다른 학숙생들처럼 외출할 때 자기 방문을 걸어 잠그거나 하지도 않고 열쇠를 아예 주인여자한테 맡겨두고 다녔다. 그만큼 그녀를 믿고 따르는 것 같았기 때문에 그녀 역시 양방희를 친딸처럼 여기게 되었던 것이다.

어느 날 양방희는 주인여자가 결혼 이야기를 꺼내자 이런 말을 하기도 했다. 결혼을 생각하고 사귀는 남자가 한 사람 있기는 한데 점점 그 남자가 마음에 들지 않는다. 그 남자와의 관계를 어떻게 해야 할지 모르겠다. 그 남자는 지금 결혼하자고 집요하게 요구해 오고 있다. 혹시 김영대라는 남자한테서 전화가 올지 모르니까 내가 없으면 어머니가 대신 받아 달라. 너무 친절하게 받지 말고 좀 쌀쌀하게 받아 달라. 그 사람이 누구냐고 묻거들랑 어머니라고 대답해달라. 난 어릴 때 엄마가 돌아가셨기 때문에 엄마가 있는 사람이 제일 부럽다. 그래서 그 사람한테도 집에 엄마가 계신다고 거짓말을 했다. 그 사람한테 거짓말한 것은 그것밖에 없다.

그녀의 말대로 김영대라는 남자한테서 그녀를 찾는 전화가 몇 번 걸려왔었고 그때마다 하숙집 여주인은 시킨 대로 쌀쌀맞게 전화를 받곤 했다. 그녀가 누구냐고 물으면 그는

"김영대라고 합니다."

라고 아주 공손히 자기 이름을 밝히곤 했다. 그 김영대라는 사람한테서는 요 며칠 사이에 부쩍 전화가 걸려오곤 했는데 그때는 이미 양방희는 하숙집을 나가고 없었다.

"왜 갑자기 집을 나갔지?"

가짜 형사는 계속 반말로 물었다. 그러나 겁에 질린 그녀는 그것을 당연한 것처럼 받아들였다.

"말로는…… 그 남자 때문이라고 하면서 갑자기 서둘러 나갔어요. 그 남자가 하숙집을 알아내가지고 찾아오려고 한다면서…… 무서워 죽겠다고 하면서 나갔어요."

"그게 언제였지?"

"그러니까……."

그녀는 안방으로 건너가더니 조그만 노트를 하나 가지고 왔다. 그리고 그것을 들여다보고 나서 지난 7월 20일에 집을 나갔다고 말했다. 7월 20일이면 그가 양방희를 따라 대구까지 내려갔다가 완전히 허탕을 친 날이었다.

"그렇게 빨리 서둘러 나갈 줄은 몰랐어요. 김영대라는 남자가 이젠 무서워졌다고 하면서 나가겠다는데 붙잡을 수가 있어야지요."

"망할 년, 경찰이 올 줄 알고 도망친 거야. 제년이 가면 어딜 가겠어. 기어코 붙잡고 말 거야. 난 3년 동안 그년을 체포하려고

쫓아다녔어. 몇 년이 걸려도 기어코 체포하고 말 거야."

"저, 저기…… 그 아가씨가 정말 간첩인가요?"

"그래. 일본에 있는 재일교포 간첩과 접선하면서 암약해 온 고정간첩이야. 그래서 그렇게 돈을 물 쓰듯이 하면서 당신한테 친절하게 군거야. 당신을 포섭하려고 말이야. 당신 혹시 그년한테 포섭당한 거 아니야?"

가짜 형사가 눈을 부라리자 그녀는 사색이 되어 두 손을 흔들었다.

"아이구, 전 아무것도 몰랐어요. 정말 아무것도 몰랐어요. 전 아니에요."

"그건 조사해 보면 알겠지. 데리고 가서 족치면 바른대로 말하겠지."

연행하겠다는 말에 그녀는 어쩔 줄을 모르며 그에게 매달렸다. 그는 거드름을 피우며 마당으로 나왔다.

"양방희를 잡는데 당신이 협조해 주면 봐줄 수도 있어."

그는 우산을 펴들었다. 너무 오래 지체하다가는 다른 사람이 들어올지도 모르기 때문에 그 정도로 해두고 떠날 생각이었다. 하숙집 여주인은 완전히 그의 손아귀 속에 들어 있는 것이나 다름없었다.

그녀는 울상이 되어 대문 앞까지 따라 나왔다. 자기는 정말 양방희가 누구인지도 모르고 하숙을 받았다고 하면서 자기의 죄라면 그것밖에 없으니 잘 좀 봐달라고 신신당부하면서 그에게 눌어붙었다. 김영대는 잔뜩 거드름을 피우면서 말했다.

"마지막으로 묻겠는데…… 어디를 가면 양방희를 만날 수가 있지? 그 여자 연락처가 어디야? 전화번호 같은 거 없어요?"

"아이구, 제가 알면 왜 말씀드리지 않겠어요. 그 나쁜 년 빨리 잡을 수 있게 벌써 말씀드렸지요."

"아무튼 그 여자를 잡을 수 있게 아주머니가 좀 협조해 줘야겠어요. 그 여자에 관한 거라면 아무 거라도 좋으니까 잘 생각해 놨다가 알려줘요. 그 여자가 두고 간 물건 같은 거라도 좋아요. 아주 사소한 거라도 좋으니까 알려줘요. 당신이 성의를 보여야만 나도 봐줄 수 있는 거 아니요."

그는 갑자기 부드럽게 말하면서 그녀의 어깨를 툭툭 쳤다.

"이따가 전화하겠소. 아줌마 이름이 뭐지?"

"허정미라고 해요."

"허정미 부인, 잘 알아서 해요. 나 말고 다른 사람한테 걸렸으면 지금쯤 지하실에 끌려가서……."

그때 하숙생으로 보이는 아가씨 한 명이 어디 갔다 오는지 트렁크를 들고 나타나 허 부인을 보고 반갑게 '아줌마!' 하면서 들어오는 바람에 그는 말을 중단하고 서둘러 그 집을 나왔다.

허정미는 한동안 정신을 차릴 수가 없었다. 그녀는 마치 악몽을 꾸고 난 기분이었다. 간첩이라는 말 한 마디는 듣기만 해도 오금이 저리는 무시무시한 말이었다. 그 말이 자신과 상관없는 말일 때는 강 건너 불 보듯 대수롭지 않게 생각되었는데 일단 그것이 자신과 관련이 있다고 생각되자 완전히 공포에 짓눌려 숨조차 제대로 쉬기가 힘들었다.

간첩이나 간첩과 관계가 있는 사람들은 일단 체포되기만 하면 크게 고생을 당하고 결국 인생을 망친다는 말을 그녀는 수없이 들어왔었다. 그 화는 한 사람에게만 끝나는 것이 아니고 결국 집안까지 망하게 한다는 것을 그녀는 너무나 잘 알고 있었다. 자신이 아무리 결백하다 해도 일단 걸려들면 빠져나가기가 여간 어렵지 않다는 것도 그녀는 알고 있었다.

그것은 치명적인 점염병보다도 무서운 것이어서 일단 간첩 운운하는 소문이라도 나면 이웃과의 관계도 끊긴 채 완전히 고립되고 만다. 그래서 함부로 남한테 말을 꺼내는 것도 겁이 난다. 그녀는 식은땀을 흘리며 끙끙 앓다가 부동산업을 하고 있는 남편에게 전화를 걸었다. 남편은 손님하고 나갔는지 전화를 받지 않았다. 이러지도 못하고 저러지도 못한 채 망설이고 있던 그녀는 결국 아까 찾아왔던 잘 생기긴 했지만 생각만 해도 무섭기만한 그 형사의 말대로 그에게 적극 협조하는 것만이 자신이 화를 면할 수 있는 길이라 생각하고 그에게 도움을 줄 수 있는 게 없을까 하고 생각해 보기 시작했다. 그러고 보니 그 양방희란 년이 자신에게 유난히도 친절히 굴고 돈 씀씀이도 헤프고 비싼 선물을 거침없이 주곤 했던 것이 다 그럴만한 이유가 있어서 그랬던 것 같은 생각이 들었다. '급살 맞을 년 같으니! 하필 사람이 없어서 나 같은 걸 구워삶으려고 했단 말이야. 오라질 년 같으니!' 양방희에 대한 호감은 어느새 증오심으로 바뀌어져 있었다.

그런데 그 형사에게 도움을 줄 수 있는 것이 없을까 하고 아무리 생각해도 도무지 생각이 나지 않았다. 그만큼 양방희란 년은 흔적 하나 남기지 않고 재빨리 사라졌던 것이다.

한 가지 그녀와의 관계를 청산하지 못한 것이 있기는 있었다. 그것은 그녀한테 빌린 돈이었다. 백만 원이나 되는 그 돈은 7월 말에 갚기로 하고 지난달에 빌렸던 것인데 아직 갚지 못하고 있었다. 가만 생각하니 경찰의 수배를 받고 있는 처지라면 앞으로 돈을 받으러 올 것 같지는 않았다. 그렇다면 돈은 갚지 않아도 된다. 간첩의 돈인데 갚을 필요가 없는 것이다. 공포 속에 빠져 있으면서도 그녀는 자신이 챙길 수 있는 이익부터 생각하고 있었다.

그때 전화벨이 울렸다. 너무 놀란 탓인지 벨소리가 유난히 크게 들려왔다. 그 형사가 전화를 걸어온 것 같았다. 도움을 줄만한 것이 하나도 없는데 이거 큰일 났다고 생각하면서 그녀는 전화기 쪽으로 다가갔다. 문득 돈 빌린 것을 이야기해 줄까 하고 생각했지만 아무 도움도 되지 않을 그런 것을 굳이 이야기해 줄 필요는 없겠다 싶어 그만두기로 했다.

"안녕하세요? 저 방희예요."

여자 목소리에 그녀는 또 한번 소스라치게 놀랐다.

마치 그녀의 마음을 읽고 있었기라도 한 듯 때 맞춰 전화를 걸어온 사실에 허부인은 완전히 당황하고 말았다.

"아줌마, 저예요. 저 방희예요."

그녀가 정신을 못 차리고 있는데 양방희가 다시 한 번 자기 이름을 댔다.

"아, 방희. 난 또 누구라구?"

"안녕하셨어요?"

목소리가 유난히 밝고 쾌활하게 들렸다. 허 부인한테는 일부러 그녀가 수다를 떨고 있는 것처럼 들렸다.

"나야 뭐 별일 없지."

"전번에는 정말 죄송했어요. 갑자기 떠나는 바람에 놀라셨을 거예요. 죄송해요. 어쩔 수가 없었어요."

"죄송하긴. 사정이 있어서 그런걸 뭐."

허 부인은 차츰 침착해지기 시작하고 있었다.

"참, 아줌마. 저한테 누가 찾아오지 않았나요? 그 김영대라는 남자 찾아오지 않았나요?"

"아아니, 아무도 찾아오지 않았는데……."

"전화도 걸려오지 않았나요?"

"전화? 아, 전화는 아가씨가 나가면서 떼어가지 않았어. 그런데 무슨 전화가 걸려오겠수."

"어머, 내 정신 좀 봐. 전화 떼어간 것도 모르고……."

"제 정신이 아니구먼."

"요새 좀 그래요."

"가까운 데 있으면 놀러와요. 그리고 이사간 데 전화번호도 좀 알려 주고."

"시간이 나면 놀러가겠어요. 전화는 아직 놓지를 못했어요. 전화가 나오는 대로 알려드릴께요. 아줌마, 그건 그렇고…… 제가 좀 어려워서 그러거든요. 저번에 가져가신 거 약속대로 좀 돌려 주시면 고맙겠어요."

"아, 그거…… 그렇잖아도 생각하고 있는데…… 미안하지만 조금만 더 기다려줄 수 없을까?"

"아줌마, 제가 지금 돈이 몹시 급하거든요. 우선 반만이라도 좀 주실 수 없겠어요? 나머지는 좀 있다가 주셔도 돼요."

허 부인은 순간적으로 돈을 갚으려면 그녀를 만날 수밖에 없을 것이라고 생각했다. 그녀를 만나기 전에 경찰에 그 사실을 알려 주면 경찰은 틀림없이 약속 장소에 나타나서 그녀를 덮칠 것이다. 그러면 빚은 갚지 않아도 될 것이고 어쩌면 보상금까지 타게 될지도 모른다. 무엇보다도 내가 이 여간첩과 관련이 있었을 것이라는 경찰의 혐의를 벗을 수 있는 좋은 기회가 아닌가.

"아이구, 이거 미안해서 어쩌지, 한꺼번에 모두 돌려줘야할 텐데…….”

그녀는 능청을 떨었다.

“아니에요. 괜찮아요. 급한 대로 우선 50만 원만 돌려 주시면 돼요.”

함정에 빠지는 줄도 모르고 양방희는 우선 절반만이라도 받게 된 것을 기뻐하는 것 같았다.

“그럼 그렇게 해요. 지금 좀 모자라지만 나머지는 이웃에서 빌려서 채울 수 있을 거야. 그럼 어디서 몇 시에 만나지? 난 점심 때가 지나서 만났으면 좋겠는데…….”

“그럴 필요 없어요. 은행에 입금시켜 주시면 돼요.”

허 부인은 한 대 단단히 얻어맞은 기분이었다.

“아줌마 댁 근처에…… 대학교 앞에 K은행 있잖아요. 수고스럽지만 거기다 입금시켜 주시면 돼요. 그래도 괜찮겠죠?”

“괜찮고말고. 하지만 난 그보다는 아가씨 얼굴도 보고…… 선물도 하나 사놓은 게 있어서 그걸 전해 주려고 했는데…….”

그녀가 얼버무리자 방희는 기쁨에 넘치는 소리로 이렇게 말했다.

“어머나, 선물까지 사놓으셨어요? 그러실 필요 없는데 정말 고마워요. 그런데 어쩌죠? 제가 바쁜 일이 있어서 나갈 시간이 없거든요. 어디 며칠 다녀와야 해요. 아줌마, 며칠 후에 댁에 찾아가서 뵐께요. 그래도 되죠?”

“바쁘다면야 하는 수 없지 뭐. 그럼 며칠 후에 와요.”

“고마워요, 아줌마. 은행 계좌번호 알려드릴 테니까 적으시겠어요?”

허 부인은 종이와 연필을 가지고 와서 양방희가 불러 주는 은행 계좌번호를 받아 적었다.

"038-2780-39257…… 여기다 입금시켜 주시면 돼요. 그럼 부탁하겠어요. 안녕히 계세요."

양방희가 전화를 끊자 허 부인도 수화기를 내려놓았다. 여우 같은 년, 순순히 만나줄 리가 없지. 50만 원을 입금시켜 달라구? 흥, 간첩한테 뭐 하러 돈을 갚아. 내가 그렇게 바보인줄 알아. 그녀는 계좌번호를 적어놓은 종이를 구겨서 쓰레기통에 집어넣으려다가 혹시나 해서 버리지 않았다.

김영대는 냉면 한 그릇을 먹고 나서 식당을 나와 길을 건너갔다. 공중전화부스는 비어 있었다. 그는 부스 안으로 들어가 허정미의 집으로 전화를 걸었다. 기다리고 있었는지 부인은 금방 전화를 받았다.

"박 형사요. 수사에 도움이 될만한 거 찾아냈어?"

그는 반말로 거침없이 물었다. 그렇게 해야만 상대방이 위압감을 느끼고 주눅이 들기 때문이었다.

"정말 죄송해서 어쩌지요. 아무리 찾아봐도 도움이 될 만한 게 없는데 어쩌지요."

"뭐가 어째?"

그녀의 말이 끝나기가 무섭게 그는 소리를 꽥 질렀다.

"아줌마 정말 이러기야? 여자라고 봐줬더니 정말 이렇게 나오기야? 안 되겠어. 지하실로 끌고가서 작살을 내든가 해야지 안 되겠어."

"죄송합니다. 정말 죄송합니다. 저기 이런 건 말씀드려도 별로 도움이 안 되겠지요?"

"뭐야? 말해 봐."

그는 퉁명스럽게 쏘아붙였고, 잔뜩 겁에 질린 그녀는 더듬거리며 입을 열었다.

"저기……. 그 아가씨한테서 아까 마침 전화가 왔었는데."

"뭐라구?"

김영대는 귀가 번쩍 뜨였다.

"언제 왔었어? 그래서 뭐라고 했어?"

"아까 다녀가시고 나서 한 시간쯤 지나서 왔었는데 별말은 하지 않고……."

"이봐! 연락처 알아놨어?"

"그, 그건 알려 주지 않아서 알아놓지를 못했어요."

"바보 같으니! 경찰이 찾아왔었다고 알려줬지?"

"아아뇨, 그런 말은 비추지도 않았어요."

"만나기로 하지 않았나?"

"그렇지 않아도 만나 보고 싶다고 했더니 자기는 요즘 바빠서 시간을 낼 수가 없다고 했어요. 나중에 집에 한번 놀러오겠다고 하고서는 전화를 끊었어요."

"바보 같으니! 어떻게든 유인해 내서 만날 것이지…… 빌어먹을!"

"저기……. 은행 계좌번호 같은 것도 도움이 될까요?"

"누굴 놀리는 거야? 그런 건 알아서 뭐해!"

그렇게 쏘아붙이고 나서 그는 멈칫했다.

"계좌번호라니……. 그 아가씨 계좌번호 말이야?"

"네, K은행 계좌번호예요."

"어떻게 그걸 알고 있지? 우선 번호부터 말해 봐."

그는 그녀가 불러 주는 K은행 계좌번호를 재빨리 손바닥에다 적었다. 그리고 어떻게 그것을 알아냈느냐고 물었다.

"제가 돈을 좀 빌린 게 있는데 그 계좌번호에다 입금시켜달라고 했어요. 직접 만나서 전해 주고 싶다고 했더니 바빠서 나올 수 없다면서 계좌번호를 알려줬어요."

"얼마를 빌렸는데?"

"지난달에 백만 원 빌렸는데 우선 50만 원 갚기로 했어요."

김영대는 그녀한테서 보다 자세한 이야기를 듣고 나서 전화를 끊었다.

양방희가 계좌를 개설한 은행은 강남에 있었다. 김영대는 K은행 S지점의 문을 밀고 안으로 들어갔다.

지점 안은 한산해 보였다. 영대는 재빨리 카운터에 있는 직원들을 살폈다. 그는 짧은 시간 내에 자신에게 도움을 줄 수 있는 인물을 찾아내는데 남다른 재주를 지니고 있었다. 그것은 이를테면 먹이 찾는 재주라고 할 수 있었다. 그리고 그 먹이의 대부분은 여성들이었다. 고객용 소파에 앉아 주간지를 뒤적이는 체하면서 그는 재빨리 여행원들을 훑어보았다. 그리고 한 아가씨를 점찍은 다음 그쪽으로 다가갔다.

그녀는 혼기를 놓친 듯 나이 들어 보이고 카운터 앞에 앉아 있는 아가씨들 가운데서 제일 미모가 처지는 편이었다. 그런 아가씨가 유혹에 약하다는 것을 그는 경험으로 잘 알고 있었다.

"수고하십니다. 새 통장을 하나 만들려고 하는데……."

그녀는 백만 원 다발을 묶으면서 그를 올려다보았다. 세련되어 보이는 미남이 미소를 짓고 있었다.

"보통예금으로 하실 건가요?"

"네, 보통으로……."

그녀는 신청용지를 내밀었다.

"여기다 적어 주세요."

그녀는 미남의 얼굴을 빤히 쳐다보았다. 그의 시선이 그녀의 가슴 쪽을 더듬고 있었다.

"목걸이가 예쁘군요."

그녀는 얼굴을 붉히면서 미소를 지었다. 그는 비스듬히 기대서서 신청용지에다 필요사항들을 적어 넣었다. 그녀는 매끄럽게 생긴 손이 움직이고 있는 것을 가만히 지켜보고 있었다. 이윽고 그는 신청용지와 함께 백만 원짜리 자기앞수표 한 장과 도장을 내밀었다.

"그 목걸이 어디서 산 겁니까?"

"선물 받은 거예요."

"애인한테서요?"

"아아뇨, 형부가 외국에 가서 사오신 거예요."

"아, 그러니까 근사하군요."

그 목걸이는 조금도 근사해 보이지가 않았다.

"H호텔에 계세요?"

신청용지에 적힌 직업란을 보면서 그녀가 작은 목소리로 물었다. 그는 흰 이를 드러내면서 소리 없이 웃었다.

"네, 한번 놀러오세요."

"거기 가끔 친구들하고 놀러가요. 지하에 있는 맥주홀 분위기가 아주 좋던데요."

"네, 괜찮지요. 한번 오세요. 제가 정말 멋진 데로 안내할 테니까요."

마침내 미끼에 걸려들었다고 그는 생각했다.

"거기서 무슨 일 하세요?"

그는 대답 대신 주머니에서 명함을 한 장 꺼내 그녀에게 건네주었다. 거기에는 <경리담당 이사>라는 직함이 찍혀 있었다.

그는 상체를 그녀 쪽으로 기울인 채 작은 소리로 속삭였다.

"내일 저녁때 놀러오세요. 디너쇼가 있으니까 놀러오세요. 맨 앞자리에서 훌리오 이글레시아스의 노래를 들을 수 있게 해드리지요."

"어머나, 훌리오 이글레시아스 디너쇼…… "

그녀는 자기 목소리가 너무 컸다고 생각하고 손으로 입을 막았다. 훌리오 이글레시아스는 그녀가 좋아하는 가수였다.

그가 한국에 와서 H호텔에서 디너쇼를 연다는 것을 그녀는 잘 알고 있었다. 그러나 쇼 관람료가 엄청나게 비싸기 때문에 그녀는 그것을 본다는 것은 생각지도 못하고 있었다. 그런데 느닷없이 고객이 한 사람, 그것도 멋지게 생긴 사람이 나타나서 그 디너쇼를 보여 주겠다는 것이다. 그녀는 지난밤의 꿈자리가 역시 괜찮았다고 생각했다.

조금 후 김영대는 새 통장을 받아들고 고개를 끄덕였다.

"약속을 해야죠. 내일 나올 수 있어요, 미스 박?"

그는 그녀의 왼쪽 가슴에 달려 있는 명찰을 눈여겨보았다. 그녀는 훌리오 이글레시아스의 감미로운 목소리가 귓가에 맴도는 것을 느꼈다.

"그렇지 않아도 가 보고 싶었어요."

"그럼 내일 6시 30분에 H호텔 커피숍에서 만나요."

그녀는 얼굴 가득히 미소를 띤 채 다른 행원들이 눈치채지 못하게 고개를 끄덕였다.

김영대는 출입구를 향해 뚜벅뚜벅 걸어가다가 생각난 듯 돌아서서 그녀 쪽으로 되돌아왔다.

"참, 뭐 하나 알아볼 게 있는데……."

"네, 뭔가요?"

그녀는 발딱 일어나서 그를 쳐다보았다.

"다름이 아니고 이 계좌번호 고객의 주소 좀 알 수 없을까 해서요."

그녀는 그가 내미는 메모지를 가만히 들여다보았다. 거기에는 그 지점의 저축예금 계좌번호가 적혀 있었다.

"호텔에서 통장을 하나 주웠어요. 통장은 마침 가져오지 않았는데…… 주소를 알아서 돌려줘야겠기에 여기 오는 길에 적어 가지고 왔지요."

그녀는 조금 미심쩍은 생각이 얼핏 들기는 했지만 그런 것을 따지기에는 그에게 너무 마음이 쏠려 있었다.

사실은 특별한 경우를 제외하고는 행원이 외부에 고객의 인적사항을 유출하는 것은 금지되어 있었다.

그러나 그녀는 그에게 최대한의 호의를 베풀고 싶어 안달이나 있었다. 그 정도 금지사항을 어기는 것쯤이야 별로 문제될 것이 없다고 생각했다. 고객의 예금을 몰래 빼돌리는 것이 아닌 바에야 가벼운 마음으로 살짝 알아볼 수 있는 것이었다. 그녀는 저축예금 카드가 비치되어 있는 곳으로 침착하게 걸어갔다.

5분도 못 돼 김영대는 그녀로부터 메모지를 받아들고 은행문을 나섰다. 밖으로 나서자마자 그의 머릿속에서는 그 여행원의 모습이 깨끗이 지워졌다.

그녀는 퇴근 후 잔뜩 흥분해서 H호텔 커피숍으로 달려갈 것이다. 거기서 커피 한 잔을 시켜놓고 앉아 몸살이 날 때까지 뭉그적거리다가 마침내 이상한 생각이 들어 경리담당 이사실에 전화를 걸어 보겠지.

경리담당 이사라는 게 있는지 없는지 그건 알 수 없지만 있다고 가정할 경우 명함에 적힌 대로 김상수 이사를 찾겠지. 그리고 그런 사람 없다는 말을 듣고 비로소 속았다는 것을 알게 될 것이다. 그가 그녀에게 준 김상수라는 이름의 명함은 웃돈을 주고 급히 만든 것이었다. 그리고 물론 조금 전의 새 통장도 김상수라는 가명을 사용해서 만든 것이었다. 이름뿐만 아니라 주소도 가짜였다.

은행에서 나온 그는 거기서 가까운 같은 은행의 다른 지점을 찾아갔다. 그리고 조금 전에 예금했던 돈을 천 원만 남겨두고 모두 인출했다.

이제 남은 것은 양방희의 주소를 찾아가는 일이었다. 그는 메모지를 들여다보았다. 거기에는 정우희라는 이름과 함께 그녀의 주소와 전화번호가 적혀 있었다. 양방희는 가명이고 정우희라는 이름이 본명일 가능성이 많았다. 양방희라는 이름은 그를 유인해서 알리바이를 만들어놓지 못하게 하기 위해 잠깐 사용했던 가명일 것이라고 그는 생각했다.

주소를 찾아가기 전에 그는 우선 전화로 확인하고 싶었다. 주위를 두리번거리다가 그는 조용한 카페를 찾아갔다. 그리고 차를 한 잔 시킨 다음 여자 종업원에게 전화번호를 적어 주면서 전화를 좀 걸어달라고 부탁했다.

"정우희를 찾아서 그 여자가 직접 전화를 받으면 무조건 전화를 끊어요. 다른 사람이 전화를 받아서 지금 없다고 하면 언제 들어오는지 자세히 물어봐줘요. 그쪽에서 누구냐고 물으면 후배라고 말해요. 지금 집에 있다고 하면 바꿔달라고 한 다음 전화를 끊어버려요."

여종업원은 처음에는 그의 말을 듣는 둥 마는 둥 하다가 그가 팁을 쥐어 주자 표정이 밝아지면서 그의 말을 한번 더 듣고 나서 카운터 쪽으로 걸어갔다.

그녀가 전화를 걸었을 때 그것을 받은 사람은 굵은 목소리의 남자였다.

"여보세요, 거기 정우희 씨 댁인가요?"

"네, 그렇습니다."

"정우희 씨 계세요?"

"지금 안 계십니다. 어디십니까?"

거기에는 대답하지 않고 그녀는 다시 물었다.

"언제 들어오시는가요?"

"그건 잘 모르겠습니다. 어디십니까?"

"후배 되는 사람이에요."

"후배 누구라고 할까요?"

그녀는 수화기를 내려놓고 돌아섰다. 그리고 김영대한테 가서 통화 내용을 그대로 전해 주었다.

"어디냐고 남자가 꼬치꼬치 캐물었어요."

그녀는 말끝에다 그렇게 덧붙였다.

그칠 듯하던 비가 저녁이 되자 더욱 거세게 내리고 있었다.

저녁 7시가 조금 지난 시각이었다. 여느 때 같으면 아직도 해가 남아 있어 밝을 때이지만 비가 내리고 있었기 때문에 벌써 거리는 어둑어둑해지고 있었다.

별로 눈에 띄지 않는 흰색의 승용차 한 대가 아파트 단지 입구에 한동안 정차해 있다가 슬그머니 단지 안으로 미끄러져 들어갔다. 그것은 렌터카였지만 그런 차임을 알려 주는 표시 같은 것은 없었다.

그 아파트 단지는 한강변에 길게 자리 잡고 있는 매우 큰 단지였다. 그리고 서울에서도 가장 비싼 아파트로 소문이 나 있는 곳이기도 했다.

렌터카는 단지 안을 이리저리 굴러다니다가 마침내 315동 앞에서 가만히 멈춰섰다. 김영대는 아파트 건물을 올려다본 다음 렌터카를 다른 차들 사이로 집어넣었다. 비가 오고 있는 탓인지 주차장에는 일찍 귀가한 차들이 즐비하게 늘어서 있었다.

건물 안으로 들어가는 출구는 두 개였다. 그는 주머니 안에서 종이를 꺼내 펴보았다. 거기에는 315동의 도면이 대충 그려져 있었다. 그것은 그곳에 오기 전에 부동산 중개업소에 들러 거기에 비치되어 있는 것을 보고 그가 대충 그려가지고 온 것이었다. 그가 아파트를 하나 구입할 의사가 있는 것처럼 말하자 부동산업소의 주인은 그를 아주 친절하게 대해 주었다.

정우희는 315동 1510호에 살고 있었다. 1510호라면 오른쪽 문으로 들어가 엘리베이터를 타고 15층으로 올라가면 된다. 각 동에는 동의 중간 위치에 경비실이 설치되어 있었고 그 안에는 경비원이 앉아 있었다.

김영대는 편하게 자세를 취한 다음 오른쪽 문으로 출입하는 사람들을 살피기 시작했다. 남자들은 보는 둥 마는 둥 하고 젊은 여자들만 자세히 관찰했다.

날이 저물자 출입하는 사람들의 수가 부쩍 많아지고 있었다. 그러나 양방희의 모습은 좀처럼 눈에 띄지 않았다. 양방희와 정우희가 동일 인물일 것이라는 추정만으로 장시간 차속에 버티고 앉아 있다는 것은 여간 인내심을 요하는 일이 아니었다. 그 두 사람이 동일 인물이 아니라면 완전히 헛수고를 하고 있는 것이다. 기다리는 고통스러움이 가중될수록 그는 더욱 증오심에 사로잡히고 있었다.

날이 완전히 어두워지자 그는 차 밖으로 나와 건물 모퉁이를 돌아갔다. 방광은 터질 듯이 부풀어 있었다. 지퍼를 내리고 소변을 보면서도 그는 그 사이에 양방희가 나타날까봐 안절부절 못하고 있었다.

다시 차로 돌아온 그는 옆에 놓아둔 조그만 가방을 무릎 위에 올려놓고 지퍼를 열었다. 안에는 철사줄, 펜치, 칼, 테이프, 플래시 같은 것들이 들어 있었다. 칼만 꺼낸 다음 가방을 도로 닫았다. 칼은 가죽집 속에 들어 있었다. 그것을 안주머니 속에 집어넣은 다음 밖으로 나왔다.

날이 어두워졌기 때문에 경비원의 눈을 그렇게 의식하지 않아도 될 것 같았다. 그는 주차해 있는 차들을 훑어보면서 지나쳐 갔다. 한 번 갔다가 되돌아오면서 봤지만 양방희의 차는 없는 것 같았다. 그녀의 차는 코발트색이었는데 주차장에는 그런 차가 4대나 주차해 있었다. 그는 그 차의 번호를 외워두지 않은 것을 몹시 후회했다. 그러나 그는 그녀가 운전석 앞에 자신의 사진을 하나 세워놓고 다닌다는 것을 알고 있었다. 웃고 있는 그 사진은 머리를 양 갈래로 땋아서 어깨 앞으로 늘어뜨린 소녀 때의 모습을 찍은 것이었다. 그녀의 말로는 여고 2학년 때의 사진이라고 했다. 그녀는 제복을 입고 다니던 그 시절이 제일 추억에 남는다고 말했었다.

그 사진이 놓여 있는 차를 발견하지 못한 김영대는 다시 차로 돌아와 감시를 계속했다. 그러나 오래 있지 못하고 도로 밖으로 나왔다. 그는 우산을 펴들고 얼굴을 가렸다. 비가 퍼붓고 있었기 때문에 경비원도 경비에 별로 신경을 쓰고 있는 것 같지 않았다.

마침 부부로 보이는 젊은 한 쌍이 차에서 내려 건물 입구 쪽으로 걸어가고 있었다. 김영대는 그들과 일행인 듯 그 뒤로 바싹 다가서서 따라갔다.

마침내 출입구로 들어섰지만 경비원이 그를 부르는 소리는 들려오지 않았다. 그는 출입구 안에서 잠시 기다렸다. 이윽고 젊은 한 쌍이 엘리베이터 안으로 사라지자 그는 몸을 돌려 엘리베이터 쪽으로 다가갔다.

그 아파트 건물은 15층까지 있었다. 그는 15층까지 올라가지 않고 13층에서 엘리베이터를 내렸다. 그리고 아주 천천히 계단을 올라갔다. 어디선가 음악소리가 들려오고 있었다. 마침내 15층에 이른 그는 서로 마주보고 있는 두 개의 철문을 번갈아 쳐다보았다. 1510호는 1509호와 서로 마주보고 있었다. 그는 잠시 1510호 앞에 서서 귀를 기울여보았지만 안에서는 아무 소리도 들려오지 않고 있었다. 마치 비어 있는 집처럼 조용하기만 했다. 그는 다시 계단을 올라갔다. 계단을 한 번 꺾어져 올라가자 옥상으로 통하는 문이 나왔다. 문은 잠겨 있지 않았다. 그는 문을 밀고 옥상으로 나가 보았다.

옥상에는 비바람이 치고 있었다. 옥상의 한쪽에는 가건물처럼 보이는 것이 하나 세워져 있었다. 그것은 합판으로 대강 짜 맞춘 것이었다. 출입문은 열리지 않게 벽돌로 괴어져 있었다. 그는 벽돌을 밀어내고 안을 들여다보았다. 안에는 페인트통과 페인팅용 기구들이 아무렇게나 놓여 있었다. 아파트 건물을 새로 도색하면서 인부들이 거기에다 그렇게 놓아둔 것 같았다. 그는 들고 온 가방을 거기에다 놓아두고 옥상에서 내려가 계단에 걸터앉았다. 벽 쪽에 몸을 밀착시키자 1510호의 출입문이 반쯤 시야에 들어왔다. 이제부터 기다려볼 생각이었다. 막연하기 짝이 없는 일이지만 그것이 시간과의 싸움이라는 것을 그는 잘 알고 있었다. 다행히 1509호는 계단에 가려 보이지 않았다.

자신이 그러고 있는 것이 발각된다 해도 크게 죄 될 것은 없었기 때문에 불안감 같은 것은 느껴지지 않았다. 나쁜 쪽은 그가 아니라 그녀 쪽이었다.

9시가 지났을 때 그는 엉덩이가 아파서 더 이상 앉아 있을 수가 없었다. 그는 옥상으로 나가 소변을 갈기고 나서 담배를 한 대 피운 다음 다시 계단으로 돌아와 앉았다. 배고픔이 점점 고통스럽게 느껴지기 시작하고 있었다. 개 같은 년, 만나기만 해 봐라. 그는 어금니를 깨물면서 그녀를 만났을 때 자신이 해야 할 일들을 생각해 보기 시작했다.

부산 해운대구 G동에 자리 잡고 있는 A아파트 단지는 높은 언덕배기에 자리 잡고 있어서 걸어 다니기에는 상당히 불편한 곳이었다.

신참 형사 강인재는 허덕거리며 비탈길을 올라갔다. 비바람이 몹시 불어대고 있었기 때문에 우산도 소용이 없었다. 그는 옷이 모두 비에 젖어들었지만 상관하지 않고 계속 걸어 올라갔다. 택시를 타고 다닐 형편도 못 됐기 때문에 그는 버스를 이용하거나 웬만한 거리는 걷거나 했다.

그 비탈길은 벌써 여러 번 올라가는 길이었다. 10동 건물 앞에 이른 그는 5층을 한번 올려다본 다음 안으로 들어가 계단을 올라갔다. 아파트는 5층까지밖에 없었기 때문에 엘리베이터가 설치되어 있지 않았다. 5층까지 올라간 그는 515호 앞에 멈춰 섰다. 그리고 심호흡을 한 다음 초인종을 눌렀다. 초인종을 몇 번 누른 뒤에야 안에서 인기척이 났다.

"누구세요?"

김영대의 부인인 하종미라고 강 형사는 생각했다.

"실례합니다. 강 형사입니다. 또 왔습니다."

또 왔다는 말을 할 때 그는 조금 멋쩍은 표정을 지었다. 문이 조금 열리더니 젊은 여자의 얼굴이 나타났다. 강 형사는 꾸벅하고 고개를 숙였다.

"밤늦게 죄송합니다. 또 왔습니다."

경계하는 듯한 그녀의 표정이 좀 부드러워지는 것 같더니 문이 더 열렸다.

"들어오세요. 차 한 잔 들고 가세요."

"아, 괜찮습니다."

사양하면서도 그는 안으로 발을 들여놓고 있었다. 안으로 먼저 뛰어 들어가는 하종미의 모습이 너무나 자극적이었기 때문에 그는 당황해 하면서도 물러나지 않고 안으로 들어갔다.

그녀는 어깨와 허벅지가 드러나는 잠옷만을 걸치고 있었다.

속살이 훤히 비칠 정도는 아니었지만 그는 그녀가 안에 팬티 한 장만 걸치고 있음을 알아볼 수가 있었다.

조그마한 거실은 깔끔하게 정리되어 있지가 않고 어지러울 정도로 어질러져 있었다. 하종미의 성격이 원래가 깔끔하지가 못하고 되는 대로 어질러놓고 사는데 익숙해져 있는 것 같았다.

강 형사는 소파에 앉아 맞은편 장식장 위에 켜져 있는 텔레비전을 바라보았다. 화면에는 연속극 같은 것이 방영되고 있었다.

조금 후 하종미가 찻잔을 받쳐 들고 나타났는데 차림은 여전히 아까 그대로 허벅지와 어깨가 드러난 잠옷 바람이었다.

"감사합니다."

강 형사는 두 손으로 찻잔을 받았다. 하종미는 텔레비전의 볼륨을 조금 줄이기 위해 장식장 쪽으로 허리를 구부렸다. 그 바람에 둔부가 둥그렇게 솟아 보였다. 강 형사는 그 탐스러운 엉덩이를 힐끗 쳐다보고 나서 얼른 시선을 딴 곳으로 돌려버렸다. 그녀는 자신의 옆모습이 보이는 위치에 자리를 잡고 앉았다. 그렇지 않아도 허벅지가 드러난 잠옷 바람이었는데 다리를 포개고 앉는 바람에 엉덩이까지 거의 드러났다. 그렇게 앉아서 그녀는 찻잔을 집어 들었다.

"밤늦게까지 수고하시네요."

그녀가 미소를 지어보이면서 말했다.

"아, 네……"

그는 너무 눈이 부셔서 그녀를 마주 바라볼 수가 없었다.

"참, 부군한테서는 아직까지 전화도 없나요?"

"그저께 한 번 걸려온 후로는 연락이 없어요. 그이는 전화 같은 거 잘하지 않아요. 그이는 이제 완전히 혐의를 벗었나요?"

"네, 혐의는 벗었습니다."

"그런데 왜 그렇게 찾으시는 거죠?"]

그녀가 다리를 흔들면서 물었다. 그렇지 않아도 파여진 잠옷의 가슴께가 더 밑으로 내려간 것 같았고, 그래서 그녀의 허연 젖가슴 사이의 깊은 골이 더욱 깊어 보였다. 젊은 형사는 마른 침을 꿀꺽 삼켰다.

"김영대 씨가 왜 그렇게 궁지에 몰리게 되었는가 그것을 알아보려고 그럽니다. 김영대 씨를 함정에 빠뜨린 사람이 누구인지 알아내려는 겁니다. 그것을 알아내기만 하면…… "

강 형사는 하지 않아도 되는 말을 쓸데없이 지껄이고 있다고 생각되자 얼른 입을 다물어버렸다.

"술 한 잔 하시겠어요? 좋은 위스키가 있는데……. "

"아이구, 밤도 깊었는데 가 봐야죠."

그는 찻잔을 내려놓고 엉덩이를 들썩거렸다.

"잠깐 앉아계세요. 너무 수고하시는데…… 대접할 것은 없고 술 한 잔 하고 가세요."

그녀는 벌써 일어나 있었다.

"불안해 하실 거 없어요. 마음 푹 놓으세요. 올 사람도 없으니까요."

김영대라도 불쑥 나타나면 어떡하지 하고 그는 생각했다.

시간은 11시가 지나고 있었다. 높은 지대에 자리 잡고 있기 때문에 비바람 치는 소리가 마치 고양이들이 뒤엉켜 지르는 울음소리처럼 들려오고 있었다.

"참 무슨 술 마시겠어요? 위스키도 있고 다른 술도 있는데……. "

그녀가 주방 쪽으로 가다 말고 돌아서서 그를 빤히 쳐다보며 물었다.

"아, 아무 거나 좋습니다."

그는 당황해서 말했다. 그리고 그녀가 사라지자 가만히 한숨을 내쉬었다. 왠지 가슴이 떨려오고 호흡이 가빠오는 것을 느끼면서도 그는 그 자리에 뭉그적거리고 있었다. 젊은 여인이 연출해내는 분위기에 휩쓸리고 싶은 강한 욕구를 그는 뿌리칠 수가 없었다.

일어서야 한다고 생각하면서도 그러지를 못하고 뭉그적거리고 있는 사이에 그녀가 술상을 차려가지고 돌아왔다. 술상에는 양주 한 병과 맥주병 한 개 그리고 마른 안주가 조금 놓여 있었다. 그녀는 그것들을 모두 탁자 위로 옮겨놓았다.

"술 좋아하실 거 같은데요?"

그녀가 잔에다 위스키를 따르면서 말했다. 상체를 구부리는 바람에 그녀의 젖가슴이 거의 다 들여다보였다.

"별로 못합니다."

그는 더듬거렸다. 술을 한 모금 마시고 난 그는 목이 타는 것을 느끼면서 캑캑거렸다. 그런 그를 여인은 미소를 지으면서 바라보았다.

"부인은 예쁘세요?"

"아, 아직 결혼하지 못했습니다."

"어머, 그럼 총각이세요?"

"그, 그런 셈이지요."

"저한테도 술 한 잔 따라주세요. 저는 맥주를 좋아해요."

그녀가 빈 잔을 내밀었다. 그는 얼른 맥주병을 집어 들고 그

녀 쪽으로 팔을 뻗었다. 그러나 거리가 멀어서 엉거주춤 엉덩이를 쳐들어야 했다. 그것을 보고 하종미가,

"아이, 그러지 말고 가까이 와서 술 따르세요. 남자가 왜 그렇게 내외를 하세요."

하면서 그의 손을 덥석 잡아끌었다.

그는 당황해서 그녀 곁으로 다가가 앉았다. 그녀 쪽에서도 다가앉는 바람에 두 사람의 몸이 서로 부딪쳤다.

"이 점퍼도 좀 벗으세요. 어머, 벗어서 말려야겠어요."

그녀는 자진해서 그의 옷을 벗겨 주었다. 그 바람에 그녀의 팽팽한 젖가슴이 자주 그의 몸에 부딪쳐왔고 그때마다 그는 숨이 막히는 것만 같았다.

"자, 우리 건배해요!"

그녀가 맥주잔을 쳐들었고 그들은 뒤늦게 잔을 부딪치면서 건배했다.

"강 형사님은 몇 살이세요?"

"스물일곱입니다."

그는 자신이 왜 그곳에 왔는지 이유를 알 수 없었다.

"어머나, 그것밖에 안 됐어요? 저보다도 적네요."

"몇 살이십니까?"

"두 살 더 많아요."

"그렇게 보이지 않는데요."

그녀는 씁쓸하게 웃었다.

"전에는 예뻤는데…… 지금은 살림 사느라고 형편없어요. 여자는 역시 남편을 잘 만나야 해요. 남편 잘 만나면 팔자 늘어지는 거구 잘못 만나면 나처럼 찌그러지는 거구…… "

그녀는 지금의 결혼생활에 환멸을 느끼고 있는 것 같은 표정으로 말했다.

"지금도 아름다우신데요 뭐."

"그 말 정말이에요?"

그녀가 상체를 그쪽으로 기대면서 얼굴을 갸우뚱하게 돌려 그를 올려다보았다.

"네, 정말입니다. 너무 아름다우십니다."

그녀는 몸을 뒤틀면서 황홀한 표정을 지었다.

"어머나, 이걸 어쩌지. 그런 말을 듣고 가만 있을 수야 없지. 뭘 원하세요? 지금 제가 들어드릴 수 있는 거 말씀해 보세요. 아무거나 좋아요."

그녀의 자세는 이제 완전히 흐트러져 있었다. 얼굴은 불그스레하게 달아올라 있었고, 두 눈은 욕망으로 이글거리고 있었다.

"아무거나 좋으니까 말씀해 보세요."

강 형사는 잠시 생각해 보고 나서 말했다.

"김영대 씨 있는 곳을 가르쳐 주십시오. 서울 어디에 있는지……."

하종미는 어이가 없어하는 표정으로 그를 멍하니 쳐다보았다. 완전히 실망했다는 표정이었다.

"김영대 씨를 급히 만나지 않으면 안 됩니다."

젊은 여인은 그를 흘겨보다가

"아이, 그런 거 말고 말이에요!"

하고 소리쳤다.

"급히 만나지 않으면 안 됩니다."

그는 같은 말만 되풀이했다. 되풀이하는 말이었지만 혀 꼬부라진 소리를 내고 있었다. 눈은 풀려 있었고 몸을 제대로 가누지를 못하고 있었다. 그것을 보고 그녀가 그 옆으로 바짝 달라붙으면서 팔짱을 끼었다. 그리고 그의 입에다 술잔을 갖다 댔다.

"술 좀 드세요. 기분 좋게 한번 마셔보세요. 이거 마시면 가르쳐 드릴께요."

그는 입을 벌리고 그녀가 부어 주는 위스키를 들이켰다. 그렇게 많이 마신 것도 아닌데 그는 몸을 제대로 가누지를 못하고 있었다.

"급히 만나지 않으면…… 난 가야해요……."

"알았어요. 한 잔 더 드세요."

그녀는 그의 팔에다 젖가슴을 밀착시키면서 새로 위스키를 가득 채운 잔을 그의 입에다 갖다 댔다.

술 한 잔에 내가 왜 이럴까. 그는 밀려 내려오는 눈꺼풀을 밀어내려고 애를 썼지만 도무지 마음대로 되지가 않았다. 이러다가 만일 김영대라도 돌아오면 큰일인데…… 그는 손도 제대로 움직일 수가 없었다. 가까스로 몸을 일으키려고 해보았지만 다리가 후들거려 도로 주저앉고 말았다.

"어머, 왜 이러세요. 술이 약하시구나."

하종미는 그의 팔을 꼭 끌어안으면서 그를 자기 쪽으로 당겨보았다. 강 형사의 상체가 그녀의 품에 힘없이 안겨왔다. 그는 이미 의식을 잃고 있었다. 그녀는 짓궂은 미소를 지으면서 젊은 남자를 내려다보다가 그를 소파에 눕힌 다음 안방으로 가 보았다. 방 안에서는 그녀의 어린 딸이 세상모르고 자고 있었다. 하종미는 방문을 닫고 거실로 다시 나왔다.

이제 아무도 보는 사람은 없었다. 그녀는 천장의 불을 끈 다음 스탠드의 불만 하나 켜놓았다. 오늘밤 이 순진하게 생긴 젊은 남자를 데리고 한번 신나게 놀아볼 생각을 하니 그녀는 흥분으로 가슴이 터질 것만 같았다. 히로뽕 두어 방울에 젊은 형사는 완전히 녹아 떨어져 있었다. 내가 무슨 짓을 하든 알게 뭐야. 히로뽕을 너무 많이 술에 탄 것 같았다. 잔뜩 흥분만 시킬 셈이었는데 저렇게 정신을 못 차리고 뻗어버렸으니 일은 좀 곤란하게 되었다.

하지만 차츰 깨어나겠지. 그녀는 무릎을 꿇고 앉아 먼저 그의 입에 입을 맞추었다. 혼자서 열정적으로 키스를 해보았지만 상대방이 송장처럼 반응이 없으니 신이 나지 않는다. 그녀는 그의 옷을 벗기기 시작했다. 옷을 벗겨내기 위해 몸을 밀고 당기고 할 때마다 그의 입에서는 가는 신음소리가 흘러나오고 있었다. 웃옷을 모두 벗겨낸 다음 그녀는 허리띠를 풀었다. 바지를 뽑아내자 자주색의 삼각팬티가 나왔다. 요새는 남자들도 속옷에 제법 신경을 쓴다. 그녀는 부풀어 있는 그곳을 정신없이 쏘아보다가 양말을 벗겨냈다. 단 한 가지라도 몸에 남겨두고 싶지가 않았다. 이봐, 이래 가지고 무슨 형사질을 한다는 거야, 응? 그녀는 낄낄거리면서 부풀어 오른 팬티 위를 어루만지다가 그것을 가만히 끌어내렸다.

"어머나! 잔뜩 성이 나셨네."

그녀는 기쁨에 넘쳐 소리 질렀다. 역시 히로뽕 효과가 나타나고 있는 모양이라고 그녀는 생각했다. 짙은 음모 속에서 솟구쳐 나온 그것은 그 주위와 함께 멋진 조화를 이루고 있었다.

"정말 멋져!"

그녀는 그의 발에 걸려 있는 팬티를 마저 뽑아내 던져버렸다. 그리고 자신의 몸에 걸려 있는 잠옷도 벗어던졌다. 마지막으로 팬티도 벗어버리자 해방감으로 가슴이 충만해져 왔다.

그녀는 벌거벗은 채 거실을 한 바퀴 돌았다. 밖에는 창문을 때리는 비바람소리가 요란스러웠지만 안에서는 축제의 밤이 시작되려 하고 있었다.

그녀는 아무런 수치심도 죄의식도 느끼지 못하고 있었다. 오로지 강한 욕구와 기쁨만을 느끼고 있을 뿐이었다. 그것은 히로뽕 덕분이었다. 그녀는 이미 중독 상태에 빠져들어 있었다.

이윽고 소파 쪽으로 다가선 그녀는 무릎을 굽히면서 젊은 형사의 얼굴 위로 상체를 구부렸다.

"형사 나리, 오신 것을 환영해요. 이렇게 누추한 곳까지 찾아주셨는데, 극진히 모시겠어요."

그의 귀에다 속삭인 다음 귓불을 꼭 깨물었다. 그러나 남자는 아무 반응이 없다.

그녀는 잔에 맥주를 가득 따른 다음 남자의 배를 깔고 앉았다. 그리고 술잔을 높이 쳐들면서 '부라보!' 하고 외쳤다.

승리감이 가슴 뿌듯이 전해져 왔다. 김영대한테 억눌려 지내만 왔던 그녀로서는 모처럼 남자한테 군림할 수 있는 좋은 기회였다.

김영대는 걸핏하면 그녀를 때리곤 했다. 무자비할 정도로 난폭하게 주먹을 휘두르곤 했기 때문에 그녀는 처음에는 헤어질 생각까지 했었지만 시간이 흐르다보니 어느새 그의 매질에 적응이 되어 요즈음에는 그것을 견딜만 했고, 히로뽕에 마취된 상태에서 매를 맞을 때는 야릇한 쾌감까지 느끼곤 했다. 그러나 의식의 저 안쪽에서는 언제나 남자에 대한 복수심이 꿈틀거리고 있었다. 그 복수심은 김영대 몰래 외간 남자와 정을 통하는 것이었고, 그럴 때면 그녀는 그 외간 남자한테 난폭하게 굴곤 했다. 마치 남편한테서 받은 폭력을 그에게 되돌려 주기라도 하려는 듯이.

맥주가 잔에 조금 남아 있자 그녀는 갑자기 그것을 청년의 얼굴에다 확 끼얹었다. 젊은 형사의 얼굴 근육이 조금 씰룩거리다가 다시 평온하게 가라앉았다. 그녀는 화가 나서 그의 빰을 철썩철썩 갈겼다. 세게 몇 차례 갈기자 그의 입에서 가는 신음소리가 새어나왔다.

"야, 임마, 깨어나야 할 거 아니야. 내가 이렇게 널 깔아뭉개고 있는 걸 봐야할 거 아니야. 남자들은 다 죽어야해."

그녀는 그의 복부를 살찐 엉덩이로 비벼댔다. 그녀가 힘을 가할 때마다 배가 쑥쑥 들어가면서 입에서는 더 큰 신음소리가 윽윽하고 흘러나오곤 했다.

자정이 지난 지 오래였다. 김영대는 그때까지도 옥상으로 통하는 계단 위에 웅크리고 있었다. 온몸이 쑤시고 특히 엉덩이뼈가 아파서 견디기 힘들었지만 독이 오른 그는 이를 악문 채 버티고 있었다. 기분 같아서는 그녀를 보는 즉시 그 자리에서 때려죽일 것만 같았다.

만일 그녀가 나타날 경우 순식간에 그녀를 끌고 옥상으로 올라가지 못하면 계획은 실패하고 말 것이라고 그는 생각했다. 엘리베이터에서 내린 그녀는 초인종을 누르지 않고 열쇠로 문을 따고 들어갈 가능성이 크다. 만일 안에 사람이 있다면 이 시간까지 자지 않고 그녀를 기다리고 있을 리가 없기 때문이다. 그녀가 열쇠로 문을 따지 않고 초인종을 누른다면 계획을 수정하는 수밖에 없다. 초인종을 누르지 않고 열쇠로 문을 열려고 한다면 그 시간을 연장시킬 필요가 있다. 열쇠로 문을 따는 시간은 불과 수초밖에 걸리지 않기 때문에 그 시간에 그녀를 어떻게 해본다는 것은 어려운 일이다.

뒤늦게야 그것을 깨달은 그는 계단을 내려가 1510호 철문 앞으로 다가가서 허리를 굽혔다. 그리고 열쇠 구멍 안으로 성냥개비를 잘게 부러뜨려 집어넣었다.

다시 계단을 올라와 손목시계를 불빛에 비춰보았다. 1시 20분이 지나고 있었다. 2시까지 기다렸다가 그래도 안 나타나면 다음 기회로 미뤄야겠다고 생각하고 참고 있던 소변을 보기 위해 막 일어서려는데 엘리베이터가 도착하는 소리가 들려왔다. 김영대는 벌떡 일어나 두어 계단 밑으로 내려가 난간 사이로 아래를 내려다보았다.

엘리베이터에서 젊은 여자 한 명이 막 나오고 있는 것이 보였다. 그가 알고 있는 양방희가 틀림없었다. 그의 눈이 살기로 번득였다. 그는 계단을 되짚어올라갔다. 그녀가 1510호 앞으로 다가서고 있는 것이 보였다. 여자가 핸드백 안에서 열쇠를 꺼내 구멍에다 갖다 대는 것을 보고 영대는 몸을 일으켰다. 처음에는 발소리를 죽여 고양이처럼 내려가려고 했었는데 그보다는 재빨리 내려가는 것이 낫겠다싶어 안경을 꺼내 쓰고 빠른 걸음으로 계단을 내려갔다.

열쇠 구멍에다 열쇠를 맞춰 넣느라고 꾸물대고 있던 그녀가 발소리에 고개를 돌렸다. 얼핏 보기에도 그녀는 꽤 취한 모습이었다.

"아무리해도 열쇠가 들어가지 않을걸."

"어머!"

비로소 상대방을 알아본 그녀가 초인종 쪽으로 재빨리 손을 뻗었다. 그러나 그보다 먼저 영대의 손이 그녀의 목을 벽에다 밀어 붙였다. 다른 한 손에는 잭나이프가 들려 있었다.

"조용히 해! 소리지르면 죽여 버릴 거야!"

목에다 칼끝을 들이대자 그녀는 두 눈을 부릅뜨면서 고개를 끄덕였다.

"자, 올라가! 옥상으로 올라가는 거야."

그는 뒤에서 그녀의 목을 휘어 감고 그녀를 앞으로 밀었다. 그녀의 손에서 우산과 핸드백이 떨어졌다. 그는 우산은 버려두고 핸드백만 집어 들어 자신의 어깨에다 걸었다.

그가 뒤에서 워낙 우악스럽게 목을 휘어 감고 밀어대는 바람에 계단을 올라갈 때 그녀의 목은 마치 활처럼 휘어졌다. 옥상으로 나가 철문을 닫고서야 그는 목을 감고 있던 팔을 조금 느슨하게 풀어 주었다.

"여기서는 소리질러봐야 들리지도 않아. 반항하면 아래로 던져 버릴 거야."

주먹이 옆구리로 들어오는 바람에 그녀는 짧게 비명을 지르면서 무릎을 꺾었다. 무섭게 휘몰아치는 비바람과 캄캄한 어둠, 그리고 살기등등한 사내의 위협 앞에 그녀는 숨도 제대로 못 쉬면서 경련하듯 떨어대기만 했다.

"살려주세요! 잘못했어요!"

"시키는 대로 순순히 복종해. 그러면 살 수 있으니까!"

"네, 시키는 대로 하겠어요."

그녀는 두 손을 비벼댔다.

"저 안으로 들어가!"

그는 이번에는 겨드랑이 밑에다 그녀의 목을 처박고 개처럼 그녀를 끌고 갔다.

가건물 안으로 들어가자 그녀를 안쪽으로 밀어버린 다음 문을 닫았다. 한 치 앞도 보이지 않는 캄캄한 어둠 속에서 그녀가 나가떨어지면서 무엇엔가 부딪치는 소리가 요란스럽게 났다. 그는 준비해둔 플래시를 꺼내들고 그녀를 비쳤다.

그녀는 바닥에 쓰러져 있었고, 그 주위에 페인트 통이 몇 개 나뒹굴어 있는 것으로 보아 거기에 가서 부딪친 것 같았다. 그녀가 눈이 부신지 한 손을 들어 얼굴을 가렸다.

"그대로 누워 있어!"

그는 가까이 다가서서 그녀를 내려다보았다. 스커트 자락이 말려 올라간 바람에 허벅지는 물론 팬티까지 드러나 있었다. 팬티는 연분홍빛이었다. 그는 구둣발로 그녀의 음부를 눌렀다.

"이 쌍년아, 양방희라구? 본명 말해 봐! 다 알고 있으니까 바른대로 말해 봐!"

구둣발로 힘을 가하자 그녀의 얼굴이 고통으로 일그러졌다.

"정…… 우희예요. 용서해 주세요. 용서해 주기만 하면 뭐든지 시키는 대로 하겠어요."

"뭐, 용서해 달라구? 넌 날 죽이려고 했어! 무슨 말인지 알겠어?"

"용서해 주세요! 잘못했어요!"

그녀는 울기 시작했다. 그러나 사내가 구두 뒤축으로 음부를 비벼대자 울음 대신 비명을 질렀다.

"조용히 해! 내가 경찰에서 당한 고통을 생각하면 이건 아무것도 아니야!"

구둣발로 거기를 찍어대자 그녀는 금방이라도 숨넘어가는

것 같은 소리를 냈다. 그는 여자의 핸드백을 열어 내용물들을 바닥에다 쏟았다. 동전지갑, 화장품, 거울 따위가 쏟아져 나왔다. 그는 지갑을 집어 들어 열어보았다. 돈을 넣어두는 곳에는 두툼한 만 원짜리 지폐와 함께 자기앞수표 몇 장이 있었다. 수표는 모두 백만 원짜리였다. 그는 돈과 수표를 모두 빼내 자신의 주머니 속에 찔러 넣은 다음 이번에는 지갑 속에서 신분증을 꺼내보았다. 주민등록증과 함께 운전면허증, 신용카드, 현금카드 같은 것들이 나왔다. 모두 정우희라는 이름으로 발급되어 있는 것으로 보아 그 이름이 본명임이 분명한 것 같았다. 그는 준비해온 녹음기를 꺼내 그녀의 입 가까이로 가져갔다.

"넌 처음부터 계획적으로 나한테 접근했어. 나를 함정에 빠뜨리려고 말이야. 너 때문에 나는 하마터면 사형대에 앉을 뻔했어. 네 덕분에 말이야. 왜 그랬지?"

"무슨 말을 하는 거예요? 전 당신을 함정에 빠뜨리려고 한 적 없어요. 무슨 오해가 있는 것 같은데……."

그녀는 말을 맺지 못한 채 비명을 질렀다.

그는 아예 그녀의 배 위에 걸터앉았다.

"오해라고? 왜 나한테 거짓말을 했지? 이름도 가짜로 대고…… 대구까지 나를 데리고 갔어. 한우섬유회사의 양 사장 딸이라는 것도 모두 거짓말이었어. 너 때문에 나는 그 호텔에서 하루 종일 기다렸어. 결국 내가 알리바이를 대지 못하게 하기 위해 나를 이리저리 끌고 다니면서 골탕먹이고 나서 넌 사라져버린 거야. 하지만 내 손을 벗어날 수는 없어. 내가 어떤 놈인데 너 같은 년한테 당해. 내 손에 걸린 년치고 지금까지 작살나지 않은 년이 없었어."

그는 녹음기를 머리맡에 있는 페인트통 위에 올려놓고 나서 잭나이프 끝으로 그녀의 눈꺼풀을 건드렸다. 그녀가 비명을 지르면서 발버둥 쳤다. 그러나 눈이 찔릴까봐 얼굴을 흔들지는 못하고 있었다.

"이 예쁜 눈을 애꾸로 만들어줄까?"

날카로운 칼끝에 찔린 눈꺼풀에서 피가 번져 나오고 있었다.

"살려주세요! 시키는 대로 하겠어요! 제가 잘못한 것이 있다면 당신한테 잘 보이려고 거짓말한 것뿐이에요. 그것이 죄라면 달게 벌을 받겠어요. 하지만 제가 당신을 함정에 빠뜨리려고 한 적은 절대로 없어요. 그건 오해예요! 그렇게 생각하신다면 전 정말 억울해요!"

"이 망할 년이 아직도 정신을 못 차렸나? 계속 거짓말하기야?!"

그는 이번에는 칼끝으로 눈 밑을 찔렀다. 그녀가 비명을 지르자 그는 옆에 널려 있는 신문지를 집어서 그녀의 입 속에 쑤셔 넣었다.

"사실대로 말하겠으면 고개를 끄덕여."

그녀가 입 속에 틀어박힌 신문지 뭉치를 손으로 빼내려고 하자 그는 그 손을 발로 짓밟았다.

"내 허락 없이 그걸 빼내지 마. 자, 사실대로 말해. 네가 아무리 거짓말해 봐야 결국 불게 돼. 결국 불게될 걸 빨리 말하면 고통도 당하지 않고 좋을 거 아니야"

그가 날카로운 칼 끝으로 눈을 겨눌 때마다 그녀는 두 눈을 질끈 감으면서 온몸을 떨어댔다. 그녀의 얼굴이 붉어지고 있는 것이 호흡이 곤란한 모양이었다.

"난 너한테 해를 끼친 일이 없었어. 원한을 살만한 짓은 한 적이 없어. 오히려 육체적으로 너를 기막히게 만족시켜 줬어. 그런데 왜 나를 제물로 삼으려고 했지? 왜 나를 함정에 빠뜨려서 사형수를 만들려고 했지? 너를 경찰에 넘길 수도 있어. 하지만 그전에 내가 먼저 알아야겠어. 경찰에 넘기는 일은 네 이야기를 듣고 나서 결정하겠어. 네가 솔직히 털어놓고 용서를 구하면 봐 줄 수도 있어. 하지만 계속 거짓말을 하면 고생은 고생대로 하고 경찰에 넘겨질 거야. 자, 말해 봐. 왜 나를 제물로 삼으려고 했어?"

정우희는 공포에 떨면서도 머리를 가로저었다. 그것을 보면서 영대는 입가에 싸늘한 미소를 지었다.

"대답 안 하겠다는 거지? 어디, 네가 이기나 내가 이기나 해 보자. 난 여자한테 고통을 가하는 데는 이골이 난 사람이다. 칼이 무섭지 않다면 다른 맛을 보여 주지."

그는 주머니 속에서 일회용 가스라이터를 꺼냈다. 그리고 라이터 불꽃을 최대로 높인 다음 주저 없이 그녀의 눈썹에다 갖다 댔다.

그녀가 비명을 지르면서 온몸을 뒤틀어댔다. 그러나 입이 막혀 비명소리는 윽윽하는 괴성으로 변해 조금 흘러나왔을 뿐이다. 그리고 그의 육중한 몸 아래에 깔려 있었기 때문에 몸을 마음대로 움직일 수도 없었다.

한쪽 눈썹이 순식간에 타버렸다. 조화를 잃은 그녀의 얼굴은 이상하게 일그러져 보였다. 그녀의 얼굴에서는 푸들푸들 경련이 일고 있었다.

"흐흐…… 한쪽 눈썹이 없어지니까 더 예쁜데 그래. 사실대로 자백하지 않으면 이쪽 눈썹까지 태워버릴 거야. 빨리 자백하지 않을수록 나는 더 좋아. 고문의 즐거움을 맛볼 수가 있으니까 말이야. 고문이란 게 이렇게 재미있을 줄은 몰랐어. 네가 유밀라를 죽였지?"

그녀는 눈알이 튀어나올 것처럼 그를 올려다보면서 머리를 흔들었다.

"흥, 부인하겠지. 네가 그 여자를 죽였던가 아니면 넌 죽인 놈과 한 패이던가 그러겠지. 그러니까 나를 범인으로 몰기 위해 함정에 빠뜨린 거야. 유춘지의 편지도 네가 보낸 거지? 그렇지?!"

그녀가 다시 머리를 가로저었고, 그는 즉시 가스라이터 불을 그녀의 눈에다 갖다 댔다. 그녀가 고통을 못 이겨 발버둥치자 그는 가방 속에서 철사 줄을 꺼내 그녀의 두 손과 발을 묶었다. 눈썹이 모두 타버린 그녀는 이제 완전히 다른 사람처럼 보였다. 그렇게 얼굴을 변형시키는데 재미를 붙인 그는 더 좋은 방법을 생각해내고는 페인트통 하나를 곁에다 옮겨다놓고 나서 뚜껑을 열었다. 거기에는 페인트 붓도 여러 개 있었다. 그는 더 이상 캐묻지도 않고 장난치듯 이렇게 말했다.

"이제부터 네 얼굴을 화장시켜 주지. 예쁘게 말이야. 머리털까지 하얗게 칠해놓으면 아주 예쁠 거야."

그녀가 버둥거리면서 머리를 흔들어댔지만 그는 거들떠보지도 않고 자신의 바지 지퍼를 내린 다음 성기를 꺼내 통 속에다 오줌을 갈겼다.

"기막힌 화장품이 되겠는데…… 흐흐……."

그는 붓으로 오줌과 페인트를 잘 섞은 다음 붓에다 페인트를 듬뿍 묻혀가지고 그것을 그녀의 얼굴 위로 가져갔다. 그것을 보고 그녀는 기겁을 하면서 얼굴을 돌렸지만 소용없는 짓이었다.

그는 가차 없이 붓으로 그녀의 얼굴을 철벅철벅 칠해 나갔다. 숱이 많은 머리칼에도 페인트를 칠해 버렸다. 그녀는 부들부들 떨면서 울음을 터뜨렸지만 입이 틀어박혀 있어 울음소리는 들리지도 않았다. 그녀의 얼굴은 눈과 코만 빼놓고 이제 모두 하얀색으로 도색되어 있었다. 그것은 사람의 얼굴이라기보다는 무슨 괴물의 모습 같았다.

"야, 멋지구나. 미스코리아에 나가면 당선되겠는데…… "

그녀는 마침내 고개를 끄덕였다. 그것은 항복을 뜻하는 신호였다.

"이제 입을 열겠어? 그거 좋은 생각이지."

그는 그녀의 입 속에 틀어 막혀있던 신문지 뭉치를 꺼내 주었다. 종이뭉치가 빠져 나오는 것과 동시에 그녀의 입에서는 격렬한 흐느낌이 터져 나왔다. 페인트를 허옇게 뒤집어쓴 채 괴물 같은 모습으로 흐느끼고 있는 그녀의 모습은 그야말로 참담하기 이를 데 없었다.

"진작 손을 들 것이지…… 뻗대다가 이 모양 요꼴이 된 거 아니야. 자백하기 전에 내 말을 잘 들어. 여기서 당장 위기를 벗어날 생각으로 거짓말하면 안 돼. 거짓말하면 금방 들통이 나니까 아예 거짓말할 생각은 하지 않는 게 좋아. 네가 아무리 거짓말을 해도 나는 금방 알 수가 있어. 기회는 딱 한 번밖에 없어. 거짓말 하는 게 드러나면 너한테는 더 이상 기회가 주어지지 않아. 그것으로 넌 끝장이야. 내 말 알아듣겠어?"

그녀는 흐느끼면서 고개를 끄덕였다.

"그리고 네가 만일 거짓말을 해서 여기서 풀려난다 해도 난 너를 끝까지 추적할 거야. 네가 어디를 가든 나를 피할 수는 없어.

그리고 난 너를 경찰에 고발할 거야. 네가 유밀라를 살해한 범인이라고 말이야. 경찰이 전수사력을 동원해서 너를 쫓으면 네가 체포되는 건 시간문제야. 내가 사실대로 털어놓으면 경찰은 내 말을 믿을 거란 말이야. 자 말해 보시지."

흰 페인트로 뒤덮인 그녀의 얼굴에는 표정이 나타나 있지 않았다. 그녀는 한참 동안 떨고 있다가 가까스로 입을 열었다.

"어떤 사람의 부탁을 받고 한 거예요…… 하지만 이유를 말해 주지 않았기 때문에/…… 무슨 일인지 내용은 알 수가 없었어요…… 저는 그냥 시킨 대로 했을 뿐이에요…… 그러니까 부분적으로 시킨 대로 했을 뿐이기 때문에 전체적인 것은 알지 못했어요…… 당신이 살인범으로 체포된 것도 신문을 보고서야 알았어요…… 죽은 사람이 유밀라라는 여자라는 것도 나중에야 알았어요…… 그리고 그때서야 제가 무슨 일에 관계되었는지 알게 됐어요……. 하지만 그때는 이미 너무 늦은 뒤였어요……. 저로서도 어쩔 수가 없었어요……."

"그러니까 너는 범인이 아니고…… 무슨 일인지도 모르고 약간 도와 주었을 뿐이다 이 말이냐?"

"네……, 전 뭣도 모르고 했을 뿐이에요…… 시킨 대로 당신을 유인했고……."

"흥, 다른 사람한테 모두 뒤집어씌우는구나. 넌 책임이 없다 이거냐?"

"뒤집어씌우는 게 아니에요…… 사실이 그래요…… 그렇다고 제가 책임이 없다는 건 아니에요…… 시키는 대로 하긴 했지만…… 저한테도 책임은 있어요…… 특히 당신한테는 미안하구요…… 죄송해요……."

"여우같은 년…… 네 말이 사실이라고 믿고…… 그럼 너한테 그런 짓을 시킨 사람은 누구냐?"

그녀는 얼른 대답하지 않고 한참을 망설였다. 영대는 담배에 불을 붙이더니 그것을 그녀의 입 위로 가져갔다.

"이걸 입속에 집어넣어야 불겠어?"

"마, 말하겠어요. 사실대로 말씀드리면 경찰에는 고발하지 않는 거죠?"

"난 원래 경찰을 싫어하는 사람이야. 사실대로 말해 주기만 하면 그쪽은 걱정하지 않아도 돼."

"사실대로 말하면…… 바로 절 풀어 주시는 거죠?"

"그야 물론이지."

"그 사람이 누구인지 가르쳐 주면…… 그 사람한테 복수하실 거예요?"

"그건 네가 상관할 일이 아니야. 넌 그 사람이 누구인가만 말해 주면 돼."

그녀는 다시 머뭇거렸다.

"그 사람한테 복수하지 않는다고 약속해 주세요…… 그 사람은 해쳐서는 안 될 사람이에요."

"복수하지 않는다고 약속하지."

그래도 그녀는 믿을 수가 없다는 듯 또 머뭇거렸다. 화가 치민 영대는 입에 물고 있던 담배 꽁초를 손으로 집더니 그것을 사정없이 그녀의 입 속에다 쑤셔 넣었다. 그녀는 비명을 지르면서 떼굴떼굴 굴렀다.

"말하기 싫으면 관둬라, 이년아! 그 사람 대신 네가 당하면 될 거 아니냐? 난 아쉬운 거 하나도 없다."

"마, 말하겠어요! 잠깐 기다려 주세요!"

그녀는 으깨진 담배 꽁초를 뱉어내면서 이상한 발음으로 말했다. 혀끝과 입속을 불에 덴 바람에 제대로 발음이 되어 나오지가 않는 것 같았다.

"그 사람 이름은 서문구라고 해요…… 아주 무서운 사람이에요……."

"겁주는 거냐? 나보다도 더 무서운 사람이냐?"

그녀는 거기에 대답하지 않고 벌어진 입 사이로 거칠게 숨만 내쉬었다.

"그 사람하고는 어떤 사이냐?"

"애, 애인 사이예요."

"몇 살쯤 된 놈이야?"

"마흔 살이에요. 그 사람을 건드리지 않는 게 좋을 거예요."

"계속 겁주는구나. 어디 가야 그놈을 만날 수 있지? 어디서 무슨 일을 하고 있어?"

흰 가면을 쓴 것 같은 얼굴이 무표정하게 그를 올려다본다. 흰 페인트에 가려서 보이지 않는 공포에 질린 얼굴이 묘하게도 그를 자꾸만 자극하고 있었다. 그는 발작적으로 라이터 불을 켜서 그녀의 옷에다 갖다 댔다. 값비싼 원피스는 금방 동그랗게 타들어갔고 그녀는 또 억눌린 비명소리를 냈다.

"서문구 그놈을 어디 가야 만날 수 있어? 말해 봐. 말하지 않으면 옷을 모두 태워버릴 거야."

그는 기분 내키는 대로 라이터 불을 그녀의 옷에다 갖다 댔고 그때마다 그녀는 팔딱팔딱 뛰면서 비명을 질러댔다. 원피스는 여기저기 구멍이 뚫렸고 구멍 사이로는 불에 덴 살이 보이기 시작했다.

"소리지르지 마. 소리지르면 다시 입 속을 틀어막을 거야. 서문구는 어디 있어?"

"부, 부산에 내려가 있어요."

"부산에는 왜 내려갔어? 부산 어디에 있어?"

"사건이 가라앉을 때까지 당분간 가 있겠다고 했어요."

"부산 어디야?"

"있는 곳은 말하지 않았어요."

"이년이!"

그는 그녀의 입 속에다 다시 신문 뭉치를 쑤셔넣었다. 그리고 라이터 불을 가슴에다 갖다 댔다. 이번에는 한 곳을 집중적으로 태웠다. 가스불은 옷에 이어 브래지어를 뚫고 들어가더니 젖가슴을 태우기 시작했다. 그녀는 온몸을 뒤틀어대면서 몸부림치다가 갑자기 움직임이 느슨해지면서 조용해졌다.

"이년이 기절했군."

그는 밖으로 나가 손수건에다 빗물을 적셔가지고 와서는 그녀의 얼굴에다 물을 짜냈다. 몇 번 그렇게 해도 그녀가 깨어나지 않자 그는 은근히 겁이 났다. 혹시 숨이 끊어지지 않았나 해서 맥을 짚어보았는데 맥박은 뛰고 있었다.

그는 좀 쉬어야겠다고 생각하고 페인트통 위에 엉덩이를 걸치고 앉았다. 그녀의 입을 열게 하는 것이 쉽지 않을 것 같다는 생각이 그를 초조하게 만들어 주고 있었다. 그 정도로 고문을 당하면 웬만한 사람이라면 술술 불게 마련이다. 그러나 그녀는 독종이라 그런지는 몰라도 마지막 단계에서 고집을 부리고 있었다. 목숨을 걸면서까지 비밀을 고수할 각오가 되어 있는 것 같기도 해서 영대는 좀 난감하기까지 했다. 그러나 그녀가 그렇게 나올수록 그는 가슴 속에서 보다 잔인한 감정이 끓어오르는 것을 느끼면서 어떻게 해서든 기어코 그녀의 입을 열게 하고야 말겠다고 결심을 다졌다.

연쇄 살인

서문구가 정우희의 자가용 승용차가 주차장으로 굴러들어오는 것을 목격한 것은 새벽 1시 20분경이었다. 그때까지 그는 자지 않고 비디오 영화를 보는 둥 마는 둥 하면서 초조한 마음으로 정우희가 돌아오기만을 기다리고 있던 참이었다.

동거녀인 정우희는 요즘 들어 빗길로 새어나가고 있는 기미가 역력해지고 있었다. 당분간 싸돌아다니는 것도 삼가라고 했는데 듣지 않고 매일 밤을 계속 늦게 들어오고 있었다. 가뜩이나 불안하고 초조한 나날을 보내고 있는 터에 그녀마저 그렇게 빗길로 새어나가기 시작했다. 그는 신경이 날카롭게 곤두선 나머지 그녀가 돌아올 때까지는 마음 놓고 잠을 잘 수도 없게 되었다. 워낙 느긋하게 안정된 성격이 아닌데다 바람기마저 심해 그럴 수도 있으려니 하고 이해하려 해도 그 정도가 점점 눈에 띄게 심해지는 것 같아 그대로 두었다가는 큰일 날 것 같았다. 더구나 지금은 사건마저 얽혀 있어 근신하지 않으면 안 될 때였다. 그래서 그는 오늘 밤 그녀가 돌아오는 대로 단단히 혼쭐을 내줘야겠다고 벼르고 있던 참이었다. 자신이 얼마나 무서운 존재인가를 다시 한 번 보여주려고 마음의 준비를 단단히 해두고 있었던 것이다.

그는 정우희를 때릴 때에는 납작한 가죽 허리띠를 사용하곤 했다. 그 전에 그는 허리띠를 물속에 담가두곤 했다. 단단하던 것이 물에 젖으면 보드랍고 유연해진다. 그것으로 그녀를 후려치면 살갗에 착착 들어붙으면서 뼛속까지 고통이 스며든다. 정우희의 승용차가 주차장으로 들어와 멈추는 것을 보고 그는 욕조 속에 넣어두었던 가죽 허리띠를 꺼내놓았다.

집 안에는 불이 꺼져 있었다. 그는 창가로 가서 밖을 내다보았다. 차에서 내린 정우희가 우산을 받쳐 쓴 채 아파트 출입구 쪽으로 달려오는 것이 보였다. 그는 커튼을 친 다음 거실의 불을 켜고 나서 소파로 돌아와 앉았다. 우희는 열쇠를 가지고 있기 때문에 초인종을 누르지 않고 몰래 집 안으로 들어올 것이라고 그는 생각했다. 그녀는 늦게 들어오는 날이면 언제나 고양이처럼 살그머니 집 안으로 스며들어오곤 한다.

텔레비전 화면에서는 면도날이 번쩍이고 있었다. 욕실 칸막이 안쪽에서는 한 젊은 여인이 샤워를 하고 있었다. 뿌연 유리를 통해 여인의 나신이 움직이고 있는 것이 보이고 있었다.

면도칼을 들고 있는 손에는 가죽장갑이 끼워져 있었다. 범인의 뒷모습이 보였다. 바바리 코트 차림에 중절모를 깊이 눌러쓰고 있었다. 욕실 안 금발의 여인은 따뜻한 물을 온몸으로 받으면서 미소를 짓고 있었다. 두 손으로 자신의 젖가슴을 애무하면서 황홀한 표정을 짓고 있었다. 두 손이 점점 밑으로 내려가고 있었다. 그녀의 입이 벌어지면서 그 사이로 신음소리가 흘러나오기 시작했다. 그때 범인의 모습이 그녀의 뒤에 나타났다. 소리 없이 접근한 범인은 한 손으로 그녀의 입을 틀어막으면서 면도날을 그녀의 목에다 갖다 댔다. 조금 후 시뻘건 물이 샤워 물과 함께 수채

구멍 속으로 흘러내리는 것이 보였다. 두 눈을 부릅뜬 여인의 얼굴이 크게 확대되고 있었다. 세 번째 여인의 피살 장면이었다.

문구는 리모컨으로 볼륨을 줄이고 현관 쪽에 귀를 기울였다. 들어올 때가 됐는데 아무 기척도 나지 않았다. 그는 어금니를 깨물면서 다시 화면을 바라보았다.

그는 40대의 조그마한 사내였다. 거기다 한쪽 다리를 절고 있었고 시력이 좋지 않아 안경을 끼고 있었다. 외견상으로는 그렇게 보잘 것 없어 보였지만 그한테는 보스 기질이 있었다. 그래서 그는 마음대로 부려먹을 수 있는 부하들을 거느리고 있었다.

이제 더 이상 텔레비전 화면은 눈에 들어오지 않는다. 그는 벌떡 몸을 일으켰다. 현관이 보이는 쪽으로 걸어가서 출입문을 노려보았지만 문은 좀처럼 열리지 않았다. 아마 경비원과 이야기를 나누고 있는 모양이라고 그는 생각했다. 그는 실내를 왔다 갔다 하면서 문이 열리기를 기다렸다. 20분쯤 지났을 때까지도 그녀는 들어오지 않고 있었다. 그는 인터폰을 집어 들고 경비원을 불렀다.

"1510호입니다. 우리 집사람 혹시 거기 있습니까?"

"벌써 올라가셨는데요."

경비원이 졸린 목소리로 대답했다. 문구는 인터폰을 내려놓고 고개를 갸우뚱했다. 그렇다면 집으로 바로 들어오지 않고 다른 집에 들렀다는 말이 된다. 이 시간에 그녀가 들를만한 집이 있다는 말은 듣지 못했다. 정말 알다가도 모를 일이다. 그는 의자에 걸쳐 놓은 가죽 허리띠를 움켜쥐고 소파를 후려갈겼다.

10분이 더 지났을 때 그는 더 이상 기다릴 수가 없었다. 혹시 술에 취해 문 앞에 쓰러져 있을지도 모른다고 생각한 그는 현관으로 나가 철문을 열어보았다. 밖에는 아무도 보이지 않았고 비상등만이 을씨년스럽게 켜져 있을 뿐이었다.

밖을 휘둘러보던 그의 눈에 우산이 하나 떨어져 있는 것이 보였다. 그는 밖으로 나가 그것을 집어 들어 보았다. 분명히 정우희의 우산이었다. 그는 긴장해서 주위를 둘러보았다. 철문에 열쇠가 꽂혀 있는 것이 보였다. 그는 도무지 그 상황을 이해할 수가 없었다. 얼른 생각하기에는 그녀가 밖에서 문을 열다가 그가 나오는 기척이 나자 겁이 나서 우산도 던져버린 채 재빨리 도망친 것 같기도 했다. 그녀가 그를 무서워하고 있는 것은 사실이었다.

"우희, 어딨어?! 빨리 들어오지 못해!"

그는 사나운 눈초리로 계단 아래와 위쪽을 살피면서 불러보았다. 그래도 응답이 없자 그는 현관으로 들어가 지팡이를 들고 나왔다. 먼저 계단을 통해 한 층 아래로 내려가 보았다. 그녀의 모습이 보이지 않자 그는 도로 올라왔다. 우선 문을 잠그고 나서 본격적으로 찾아봐야겠다고 생각하고 열쇠구멍에다 열쇠를 꽂았다. 열쇠 끝에 무엇인가 걸리는 것이 있어 그것이 잘 들어가지가 않았다. 몇 번 신경질적으로 열쇠로 구멍을 쑤셔보다가 그는 문 잠그는 것을 포기한 채 이번에는 옥상 쪽으로 통하는 계단을 올라가 보았다.

옥상으로 나가는 출입문 앞에 여자의 하이힐 한 짝이 나뒹굴어 있는 것이 보였다. 그는 그것을 집어 들어 보았다. 그것은 눈에 익은 연분홍 구두였다. 비로소 그는 정우희한테 무슨 일인가 일어났음을 직감적으로 느꼈다. 하이힐까지 벗어던진 것을 보면 심상치 않은 사태가 벌어진 것이 틀림없는 것 같았다. 이년이 자살하려고 옥상에 나간 게 아닐까? 그렇다면 큰일이다. 빨리 붙잡지 않으면 안 된다. 하지만 그년이 자살할 리 없다.

그는 문손잡이를 잡아 틀었다. 문은 쉽게 열렸다. 칠흑 같은 어둠 속에서 비바람이 휘몰아쳐 들어왔다. 그는 그 어둠 속을 노려보다가 옥상으로 조심스럽게 나가 보았다. 거센 비바람 때문에 눈을 뜰 수가 없었다. 옷은 금방 비에 젖어버렸다. 모퉁이를 돌자 어둠 속에서 불빛이 흔들리는 것이 보였다. 그는 그쪽으로 상체를 숙인 채 다가가 보았다. 불빛은 가건물 안에서 흘러나오고 있었다. 바람에 가건물이 금방이라도 날아가 버릴 듯 흔들리고 있었고 그때마다 나무 틈 사이로 불빛이 흔들려 보이곤 했다.

안에서 여자의 비명소리가 터져 나왔다. 그것은 귀에 익은 소리였다. 그는 문을 조금 열고 안을 들여다보았다. 그리고 멈칫해서 그 자리에 굳어버렸다.

“몇 번이라도 기절시켜 줄 테니까 말하고 싶으면 하고 하기 싫으면 안 해도 좋아!”

밑에 깔려 있는 사람은 분명히 그의 동거녀인 정우희였다. 그리고 그녀를 깔고 앉아 위협을 가하고 있는 사람은 처음 보는 남자였다. 플래시의 불빛이 여자 쪽으로만 향하고 있어서 남자의 모습을 잘 볼 수가 없었지만 목소리로 보아 처음 보는 남자임이 분명했다.

“서문구는 어디 있어? 옷을 모두 태울 때까지는 말하겠지? 그때는 넌 화상을 입어 죽을걸.”

어둠 속에서 시퍼런 불꽃이 피어올랐다. 그 불꽃이 밑에 깔려 있는 여자 쪽으로 향했다. 그녀는 발버둥 치면서 소리쳤다.

“말하겠어요! 제발 그만하세요!”

영대는 라이터 불을 껐다. 그리고 기다렸다.

가건물 주위에는 각목이며 합판 조각 같은 것들이 널려 있었다. 조그만 사내는 각목을 하나 집어 들었다.

"아, 아파트에 있어요."

정우희가 헐떡이며 말했다.

"어느 아파트?!"

"요 아래…… 1510호에 있어요."

"그런데 아까는 왜 부산에 갔다고 거짓말을 했어?!"

시퍼런 불꽃이 치솟더니 그녀의 코 쪽으로 내려갔다. 그녀가 비명을 지르자 그는 플래시를 페인트통 위에 올려놓은 다음 한 손으로 그녀의 목을 움켜잡았다. 그녀의 입에서는 더 이상 비명이 새어나오지 않았다.

안으로 들어선 서문구는 지팡이를 세워놓은 다음 각목을 두 손으로 움켜잡았다. 단번에 해치우지 않으면 자신이 당할 것이라는 것을 그는 잘 알고 있었다.

"또 소리지르면 이번에는 아가리에다 페인트를 쏟아 부을 거야. 페인트를 마시고 싶으면 마음대로 소리질러. 서문구에 대해서 자세히 이야기해 봐. 그놈은 직업이 뭐야? 뭐하는 놈이야?"

바람에 문이 벌컥 열리는 소리가 들려왔다. 동시에 인기척을 느끼고 그는 얼른 고개를 돌려보았다. 누군가가 바로 뒤에까지 다가와 서 있었는데 머리 위로 몽둥이를 높이 치켜들고 있는 것이 얼핏 보였다. 그러나 그것을 보고 행동을 취하기까지는 시간이 너무 짧았다. 그가 겨우 취할 수 있었던 행동은 반사적으로 어깨를 웅크린 것뿐이었다.

각목은 위에서 떨어져 내렸다. 머리에 부딪친 각목이 오히려 튕겨나갔다. 조그만 사내가 두 번째 공격을 시도하려고 각목을 다시 쳐들었을 때 그것은 중간 부분에서 동강이 나 있었다.

영대는 머리를 흔들면서 천천히 몸을 일으켰다. 그러나 그는 몸을 제대로 가누지 못하고 있었다. 그들은 서로를 노려보며 서 있었지만 페인트통 위에 놓여 있는 플래시의 불빛이 아래쪽만 비치고 있어서 얼굴 모습들은 어둠 속에서 어렴풋이 드러나고 있을 뿐이었다.

가건물이 금방이라도 날아가 버릴 듯 흔들거렸다.

영대는 그때까지도 멍한 상태에 빠져 있었다. 갑자기 누군가가 나타나서 몽둥이로 자신의 머리를 때렸다는 것까지는 알 수 있었지만 그 다음에 자신이 취해야 할 행동에 대해서는 얼른 생각이 나지 않았다. 방어의 본능도 일지 않았고, 다만 바닥에 주저앉고 싶기만 했다. 두 다리는 계속 후들거리고 있었고 시야는 흔들리고 있었다. 상대방이 부러진 각목을 버리고 지팡이를 집어 드는 것이 보였다. 지팡이의 손잡이 아래 부분이 빠지면서 대신 쇠꼬챙이가 나왔다. 그것을 보고 영대는 비로소 의식이 되살아나는 것을 느꼈다. 그는 반사적으로 허리를 굽혀 바닥에 놓아두었던 잭나이프를 집어 들었다. 그러나 시야가 더 심하게 흔들려 몸을 가누기가 힘들었다. 그는 후들거리는 다리를 양쪽으로 벌려 몸을 지탱하면서 상체를 앞으로 조금 굽혔다. 그리고 칼을 들고 있는 손을 앞으로 내밀었다. 상대방도 두 손으로 쇠꼬챙이를 움켜쥔 채 그것을 앞으로 내밀었다.

잭나이프와 쇠꼬챙이는 우선 그 길이 면에서 상대가 안 되었다. 그리고 영대는 몸도 제대로 가누지 못하고 있었다. 그는 자신이 여기서 주저앉을 수는 없다고 생각했다. 나는 할 일이 많이 남아 있어. 지금까지는 어느 것 하나 딱 부러지게 해놓은 게 없었어.

하지만 이제부터는 그러지 않을 거야. 반드시 무엇인가를 이룩해 놓을 거야. 두고 보라구. 나라고 항상 이러고 있으란 법이 어딨어. 난 앞으로 좋은 일도 할 거야. 내 딸애를 데리고 어린이 공원에 놀러도 갈 거야. 그는 더 이상 생각을 계속할 수 없었다. 첫 번째 위협적으로 날아오는 쇠꼬챙이를 잭나이프로 막으려다가 그는 오히려 손등에 상처를 입었다. 그는 싸우기가 싫었고 상대방이 귀찮은 생각이 들었다.

그때 정우희가 갑자기 소리를 질러댔다.

"찔러요! 사정 보지 말고 찔러!"

그것은 악에 받쳐 질러대는 소리였다.

문구는 상대방이 엄청난 힘을 가진 사나이라는 생각이 들었다. 그 정도로 머리를 맞았으면 웬만한 사람이라면 벌써 뻗어버렸을 것이다. 그러나 상대는 뻗기는커녕 머리를 한두 번 흔들어대고 나더니 반격 자세를 취하고 있었다.

시간이 흐를수록 자신이 불리해질 것이라는 생각이 그를 더욱 불안하게 만들어 주고 있었다. 상대는 상처를 입었고 손에 칼을 움켜쥐고 있었다. 상처 입은 맹수가 미쳐 날뛰기 시작하면 걷잡을 수가 없다는 것을 그는 잘 알고 있었다. 그러기 전에 상대를 쓰러뜨리지 않으면 안 된다고 그는 생각했다.

"왜 그러고 있어요? 빨리 찌르라니까요! 이놈은 미친놈이에요!"

정우희가 다시 울부짖었다. 두 사람의 거리는 다소 떨어져 있었지만 그녀는 영대의 발밑에 있었다.

영대는 흔들리는 시야를 붙잡으려고 기를 쓰면서 짧은 잭나이프로 긴 쇠꼬챙이를 막아낸다는 것이 불가능하다는 것을 언뜻 깨달았다. 그래서 그는 손쉬운 방법을 택하기로 했다. 정우희가 소리를 지르지만 않았어도 그는 미처 그런 생각을 하지 못했을 것이다.

문구는 상대가 정우희 쪽으로 몸을 돌리는 것을 보았다. 그녀를 인질로 삼을 생각인 것 같았다. 좋은 기회라고 생각한 그는 상대가 허리를 굽히기 전에 앞으로 내달으면서 쇠꼬챙이로 상대의 옆구리를 힘껏 찔렀다. 상대는 움찔하고 놀라면서 그쪽으로 몸을 돌렸다. 상반신이 어둠 속에 가려져 있어 얼굴 표정 같은 것은 알아볼 수 없었지만 두 눈빛이 빛나고 있는 것이 몹시 분노한 것 같았다. 상처 입은 맹수의 괴성 같은 외침이 터져 나오는 순간 문구는 다시 쇠꼬챙이로 상대방을 찔렀다. 이번에는 위쪽을 향해 찔렀는데 정확하게 그것이 살 속을 파고 들어가는 느낌이 손에 전해져 왔다.

"아악!"

날카로운 비명소리와 함께 사내가 두 손으로 목을 움켜잡으며 비틀거리는 것이 보였다. 틈을 두지 않고 문구는 다시 한 번 힘껏 쇠꼬챙이로 상대방을 찔렀다. 이번에는 아까보다 더 깊이 살 속을 파고든 것 같았다. 사내는 두 손으로 가슴을 누르면서 몇 걸음 앞으로 걸어오다가 무릎을 꺾으면서 앞으로 쿵하고 쓰러졌다. 그리고 괴로운 듯 몇 번 몸을 뒤틀더니 천장을 향해 돌아누우면서 팔다리를 쭉 뻗었다.

"저 좀 빨리 풀어줘요!"

정우희가 몸부림치며 소리 질렀다.

"조용히 해! 누가 들으면 어떡하려고 그래?"

문구는 위협적으로 말하고 나서 플래시를 집어 들었다. 그는 여자를 풀어 주기 전에 먼저 바닥에 쓰러져 있는 사내를 비춰보았다. 사내의 목과 가슴에서는 검붉은 피가 샘처럼 솟아나오고 있었다. 사내는 거칠게 숨을 몰아쉬고 있었다.

"찬희야…… 찬희야……."

영대는 마지막 숨을 몰아쉬면서 딸아이의 이름을 부르고 있었다. 그는 아내보다도 딸이 더 보고 싶었다. 오로지 귀여운 딸의 모습만이 눈앞에 맴돌고 있을 뿐이었다. 그 딸을 두고 세상을 떠난다는 것이 견딜 수 없게 슬펐다. 아빠 노릇을 제대로 하지 못한 데 대한 죄책감과 함께 지금까지 세상을 헛살았다는 허무감이 엄습해 왔다.

아, 내가 살아날 수만 있다면…… 다시 일어설 수만 있다면…… 지금까지와는 다른 삶을 살겠건만…….

"…… 찬희야…… 찬……."

입술이 가늘게 움직이는 것이 보였고 이어서 마지막 숨을 깊이 들이마시는 소리가 들려왔다. 서문구는 사내가 들이마신 숨이 밖으로 나오는 소리를 들으려고 귀를 기울였지만 그 소리는 끝내 들리지 않았다. 숨을 거둔 것이다. 천장을 향해 떠져 있는 두 눈을 내려다보다가 그는

"죽었어."

하고 말했다.

"이것 좀 빨리 풀어줘요!"

여자가 드러누운 채 몸부림쳤다. 그는 여자를 노려보다가 손에 감긴 철사 줄을 풀어 주었다. 두 손이 자유로워진 그녀는 그의 도움 없이 허겁지겁 발목에 감긴 줄을 풀어냈다. 그런 다음 남자를 바라보았다. 플래시가 그녀의 얼굴을 비췄다. 남자는 그때서

야 비로소 그녀의 얼굴을 똑똑히 볼 수가 있었다. 아까는 목숨을 건 싸움에 신경을 쓰느라고, 그리고 사내의 죽어가는 모습에 정신이 팔려 미쳐 그녀의 모습을 쳐다볼 여유가 없었던 것이다.

그가 멈칫하는 것을 보고 그녀가 울음을 터뜨렸다. 흰 페인트를 뒤집어쓰고 있는 그녀의 모습은 인간의 모습이 아니었다. 귀신의 모습이라 해도 그렇게 참혹하고 무섭지는 않을 것이라고 그는 생각했다. 오싹 소름이 돋는 것을 느끼면서 그는 한동안 그녀의 흐느끼고 있는 모습을 내려다보다가 무릎을 굽히고 그녀의 어깨에 손을 얹었다. 그러자 그녀가 기다렸다는 듯이 그의 품에 와락 안겨왔다. 그는 어쩔 수 없이 그녀를 껴안으면서도 자기의 얼굴과 옷에 묻어나는 페인트에 더 신경이 쓰였다.

"자, 일어나! 울고 있을 때가 아니야! 사람이 죽었단 말이야!"

"그놈은 죽어도 싸요! 백번 죽어도 좋을 놈이에요!"

그녀는 그의 품속에서 몸부림쳤다.

"일어나라니까! 페인트가 마르기 전에 얼른 씻어내야 해! 우선 빗물에 씻어내라구."

그는 그녀를 밖으로 끌어냈다.

밖으로 나온 그녀는 바닥에 털썩 주저앉은 채 칠흑 같은 하늘을 향해 얼굴을 쳐들었다. 빗물이 얼굴을 후려갈겼고 그녀는 두 손으로 머리와 얼굴을 문질러댔다. 불에 덴 데가 쓰리고 아려왔지만 그보다는 머리와 얼굴에 덮어쓴 페인트를 닦아내는 것이 다급했다. 비를 흠뻑 맞고 나자 그제서야 온몸에 통증을 느끼면서 제정신이 돌아오는 것 같았다. 남자 역시 바닥에 주저앉아 있었다. 그도 심한 충격을 받은 것 같았다.

"저 사람 누구야?"

서문구가 떨면서 물었다.

"그 사람…… 김영대예요. 정말 죽었어요?"

그렇게 묻는 그녀의 목소리 속에는 새로운 두려움이 깔려 있었다.

"죽었어. 네가 찌르라고 했잖아?"

"하지만 죽이라고 하지는 않았잖아요."

남자는 그녀에게 저주스런 눈길을 보냈다.

"그놈은 백번 죽어도 싸다고 말할 때는 언제고 이제 와서 다른 말하기야. 너도 죽여 버릴까?"

"아, 아니에요! 괜히 해본 소리예요. 잘못했어요."

그녀는 얼른 그의 팔에 매달렸다. 그는 그녀의 손을 홱 뿌리쳤다.

"넌 언제라도 나를 배신할 여자야. 너를 볼 때마다 휘발유통을 안고 사는 것 같아."

"아이, 그건 오해예요! 제가 당신을 얼마나 사랑하는지 당신은 모를 거예요. 그래서 당신이 시키는 일은 무슨 일이든 했잖아요. 이번 일도 시키는 대로 했잖아요. 그래서 이런 사고가 생긴 것 아니에요?"

"알았어, 알았어."

세찬 비바람이 그들의 대화를 잠시 중단시켰다.

"김영대 그놈은 어떻게 만났지? 그놈이 어떻게 여기까지 왔었지?"

"모르겠어요. 집에 도착해서 막 문을 열려는데 갑자기 나타나서 목에다 칼을 들이댔어요. 소리를 지를 수도 없었어요. 그대로 옥상으로 끌려온 거예요. 제가 그놈한테 어떻게 당했는지 당신은 모를 거예요."

그녀는 영대한테 어떻게 당했는가를 울면서 이야기했다. 그러나 문구는 그녀의 이야기를 듣는 둥 마는 둥 했다. 그녀의 이야기가 채 끝나기도 전에 그는 그녀의 손을 잡아끌고 가건물 안으로 다시 들어갔다.

피에 젖은 참혹한 시체를 보자 그녀는 두 손으로 얼굴을 가리면서 몸을 돌렸다.

그녀가 거세게 머리를 흔드는 것을 냉정하게 지켜보고 있다가 문구는 이렇게 말했다.

"죽은 거 봤지? 문제는 지금부터야. 시체를 어떻게 처리할 것인가가 문제야."

시체를 처리하려면 날이 새기 전에 해야 한다고 그는 생각했다. 시간은 별로 없었다.

"이렇게 죽이지 않아도 됐잖아요."

그녀가 두 손으로 거의 얼굴을 가린 채 손가락 사이로 플래시 불빛 속에 드러난 시체를 바라보면서 말했다.

"이왕 끝난 일이야. 두 사람 중 한 사람은 어차피 죽게 돼 있었어. 그리고 만일 내가 당했으면 너까지도 죽게 돼 있었어. 이건 어디까지나 정당방위야. 이미 끝난 일을 가지고 이러쿵저러쿵 말하지 마. 시체를 어떻게 처리할 것인지 그것이나 생각해."

"전 모르겠어요. 당신이 알아서 하세요."

그녀는 시체를 처리하는 데는 관계하기 싫다는 듯 다시 머리를 내저었다.

"모른다고 하지 마. 우리는 함께 협조하지 않으면 안 돼."

그의 입장에서는 어떻게든 그녀를 그 일에 끌어들이는 것이

유리했다.

이유야 어떻든 그는 사람을 살해한 살인범이었고, 그녀는 해석여하에 따라서는 공범이랄 수도 있었고 유일한 목격자라고도 할 수 있었다. 만일 그녀가 시체 처리에 협조해 준다면 공범으로 굳어지는 것이고, 그렇지 않고 비협조적으로 나온다면 유일한 목격자로서 그에게는 매우 위험한 존재가 되는 것이다. 만일 경찰수사에 걸려든다면 그녀는 유일한 목격자로서 결정적인 증언을 하게 될지도 모른다. 그렇지 않을 것이라고 어떻게 보장하겠는가. 경찰 수사에 앞서 그녀가 먼저 경찰에 자진 신고할 수도 있다. 그쪽이 그녀한테는 결과적으로 유리할 것이다. 그가 그런 생각을 하고 있을 때 그녀 쪽에서 우려될만한 말을 꺼냈다.

"경찰에 신고하면 안 되나요?"

그는 무서운 눈으로 그녀를 노려보았다.

"그걸 말이라고 하는 거야? 그럼 나는 어떻게 되지? 나는 살인범으로 체포될 거고, 넌 재판에서 목격자로서 증언을 하게 될 거야. 그렇게 되기를 바라냐?"

"자수해서 정당방위였다고 이야기하면 정상참작이 될 거 아니에요?"

그녀의 단순하기 짝이 없는 생각에 그는 울화가 치밀었다.

"너 날 배신하겠다는 거냐?"

"누가 배신하겠다고 했어요."

그녀의 말이 채 끝나기도 전에 그는 그녀의 뺨을 세차게 후려갈겼다.

"나쁜 년! 내가 누구 때문에 이놈을 죽인 줄 알아?! 너를 살리기 위해 이놈과 싸우다가 이렇게 된 거야! 어떻게 네 입에서 그런 말이 나올 수가 있어?! 네가 경찰에 신고하자고 말하는 건 나를 배신하겠다는 뜻이나 다름없어. 넌 그렇게 말할 수가 없는 입장이야. 그래서는 안 된단 말이야!"

그러나 그녀도 만만치가 않았다. 그녀는 악에 받쳐 소리쳤다.

"내가 이렇게 된 게 누구 탓인데 그래요?! 난 당신이 시킨 대로 했을 뿐이에요! 그런데 결과가 이게 뭐예요?! 난 당신 때문에 위험에 처해졌는데 당신이 아니면 누가 날 구해 주겠어요?! 당신이 날 구해 준 건 아주 당연한 거예요! 당신은 나한테 큰소리칠 자격이 하나도 없어요! 나를 위험에 빠뜨려놓고 무슨 할 말이 있다는 거예요!"

악에 받쳐 대드는 그녀를 가만히 노려보다가 그는 생각을 고쳐먹고 고개를 끄덕였다. 시체를 앞에 두고 입씨름을 벌인다는 것은 시간 낭비일 뿐이고 위험한 짓이었다.

"알았어. 그래 내가 잘못했어. 사람이 죽어 있는데 여기서 이러고 있을 게 아니고 집으로 들어가자고. 집에 들어가서 처리 문제를 상의하자고."

그녀도 집에 들어가자는 데는 반대하지 않았다.

그들은 옥상에서 내려와 조심스럽게 집 안으로 들어갔다. 벽시계가 새벽 2시 46분을 가리키고 있었다. 앞으로 두 시간 남짓 지나면 날이 샌다는 사실이 사내를 초조하게 만들었다. 여름철이라 5시면 날이 샌다. 시체를 처리하려면 이제 두 시간 정도밖에 남아 있지 않았다. 5시면 벌써 사람들이 나다니기 시작하기 때문이다.

여자는 먼저 욕실로 뛰어들더니 옷을 모두 벗어버리고 샤워부터 했다. 사내는 거실에 앉아 조금 열려있는 문 사이로 여자가 목욕하는 모습을 가만히 지켜보았다.

그녀는 샴푸로 수없이 머리를 씻어내고 있었다. 시체 따위에는 관심이 없고 오로지 페인트를 씻어내는 데만 정신이 온통 팔려 있는 것 같았다. 그녀의 그런 모습을 보고 있자니 그는 더욱 초조해졌다.

시체를 옥상에 그대로 방치해 두면 어떻게 될까. 경찰은 금방 피살자의 신원을 밝혀낼 것이다. 그리고 이 아파트 건물 안에 살고 있는 입주자들을 샅샅이 조사할 것이다. 그 수사망에서 과연 우리가 벗어날 수 있을까? 그는 도저히 자신이 없었다. 그들 한 쌍은 정상적인 부부 사이가 아니기 때문에 가장 먼저 경찰의 주목을 받게 될 것이다.

가장 안전한 방법은 시체를 다른 곳으로 옮기는 것이다. 그리고 발견되지 않도록 깊이 묻어버리거나 신원을 밝힐 수 없도록 그것을 토막내어 따로따로 버리면 된다.

그러나 시체를 다른 곳으로 옮기는 것은 현실적으로 매우 어려운 일이다. 그것이 가벼우면 몰라도 거구의 시체를 둘러메고 아래로 내려가 경비원의 눈을 피해 차에 싣는다는 것은 혼자 힘으로는 거의 불가능한 일이다. 그녀가 도와 주면 시체를 아래층까지 운반 할 수는 있을 것이다. 하지만 경비원의 눈을 피해 어떻게 무사히 통과할 수 있단 말인가.

시간이 없다. 서두르지 않으면 안 된다. 그는 욕실 쪽을 다시 바라보았다. 그녀의 머리와 얼굴은 허연 거품으로 뒤덮여 있었다. 그녀는 금방 끝낼 것 같지 않았다. 그는 좋은 방법이 생각나지 않아 미칠 것 같았다.

그에게는 수족처럼 부려먹을 수 있는 부하들이 있었다. 그들을 동원하면 시체를 운반하는 것쯤이야 별로 어려운 일이 아닐 것이다. 그러나 그는 그들을 동원하고 싶지가 않았다. 그런 일로 부하들에게 약점을 잡히는 게 싫었던 것이다. 어떤 신념에 의해서 이루어진 조직이 아닌 불법적인 이익을 위해 모인 조직의 경우 필요에 따라 얼마든지 배신행위가 이루어진다. 그는 부하들에게 약점을 잡혀 결국에 가서는 배신까지 당하는 것이 싫었다.

더 이상 참을 수 없는 지경에까지 이른 그는 욕실로 다가가 문을 벌컥 열고 그녀를 노려보았다.

"빨리 나오지 못해!"

그는 버럭 소리를 질렀다. 그녀가 그를 쳐다보았다. 얼굴에 덮어쓴 흰 페인트는 거의 씻겼지만 눈썹이 모두 타버린 얼굴은 낯설고 이상해 보였다.

"제발 좀 내버려둬요. 이걸 씻어내야 하잖아요."

"그게 문제가 아니야. 조금 있으면 날이 샌단 말이야. 날이 새면 시체를 치울 수도 없어."

그녀가 눈을 크게 떴다.

"그걸 어떻게 치우겠다는 거예요?"

조그만 남자가 그 큰 몸뚱이를 도대체 어떻게 운반하려고 그러느냐고 그녀의 눈은 묻고 있었다.

그는 아직 시체의 처리방법에 대해 어떤 결정도 못 내리고 있었다. 그러면서도 금방이라도 그것을 운반하려는 듯 서두르고 있었다. 거기에는 그녀를 그 일에 끌어들이려는 의도가 숨어 있었다. 무엇보다도 먼저 그녀를 끌어들이는 일이 급했던 것이다. 그러나 그녀는 쉽게 응할 기미를 보이지 않고 있었다.

"어떻게 치우겠느냐고? 그럼 그대로 놔두겠다는 거야? 시체가 옥상에서 발견되면 어떻게 되는 줄 알아? 이 동에 거주하는 사람들은 샅샅이 조사당할 거고, 그럼 우리는 금방 정체가 밝혀지고 말 거야. 경찰은 별 힘도 들이지 않고 우리를 범인으로 체포하게 될 거야. 그러니까 어떻게든 저걸 치워야해. 아래층으로 운반해서 차에 싣기만 하면 돼. 네가 도와 주면 차에 싣는 것은 별로 어렵지 않을 거야. 엘리베이터까지만 운반하면 돼. 그리고 엘리베이터에서 끌어내 차 있는 데까지만 들고 가면 돼."

"저보고 시체를 들라는 거예요?"

그녀가 창백하게 질린 표정으로 물었다.

"할 수 없잖아. 잠깐이면 돼."

"전 못해요! 싫어요! 전 그런 짓 못해요! 싫어요!"

그녀는 생각만 해도 소름이 끼치는 듯 머리를 세차게 흔들었다. 화가 머리끝까지 치민 그는 욕실로 뛰어 들어가 그녀의 팔을 움켜잡았다.

"그걸 말이라고 하는 거야! 시체를 만지고 싶은 사람이 어딨어! 나라고 그게 좋아서 만지는 줄 알아? 서로를 위해서 그러는 거란 말이야! 그걸 치우지 않으면 우린 둘 다 무사하지 못할 거야! 빨리 나와!"

"싫어요!"

그녀는 그의 손을 홱 뿌리쳤다. 그러는 그녀가 남자보다 더 힘이 세어보였다.

"무사하지 못해도 좋아요! 전 그런 짓 못하니까 하고 싶으면 당신 혼자 하세요!"

일찍이 그녀가 그렇게 완강히 자기 주장을 펴고 나온 적은 없었다.

"정말 이럴 거야?"

그는 뛰쳐나가더니 가죽 허리띠를 들고 다시 그녀에게 달려들었다. 그러나 그가 욕실로 뛰어들기 전에 안으로부터 문이 쾅 하고 닫혔다. 그는 다급히 손잡이를 잡아 비틀었지만 문은 안으로 굳게 잠겨 있었다. 그는 주먹으로 쾅쾅 두드렸다.

"이 문 열지 못해?"

"열 수 없어요!"

그녀는 안에서 단호하게 말했다.

"죽여 버릴 거야!"

그는 주먹으로 더욱 세게 문을 두드리다가 생각을 고쳐먹고 주먹을 내렸다. 문 두드려대는 소리가 다른 집에 들릴까봐 걱정이 되었던 것이다.

"당신이 죽였으면 당신이 갖다버릴 것이지 왜 나까지 끌어들이려고 그래요? 난 절대 시체를 만지지 않을 거니까 당신 혼자서 하세요! 그리고 우리 사이는 이제 끝장이에요!"

남자는 여자가 이제 더 이상 그를 무서워하지 않는다는 것, 그리고 더 이상 그의 말을 듣지 않을 것이라는 것을 알게 되었다.

여자 쪽에서는 죽을 고비를 한번 넘겼기 때문에 그럴 만도 했다. 남자의 위협쯤은 죽은 영대한테 당한 것을 생각하면 아무것도 아니었던 것이다.

"알았으니까 문을 열어. 도와달라고 하지 않을 테니까. 문 좀 열어."

"나도 이젠 악만 남았어요. 나도 내 갈 길로 갈 거예요. 이젠 그런 짓 지긋지긋해요. 나도 남들처럼 결혼해서 자식 낳고 살고 싶어요."

그것은 하나의 인간 선언이자 그에 대한 도전이었고, 그의 권위가 무너지는 순간이었다. 사내는 욕실 문 앞에서 분노로 몸을 떨었다.

"문 열지 않으면 부술 거야. 빨리 열어."

"난 더 이상 더러운 짓하고 싶지 않아요. 난 내 갈 길로 갈 거예요. 이젠 우리 관계도 끝났어요. 더 이상 상관하지 말아요. 그동안 나는 인생을 낭비했어요. 이제부터는 바르게 살 거예요."

"네 맘대로 그렇게 될 줄 알아? 네 맘대로 안 돼. 넌 내 손에서 벗어날 수 없어. 살아 있는 한 내 손에서 벗어날 수 없어."

"흥, 엿장수 맘대로 될 줄 알아요?"

"너하고 입씨름할 시간 없어. 이 문 빨리 열어."

"열 수 없어요."

그는 어딘가에 열쇠 꾸러미가 있다는 것에 생각이 미쳤다. 그 꾸러미에는 집 안의 열쇠가 모두 달려 있었다. 그는 장식장으로 급히 다가가 서랍을 열었다. 열쇠 꾸러미는 두 번째 서랍 맨 안쪽에 있었다. 거기서 욕실 열쇠를 골라내 욕실문 앞으로 다가서서 자물쇠 구멍에다 그것을 꽂았다.

정우희는 자물쇠 장치가 풀리는 소리가 나자 안쪽에서 문이 열리지 않게 온몸으로 문을 밀어붙였다. 그러나 상대가 아무리 조그만 남자라 해도 여자 힘으로 그를 당할 수는 없었다. 서문구가 밖에서 두어 걸음 뒤로 물러섰다가 앞으로 달려들면서 어깨로 힘껏 문을 밀어젖히자 그녀는 보기 좋게 뒤로 벌렁 나자빠졌다.

문구는 욕실 안으로 들어서면서 가죽 허리띠로 사정없이 그녀의 얼굴을 후려갈겼다. 그녀는 살을 후벼드는 고통에 못 이겨 비명을 질렀다.

"더 이상 더러운 짓하고 싶지 않다고? 네 갈 길로 가고 싶다고? 그래 어디 맘대로 가 봐라!"

벌거벗은 몸뚱이 위로 가죽 허리띠가 떨어져 감기는 소리가 철썩철썩 들려왔다.

물에 젖은 몸뚱이에 가죽 허리띠가 감기는 감촉이 감칠맛 나도록 짜릿한 쾌감을 안겨 주고 있었다. 허리띠가 감길 때마다 거기에는 물감을 칠한 듯 피멍이 길게 뻗치곤 했고 그런 것들이 서로 뒤엉키면서 어지러운 모양을 이루어내고 있었다.

그녀는 비명을 지르면서 두 팔로 매질을 막아내다가 안 되겠다 싶었는지 갑자기 날아오는 허리띠를 두 손으로 움켜잡고 악을 써대기 시작했다.

"왜 때려?! 네가 뭔데 사람을 때려?! 이 개새끼야! 왜 사람을 때려?! 내가 네 종년인 줄 알아? 해볼테면 해 봐! 지금까지는 하자는 대로 해왔지만 이제부터는 안 돼!"

죽을 고비를 한번 넘긴 그녀는 꽤 강해져 있었고 남자의 무자비한 매질 때문에 악에 받쳐 있었다.

그들은 서로를 노려보면서 허리띠를 맞잡은 채 한동안 서 있었다.

"개새끼! 날 건드리면 가만 안 둘 거야! 경찰에 전화 한 통화만 걸면 넌 끝장이야! 이제부터는 내 앞에 무릎을 꿇고 살려달라고 빌어도 시원찮은데 이걸로 나를 때려?! 미친 새끼!"

그녀는 이제 완전히 공세로 나오고 있었다. 남자는 여자의 기세에 눌려 어쩔 줄을 모르고 있었다. 그러나 그대로 있을 그가 아니었다.

"니가 죽으려고 환장했구나! 내가 경찰에 체포되면 넌 온전

할 줄 아냐? 내가 걸고넘어지면 너도 꼼짝없이 당해. 목격자는 아무도 없어. 너하고 내가 합작해서 그놈을 죽였다고 하면 경찰은 그대로 믿을 수밖에 없어. 판사가 너를 무죄라고 내보내줄 줄 알아? 내가 20년 받으면 넌 적어도 10년 이상은 받아. 난 죽을 때까지 네년을 끌고 갈 거야. 내 손을 벗어날 수 있다고 생각하면 큰 오산이야."

"맘대로 해! 니가 그렇게 나오면 나도 생각이 있어! 난 경찰에 사실대로 이야기할 거야! 모든 걸 처음부터 사실대로 이야기할 거야! 경찰이 누구 말을 들을지 두고 봐. 니가 아무리 꾸며댄다 해도 사실은 밝혀지게 마련이야. 너한테 끌려들어가거나 사실대로 이야기하거나 경찰에 체포되기는 마찬가지야. 그럴 바에는 사실대로 이야기하는 게 나아. 그게 속죄하는 길도 되고. 네놈한테는 이제 절대 안 가! 우리는 끝났어!"

그들은 다시 가죽 허리띠를 잡아당기기 시작했다. 그녀의 손에서 허리띠가 조금씩 빠져나오기 시작했다. 다급해진 그녀는 소리지르기 시작했다.

"나가지 않으면 소리지를 거야! 사람 살리세요!"

그녀가 정말 소리를 지르는 바람에 그는 몹시 당황했다. 잡아당기던 것을 갑자기 뒤쪽으로 확 밀어버리자 그녀는 뒤로 쉽게 나자빠졌다. 일어나려는 그녀의 얼굴을 가죽 허리띠로 정면에서 후려갈기자 그녀는

"악!"

소리치면서 두 손으로 얼굴을 감싸 쥐고 주저앉는다. 그는 기회를 놓치지 않고 허리띠로 그녀의 목을 휘어 감았다. 목을 조이자 그녀가 몸을 일으켰다. 그는 그녀의 뒤에 바싹 달라붙어 목을

조여 나갔다. 몸을 돌리려는 그녀를 제지하기 위해 무릎으로 그녀의 허리를 누르면서 목을 뒤쪽으로 잡아당기자 그녀의 몸뚱이가 활처럼 휘어졌다. 그녀의 두 손이 다급하게 뒤쪽으로 뻗어와 그의 팔을 날카롭게 파고들었다. 그러나 살기가 오른 그의 팔은 강철같이 단단했다. 그녀의 얼굴이 시뻘겋게 달아오르면서 풍선처럼 터질 듯이 부풀어 올랐다. 조금이라도 목을 조여드는 압박감을 덜어보려고 그것을 잡아당겨 보았지만 거기에는 손가락 하나 파고들 틈이 없었다.

남자는 여자를 죽여야 한다는 확고한 결의에 차 있었다. 이 시점에서 그녀를 없애는데 실패하면 자신이 죽을 수밖에 없다고 생각하고 있었다. 그래서 조금의 연민도 두지 않고 무자비하게 그녀의 목을 조이고 있었다.

그녀는 가물가물해지는 의식을 놓치지 않으려고 발버둥치면서 순간적으로 자신의 어리석음을 후회했다. 그 앞에서 그렇게 대놓고 그런 말을 하는 게 아니었다. 우선 그의 손아귀에서 벗어나기 위해 그에게 협조하는 체라도 했어야 했다.

이윽고 물이 가득 채워져 있는 욕조 속으로 처박히면서 그녀의 생각은 끝이 났다. 그녀는 더 이상 아무 생각도 할 수 없었다. 오로지 조금이라도 더 숨을 쉬려고 발악적으로 몸부림칠 뿐이었다. 샤워기에서는 계속 물이 쏟아져 내리고 있었다. 남자는 마지막 힘을 다해서 그녀를 내리눌렀다. 자신도 물 속에 잠겨 머리만 쳐든 채 그녀를 타고 눌렀다. 그에게는 2분 정도의 시간이 그렇게 길게 느껴질 수가 없었다. 여자의 저항이 점점 약해진다고 느껴졌을 때 그의 손에서도 힘이 빠지고 있었다. 그는 더 이상 힘을 가할 수가 없었다. 물 속에 가라앉아 있는 그녀의 머리 쪽에서 거품이 부글부글 올라왔다. 그와 함께 격렬한 몸부림이 갑자기 수그러들고 있었다. 그는 가만히 손을 풀고 그녀를 내려다보았다. 그녀는 물 속에 엎어져 있었다.

그녀가 다시 움직이면 달려들려고 했지만 그녀는 더 이상 움직이지 않았다. 그래도 그는 더 기다려보았다. 2분 정도 더 기다려보았지만 욕조의 물 속에 처박혀 있는 여자는 꼼짝도 하지 않았다. 끓어오르던 거품도 가라앉고 있었다.

그는 그녀의 목에 감겨 있던 허리띠를 풀고 나서 몸을 일으켰다. 그리고 엎어져 있는 그녀를 바로 눕혔다. 쏟아져 내리는 샤워물 때문에 그녀의 모습이 잘 보이지 않았다. 샤워를 잠그고 나서 다시 그녀를 내려다보았다.

그녀는 물 속에서 눈을 빤히 뜨고 있었다. 두 눈은 튀어나와 있었고 입은 멍하니 벌어져 있었다. 쓰러질 듯 비틀거리며 욕조 밖으로 나온 그는 변기 위에 엎드려 토하기 시작했다. 위 속에서는 쓰디쓴 물과 함께 적은 양의 음식물 찌꺼기밖에 나오지 않았다. 손가락을 목구멍 깊숙이 찔러 넣어 찌꺼기를 모두 토해낸 다음 물로 입 속을 헹궈냈다.

비틀거리며 욕실을 빠져나온 그는 거실의 소파에 털썩 주저앉아 한동안 거친 숨을 몰아쉬며 생각을 가다듬었다. 그렇게 짧은 시간에 자신이 두 사람의 목숨을 끊었다는 것이 도무지 믿어지지가 않았다. 달리 뾰족한 수가 생각나지 않았다. 현재로서는 시체를 아파트 밖으로 옮긴다는 것이 불가능하다는 생각밖에 나지 않았다.

마침내 그는 한 가지 생각에 도달할 수가 있었다. 그것은 그렇게 어려운 일은 아닐 것 같았다. 급한 대로 그렇게 처리하면 어느 정도 시간을 벌 수 있을 것 같았다.

그는 서둘러 밖으로 나갔다. 아파트 출입문은 밖에서 잠기지가 않았다. 자물쇠 구멍에 열쇠가 들어가지 않았기 때문이다. 그는 문을 잠그는 것을 포기한 채 옥상으로 올라갔다.

캄캄한 어둠 속에 잠겨 있는 가건물 안으로 들어간다는 것이 몹시 싫었지만 그런 것 저런 것 따지고 있을 입장이 아니었다. 그는 가건물 안으로 들어가 플래시로 시체가 누워 있는 쪽을 비춰 보았다.

시체는 아까 그대로 그 자리에 누워 있었다. 벌써부터 숨이 차기 시작했다. 그는 두 주먹을 쥐었다 폈다 하다가 마침내 시체의 양쪽 발목을 하나씩 움켜잡고 끌어당겨 보았다. 그러나 그것은 거대한 바윗덩이처럼 끄떡도 하지 않았다. 그것을 둘러멘다는 것은 생각도 할 수 없는 일이었다. 그는 발목을 잠시 놓고 마음을 가다듬은 다음 다시 그것을 움켜잡았다. 그리고 온힘을 다해 문쪽으로 끌어당겨 보았다. 꼼짝도 하지 않을 것 같던 시체가 조금씩 끌려오기 시작했다. 한 층만 아래로 내려가면 되는 것이었다. 그는 이를 악물고 뒤로 몸을 버티면서 시체를 끌어당겼다.

눈을 뜰 수 없을 정도로 비바람이 얼굴을 후려갈겼다. 시체는 조금씩 끌려왔다. 서문구는 몇 번씩이나 엉덩방아를 찧으면서도 포기하지 않고 시체를 출입구 쪽으로 끌어당겼다.

캄캄한 어둠과 비바람 속에서 기를 쓰며 시체를 끌고가는 모습은 바로 악마의 모습 그대로였다. 그의 기분에는 1m의 거리를 끌고가는데 한참의 시간이 흐르는 것 같았다.

마침내 옥상을 벗어났을 때 날이 뿌옇게 밝아오고 있었다. 이제 한 층만 내려가면 된다. 그러나 그 한 층이 그에게는 너무도 멀게만 느껴졌다. 도중에 누가 밖으로 나오다가 그 장면을 발견하기라도 하는 날에는 큰 소동이 벌어질 것이다. 그는 더욱 초조해졌다.

계단으로 끌고 내려갈 때는 옥상에서처럼 그렇게 힘이 들지는 않았다. 그러나 소리가 나지 않게 하려고 조심해야 했기 때문에 시간이 더 걸렸다. 마지막 계단에 이르자 그는 자기 집과 마주 보고 있는 아파트의 출입문을 응시하다가 1510호의 출입문을 열었다. 그리고 재빨리 시체를 집 안으로 끌어들였다. 문을 급히 닫은 다음 구멍을 통해 밖을 내다보았다. 사람의 그림자는 보이지 않았다. 맞은편 출입문도 열리지 않고 있었다. 주위를 분간할 수 있을 정도로 날이 밝아져 있었다

시체를 현관에 그대로 둔 채 거실로 들어간 그는 젖은 옷을 모두 벗은 다음 거실 바닥에 벌렁 드러누웠다. 거친 숨을 몰아쉬며 앞으로 해야 할 일을 생각해 보니 너무나 엄청나서 현기증이 일었다. 깜박 잠이 들었다가 소스라치게 놀라 깨어 일어난 그는 현관으로 허둥지둥 가 보았다.

김영대의 시체는 아까 놓아둔 그대로 거기에 누워 있었다. 이번에는 욕실 문을 열어보았다. 한때 그와 동거했던 여자의 시신도 욕조의 물 속에 잠겨 있었다. 두 구의 시체로 해서 집 안은 가득 차버린 느낌이었다. 그것들을 어떻게 치워야 할지 아직 구체적인 방법은 생각나지 않았다. 그러나 그것들을 갖다버려야 한다는 생각만은 변함이 없었다. 아파트에 그대로 둘 수는 없는 일이었다.

그는 현관에 놓여 있는 남자 시체를 일단 집 안으로 끌어서 올려놓았다. 그것 하나만으로도 거실이 가득 차버린 느낌이 들었

다. 그렇게 무겁고 큰 시체를 보기는 처음이었다. 그런 시체를 옥상에서 끌고 내려왔으니 그가 한동안 혼이 빠져서 멍청하게 앉아 있는 것도 무리는 아니었다.

시체들을 집 안으로 끌어들여 놓았으니 얼마간 시간은 벌어 놓은 셈이었다. 그러나 하나도 아닌 두 개나 되는 시체들을 어떻게 아파트 밖으로 끌어내 버린단 말인가. 사람 눈을 피해서 그것들을 차에다 싣는다는 것은 거의 불가능한 일이다. 여러 사람이 힘을 합해서 처리하는 것도 어려운 일인데 하물며 혼자서 어떻게 그것들을 처리할 수 있단 말인가.

무더운 여름철이라 시체는 금방 부패할 것이다. 조금만 지나면 썩는 냄새가 집 안을 가득 채울 것이다. 그는 넋이 완전히 빠져 버린 모습으로 멍하니 시체를 바라보고 있었다. 아무리 생각해도 묘안이 떠오르지 않는다. 시체의 손 하나 발 하나가 끔찍스럽게도 커 보였다. 더 이상 집 안에 있기가 싫었다. 그는 정신을 차리고 김영대의 시체를 욕실 안으로 끌어들였다. 이제 욕실 안에는 두 구의 시체가 들어 있는 셈이었다. 여자의 시체는 욕조의 물 속에 들어 있었고 남자의 시체는 욕실 바닥에 누워 있었다. 그는 밖으로 나와 욕실 문을 잠갔다.

6시가 가까워오고 있었다. 그는 옷을 갈아입고 밖으로 나왔다. 아까처럼 자물쇠 구멍에 열쇠가 들어가지 않았다. 그렇다고 문을 잠그지도 않은 채 외출할 수는 없는 일이었다. 자물쇠 구멍에다 열쇠를 쑤셔 넣느라고 고심하고 있는데 맞은편 집 문이 열리면서 뒤에서 인기척이 났다. 그는 반사적으로 몸을 홱 돌렸다. 중년의 사내가 트레이닝복 차림으로 미소를 지으며 그를 쳐다보았다. 아마 아침 운동을 하려고 나온 모양이었다.

"안녕하십니까?"

"아, 네……."

서문구는 당황해서 인사를 받았다.

"비가 좀 그친 모양이지요?"

"네, 그런 것 같습니다."

가끔 마주치면서 눈인사를 나눈 적은 있었지만 이렇게 인사말을 나누기는 처음이었다.

"문이 안 잠깁니까? 고장이 났나 보지요?"

그는 허리를 굽히고 구멍에 걸려 있는 열쇠에 손을 가져갔다. 그가 얼른 갈 것 같지 않았기 때문에 서문구는 더욱 당황했다.

"안에 뭐가 박힌 모양이에요."

"그렇군요. 잠깐 기다리세요."

사내가 서둘러 집 안으로 들어가는 것을 보고 문구는 어쩔 줄을 몰라 했다. 중년의 사내는 잠시 후 플래시와 송곳을 가지고 나왔다.

그는 플래시로 자물쇠 구멍을 비추면서 송곳으로 그 속을 쑤셔대더니 이윽고 나뭇조각 부스러기를 뽑아냈다.

"이것 보십시오. 누가 성냥개비를 분질러 넣은 것 같은데요. 아마 장난이 심한 아이들이 그랬을 겁니다."

서문구는 그 사내가 건네주는 나무 부스러기들을 손바닥 위에 올려놓고 그것을 유심히 들여다보았다.

이웃집 사내는 자기 일처럼 정성을 들여 구멍을 후벼 남은 부스러기들을 남김없이 빼낸 다음 열쇠를 구멍 속에다 집어넣고 그것을 돌려보았다. 쇠붙이가 부드럽게 부딪치며 돌아가는 소리가 들려왔다. 그는 자물쇠가 잘 잠기는지 알아보려는 듯 문을 열고 안을 들여다보았다. 그것을 보고 서문구는 바짝 긴장했다.

"됐습니다. 잘 잠기는데요."

사내가 물러서면서 말했다.

"감사합니다."

집으로 들어온 서문구는 창문을 통해 아래를 내려다보았다.

비는 그쳐 있었고 저만치 아파트 광장을 조금 전의 그 사내가 걸어가는 것이 보였다. 그 사내는 자꾸만 고개를 돌려 뒤쪽을 올려다보곤 하면서 걸어갔는데 그의 그런 모습이 아무래도 마음에 걸려 서문구는 안절부절못했다. 혹시 그자가 눈치 챈 거 아닌가 싶어 여간 걱정되는 게 아니었지만 그렇다고 그것을 확인할 수도 없는 일이었다.

다시 밖으로 나온 그는 문을 단단히 잠그고 나서 아래층으로 내려갔다. 다리 한쪽을 저는 그는 운전할 줄을 몰랐다. 그를 보고 경비원이 뛰어나와 고개를 숙여 인사했다. 경비원들한테 팁을 후하게 주기 때문에 그는 그만큼 대접을 받고 있었다.

그의 시선이 잠시 정우희가 몰던 차에 가서 머물렀다. 그것이 그의 눈앞에서 금방이라도 움직일 것만 같은 생각이 들어서 그는 조마조마한 마음으로 그것을 노려보았다. 그것은 이제 거기에 있어서는 안 되는 것이었다. 갖다버리든가 중고차 시장에 내다 팔든가 해야 할 것이었다. 그러나 그는 운전할 줄을 몰랐다. 그의 전속 운전기사는 8시에 오기로 되어 있었다. 그는 지팡이를 짚으며 차도로 나와 택시를 잡아탔다.

"어디로 가실 겁니까?"

"테헤란로로 갑시다."

차가 달리는 동안 그는 다시 시체를 처리하는 방법을 생각해

보았다. 가장 적당하다고 생각되는 그 방법의 단점은 너무 끔찍하다는 것이었다. 그러나 그 방법밖에 없다면 그것을 이행하는 수밖에 없다고 그는 생각했다.

젊은 형사는 요란스럽게 울려대는 전화벨 소리에 눈을 떴다. 머리가 빠개지는 듯이 아팠고 눈에 띄는 것이 모두 낯설어 보였다. 그는 얼른 상체를 일으켰다. 그 옆에는 나체의 여인이 누워 있었는데 한쪽 다리가 그의 복부 위에 올라와 있었다. 그들은 거실의 바닥 위에서 그대로 뒤엉킨 채 잠이 들었던 것 같았다. 여인은 천장을 향해 팔다리를 벌린 채 누워 있었는데 그 모습이 여간 천박스러워 보이지가 않았다. 비로소 강 형사는 지난밤 자신이 김영대의 집에 찾아와 그 부인과 함께 술을 마신 기억이 났다. 그러나 어떻게 해서 옷까지 모두 벗게 되었고 거기다 어떻게 되어 그녀와 나체로 뒤엉켜 잠을 자게 되었는지 도무지 생각이 나지 않았다. 나체로 뒤엉켰으니 간밤에 무슨 일이 벌어졌었는지는 짐작이 가고도 남았다. 두 사람의 몸과 그 주위에는 격렬했던 정사의 흔적들이 뚜렷이 남아 있었다.

하종미가 몸을 조금 움직였다. 그러나 그녀는 쉽게 깨어날 것 같지가 않았다. 전화벨은 한참 동안 울려대다가 받는 사람이 없자 도로 잠잠해졌다. 그때 그는 조그만 인기척을 느끼고는 안방쪽을 바라보았다. 놀랍게도 어린 소녀가 문에 반쯤 몸을 가리고 서 있는 모습이 보였다. 하종미의 딸인 다섯 살짜리 찬희였다.

소녀는 놀란 눈으로 나체의 어른들을 바라보고 있었다. 두 눈이 유난히 까맣게 빛나고 있었고, 미동도 하지 않고 서 있었다. 젊은 형사와 눈이 마주쳤지만 소녀는 피하려고 하지도 않았다. 이윽고 소녀의 시선은 남자의 다리 사이에서 움직일 줄을 몰랐다. 소녀는 손가락 하나를 입에 물고 있었다.

"쉬! 저리 가!"

그는 손을 흔들어 그녀를 쫓으면서 바닥에 내던져져 있는 자신의 팬티를 집어 들었다. 소녀는 여전히 문가에 붙어서 있었다.

"저리 가라니까!"

그가 조금 큰 소리로 말하자 그녀는 입을 삐쭉거리면서 울려고 했다.

"아, 좋아. 좋아. 가지 않아도 좋아."

그는 소녀를 노려보면서 몸을 일으켰다. 울려고 하던 소녀는 놀란 눈으로 그를 바라보고 있었다.

"뭘 봐. 조그만 것이……."

그는 중얼거리면서 서둘러 팬티를 입었다. 그때 하종미가 눈을 떴다. 그녀는 늘어지게 하품을 하고 나서 그를 향해 미소를 보냈다. 그러다가 찬희를 발견하고는 후다닥 뛰쳐 일어났다.

"어머머머…… 저애 봐. 너 안에 들어가지 못해?!"

그녀는 방석으로 몸을 가리면서 소리를 질러댔다. 그러나 소녀는 손가락을 입에 문 채 그 자리에서 계속 머뭇거리고 있었다.

"요것이 들어가라는데!"

하종미는 잽싸게 뛰어가더니 소녀의 어깨를 후려쳤다.

"들어가 있어! 나오면 안 돼! 알았어?!"

그녀는 방문을 쾅하고 닫았고, 그러자 안에서는 소녀의 울음소리가 터져 나오기 시작했다.

"어제는 실례가 많았습니다."

강 형사가 허리띠를 조이면서 말했다. 그녀가 헝클어진 머리칼 사이로 그를 쳐다보았다.

"벌써 가시는 거예요?"

"가야죠. 어제 어떻게 된 거죠?"

그녀를 바라보는 그의 두 눈에 곤혹스런 빛이 나타났다. 그녀는 옷도 입지 않은 채 재빨리 다가와 그 앞에서 무릎을 구부렸다. 그리고 그의 허리띠를 풀면서 충혈된 눈으로 그를 올려다보았다.

"벌써 가시려구요?"

"가야죠."

그녀는 바지 지퍼를 내리더니 불룩한 부분을 어루만지기 시작했다. 그녀의 숨결이 거칠어지는 것을 보고 젊은 형사는 뒤로 물러섰다.

"이러지 말아요. 난 가야 해요."

"한 번만 더……."

그를 올려다보는 그녀의 두 눈은 어느새 뜨겁게 타오르고 있었다. 그는 고개를 흔들면서 그녀를 밀어냈다.

"없었던 걸로 합시다."

"있었던 걸 어떻게 없었던 걸로 할 수 있어요."

그녀가 뾰로통해서 쏘아붙였다.

"도대체 무슨 일이 있었지요?"

"보면 몰라요. 당신은 어젯밤 제 정신이 아니었어요. 제가 싫다고 해도 막무가내로 저를 강간했어요. 무지막지하게…… 그럴 수가 없었어요. 하지만 저도 나중에는 좋았어요. 당신이 좋아졌어요."

"거짓말 말아요. 그럴 리가 없어."

"거짓말 아니에요. 당신은 책임지셔야 해요."

"당신이 나를 강간했어! 당신이 말이야!"

그는 손가락으로 그녀를 가리키면서 소리쳤다. 그녀가 눈을 크게 떴다.

"제가요?! 여자가 남자를 강간했다구요?!"

그녀가 갑자기 웃음을 터뜨렸다. 그녀는 벌거벗은 채 떼굴떼굴 구르며 웃어댔다. 그녀의 웃음을 뒤로 하고 밖으로 나온 그는 우선 공중전화 부스에 들어가서 서울로 전화부터 걸었다.

수사본부에서 전화를 받은 사람은 남 형사였다.

"아, 강 형사 어떻게 됐어?"

"김영대를 아직 만나지 못했습니다. 집에 연락도 없는 걸 보니까 부산에 내려오지도 않은 것 같습니다."

"지금까지 거기서 뭘 했어? 염불하고 있었나?"

"아닙니다. 잠복하고 있었습니다."

그는 지난밤 벌거벗은 몸으로 하종미의 집에서 그녀와 뒤엉켜 잤었다는 말은 차마 할 수가 없었다.

남 형사 대신 마 반장이 전화에 나왔다. 그는 남 형사처럼 강 형사를 다그치지는 않았다. 그는 다소곳이 듣는 자세를 취하고 있었다.

"제 생각에는 김영대가 지금 자기 나름대로 어떤 일을 벌이고 있는 게 아닐까 생각됩니다만……."

"지금까지 집에 나타나지 않았다면 무슨 문제가 생기긴 생긴 것 같군."

"어떻게 할까요. 계속 여기서 기다려볼까요. 아니면……."

"김영대를 찾기 전에는 수사본부에 나타나지도 마."

마 형사의 말은 묵직하면서도 단호하게 들려왔다. 올라오라고 할 줄 알았던 강 형사는 당황했다.

"아, 알겠습니다."

"지원이 필요하면 조 형사를 만나 봐."

마 형사는 차갑게 말하고 나서 전화를 끊었다. 강 형사는 조 형사가 묵고 있는 여관으로 전화를 걸었다.

비바람은 많이 수그러져 있었지만 비는 여전히 조금씩 내리고 있었다. 장마권에서 쉽게 벗어날 것 같지 않은 날씨였다.

시체 같은 것을 녹여버릴 수 있는 약품 같은 것이 있으면 얼마나 좋을까 하고 생각하면서 서문구는 다방 구석에 멍하니 앉아 있었다. 그런 약품이 없는 이상 시체를 치울 수 있는 뾰족한 방법이 도무지 생각나지 않는다. 그 끔찍한 방법은 아무래도 생각하지 않는 게 좋을 것 같다. 그 방법을 취하려면 사람을 사는 수밖에 없다. 그것을 믿고 맡길 수 있는 사람이 있을까?

그는 집 안에 불을 질러 시체를 태워버릴까도 생각해 보았다. 그러나 그것은 자칫 잘못하다가는 사건을 더욱 확대시킬 뿐이라는 생각에 미치자 그만두기로 했다. 만일 시체가 타기도 전에 불길이 잡힌다면 문제는 더욱 복잡해진다. 아무튼 가장 좋은 방법은 시체를 감쪽같이 집에서 빼내어 사람의 손이 미치지 않는 곳에다 버리는 것밖에 없다.

아무튼 일단 그에게 전화를 걸어 문제를 상의해 보는 게 좋을 것 같다고 그는 생각했다. 문제가 이렇게 확대된 것은 순전히 그 때문이었다. 따라서 그에게 도움을 청하는 것은 아주 당연한 일이다. 문제가 이렇게 확대된 이상 자작나무는 문제를 해결할 수 있도록 무슨 도움을 줄 것이라고 그는 생각했다.

다방 카운터에서 잔돈으로 백 원짜리 동전을 한 주먹 받아들고 나온 그는 길가에 설치되어 있는 공중전화 부스로 들어가 어디론가 전화를 걸었다.

세 번째 전화를 걸었을 때 신호가 떨어지면서 남자 목소리가 들려왔다.

"여보세요."

서문구는 전화번호를 확인한 다음 이렇게 말했다.

"자작나무와 통화하고 싶어서 전화를 걸었습니다."

상대방은 숨을 깊이 내쉬는 것 같았다.

"당신은 누구지요?"

"난 은행입니다."

"아, 은행나무…… 이야기하시오. 내가 자작나무요."

문구는 마른침을 꿀꺽 삼켰다.

"문제가 생겼습니다. 아주 심각한 문제입니다. 당신한테도 영향을 미칠 심각한 문제입니다."

한숨을 내쉬는 소리가 들려왔다.

"은행나무, 당신은 우리 사이의 거래 관계가 이미 끝났다는 걸 모르나요? 무슨 문제인지는 모르지만 우리 사이에는 이제 어떤 문제도 있을 수 없다는 걸 모르나요?"

그 목소리는 왠지 비현실적으로 들려왔다. 상대방은 마치 아무 의미 없는 말을 지껄이고 있는 것 같았다.

"자작나무, 거래 관계는 아직 끝나지 않았어요. 일이 깨끗이 마무리되었다면 또 몰라도 그렇게 되지 않고 심각한 방향으로 문제가 확대되고 말았어요. 어떻게 해야 할지 몰라 이렇게 전화를 건 겁니다. 당신 도움이 필요합니다."

"난 당신을 도와줄 수 없어요. 그런 전화라면 끊겠소."

"잠깐!"

서문구는 소리 질렀다.

"김영대가 죽었어요! 죽일 수밖에 없었어요! 그 바람에 여자도 한 명 죽었어요! 두 사람이 죽었단 말이오! 만일 내가 경찰에 체포되면 난 당신과의 관계를 털어놓을 수밖에 없어요! 그래도 모른 체할 겁니까?"

"난 당신한테 사람을 죽여 달라고는 하지 않았는데……."

"하지만 결과적으로 그렇게 됐어요! 모든 게 당신 때문이란 말입니다!"

서문구는 주먹을 움켜쥐고 소리소리 질렀다.

그가 흥분해서 어쩔 줄을 모르고 있는데 반해 상대방은 얄미울 정도로 침착하기만 했다.

"은행, 흥분하지 말고 냉정하게 대처해야 해요. 흥분해 봐야 도움이 되는 건 하나도 없어요."

"당신은 그렇게 말할 수 있겠지만…… 내가 흥분 안하게 됐어요?! 김영대가 경찰에서 풀려난 다음 뒷조사를 해왔단 말입니다. 바로 우리 집에까지 찾아왔어요. 내 일을 도와준 아가씨를 옥상으로 납치해서 온몸에 페인트칠을 하고 고문을 가하고 있었어요. 내가 발견하지 못했으면 그 아가씨는 아마 김영대의 손에 살해됐을 겁니다. 내가 나타나자 그놈이 칼을 빼들고 달려들었어요. 당신도 알다시피 난 몸이 좋지 않기 때문에 맞붙어 싸우면 당할 수밖에 없어요. 김영대는 정말 나를 죽이려고 했어요. 난 살기 위해 정당방위를 하지 않을 수 없었어요!"

"여자도 죽었다고 하지 않았소!"

상대방이 비로소 반응을 보이기 시작하고 있었다.

"네, 죽일 수밖에 없었어요. 내가 김영대한테서 구해 주자 그 년은 경찰에 신고하겠다고 했어요. 내가 김영대의 시체를 처리하자고 했지만 듣지 않고 경찰에 신고하려고 했어요. 그년은 제 정신이 아니었어요. 그대로 두면 모든 것이 밝혀질 것 같아 영원히 입을 막지 않을 수 없었어요. 모든 게 어쩔 수 없이 일어난 일이었어요. 지금 우리 집에는 시체가 두 구나 있어요. 옥상에 있던 김영대의 시체도 집에다 옮겨다 놨어요. 나 혼자서 어떻게 처리해야 할지 모르겠어요. 그래서 이렇게 전화를 걸었는데 당신까지 모르겠다고 하면 난 마지막 방법밖에 남아 있지 않아요."

"그 마지막이라는 게 뭐지?"

"나 혼자 죽지는 않겠다는 겁니다. 당신도 죽어야 해요. 살면 함께 살고 죽으면 함께 죽는 겁니다. 나 혼자만 손해를 볼 수 없다 이겁니다."

"당신은 거래 원칙을 몰라?"

"난 그런 거 몰라요. 내 아파트에서 시체를 치우는 것밖에 생각나지 않아요."

"당신한테는 부하들이 있을 텐데 굳이 나한테 그런 걸 부탁할 필요는 없잖아."

"부하들이라고 아무 일이나 하는 줄 압니까. 시킬 일이 따로 있지 시체를 치우는 일을 어떻게 시킵니까. 그런 일을 시켜도 좋을 만큼 믿을 만한 놈은 한 명도 없어요. 오죽해야 당신한테 이런 전화를 걸었겠습니까."

"내가 어떻게 도와 주면 되겠소?"

자작나무가 무겁게 입을 열었다. 은행은 말라붙은 입술을 혀로 훑았다.

"부하들한테 시키더라도 맨 입으로는 안 됩니다. 요즘은 의리 하나만으로 통하던 시대하고는 다릅니다. 돈이 없으면 되는 일도 안 되고 돈이 있으면 안 되는 일도 되는 세상입니다."

"내가 당신한테 직접 가든가 사람을 보내서 도와준다는 것은 불가능해요. 그래서도 안 되고요. 우리의 계약 관계는 이미 계산이 끝났고, 그 다음에 발생한 문제에 대해서는 당신이 알아서 해결해야 해요. 나는 그 문제에 대해서 책임이 없어요. 책임 소재에 대해서 명확히 한계를 그어야지 당신 말대로 내가 또 나선다면 내 책임은 한계가 모호해져요. 하지만 당신이 난처한 입장에 빠졌다니까 모른 체할 수는 없고…… 그 일을 처리하는데 필요한 경비의 일부를 내도록 하겠소."

서문구는 얼른 생각해 보았다. 그것은 그가 차선책으로 생각하고 있던 것이었다. 직접적인 도움을 받을 수 없다면 차라리 돈이라도 받아 챙기는 것이 낫겠다 싶었던 것이다.

"당신이 움직이기가 어렵다면 그렇게라도 해 주시면 고맙겠습니다. 경비를 좀 보태 주신다면 그 돈으로 사람을 사서 시체를 처리하겠습니다."

"얼마를 보태 주면 되겠소?"

"하나당 2천씩…… 4천 정도면 될 겁니다."

"나는 일부만 보태 주겠다고 했어요. 절반 정도로 합시다. 그 이상은 안 돼요."

"금액 가지고 그러지 맙시다. 지금 그런 액수가 문제입니까. 어떻게든 그것을 무사히 치우는 게 급한 일 아닙니까."

"간단히 끝냅시다. 2천이 필요하다면 보내줄 수 있어요. 필요 없다면 그만두겠소."

"구두쇠 같으니……."

서문구는 중얼거리고 나서 자신이 거래하고 있는 은행의 계좌번호를 알려 주었다.

공중전화 부스에서 나온 그는 다시 택시를 잡아타고 청계천으로 향했다.

시체를 처리하려면 여러 가지 연장들이 필요하다. 그 필요한 연장들을 그는 구입할 생각이었다. 청계천에는 그와 같은 연장들을 파는 가게들만이 따로 모여 있는 곳이 있었다.

청계천에서 내린 그는 골목 안쪽에 늘어서 있는 공구점들 쪽으로 걸어갔다. 그리고 한 가게 앞에 멈춰서자 제일 먼저 쇠톱을 집어 들었다.

죽은 서창배의 부인이 경영하는 약국은 아파트 단지 내에 있는 상가에 자리 잡고 있었다. 남편을 잃은 여자답지 않게 그녀는 후덕스러워 보이는 인상에 조금 뚱뚱한 몸매를 지니고 있었고 그 위에다 흰 가운을 걸치고 있었다.

그녀는 제주도에서 휴가를 끝내고 어젯밤 늦게 집에 돌아왔는데 경비원 말이 형사가 여러 번 다녀갔다고 했다. 뺑소니차에 치여 세상을 떠난 남편 때문에 그녀는 지난 2년 동안 심심찮게 형사들의 방문을 받았었다. 그래서 휴가를 끝내고 첫 출근한 날 아침에 형사 두 명이 불쑥 들어서는 것을 보고서도 별로 놀라는 빛을 보이지 않았다. 그러나 그들이 나타남으로 해서 남편의 죽음을 다시 생각해야 한다는 것은 역시 괴로운 일이었다.

조 형사는 지난번에 약국을 한번 방문한 적이 있었기 때문에 그녀와는 구면이었다. 김영대를 만나는데 실패하고 조 형사와 합류한 강 형사는 기운이 빠진 시무룩한 표정으로 약사에게 목례를 보냈다. 계속 손님들이 찾아들고 있었기 때문에 그녀와 이야기할 수 있는 기회를 잡기가 쉽지가 않았다. 보다 못한 그녀가 미안한 표정으로 부근에 있는 찻집에 가서 기다려 주면 곧 가겠다고 말했다. 형사들은 약국을 나와 그녀가 알려준 찻집으로 갔다. 20분쯤 기다리고 있자 그녀가 가운을 벗은 평상복 차림으로 나타났다.

"장사를 방해해서 미안합니다."

조 형사의 말에 그녀는 웃으면서 말했다.

"아니에요. 종업원한테 잠깐 맡겨뒀으니까 괜찮아요."

그녀는 무슨 말을 들어도 우물쭈물하지 않고 시원스럽게 대답하는 활달한 성격이었다. 그래서 형사들은 별 부담 없이 이것저것 물어볼 수가 있었다.

"자. 이걸 한번 봐 주시겠습니까?"

조 형사가 황개의 사진을 내밀었다.

"이 사람 혹시 아는 사람 아닙니까? 자세히 한번 봐 주십시오."

변수자는 사진을 집어 들고 한참 동안 들여다보고 나더니 천천히 그러나 확실한 표정으로 고개를 내저었다.

"모르는 사람인데요."

"바로 이 사람이 서 교수님의 주민등록증을 도용했던 사람입니다."

"그래요?"

그녀의 얼굴빛이 흐려졌다. 그녀는 다시 한 번 사진을 들여다

보더니

"생긴 것은 멀쩡하게 생겼는데…… 나쁜 사람이군요."

하고 말했다.

"그 사람…… 지금 이 세상에는 없습니다. 얼마 전에 죽었습니다."

"그래요? 어떻게 해서 죽었나요?"

그녀가 호기심어린 표정으로 묻는 것을 보고 조 형사는 조금 신이 났다.

"불에 타 죽었습니다. 차 속에서 타 죽었죠. 신문에도 크게 났는데 못 보셨습니까?"

"봤어요. 바로 그 사람이 이 사람이군요?"

그녀는 다시 사진을 들여다보았다. 그리고 도무지 알 수 없다는 표정을 지었다.

"그런데 어떻게 해서 이 사람이 그분의 주민등록증을 도용하게 됐을까요?"

"그게 바로 우리가 알고 싶어하는 점입니다. 아픈 상처를 다시 건드려서 안됐습니다만…… 사고 당시 서 교수님의 소지품 가운데서 주민등록증을 발견하지 못하셨다고 했는데 그 말씀은 지금도 변함이 없으십니까?"

"그럼요. 그건 정말이에요. 그땐 경황이 없어서 자세히 챙겨보지 못했지요. 그러니까 사고 당시가 아니고 나중에 며칠 지나서 챙겨보니가 주민등록증이 빠져 있었어요. 하지만 그때는 별로 대수롭게 여기지 않았어요. 2년이 지나서 그게 이렇게 문제가 될 줄은 정말 몰랐지요."

"그때 일을 처음부터 다시 자세히 좀 말씀해 주시겠습니까?"

"그때 말씀드렸잖아요."

그녀는 사고 당시의 일을 다시 회상하기 싫은지 얼굴빛이 흐려졌다.

"그래도 다시 한 번 자세히 말씀해 주십시오. 말씀하시다 보면 새로운 사실이 밝혀질 수도 있으니까요."

그녀는 커피를 한 모금 마시고 나서 무겁게 입을 열었다.

"형사분들은 참 잔인한 데가 있군요. 남의 상처 같은 것은 아랑곳하지 않고 알고 싶은 것만 알아내면 그만이라는 식으로 달려드니 말이에요. 하지만 여기까지 오셨는데 말씀드려야지요. 얼른 말씀드리고 저도 가게에 가 봐야 하니까요. 그분이 돌아가신 건 2년 전인 86년 8월 10일이었어요. 지금처럼 여름이었어요. 그분은 그날 오후 6시경에 저녁 약속이 있다고 하시면서 외출하셨어요. 술 마실 일이 있다고 택시를 타고 나가셨어요. 누구를 만나러 가는지 말씀을 안 하셨기 때문에 저도 굳이 캐묻지 않았어요. 우리 부부는 서로가 관대하고 자유로운 관계를 유지하면서 살았어요. 그분은 특히 예술을 하시는 분이셨기 때문에 결혼을 했다고 해서 아내한테 얽매이는 것을 극도로 싫어하셨어요."

"이해가 갑니다."

"결혼하기 전에 우리는 서로 약속한 게 있어요. 아무리 부부라 해도 사생활이 있게 마련이니까 그걸 서로 존중해 주면서 쓸데없는 간섭 같은 것은 없도록 하자는 그런 약속이었어요. 우리는 그 약속을 잘 지켜나갔고, 그래서 그런지 여느 부부들하고는 확연히 다른 생활을 영위했어요. 그분은 자신의 예술혼이나 자신이 가꾸어놓은 예술적인 분위기를 훼손당하는 것을 극도로 싫어하셨어요. 그래서 저는 각별히 신경을 써야 했어요."

그녀는 목이 타는지 냉수를 시켜 마신 다음 말을 계속했다.

"제가 쓸데없는 말을 많이 늘어놨네요. 그러니까 86년 8월 10일 저녁 6시경에 약속이 있다고 하시면서 시내로 나가신 분이 자정이 지나도록 돌아오시지를 않았어요. 아무리 사생활을 간섭 안 하기로 했지만 무관심할 수는 없잖아요. 더구나 그분은 술을 좀 과음하시는 편이기 때문에 그분의 귀가 시간이 늦을 때면 걱정이 되곤 했어요.

내색은 하지 않았지만 속앓이를 많이 한 건 사실이에요. 자정이 지나서 들어오실 때에는 항상 만취상태로 돌아오시곤 했기 때문에 그날 밤도 전 자지 않고 그분이 돌아오기를 기다렸어요. 하지만 날이 샐 때까지도 돌아오시지를 않았어요. 전화 연락도 없었어요. 그래서 단단히 취해서 집에 못 들어오시고 어디 딴 데서 주무시고 계신 모양이라고 생각했죠. 그런데 아침 9시경 경찰에서 연락이 왔어요. 차에 치여 죽은 사람이 있는데 와서 확인해 보라고 하지 않겠어요. 그래서 무조건 싫다고 했죠. 겁이 나서 움직일 수가 있어야죠. 경찰관 말이 죽은 사람의 양복 안쪽에 서창배라는 이름이 박혀 있어서 전화번호부를 보고 서창배라는 이름을 가진 사람들한테 무조건 차례대로 전화를 걸어 보는 것이라 했어요. 죽은 사람 몸에 신분증이 없느냐고 물었더니 그런 건 없다고 했어요. 그래서 옷 색깔, 나이 정도, 그 밖의 것들을 구체적으로 물어봤더니 그분 차림새와 인상하고 똑같았어요. 저는 너무 무서워서 혼자 갈 수가 없었어요. 그래서 시동생을 급히 오라고 해서 함께 갔어요. 먼저 경찰서로 가서 담당 경찰관을 만났어요. 그 경찰관은 우리를 가까운 병원으로 데리고 갔어요. 가는 차 속에서 경찰관은 지난밤에 있었던 일을 이야기해 줬어요. 그가 신고를 받은 것은 새벽 4시경이라고 했어요."

그녀의 두 눈이 어느새 붉어져 있었다. 그녀는 창 밖에 한번 시선을 주고 나서 다시 말을 이었다.

"신고를 해 온 사람은 택시 운전기사였대요. 덤프트럭이 길을 건너는 사람을 치고 그대로 도망가는 걸 보고 그 택시 운전기사가 쫓아갔대요. 그런데 어떻게나 무섭게 도망가던지 잡을 수가 없었다나 봐요. 마침 신호까지 바뀌는 바람에 다른 차들 때문에 멈칫거리다가 그 덤프트럭을 놓치고 말았대요. 차 번호판도 흙투성이라 잘 알아볼 수 없었다나봐요. 그 운전기사가 사고 장소로 돌아와서 아직 숨이 끊어지지 않은 사람을 병원에다 실어다놓고 경찰에다 전화로 신고를 했대요. 그래서 경찰이 병원에 가 보니까 수술이 한창 진행 중이었는데…… 결국 환자는 얼마 후에 죽고 말았다고 했어요. 그제서야 연고자를 찾으려고 고심하다가 양복 안쪽, 그것도 속주머니 뚜껑 안쪽에 얼른 눈에 띄지 않게 박혀 있는 이름을 발견하고는 전화를 걸게 됐다는 거였어요."

그녀는 마침내 손수건으로 눈물을 훔치기 시작했다. 젊은 형사들은 고개를 끄덕이며 열심히 경청하고 있었다.

"병원 영안실에 들어가 시동생이 먼저 시신을 들여다봤는데…… 시동생은 시신을 보고나더니 저한테 그것을 보이지 않으려고 했어요. 옷가지 같은 거하고 소지품들을 보니까 그분이 틀림없었어요. 그래도 저는 미심쩍어 시신을 직접 확인해 봤어요. 얼굴은…… 알아볼 수 없게 변해 있었어요. 얼굴만 봐 가지고는 그분이라고 단정을 내릴 수가 없었어요. 그래서 저만이 아는 그분의 신체상의 특징 같은 것을 찾아봤어요. 왼쪽 가슴 아래 붉은 반점하고 맹장염 수술자국, 턱밑의 흉터 자국 등이 그분이 틀림없다는 것을 말해 주고 있었어요. 정말…… 허무했어요. 목숨이 달려 있다는 것하고 그것이 없다는 것하고의 차이가 그렇게 엄청나게 큰 것인 줄은 그때 처음 알았어요. 경찰은 도망친 덤프트럭을 찾으려고 수사를 계속했지만 지금까지 찾지 못했어요. 이미 지난 일…… 이제 와서 찾은들 뭐하겠어요. 그렇다고 죽은 사람이 살아나나요. 하지만 사람을 죽이고 도망간 사람의 얼굴이 어떻게 생겼는지 문득문득 보고 싶을 때가 있어요. 그분의 소지품을 나중에 챙겨보니까 지갑이 보이지 않았어요. 지갑 속에는 각종 증명하고 신용카드, 그리고 현찰이 들어 있었을 텐데 그게 몽땅 없어진 거예요."

서 교수는 신용카드를 몇 개 소지하고 다녔는데 그게 없어지는 바람에 변 부인은 그 후 카드회사에서 날아온 청구액을 메우느라고 수백만 원을 날려야 했었다. 지갑을 훔쳐간 사람이 수백만 원어치를 사고, 먹고, 마셔버렸기 때문이었다.

지갑을 훔쳐간 사람으로 경찰의 조사를 받은 사람은 서 교수를 병원에 입원시키고 경찰에 맨 처음 신고전화를 했던 운전기사였다. 그는 펄펄 뛰었지만 경찰은 그를 가혹하게 다루었고 결국 서 교수의 카드 사용처 점포에 데리고 가서 일일이 대질심문한 끝에야 혐의를 벗을 수가 있었다. 그 운전기사는 모른 체하고 그냥 지나가 버렸으면 아무 일 없었을 텐데 괜히 자신이 나서서 설치는 바람에 막심한 피해만 입게 되었다고 자신의 행동을 크게 후회했다.

"앞으로는 옆에서 살인 사건이 일어나도 모른 체하고 지나갈 겁니다. 경찰에는 절대 신고하지 않을 거라구요."

경찰에서 풀려날 때 그는 화가 나서 이렇게 소리를 질러댔다.

경찰은 서 교수의 도난당한 카드를 토대로 절도범의 인상착의를 대충 정리해볼 수가 있었다. 그는 30대의 잘생긴 남자로 그에 대해서는 맨 처음 사고를 목격했던 그 택시운전기사가 잘 알고 있었다. 왜냐하면 그 잘생긴 남자는 사고 당시 그 운전기사가 몰던 택시에 타고 있던 승객이었기 때문이었다. 변 부인은 이렇게 말했다.

"덤프트럭이 사람을 치고 도망가니까 그 사람이 내려달라고 하더래요. 자기는 다친 사람한테 가 볼테니까 빨리 덤프트럭을 쫓아가서 붙잡으라고 명령조로 말하더래요. 말하는 폼이 수사계통에서 일하는 사람처럼 아주 당당하더래요. 그런데 나중에 덤프트럭을 놓치고 돌아와 보니까 사람은 길바닥에 피투성이가 되어 누워 있었는데 그 사람은 온데간데없어졌더래요. 그러니까 운전기사가 없는 틈에 그분의 호주머니를 뒤져 지갑을 빼내 갖고 도망친 거겠죠. 아주 악랄한 사람이에요."

"그 운전기사의 연락처를 알고 계십니까?"

"네, 알고 있어요. 집 전화번호하고 회사 전화번호도 알고 있어요. 지금도 아마 택시 운전하고 있을 거예요. 그동안 그 운전기사분하고 저희 집하고는 쭉 관계를 유지해 왔어요. 우리는 그분한테 큰 신세를 졌을 뿐만 아니라 그분이 유일한 목격자였기 때문에 어떻게든 도망친 범인을 찾아내기 위해 그분과 계속 관계를 유지해 왔던 거지요."

심종배는 교통사고로 중환자실에 한 달간 누워 있다가 일반환자실로 옮긴 지 며칠밖에 되지 않았기 때문에 움직이는 것이나 말하는 것이 여간 불편해 보이지가 않았다. 그는 무사고 운전경력이 20년이 넘는 모범 운전기사였지만 술 취한 자가 중앙선을 넘어 차를 몰고 달려드는 데는 피할 도리가 없었다. 취객은 그 자리에서 즉사했고 심종배는 척추와 다리가 부러지는 중상을 입은 채 가까스로 목숨만은 부지할 수가 있었다. 엎친 데 덮친 격으로 사고 차는 차적도 없는 폐차 처분된 지 오래 된 차였고, 죽은 자 역시 신원을 증명할 수 있는 것이 아무것도 없었다. 지문조회 결과도 아무런 소득이 없었다. 결국 심씨는 보상 한 푼 못 받고 눈덩이처럼 불어나는 병원비만 떠안게 되었다.

형사들이 병실로 그를 찾아갔을 때 그의 부인은 눈시울을 붉히면서 앞으로는 운전도 할 수 없을 뿐만 아니라 평생을 앉아서 생활하지 않으면 안 되게 되었다고 하소연 했다. 그녀는 병신이 된 남편보다는 앞으로 닥쳐올 암담한 생활에 더욱 절망감을 느끼고 있는 것 같았다.

중년의 심씨는 누운 채로 형사가 건네 주는 사진을 받아들고 들여다보더니 자기를 조금 일으켜 달라고 말했다. 상체를 부축해서 일으켜 주자 그는 황개의 사진을 한동안 뚫어지게 들여다보았다. 이윽고 그의 입에서 신음 같은 소리가 흘러나왔다.

"바로 이놈입니다. 서 교수의 지갑을 훔쳐간 놈이 틀림없습니다."

"서 교수가 덤프트럭에 치였을 때 이 사람도 봤겠군요?"

"그야 물론이죠. 제 차에 타고 있었으니까요."

심종배는 너무 흥분한 나머지 격렬하게 기침을 하면서 뒤로 쓰러졌다.

"황개란 자가 어쩌면 그 덤프트럭을 찾아냈는지도 모르지 않습니까?"

병실을 나왔을 때 강 형사가 조 형사에게 던진 말이었다. 그 말을 듣고 조 형사는 멈칫했다.

"음, 그럴 수도 있었겠는데. 저 운전기사는 시력이 아주 좋지 않아 보여. 그래서 흙투성이 번호판에 적혀 있는 차 번호를 알아보지 못했을 거야. 만일 황개가 눈이 좋았다면 그는 그 번호를 알아볼 수 있었을 거야. 그래! 황개는 그 덤프트럭을 찾아냈을 거고……, 그 운전기사를 만나 흥정을 벌였을지도 몰라. 충분히 그럴 수 있는 놈이니까 말이야. 시시하게 경찰에 넘기거나 할 놈이 아니야. 뭔가 한몫 잡았을 거야."

조 형사는 자신의 상상력에 도취된 듯 말했다. 그의 상상력은 사실과 아주 가까울 수도 있는 것이었다.

"하지만 황개는 이미 죽어버렸으니 어떡하죠?"

강 형사가 힘없이 중얼거리자 조 형사도 갑자기 맥 빠진 표정이 되면서 고개를 끄덕였다.

"그러게 말이야. 죽어버렸으니 이제 와서 사실을 알아낸들 무슨 소용이 있어. 제기랄……."

"아무튼 서 교수의 주민등록증이 어떻게 해서 황개의 손에 들어가게 됐는지 그 경위는 밝혀냈으니까 다행 아닙니까. 본부에 보고해도 되지 않겠습니까?"

그들은 병원 1층에 설치되어 있는 공중전화 부스 쪽으로 걸어갔다.

같은 날 서울 오후 2시.

두 사내가 충무로에 있는 어느 식당에서 늦은 점심으로 냉면을 먹고 있었다. 한 사람은 서문구였고 마주보고 앉아 있는 사내는 허우대가 크고 인상이 사나워 보였다. 그는 서문구가 가장 아끼고 믿는 심복이었다. 그러나 그 심복도 지금은 별로 믿음성이 가지 않았기 때문에 그는 아까부터 이야기를 꺼낼까 말까 망설이고 있는 참이었다. 그들 사이에 허 상무로 통하고 있는 허우대가 큰 사내는 보스가 용건을 이야기해 주기를 잠자코 기다리고 있었다. 보스가 그를 따로 불러내어 이렇게 점심까지 함께 먹는 것을 보면 분명히 무슨 큰 일거리가 생긴 게 틀림없었다. 냉면이 반쯤 없어졌을 때 마침내 서문구가 주위를 둘러본 다음 낮은 목소리로 입을 열었다.

"아주 중요한 일거리가 있어. 아무도 알아서는 안 되는 중요한 일거리야."

뜸을 들이며 허 상무를 바라보는 눈빛이 심상치가 않아보였다. 그는 자꾸만 주위를 둘러보았는데 식당은 거의 비어 있었기 때문에 주위에 별로 신경을 쓰지 않아도 되었다.

"시체 처리해 봤어?"

"네?"

두 사람은 눈을 크게 뜨고 서로를 쳐다보았다.

"시체 처리해 봤느냐구."

"사람 시체 말입니까?"

"그래."

허 상무는 머리를 흔들었다. 서문구의 얼굴에 적이 실망하는 빛이 나타났다.

"그럼 안 되겠는데……."

그들은 더 이상 냉면에는 손을 대지 않았다. 서로를 뚫어지게 쳐다보고만 있었다.

"개새끼는 많이 잡아봤습니다만…… 사람은……."

두 사람의 눈이 번득였다.

"개는 어떻게 잡지?"

"전 뭐…… 돌로 때려잡지요. 돌로 대가리를 두어 번 갈기면 끽 소리 못하고 뻗어버리니까요. 해마다 여름이면 서너마리씩 때려잡습니다. 개고기 좋아하는 친구들끼리 모여서 개 하나 끌고 계곡에 가서 때려잡아 먹으면 그것처럼 좋은 게……."

"알았어, 알아. 난 개고기를 안 먹어."

그는 냉면 육수를 벌컥벌컥 들이켜고 나서 더욱 작은 소리로 입을 열었다.

"산 사람이면 또 몰라도 이미 죽은 시체야. 갖다버리기만 하면 돼."

"버리는 거야 할 수 있지 않겠습니까?"

보스의 눈치를 보면서 허 상무라는 자가 말했다.

"그렇게 간단하지가 않아."

"시체는 어디 있습니까?"

"우리 집에 있어. 사람 눈에 띄지 않게 끌어내야 한단 말이야. 그런데 아무리 생각해도 통째로는 불가능할 것 같아. 사람들이 항상 들락거리고 경비원 눈도 있고 해서 말이야."

"그럼 어떡하죠?"

그들은 서로 상대방이 생각하고 있는 것을 탐색하려는 듯 서로를 쏘아보고 있었다.

"운반하기 쉽게 만드는 수밖에 없어. 조그맣게 여러 개로 말이야."

"토막을 내면 되겠군요."

그 말이 끝나자 그들은 또 한동안 침묵을 지키며 앉아 있었다. 담배만 연거푸 두 대나 피우고 나서야 서문구가 다시 입을 열었다.

"토막을 내면 되겠지. 그런데 누가 그걸 해 주느냐가 문제야. 할 수 있겠어?"

그는 눈을 치뜨고 부하를 노려보았다.

"못할 거야 없지만…… 아무래도……."

"개고기하고는 달라. 강요하지는 않겠어. 못하겠으면 못하겠다고 분명히 말해. 시간이 없어. 지금까지의 일하고는 아주 다른 것이기 때문에 강요하지는 않겠어. 강요해서 될 일도 아니고 말이야. 그리고…… 시체는 하나가 아니고 둘이야. 둘이란 말이야."

그는 강조해서 말했다.

"네?! 두 개나 된다구요?!"

경악하는 표정을 보고 보스는 적이 실망하지 않을 수 없었다. 사람을 잘못 선정했다고 생각하고 있는데 허 상무가

"죽은 사람들은 어떤 사람들입니까?"

하고 물어왔다.

서문구는 미간을 찌푸렸다. 그는 이 세상에 믿을 놈이 하나도 없다는 생각에 외로움마저 느끼고 있었다.

"그런 건 알 필요 없잖아."

그가 신경질적으로 대꾸하자 허 상무는 당황해서 고개를 끄덕였다.

"알겠습니다. 한번 해 보겠습니다."

"한 명은 남자이고…… 다른 한 명은 여자야."

"그래요?"

"젊고 아름다운 여자야."

그가 무겁게 중얼거리고 나자 다시 침묵이 찾아왔다. 두 사람 다 그 아름다운 여자의 주검에 대해서 생각하고 있었다.

"젊고 아름답더라도…… 일단 죽으면 똑같은 고깃덩어리에 불과하지 않겠습니까?"

서문구는 상대방을 찬찬히 살피면서

"허 상무가 정말 할 수 있겠어?"

하고 물었다.

그리고 허 상무가 조금 전과는 달리 머뭇거리는 기색을 보이자 다그치듯 말을 이었다.

"필요한 연장은 모두 준비해 놨어. 가서 처리하기만 하면 돼. 일단 손을 대면 물러나거나 해서는 안 돼."

"그야 그렇지요. 끝까지 해야지요."

허 상무라는 자는 식은땀을 흘리고 있었다. 그는 자신 있는 표정이기는커녕 오히려 아까보다 더 불안한 기색을 띠고 있었다.

"아직 분명히 대답하지 않았어. 할 수 있겠어, 못하겠어? 분명히 말해 봐."

허 상무는 서문구의 시선을 피해 식탁 위로 시선을 떨어뜨렸다. 그리고 성냥개비를 집어 들고 부러뜨리기 시작했다.

"전 시체가 하나인 줄 알았습니다."

"그래서 두 개이기 때문에 안 되겠다 이거야?"

"그게 아니고…… 시체가 두 개나 되기 때문에 혼자서는 좀 벅차니까 옆에서 보조할 사람이 필요할 것 같습니다. 혼자서 처리하기에는 너무 벅찰 것 같습니다."

서문구는 고개를 흔들었다.

"이런 일에는 사람이 적을수록 좋아. 참가 인원이 많으면 많을수록 비밀이 탄로될 가능성은 그만큼 많아진단 말이야."

"알고 있습니다. 그러니까 믿을만한 사람을 참가시켜야지요. 그 일에 아주 적합한 사람이 한 명 있습니다."

"그 사람이 누구지?"

"회장님은 모르는 사람입니다."

"그 사람에 대해서 이야기해 봐."

허 상무는 그 사람에 대해서 이야기하기 시작했다. 숨을 죽인 채 이야기를 듣고 난 서문구는 이윽고 천천히 고개를 끄덕였다.

"그런 사람이라면…… 처리할 수 있겠군. 문제는 입을 함부로 놀리지 않게 하는 거야."

"입을 함부로 놀릴 사람이 결코 아닙니다. 저하고의 관계를 생각해서라도 결코 그럴 사람이 아닙니다."

"이종 사촌형이라고?"

"네, 그렇습니다."

"정말 믿어도 될까?"

"네, 정말 믿을만한 사람입니다."

"좋아. 그럼 그 사람을 쓰기로 하지."

"그런데 말입니다."

허 상무는 다음 말을 잇지 못하고 두 손을 비벼댔다.

"돈이 필요하다는 건가?"

서문구가 눈치를 채고 물었다.

"죄송합니다. 매우 어렵게 사는 사람이라 돈을 좀 쥐어 주면 일도 잘 처리해 주고…… 입막음도 될 것이라고 생각합니다."

"그렇지 않아도 생각하고 있었어. 그런 일을 부탁하는데 맨 입으로 할 생각은 없었어. 얼마면 되겠어?"

상대가 미처 대답을 못하고 머뭇거리는 것을 보고 서문구가 다시 말했다.

"한 구당 5백씩…… 천이면 되겠어?"

"천만 원 말입니까?"

"그래."

"아이구, 그렇게나 많이 주십니까?"

그가 당황하고 있는 사이에 그 앞에는 백만 원짜리 자기앞수표 열 장이 놓여졌다.

"받아둬."

"감사합니다."

허 상무는 두 손으로 수표를 집어 들었다.

"이제부터 계획을 짜보자구. 일단 계획을 짜면 그대로 어김없이 실행해야 해. 조금이라도 어기면 모든 게 수포로 돌아가니까 말이야."

서문구는 수첩과 볼펜을 꺼내들었다.

죽음의 그림자

민 원장은 문을 밀고 들어서는 두 사내를 약간 불쾌한 기색으로 쳐다보았다. 간호사로부터 형사들이 찾아왔다는 귀띔을 받기는 했지만 안으로 들어서는 그들의 태도가 너무 거칠어보였기 때문이었다.

"K서 수사과에서 왔습니다."

두 사내 가운데 눈에 띄게 잘생긴 젊은이가 민 원장의 코앞에 신분증을 디밀어보였다. 민 원장은 거기서 <형사>라는 붉은 글자를 얼핏 볼 수가 있었다.

"아, 네, 좀 앉으시죠."

형사가 환자가 아닌 수사관의 입장으로 병원을 찾아온 것은 처음이었기 때문에 민 원장은 다소 긴장해 있었다.

"시원한 것좀 가져와."

간호사에게 마실 것을 부탁한 다음 그는 점을 찍어놓은 것 같은 조그만 두 눈에 뭉툭코를 가진 저돌적인 인상의 사내를 힐끗 쳐다보았다.

투사형의 인상을 가진 그 형사는 자리에 앉자마자 거리낌 없이 담배를 꺼내더니 거기에 불을 붙인 다음 연기를 내뿜기 시작했다. 민 원장이 운영하는 병원은 금연을 실시한 지 꽤 오래 된 병원이었다. 담배를 꼭 피워야할 사람은 따로 흡연구역 안에서만 담배를 피우도록 엄격히 제한하고 있었다. 따라서 원장실 안에서의 흡연이란 생각도 할 수 없는 일이었다. 필시 여기저기 붙어 있는 금연 표어를 봤을 텐데도 불구하고, 그 형사는 다른 데도 아닌 원장실에서 버젓이 담배를 꺼내 피우고 있었다. 민 원장이 참다 못해 담배를 꺼달라고 막 말하려고 했을 때 미남 형사가 말을 걸어왔다.

"바쁘신데 일을 방해해서 미안합니다."

"아니, 괜찮습니다. 저기 여기서는……. "

"다름이 아니고 뭐좀 알아볼 게 있어서 왔습니다. 배창기 씨라고 아시죠?"

"배창기요? 아, 네, 알고 있습니다."

불길한 예감을 느끼면서 원장은 당황한 표정으로 대답했다.

"어떤 사이입니까?"

"치, 친구입니다."

방 안은 금방 담배연기로 가득 차오르고 있었다.

"절친한 사이신가 보죠?"

간호사가 마실 것을 가져왔기 때문에 그들의 대화는 잠시 중단되었다. 뭉툭코가 답답했는지 피우던 담배를 재떨이에 비벼끄고 나서 벌떡 몸을 일으키더니 주스 잔을 집어 들고 창가로 다가가 기대섰다.

"배창기 씨 아들이 여기서 죽어나갔지요?"

마 형사가 그렇지 않아도 작은 눈을 더욱 작게 뜨면서 퉁명스럽게 물었다. 민 원장은 더욱 당황했다. 염려하던 일이 기어코 터지고야 말았다는 생각에 그는 몸둘 바를 몰라 했다. 이미 알고 와서 묻는 데야 부인할 도리가 없었다.

"네, 그렇습니다."

"왜 죽었습니까?"

"저기…… 급성폐렴이었습니다."

"진료카드를 좀 보여 주시겠습니까?"

"네, 잠깐 기다려 주십시오."

민 원장은 간호사를 불러 죽은 배동재의 진료카드를 가져오게 했다. 마 형사는 영어로만 적혀 있는 내용을 한참 들여다보았지만 하나도 알아볼 수가 없었다. 그는 'AIDS'라는 영문 표기를 찾아보았지만 그런 것은 눈을 씻고 보아도 보이지가 않았다.

"동재 군의 사망원인은 무엇이었습니까? 솔직히 말씀해 주십시오."

뭉툭코가 두 번째의 담배에 불을 붙이면서 물었다.

민 원장은 그에게 담배를 꺼달라고 말하고 싶었지만 차마 그 말은 하지 못하고 그 대신

"급성폐렴이 직접적인 원인이었습니다."

하고 똑같은 말을 반복했다.

뚱보는 이마에 주름을 잡으면서 낯빛을 흐렸다. 그가 내뿜는 담배연기가 곧장 민 원장 쪽으로 날아왔다. 민 원장은 미간을 찌푸리면서 손으로 담배연기를 휘저었다.

"정말입니까? 다른 원인은 없습니까?"

마치 맹수가 으르렁거리는 것 같은 위압감이 느껴졌다.

"다른 원인은 없습니다. 이 카드를 보시면 알겠지만……."

"영어로 써놔서 무슨 말인지 모르겠어요. 의사들은 왜 영어

로만 쓰는지 그 이유를 모르겠어요. 우리말 쓰기가 그렇게도 싫은가요?"

원장은 얼굴을 붉히면서 숨을 들이켰다.

"영어로 써야만 권위가 서는 모양이죠?"

미남 형사가 빈정거리는 투로 말했다. 뚱보 형사가 다시 입을 열었다.

"우리가 입수한 정보에 의하면…… 그 아이는 에이즈 환자가 틀림없었다고 보는데…… 그렇지 않은가요?"

이미 모든 것을 알고 있다는 투로 물어오는 바람에 민 원장은 안절부절 못했다.

"에이즈 환자라구요? 그럴 리가 없습니다. 누, 누가 그러던가요?"

"원장님, 누가 그런 말을 했는지 그게 문제가 아닙니다. 우리는 에이즈 환자를 찾고 있는 게 아닙니다. 우리는 살인 사건을 수사하고 있는 사람들입니다. 무슨 말인지 알겠습니까? 살인 사건 수사를 위해 여기에 온 거란 말입니다. 그러니까 묻는 말에 숨김없이 말씀해 주셔야 합니다. 숨기거나 해서는 안 됩니다. 결국 밝혀지게 마련이니까요."

그들이 배창기의 집을 찾아간 것은 어제 저녁때였다.

집 안은 깊은 슬픔에 잠겨 있었다. 알고 보니 배창기의 외아들이 죽었다는 것이었다. 창기는 자기 방에 틀어박혀 나오지를 않고 있었다. 그가 틀어박혀 있는 방 안에서는 그의 잦은 기침소리만이 들려오고 있을 뿐이었다. 배미화는 비탄에 빠져 있는 오빠를 몹시 걱정하고 있었다. 며칠 사이로 사랑하는 아내와 아들을 연달아 잃었으니 과연 그가 그 고통을 견뎌낼 수 있을지 걱정이 되지 않을 수 없었다. 그러나 형사들한테는 그런 것은 아무런 관심거리가 되지 않았다. 형사들의 관심을 끈 것은 창기의 아들이 무슨 원인으로 갑자기 죽었느냐 하는 점이었다.

배미화를 통해 들은 이야기는 아이는 급성폐렴으로 죽었다고 했다. 그녀는 정말 그렇게 생각하고 있는 것 같았지만 형사들은 그 말을 믿지 않았다. 그들은 배미화한테서 동재를 진찰했던 병원에 대해서 얻어들을 수가 있었다. 그 병원에 대해 집중적으로 물어본 결과 그 병원 원장이 배창기의 절친한 친구라는 것, 그 병원에 동재를 입원시켰었다는 사실 등을 알게 되었다. 그 길로 바로 그 병원을 찾아보고 싶었지만 이미 병원 문을 닫을 시간이 지났기 때문에 하룻밤이 지난 뒤 오늘 아침에야 이곳을 찾아오게 되었던 것이다.

"뭔가 잘못 오해하신 것 같은데…… 에이즈라니 당치도 않은 말씀입니다. 그 아이는 분명 급성폐렴으로 죽었습니다."

원장의 얼굴에 가는 경련이 스쳐갔다. 그는 자신 없는 표정이었고 신경질적인 반응을 보이고 있었다.

"친구의 부탁을 들어준 것은 이해할 수 있습니다. 나라도 친구가 부탁을 하면 당연히 들어주겠습니다. 그것을 탓하는 게 아닙니다. 우리는 사실을 알고자 하는 겁니다. 여기서 진찰을 받은 사람은 그 죽은 아이뿐만이 아니었죠? 그 아이의 부모들도 여기서 정밀검사를 받았죠? 그렇죠? 그 부모들도 아무 이상이 없다고 진단되었나요? 그 사람들 카드를 좀 볼까요?"

뚱보 형사는 미남을 돌아보았다.

"남 형사, 그 사람들 카드는 이중으로 되어 있을 거야. 하나는 일반카드와 함께 섞여 있을 테고 다른 하나는 따로 보관되어 있을 가능성이 있어. 따로 특별히 보관하고 있는 카드는 이 방 안에 있을 가능성이 커. 뒤져보라구."

깜짝 놀라며 당황해 하는 원장의 코앞에 수색영장이 디밀어졌다.

"원장님이 협조를 안 하실 경우에 대비해서 이런 걸 준비해 왔죠."

확신에 찬 뚱보 형사의 말에 원장은 엉거주춤 몸을 일으켰다. 미남 형사는 어느새 캐비닛 속을 뒤지고 있었다. 그는 캐비닛 속의 서류들을 거칠게 다루고 있었다.

"빼먹지 말고 샅샅이 뒤져!"

뚱보도 점점 거칠어지고 있었다. 민 원장은 소변이 마려웠다. 뚱보는 세 대째의 담배에 불을 붙이고 있었다.

"여기는 금연구역입니다."

원장은 식은땀을 흘리며 소리쳤다. 뚱보는 원장을 힐끗 쳐다보고 나서 담배를 비벼 껐다.

"협조하지 않는 사람에 대해서는 우리도 냉정하게 법대로 처리합니다. 에이즈 환자를 발견하고서도 당국에 신고하지 않고 숨겨준 의사에 대해서 어떤 제재조치가 따르는지 알고 계시죠?"

마 형사는 새 담배를 꺼냈다가 그것을 손 안에 넣고 부러뜨린 다음 쓰레기통 속에다 버렸다.

남 형사는 난폭하다고 생각될 정도로 거칠게 캐비닛 속의 서류들을 끌어내놓고 뒤적이고 있었다. 한 번 밖에다 흐트러뜨려놓은 것들은 처음대로 도로 캐비닛 속에 넣어두지도 않았고 두 번 다시 거들떠보지도 않았다. 그 바람에 원장실은 금방 난장판이 되어버렸다. 뒤이어 마 형사도 가세했기 때문에 실내는 더욱 어질러졌다. 형사들은 일부러 거칠게 행동하고 있었다. 그럴 필요가 없는 데도 원장의 반응을 떠보기 위해 일부러 무례하게 행동하고 있었다.

당혹감과 분노에 사로잡혀 서성거리고 있던 원장은 남 형사의 손이 캐비닛을 떠나 금고 쪽으로 옮겨가자 마침내 더 이상 버티지 못하고 신음에 가까운 소리를 냈다.

"거기엔 손대지 마세요! 사실대로 이야기할 테니까 중지해 주세요!"

형사들은 손을 털고 원장을 돌아보았다.

"사실대로 이야기하면 당국에 고발조치할 겁니까?"

잠시 침묵이 흘렀다. 마 형사가 그 침묵을 깨고 힐난하듯 말했다.

"희생을 각오하고 친구 부탁을 들어준 거 아닙니까?"

겁낼 게 뭐가 있느냐는 물음이었다. 원장은 얼굴을 붉히면서 어쩔 줄을 몰라 했다.

"알겠습니다. 사실대로 말씀해 주신다면 당국에 고발조치하는 건 그만두겠습니다. 그게 걱정이 되신다면 그만두겠습니다. 걱정하지 않으셔도 됩니다. 우린 살인범을 잡는 게 목적이지 그런덴 관심이 없으니까요."

남 형사가 손을 흔들면서 말했다.

민 원장은 잔뜩 위축된 모습으로 마침내 사실을 털어놓기 시작했다.

"그 아이는…… 에이즈 환자였습니다. 에이즈균을 지니고 있었지만 환자로 판명된 것은 얼마 전이었습니다. 면역기능이 떨어졌기 때문에 급성폐렴에 걸려 죽은 겁니다."

"배창기 씨의 부탁을 받고 그 사실을 은폐한 겁니까?"

"네, 그 친구는 돈이 많기 때문에 에이즈를 다른 사람한테 전염시키지 않고 그것을 잘 관리할 것으로 생각했습니다. 그리고 절친한 친구의 부탁인데 거절할 수가 없었습니다."

"배창기 씨도 에이즈 환자죠?"

민 원장은 아래를 내려다본 채 숨을 깊이 들이마셨다. 몹시 괴로워하는 표정으로 그는 말했다.

"네, 증상이 나타나기 시작하고 있습니다."

형사들은 잡아먹을 듯이 민 원장을 노려보았다.

무거운 침묵이 한동안 흐른 뒤 마 형사가 물었다.

"배 사장이 에이즈에 걸린 게 언제부터였습니까?"

민 원장은 생각해 보는 듯 하다가 금고문을 열고 진료차트를 하나 꺼냈다. 그것은 배창기의 진료차트였다. 원장은 그것을 들여다보면서 말했다.

"그 친구가 에이즈에 걸린 것을 확인 것은 작년 8월이었습니다. 그것도 아주 우연히 알게 된 겁니다. 그 친구는 몸이 약해서 잔병치레를 잘합니다. 그때마다 여기 와서 진찰을 받곤 하는데 그날도 사소한 것 때문에 여길 찾아왔다가 에이즈 보균 사실이 밝혀진 겁니다. 그 친구는 처음에는 그 사실을 믿으려 들지를 않았습니다. 자기는 에이즈에 걸릴 까닭이 없다는 거였습니다. 그 친구 말마따나 그는 여자 관계가 깨끗한 편이었습니다. 그만한 재력이면 어디서나 손쉽게 여자를 손에 넣을 수 있는 데도 그는 특히 여자를 선택하는 눈이 까다롭고 가리는 편이어서 아무한테나 손을 뻗지 않았습니다. 하지만 에이즈균이란게 육안으로 보이는 것도 아닌 바에야 그것을 철저히 막아낸다는 것은 불가능한 일이지요."

일단 입을 열자 그는 거침없이 털어놓기 시작했다. 형사들의 반응을 살피듯 잠시 말을 그쳤을 때 그들은 숨을 죽인 모습으로 그를 쏘아보고 있었다. 그는 다시 입을 열었다.

"결국 나중에 가서 그 친구는 자신이 에이즈에 걸린 것을 인정 했습니다. 하지만 그 사실이 외부에 알려지는 것을 극도로 두려워했습니다. 외부에 알려지면 사회생활을 할 수 없게 되고 강제로 수용되기 때문이었죠."

"죽은 부인은 어땠었나요? 유밀라 씨도 에이즈에 걸렸을 텐데요?"

"네, 그 여자도 에이즈 보균자였습니다. 하지만 그 여자는 죽을 때까지 자신이 에이즈 보균자라는 사실을 몰랐을 겁니다."

그는 금고 안에서 유밀라의 진료차트를 꺼냈다.

"왜 몰랐죠?"

"배 사장이 끝까지 비밀로 해달라고 했기 때문에 그 여자한테 말해 주지 않은 겁니다. 배 사장은 자신이 에이즈에 걸린 것이 확실해지자 자기 부인도 거기에 걸렸을 가능성이 많다고 생각했습니다. 자기가 부인한테 에이즈를 전염시켰는지 그 어느 경우도 아직 확실히 알 수 없지만 아무튼 부인한테도 에이즈 검사를 받아보게 하고 싶어 했습니다."

"그래서 배 사장은 그 부인을 여기에 데리고 와서 에이즈 검사를 시켰나요?"

"네, 하지만 본인이 눈치채지 못하게 검사했습니다. 건강진단을 하는 것처럼 위장해서 에이즈 검사를 했는데 양성반응으로 나타났습니다. 즉 에이즈균 보균자로 나타난 거죠. 배 사장은 그 사실을 본인한테 절대 알리지 말라고 부탁했고, 그래서 저는 할 수 없이 그 사실을 비밀에 부쳤던 것입니다."

"그 사실을 알았을 때의 배 사장의 반응은 어땠었나요?"

"그 친구는 좀처럼 밖으로 반응을 드러내지 않습니다. 하지만 겉으로 드러내지는 않았지만…… 기막히고 절망적이었겠지요. 하나밖에 없는 아들까지 에이즈에 걸린 게 확인됐으니까요."

"그러니까 배 사장과 유밀라 씨가 에이즈에 걸린 게 확인되고 나서 그 아이를 검진했나요?"

"네, 부모가 에이즈에 걸렸으니까 십중팔구 그 아이도 걸렸을 거라고 생각되어 검진했는데…… 예상했던 대로 양성반응이 나타났습니다."

"그 사실을 부모 모두 알고 있었나요?"

"부인은 모르고 있었습니다. 배 사장이 자기만 알고 있게 해달라고 해서 부인한테는 말하지 않았습니다."

"배 사장 식구들은 그 뒤에 그렇게 방치된 겁니까?"

마 형사가 힐난하듯 물었다. 민 원장은 당황해서 머리를 흔들었다.

"방치되지는 않았습니다. 그럴듯한 이유를 붙여 계속 그들을 관찰해 왔는데…… 당장은 환자로서의 증상은 나타나지 않았습니다. 배 사장 부인은 피살됐기 때문에 뭐라고 말할 수 없고…… 결국 1년 만에 증상이 나타나서 죽은 사람은 배 사장 아들이 처음이었습니다."

"하지만 배 사장도 증상이 나타나기 시작했다고 했으니까 오래 살지는 못하겠죠?"

남 형사가 물었다. 그는 심각한 내용의 질문을 대수롭지 않은 듯 가볍게 던지는 버릇이 있었다.

"네, 언제 세상을 떠나게 될지 모르지요. 그가 죽는 건 시간문제입니다.

민 원장이 침울한 표정으로 대답했다.

"담배 한 대 주시겠습니까?"

민 원장이 마 형사에게 손을 내밀었다.

그는 속이 타는 것 같은 눈으로 마 형사를 쳐다보았다. 마 형사는 그에게 담배를 한 대 꺼내 주고 불까지 붙여준 다음 자신도 담배를 한 대 피워 물었다. 민 원장은 기침을 하면서도 담배를 버리지 않고 끝까지 그것을 피웠다.

"에이즈 때문에 결국 배 사장 집안은 쑥밭이 돼버렸군요."

마 형사의 말에 민 원장은 동감이라는 듯 크게 끄덕였다.

"네, 그런 셈이지요."

"배 사장도 자신의 죽음이 시간문제라는 걸 알고 있습니까?"

민 원장은 얼른 대답하지 않고 무엇인가 깊이 생각하는 것 같은 표정으로 한참 동안 침묵을 지키고 있다가 이윽고 무겁게 입을 열었다.

"알고 있겠지요. 곧 죽게 될 거라는 말은 하지 않았습니다. 그런 말하지 않아도 본인이 잘 알고 있을 겁니다."

"살려고 노력은 하지 않습니까?"

"처음에는 발버둥쳤지요. 재력도 있고 하니까 외국에 가서 알아보기도 하고 외국 의사를 초청해서 보이기도 했지요. 하지만 모두가 쓸데없는 짓이었지요. 치료가 불가능한 병이니까요."

"배 사장 집에는 배 사장 여동생인 배미화 씨와 노모가 있는 걸로 알고 있는데, 그 사람들은 에이즈에 걸리지 않았습니까?"

"모르겠습니다. 검사해 보지 않았습니다."

"왜 검사해 보지 않았죠?"

"배 사장이 반대했습니다. 남은 사람들까지 모두 검사할 필요가 없다고 생각한 모양입니다. 에이즈에 걸린 것이 판명되더라도 자기는 아무런 손을 쓸 수 없으니까 그럴 바에는 차라리 검사하지 않고 불분명한 상태로 놔두는 것이 좋겠다고 판단한 모양입니다."

"배미화 씨는 이 모든 것을 알고 있습니까?"

"물론 모르지요."

"그 아가씨를 알고 계십니까?"

"네, 물론 친구 동생이니까요. 명랑한 아가씨죠."

침묵이 흘렀다. 이번의 침묵은 좀 오래 계속되었다. 그 침묵을 깨고 남 형사가 물었다.

"그럼 결국 배 사장과 그 가족들이 에이즈에 걸렸다는 것을 알고 있는 사람은 현재로서는 배 사장 자신과 여기 계시는 민 원장님뿐이군요? 저희들은 제외하고 말입니다."

"네, 그런 셈이지요."

"간호사들은 모릅니까?"

"모릅니다. 제가 말해 주지 않는 한 알 수 없습니다. 그런데 우리 두 사람 외에 배 사장이 에이즈에 걸린 것을 알고 있는 사람이 한 사람 있기는 있습니다. 아주 특이한 케이스인데……."

"누굽니까? 그 사람이 누굽니까?"

형사들은 눈을 부릅뜨면서 거의 동시에 물었다. 민 원장은 머뭇거리다가 할 수 없다는 듯 입을 열었다.

"배 사장한테는 안됐지만 말씀드리겠습니다. 미치코라는 일본 아가씨이죠."

그렇게 말하고 나서 그는 금고 안에서 또 한 개의 진료차트를 꺼내들었다.

"이게 그 일본 아가씨의 진료차트입니다. 작년 9월 17일에 여기서 검사를 받았는데 에이즈로 판명됐습니다. 아름다운 아가씨였는데…… 정말 아까운 생각이 들었습니다."

"그 아가씨 죽었습니까?"

"아뇨, 죽었다는 말은 못 들었습니다."

"배 사장과 잘 아는 사이라고 했는데 어떤 사이입니까? 한국에 살고 있습니까?"

"아닙니다. 도쿄에 살고 있는 여대생으로 알고 있습니다. 배 사장이 아마 일본에 드나들면서 사귄 아가씨인가 본데 두 사람 사이가 아주 가까운 것으로 봐서 애인 사이라고 해도 무리는 없을 겁니다. 배 사장이 자세히 이야기해 주지 않아서 잘은 모르겠습니다만……."

민 원장은 자신이 너무 모든 것을 털어놓는 것이 아닌가 하고 생각했는지 갑자기 조심스러운 표정을 지었다. 그러나 이미 시작한 말을 그만둘 수는 없었다. 그만두기에는 형사들의 물음이 더욱 집요해지고 있었던 것이다.

"미치코라는 아가씨가 어떻게 해서 여기까지 와서 에이즈검사를 받게 됐나요?"

마인이 차트를 들여다보면서 물었다.

미치코는 유밀라보다 먼저 에이즈검사를 받은 것으로 되어 있었다. 유밀라의 차트에는 첫 검사 기일이 9월 29일로 나와 있었다.

"배 사장이 자기한테 에이즈를 전염시킨 사람이 미치코가 틀림없다고 생각한 거죠. 자기 부인 쪽은 생각할 수도 없는 일이었기 때문에 자연 일본에 갈 때마다 만나던 미치코를 전염원으로 생각하게 된 거죠. 그래서 그것을 확인하기 위해 미치코를 한국으로 초청해서 검사를 시켰던 겁니다. 물론 본인은 모르게 종합건강진단을 하는 것처럼 속여 검사를 했는데 생각했던 대로 양성반응이 나왔습니다."

민 원장은 조심스럽게 이야기를 계속해 나갔다. 그는 몹시 조심스러워 하면서도 자신이 알고 있는 한은 모두 빠짐없이 이야기했다.

"배 사장은 그 아가씨를 몹시 증오했겠군요?"

"그렇지도 않은 것 같았습니다. 이상할 정도로 그런 감정이 보이지 않았습니다. 오히려 그 아가씨를 동정하는 것 같았습니다. 서로 사랑하면 그렇게까지 되는 것일까 하고 생각될 정도였지요."

"그 아가씨한테 그 사실을 알렸나요?"

"그때 당시에는 알리지 않았습니다. 배 사장이 절대 말하지 못하게 해서 입을 다물었죠. 그 아가씨는 결국 그 사실도 모른 채 일본으로 돌아갔습니다. 그 뒤에 어떻게 됐는지는 모르겠습니다. 배 사장이 입을 다물고 있고, 물어보기도 뭣하고 해서 그 뒤 소식은 모르고 있습니다."

"그 아가씨를 그후에 만나신 적이 있습니까?"

"없습니다. 아 참, 배 사장이 그 아가씨한테 편지로 그 사실을 알려줬다는 말을 들은 기억이 납니다. 그밖에는 그 아가씨에 대해서 말하는 것을 듣지 못했습니다."

“차트에 보면 그 일본 아가씨 다음에 유밀라 씨가 에이즈검사를 받은 걸로 되어 있는데…… 사실입니까?”

“네, 사실입니다. 이 차트에 적혀 있는 내용은 모두 사실입니다.”

“그렇다면 배 사장한테 에이즈균을 옮긴 여자는 누구입니까? 만일 여자들이 옮겼다면 미치코와 유밀라 씨 가운데 누가 진범이라고 생각합니까? 엄밀히 따져서 미치코만 의심할 수도 없는 거 아닙니까?”

“네, 그건 그렇죠.”

원장은 고개를 끄덕이면서 입가에 쓰디쓴 미소를 지었다.

“배 사장은 누가 진범이라고 생각하고 있나요?”

“글쎄요. 솔직히 말해서 그건 아무도 알 수 없는 일이지요. 누구라고 단정을 내린다는 것은 너무 무리한 짓입니다. 왜냐하면 에이즈의 감염경로라는 것이 한정되어 있는 것도 아니고 다양하기 때문입니다. 미치코일 수도 있고 유밀라 씨일 수도 있지만, 누구라고 단정은 내릴 수 없고…… 그밖의 다른 경로를 통해서 전염됐을 수도 있지요. 다른 경로를 통해서 전염됐다면 역으로 배 사장이 여자들한테 병을 옮긴 셈이 되겠지요.”

“우리가 조사한 바로는 그 부인한테 문제가 있었던 것 같습니다.”

마 형사가 말을 맺고 몸을 일으켰다.

“실례 많았습니다. 협조해 줘서 감사합니다.”

처음 들어섰을 때와는 달리 형사들은 민 원장에게 정중하게 예의를 차리고 문을 나섰다.

“참, 우리가 여기에 왔었다는 것은 당분간 비밀로 해둡시다.

특히 배 사장한테 말입니다."

마 형사 뒤를 따라 나가다 말고 남 형사가 뒤를 돌아보며 말했다.

"네, 알겠습니다."

형사들이 사라지자 원장은 자리에 털썩 주저앉았다. 그는 식은땀을 닦고 나서 즉시 배 사장 집으로 전화를 걸었다. 배 사장이 식음을 전폐한 채 방에 틀어박혀 있다는 것은 미화를 통해 이미 들어서 알고 있었다.

미화가 전화를 받았다.

"오빠 오늘 아침 출근하셨어요. 갑자기 나와서 샤워를 하고 나더니 미음을 한 그릇 먹고 나서 출근하셨어요."

"다행이군."

민 원장은 창기의 호텔로 전화를 걸었다.

벨이 한동안 울린 뒤에야 창기의 목소리가 들려왔다.

"아, 나야. 집에 전화 걸었었지."

기침소리에 이어 창기의 가는 말소리가 들려왔다.

"음, 웬일이야?"

"그냥 걸었어. 어때? 괜찮나?"

"괜찮아. 아침에 미음을 좀 먹었어."

"몸은 좀 어때?"

"더 심해진 것 같아."

쿨럭쿨럭 하는 기침소리가 들려왔다.

"점심 약속 없으면 나하고 식사하지."

"좋아. 그렇게 하지."

창기는 선뜻 응했다.

"내가 그쪽으로 갈까?"

"그래. 그게 좋겠어."

"1시까지 가겠어."

창기가 경영하는 호텔에는 고급 식당이 여러 개 있다. 그래서 그들은 함께 식사할 때는 그곳 식당을 이용할 때가 많았다.

점심때가 가까웠기 때문에 민 원장은 병원을 나와 차를 몰고 약속 장소로 향했다.

창기는 더욱 쇠잔하고 병약해 보였다. 그리고 더욱 작아 보였다. 민 원장이 사장실로 들어갔을 때 그는 소파에 비스듬히 누워 잠들어 있었다. 그러나 인기척에 금방 깨어 일어났다. 민 원장은 책상 위를 내려다보았다. 그 위에는 죽은 아이의 사진이 들어 있는 액자가 세워져 있었다. 창기는 그 사진을 치우지 않고 그대로 거기에 놓아둘 모양이었다.

그 사진으로부터 좀 떨어진 곳에는 또 하나의 사진이 세워져 있었다. 그것은 미치코의 사진이었다. 유밀라의 사진은 보이지 않았다. 죽은 아내의 사진은 하나도 보이지 않고 대신 일본인 애인의 사진만 놓여 있는 것은 무엇을 의미하는 것일까? 그는 죽은 아내보다도 미치코를 더 사랑하고 있는 게 아닐까? 미치코는 그에게 에이즈를 전염시킨 여자가 아닐 가능성이 크다. 그녀가 그에게 그 병을 전염시킨 장본인이라면 그녀의 사진이 어떻게 그의 책상 위에 놓여 있겠는가.

미치코가 아니라면 유밀라가 그것을 퍼뜨린 장본인이 아닐까? 그것이 사실이라면 정말 무서운 비밀이다. 창기는 그것을 알고 있다. 그러나 그는 전혀 내색하지 않고 있다.

창기의 시선이 민 원장의 시선을 따라 미치코의 사진 쪽으로 움직였다가 창 밖으로 향했다.

"이 아가씨는 잘 있나?"

민 원장은 지나가는 투로 물었다.

창기는 무겁게 고개를 흔들었다.

"잘 있지 못해."

그가 저고리를 걸쳐 입었다.

"증세가 나타났나?"

"음, 그런 것 같아. 병원에 입원했다는데 나는 가 보지도 못하고 있어."

그는 아주 조용히 움직였다. 가끔씩 터져 나오는 잔기침이 그의 조용한 움직임을 흔들어놓고 있었다. 민 원장은 그녀에 대해 더 이상 물어볼 수가 없었다. 그런데 창기가 뜻밖의 말을 했다.

"그 아가씨는 천사야. 천사 같은 여자가 없을 줄 알았는데 있더라구. 그 아가씨가 그렇게 된 건 순전히 나 때문이었어. 처음에는 내가 그 아가씨 때문에 에이즈에 걸린 줄 알았는데 알아보니까 그게 아니었어. 그 아가씨가 오히려 나 때문에 그 병에 걸린 거야. 내가 미치코한테 전염시킨 거야. 나는 아주 나쁜 놈이야. 그런데도 미치코는 나를 조금도 원망하지 않았어. 나를 그전처럼 사랑하는 것은 물론이고 내 건강을 누구보다도 걱정해 주고 있어. 그런 여자는 아마 없을 거야. 자기는 이미 죽음을 각오하고 있지만 나를 그대로 두고 떠날 것을 생각하니까 가슴이 찢어 질 것 같다는 거야. 나도 미치코와 함께 죽고 싶어."

마지막 말은 거의 기어들어가는 소리였지만 유난히도 뚜렷이 들려왔다. 그는 창가에 다가서서 밖을 내다보고 있었다. 그의 연약한 어깨가 가늘게 떨리고 있는 것이 보였다.

"자네가 미치코한테 그걸 전염시켰다는 걸 어떻게 그렇게 단정할 수가 있지?"

민 원장은 조심스럽게 물었다.

"나를 만나기 전까지는 미치코는 깨끗한 아가씨였어."

"어떻게 그걸 알 수가 있지?"

"미치코의 진심을 나는 알고 있어."

창기는 갑자기 몸을 돌려 밖으로 나갔다. 그 뒤를 민 원장이 따라나섰다.

그들은 아래층에 있는 식당으로 갔다. 여러 종류의 식당들 가운데서 그들은 일식당으로 들어갔다.

사장이 나타나는 바람에 종업원들은 잔뜩 긴장했지만 정작 사장 일행은 비싼 것을 젖혀두고 모듬 국수류를 주문했다.

창기는 전염될 것을 염려해서 민 원장과 접촉하는 것을 가능한 한 피하려고 했지만 민 원장 쪽에서는 오히려 시간을 내어 그를 만나려고 노력했다. 에이즈 환자라고 해서 그를 기피하는 기색은 조금도 보이지 않았다. 오히려 그전보다 더 허물없이 가까이 지내려고 하는 민 원장의 태도에서 창기는 진정한 우정을 느끼고 눈시울이 붉어질 때가 한두 번이 아니었다.

"그렇다면…… 미치코가 아니라면 누가 자네한테 그걸 전염시켰지?"

민 원장은 조심스럽게 물었다. 묻고 나서 그는 후회했다. 괜한 것을 물어서 친구의 가슴을 아프게 할 필요가 없었던 것이다.

"내가 진정으로 관계한 여자는 두 사람밖에 없었어. 내가 말하지 않아도 잘 알 거 아니야?"

창기는 국수 그릇 위에다 시선을 떨어뜨린 채 국숫발을 젓가락으로 휘젓고 있었다. 민 원장은 숨이 막힐 것만 같았다.

"그건 오해 아닐까? 그렇게 단정을 내릴 수는 없잖아."

"난 단정을 내릴 수 있어."

창기가 너무도 분명한 어조로 말했기 때문에 민 원장은 말문이 막혔다. 창기의 충혈된 두 눈이 안경 너머에서 타오르는 것 같았다.

"하지만 이제 와서 그런 걸 따진들 무슨 소용이 있어. 그건 지금 아무 의미도 없는 일이야. 나에겐 이제 한 가지 일밖에 남아 있지 않아."

"그게 무슨 일이지?"

"죽음을 준비하는 일이야."

민 원장은 움직임을 멈추고 상대방을 바라보았다. 갑자기 창기의 두 눈을 가리고 있는 두꺼운 안경이 안개가 낀 듯 뿌옇게 흐려보였다. 민 원장은 아무 말도 할 수 없었다. 무슨 말인가 한다는 것이 위선적으로 생각되어 입을 열 수가 없었다.

"막상 준비하려니까 할 일이 너무도 많아. 마치 영원히 살 것처럼 일을 벌여놓았기 때문에 정리하려면 한참 걸리겠어."

그의 목소리는 의외로 담담했다. 마치 일상적인 일들에 대해 이야기하는 것 같았다.

"이 호텔만해도 그래. 어떻게 정리해야 할지 모르겠어. 없애 버릴 수도 없고…… 물려줄 자식도 없고…… 결국……."

그가 말끝을 흐리는 것을 보고 민 원장이 말했다.

"미화가 잘 해내겠지 뭐. 벅차긴 하겠지만 워낙 똑똑하니까."

그 말은 결국 미화한테 재산을 물려줄 수밖에 없지 않느냐는 것이었다.

"글쎄."

창기는 또 말끝을 흐렸다.

"막상 부딪치면 잘 해낼 거야. 너무 걱정하지 마."

"자네가 좀 도와줘야겠어. 자네를 우리 회사 중역으로 맞아들이고 싶어."

뜻밖의 제의에 민 원장은 어리둥절한 표정이 되었다.

"난 호텔에 대해서는 아무것도 모르는데……."

"호텔뿐만 아니고 다른 것에도 신경을 좀 써줘야겠어. 어려운 건 하나도 없으니까 금방 익히게 될 거야. 정상적으로 월급이 나가도록 조처를 취해 놓겠어. 그래야만 관심을 가지고 도와줄테니까 말이야."

민 원장은 사실 병원일 만으로도 정신없이 바쁜 처지였다. 그러나 그는 지금 죽음을 준비하고 있는 절친한 친구의 부탁을 차마 거절할 수가 없었다.

"알았어. 회사 일은 걱정하지 마. 힘닿는 데까지 도와줄 테니까. 그건 그렇고…… 자네한테 혹시 형사들이 오지 않았나?"

민 원장은 무엇인가 탐색하려는 듯 창기의 얼굴을 주시했다.

"그 사람이 죽은 뒤 사건 수사를 위해 온 적은 있지."

"그때 자네한테 에이즈 이야기하지 않았나?"

"아니, 전혀……."

"동재가 죽은 후 그들이 오지 않았나?"

"아니, 오지 않았어. 왜 그래? 형사들이 왔었나?"

민 원장은 심각한 표정으로 고개를 끄덕였다.

"아침에 두 사람이 왔었어. 그들은 이미 모든 것을 알고 온 것 같았어. 동재가 죽은 이유가 에이즈 때문이 아니냐고 추궁하기에 부인할 수가 없었어. 만일 부인하면 모든 것을 들춰내서 고발 조처하겠다고 협박하는 바람에 할 수 없이 사실대로 말해버렸어."

"괜찮아. 이미 각오하고 있었어."

창기는 의외로 대수롭지 않게 받아넘겼다.

"그들은 자네와 자네 부인, 그리고 동재가 모두 에이즈에 걸린 걸 알고 있는 것 같았어. 거기에 관한 진료차트를 찾아내려고 하기에 자진해서 내 주었어. 망신당하느니 자진해서 내 주는 게 나을 것 같아서 보여 주었어."

"괜찮아. 어차피 알려질 거라고 생각했었어. 신경 쓰지 마."

"어쩌다가 미치코 이야기까지 꺼내고 말았어."

"그래?"

그건 좀 의외라는 듯이 심각한 표정을 짓다가, 그의 시선이 한 곳에 가서 머물렀다.

"혹시 저 친구들 아니야? 저쪽 구석에서 식사하고 있는 남자들 말이야."

민 원장은 창기가 가리키는 쪽을 바라보았다.

언제 나타났는지 아침에 병원에서 만났던 형사 두 명이 구석 자리에 앉아 식사를 하고 있었다.

"나도 낯이 익은 사람들이야."

뚱보 형사는 등을 보이고 있었기 때문에 얼굴 모습이 잘 보이지 않았지만 미남 형사는 이쪽을 향하고 있었기 때문에 식사하고 있는 앞모습이 고스란히 시야에 들어왔다. 시선이 마주치자 그가 한 손을 들어 보이며 아는 체를 했다. 민 원장도 굳은 표정으로 고개를 끄덕했다.

"저 사람들…… 만난 적 있어?"

"음…… 만난 적 있어. 내 방에까지 왔었어."

"자네 만나려고 온 모양인데……."

"관심 없어."

창기는 국수가락에는 손도 대지 않고 국물만 조금 마셨다.

그들은 먹는데 열중하고 있는 것처럼 그릇 위에 고개를 숙이고 있었다.

"아마 에이즈에 대해 물어볼 거야."

민 원장이 고개를 숙인 채 말했다. 창기는 고개를 끄덕였다.

"사실대로 이야기하지 뭐. 이제 와서 부인해도 소용없는 일이니까. 나를 수용하지 않을까?"

민 원장을 쳐다보는 창기의 두 눈에 곤혹스러워 하는 빛이 나타났다.

"아마 그렇게까지 하지는 않을 거야. 내가 이야기해 두겠어."

"난 저 친구들을 만나고 싶지 않아. 만나는 거 질색이야."

창기는 얼굴을 찌푸리며 흔들었다.

"하지만 피할 수는 없잖아. 수사에 협조해야 되고 말이야."

"협조할 것도 없어."

민 원장은 망설이다가 긴장된 표정으로 물었다.

"자넨 범인이 누구인지…… 짐작도 가지 않나?"

창기의 얼굴이 천천히 쳐들려졌다. 그는 마치 처음 보는 사람처럼 민 원장을 바라보다가 가만히 머리를 흔들었다.

"내가 그걸 어떻게 알아."

"아니, 혹시 짐작도 가지 않느냐 말이야."

창기는 다시 천천히 머리를 가로저었다.

"형사들이 일어서는데……."

그들은 형사들 쪽을 바라보았다. 두 사람이 일어서면서 동시에 이쪽을 쳐다보고 있었다. 민 원장 일행이 고개를 돌려버리자 그들은 잠자코 식당 밖으로 나갔다.

여자 종업원이 다가와 창기에게 쪽지를 전했다.

"방금 나간 분들이 이걸 전해달라고 했습니다."

"뭐야?"

민 원장은 앞으로 상체를 숙였다. 창기는 메모쪽지를 펴보았다.

<동재는 정말 안됐습니다. 진심으로 명복을 빕니다. 바쁘시겠지만 한번 만나 뵈었으면 합니다. 밖에서 기다리고 있겠습니다. 마인.>

창기는 메모지를 손바닥 안에 구겨쥐었다.

"끈질긴 사람들이야."

하고 민 원장이 말했다.

창기는 얼른 일어서지 않은 채 그대로 머무적거리며 앉아 있었다.

"정말 만나기 싫어. 똑같은 말의 반복일 텐데…… 정말 만나기 싫어."

창기는 중얼거리면서 머리를 흔들었다.

"하지만 그 사람들을 피할 수는 없잖아. 잠깐 만나 보는 게 좋을 거야."

"어디 멀리 도망가서 숨어버리고 싶어. 영원히 찾을 수 없는 데 가서 말이야. 이제 동재도 없고 하니까 그럴까봐."

그렇게 말하면서 창기는 천천히 몸을 일으켰다. 그를 따라 일어서면서 민 원장은 창기가 충분히 그럴 수 있을 것이라는 생각이 들었다.

형사들은 로비에서 기다리고 있었다. 그들은 창기를 경계의 눈초리로 바라보면서 악수를 청할 듯 말 듯 하다가 그만두었다.

"또 왔습니다."

남 형사가 고개를 숙이자 창기는 그에게 목례를 보냈다.

"동재는 정말 안됐습니다."

뚱보 형사가 창기를 향해 정중하게 조의를 표했다.

"감사합니다."

"여기서 또 뵙는군요."

남 형사가 민 원장을 향해 고개를 끄덕해 보였다.

"아, 네, 제가 먼저 온 것 같습니다. 저는 빠지는 게 좋을 것 같군요. 가기 전에 드릴 말씀이 있습니다."

그는 마 형사를 데리고 기둥 뒤로 갔다.

"배 사장을 수용시킬 겁니까?"

"글쎄요. 어떻게 하면 좋겠습니까?"

작은 눈이 무표정하게 민 원장을 응시했다.

"수용시키지는 마십시오. 그는 얼마 못 삽니다. 세상을 떠나기 전에 정리할 일이 많습니다. 이 호텔도 그렇고…… 그 밖에 벌여 놓은 일들이 많습니다. 유일한 상속자가 죽는 바람에 상속 문제로 고민인 모양입니다."

"여동생이 있지 않습니까?"

"여동생은 마음에 안 드는 모양입니다. 아무튼 그가 수용되면 아무것도 정리 못하게 됩니다. 얼마 못 살 테니까 세상 떠날 때까지 만이라도 자유롭게 있게 해 주십시오."

"알겠습니다. 우리는 수사경찰이지 보건당국하고는 상관이 없으니까 억지로 수용시킬 생각도 없습니다."

민 원장이 돌아가고 나자 창기는 형사들을 자기 집무실로 안내했다.

처음 와 보는 것도 아닌데도 그들은 드넓고 호화로운 집무실 분위기에 압도되어 한동안 두리번거리며 서 있다가 가죽 소파에 가서 조심스럽게 엉덩이를 걸치고 앉았다.

비서 아가씨가 차를 가져올 때까지 그들 세 사람은 한 마디도 나누지 않고 있었다.

창기는 두 형사 가운데 특히 뚱보 쪽이 마음에 들지 않았다. 그는 너무 못생긴 데다 비정하고 무례해 보였다.

"뒤늦게야 동재가 세상을 떠난 것을 알았습니다. 귀여운 아이였는데…… 뭐라고 위로의 말씀을 드려야할지 모르겠습니다."

잘생긴 젊은 형사가 제일 먼저 입을 열었다. 창기는 잠자코 창밖으로 시선을 던지고 있었다.

"안됐습니다만 우리는 수사를 계속해야 하기 때문에 몇 가지 물어보겠습니다. 부인을 살해한 범인을 잡아야 한다는 데는 배 사장께서도 이의가 없을 줄 압니다."

이상하게도 형사들의 말소리가 차츰 멀어지고 있는 것처럼 느껴졌다. 그것은 자신과는 전혀 상관없는 말소리처럼 들려오고 있었다.

"동재는 왜 갑자기 세상을 떠났나요?"

"병에 걸렸지요. 치료할 수 없는 병에 걸렸습니다. 에이즈라는 병을 아십니까?"

"네, 말은 많이 들었지요. 동재가 에이즈에 걸렸었나요?"

창기는 소파에서 일어나 책상 앞에 가서 앉았다.

"민 원장한테서 두 분 이야기를 모두 들었습니다. 다 알고 계시면서 이야기를 돌릴 필요는 없지 않습니까?"

형사들은 한 대 얻어맞은 것 같은 표정을 지었다. 남 형사가 얼른 대꾸하고 나왔다.

"네, 그건 사실입니다. 민 원장한테서 대강 이야기 들었습니다. 우리와 만났다는 것을 비밀로 해달라고 했는데 약속을 어겼나보군요. 이렇게 된 이상 할 수 없죠. 우리는 배 사장한테서 직접 사실대로 이야기를 듣고 싶어서 왔습니다."

"모든 게 사실입니다. 민 원장이 한 말은 제가 한 말이나 다름없습니다. 우리 가족은 모두 에이즈에 걸렸고…… 그 가운데 현재 저 혼자만 살아 있습니다. 하지만 저도 곧 세상을 떠나게 될 겁니다. 그래서 저는 지금 준비하고 있는 중입니다."

그는 서랍을 뽑아내더니 그 안에 있는 것들을 모두 책상 위에다 쏟아 부었다. 그리고 그것들을 분류하기 시작했다.

"이 아가씨는 누굽니까?"

뚱보가 책상 위에 놓여 있는 사진 액자를 가리켜 보였다.

"미치코라는 일본 아가씨입니다."

창기는 감추려드는 기색도 없이 대답했다.

"그 아가씨하고는 어떤 관계입니까? 사진을 책상 위에다 놔두신 걸 보니까 상당히 가까운 사이인가 본데……."

창기는 책상 위를 정리하다 말고 그 사진을 물끄러미 바라보았다.

"네, 가까운 사이입니다. 일본에 출장 갔다가 알게 된 일본 아가씨인데 어쩌다 보니까 서로 정이 들어서 관계가 깊어지게 됐습니다."

"그 아가씨도 에이즈에 걸렸겠군요?"

"네, 그렇습니다. 요즘은 서로 연락만 하고 있습니다."

"서로 사랑하는 사이입니까?"

남 형사가 사진 액자를 집어 들고 들여다보며 물었다. 창기는 괴로운 표정으로 고개를 끄덕였다.

"그 여자가 배 사장한테 에이즈를 퍼뜨렸습니까, 아니면 배 사장이 그 아가씨한테 전염시켰습니까? 범인이 누굽니까?"

뚱보가 뭉툭한 코를 어루만지며 퉁명스럽게 물었다.

창기는 한참 동안 침묵하고 있다가

"처음에는 그 아가씨를 오해했었는데…… 나중에 알고 보니까 그게 아니었습니다."

하고 대답했다.

"그럼 배 사장이 그걸 미치코한테 옮겼다는 겁니까?"

"네, 그런 셈이지요."

침통하게 중얼거리는 그를 보고 있다가 남 형사는 사진을 마 형사한테 보여 주었다.

"미인이죠?"

"음……."

마 형사는 약간 고개만 끄덕여 보였다.

"미치코는 배 사장을 몹시 원망하고 있겠군요?"

남 형사가 액자를 책상 위에 도로 올려놓으며 물었다.

"아니오. 전혀 그렇지 않습니다. 그 아가씨는 그럴 여자가 아닙니다. 그 전보다 더욱 저를 사랑하고 있습니다."

"배 사장이 자기한테 그걸 전염시킨 것을 알고 있으면서도 말입니까?"

"네, 알면서도 저를 조금도 원망하지 않고 오히려 더욱 저를 사랑하고 있습니다."

"그만한 대가가 있었겠지요."

"대가라니요?"

배 사장의 눈에 분노의 빛이 서리는 것을 보고 남 형사는 시선을 피했다. 그러나 그는 계속해서 짓궂은 질문을 던졌다.

"아무런 이유도 없이, 다른 아가씨도 아닌 일본 아가씨가 배 사장을 그렇게 사랑할 리가 있습니까. 그만한 보상을 해 주니까 값을 치르는 거겠지요. 그런 아가씨와 관계를 유지하려면 웬만한 재력이 없고는 힘들걸요. 돈이 많이 들테니까 말입니다."

창기는 분노에 찬 눈으로 남 형사를 쏘아보다가 격렬하게 기침을 토하기 시작했다. 그가 기침하는 모습을 형사들은 심각한 표정으로 바라보고 있었다.

"난 그 아가씨를 돈으로 산 게 아닙니다."

창기는 기침이 끝나자 벌겋게 충혈된 얼굴을 쳐들고 말했다.

"그래요? 우리가 오해했었나요."

"그 아가씨는 그런 여자가 아닙니다. 그 아가씨는 지금 죽어가고 있습니다. 나 때문에 말입니다. 우리는 아주 순수한 사이입니다."

"국경을 초월한 순수한 사랑이군요."

뚱보 형사가 빈정거리는 투로 말했다. 배창기는 입술을 깨물었다.

"어떻든 좋습니다. 두 분이 어떤 관계이든 우리가 알 바는 아니죠. 우리는 살인범을 잡는 게 목적이니까요."

"이런 데서 시간을 낭비하고 있으니까 범인을 못 잡는 거겠지요."

창기가 분풀이라도 하듯이 쏘아붙였다. 형사들은 느긋하게 그를 쳐다보았다.

"우리가 시간을 낭비하고 있는지 그렇지 않은지는 더 두고 봐야겠지요. 시간을 낭비한다는 것은 우리가 제일 싫어하는 것이지요. 그건 그렇고 미치코가 아니라면 배 사장한테 에이즈를 옮긴 사람은 누구입니까? 누구인지 아십니까?"

"모릅니다. 이제 와서 알고 싶지도 않고요."

"일가족 모두가 에이즈에 걸렸다면 누군가가 한 사람 그걸 퍼뜨린 사람이 있을 거 아닙니까? 동재는 아닐 거고…… 두 분 가운데 한 사람일 텐데 돌아가신 부인은 어떻습니까?"

창기의 얼굴이 창백하게 굳어졌다.

"그 사람은 아닙니다. 그 사람은 깨끗해요."

그는 벌떡 몸을 일으키더니 창 밖으로 돌진이나 하려는 듯 그쪽으로 걸어갔다.

"그렇다면 결국 가족들에게 그걸 전염시킨 사람은 배 사장 당신이라는 말이 되겠군요?"

뚱보가 작은 눈으로 그의 뒷모습을 째려보면서 물었다. 창기는 손으로 창문을 문질렀다.

"그래요. 제가 가족들에게 모두 퍼뜨렸습니다. 죽일 놈이지요. 그런데도 저는 지금까지 혼자 살아 있습니다. 죽는 것은 문제가 아닌데 어떻게 죽어야할지 알 수가 없어요."

형사들의 시선이 서로 마주쳤다. 남 형사가 재빨리 나섰다.

"배 사장이 그걸 퍼뜨렸다는 것을 어떻게 그렇게 단정할 수가 있지요?"

"단정할 수가 있습니다. 아이 엄마는 남자라고는 나밖에 몰랐던 여자였고…… 나는 여자 관계가 많은 편이었습니다."

"그렇습니까?"

형사들은 처음 알게 된 사실이라는 듯 놀라운 표정들을 지어 보이며 고개를 크게 끄덕였다.

"부끄러운 말이지만…… 이렇게 된 이상 숨길 것도 없기 때문에 말씀드리는 겁니다. 저는 여자 관계가 문란했습니다. 그 가운데는 외국 여자들도 상당수 있었습니다. 미치코처럼 깨끗한 여자들은 아니었지요. 제가 돈이 좀 있다는 것을 알면 여자들은 국적을 가리지 않고 몸을 제공해 왔습니다. 어디를 가든 저는 손만 뻗으면 여자들을 만질 수가 있었습니다. 결국 저는 그 여자들 가운데 누군가로부터 에이즈를 옮겨 받았을 테죠. 그리고 내 가족들은 나한테서 전염되었을 거고…… 저는 천벌을 받은 겁니다. 내 가족들 말고도 나한테 전염된 여자들은 부지기수일 겁니다."

"자신이 에이즈 보균자라는 것을 알고서도 여자들과 관계했습니까?"

"아뇨. 그 사실을 알고 난 뒤에는 여자를 멀리했습니다."

그는 창밖을 향해 서 있었기 때문에 형사들은 그의 얼굴 모습을 볼 수가 없었다.

"도대체 배 사장 말을 어디까지 믿어야 할지 저는 알 수가 없군요."

마 형사가 뭉툭코를 씰룩거리며 말했다.

"저는 사실대로 말했을 뿐입니다."

"그렇지 않은걸요. 살해된 유밀라 씨가 옆에 있다면 배 사장 말을 듣고 어떤 반응을 보일지 궁금하군요."

그의 말에 창기는 움직임을 멈췄다. 그러나 뒤돌아보지는 않았다.

"우리가 조사한 바로는…… 배 사장보다도 유밀라 씨 쪽에 더 문제가 있었던 걸로 아는데 그렇지 않습니까?"

"죽은 아내에 대해서 말하는 것을 삼가 주십시오. 이미 죽은 사람을 모욕하지는 마십시오."

"모욕하는 게 아닙니다."

남 형사가 몸을 일으켰다. 그러자 배 사장이 몸을 돌렸다. 그의 얼굴은 창백했고 두 눈에는 물기가 번져 있었다.

"배 사장 당신은 지금 거짓말을 하고 있습니다. 죽은 사람한테 모욕이 되든 어떻든 그런 건 우리가 상관할 바가 아닙니다. 우리는 정확한 사실만을 알고 싶을 뿐입니다. 그래야만 범인을 잡을 수가 있으니까요."

창기가 가늘게 몸을 떨고 있는 것이 보였다. 그런 그를 형사들은 냉정한 눈으로 바라보고 있었다. 형사들의 눈에는 동정의 빛이라고는 조금도 보이지 않고 있었다. 그런 그들은 얼른 보기에는 냉혈한 같았지만 한편 생각하면 그런 냉정함은 수사관들한테는 필요한 것이었다.

"배 사장, 당신은 모든 것을 혼자서 덮어쓰려고 하고 있지만 그렇게는 안 됩니다. 우리는 모든 것을 다 알고 있습니다. 우리가 조사한 바로는……."

배창기가 두 손을 흔들었다.

"당신들이 어떤 조사를 했던 난 듣고 싶지 않습니다. 아무리 당신들이 깊이 조사를 했다 해도 나만큼 내 아내를 알지는 못할 겁니다."

"잠깐 들어보세요. 우리가 조사한 바로는 에이즈를 퍼뜨린 사람이 배 사장 쪽보다는 유밀라 씨 쪽일 가능성이 더 크단 말입니다. 매우 실례되는 말입니다만 유밀라 씨는 배 사장과 결혼하기 전부터 남자 관계가 좀 복잡했습니다. 이건 괜히 해 보는 말이 아닙니다."

"그런 엉터리 같은 말이 어딨습니까? 그런 말 듣고 싶지 않으니까 나가 주십시오! 여기서 나가 주세요!"

배 사장이 온몸을 부들부들 떨며 격하게 소리쳤기 때문에 형사들은 잠시 어리둥절한 눈으로 그의 움직임을 바라보고 있었다. 남 형사는 엉거주춤 서 있었고 마 형사는 담배를 꼬나문 채 눈살을 찌푸리고 있었다.

"내 아내는 깨끗한 여자였습니다. 남자라고는 나밖에 몰랐습니다! 내 아내는 순수한 여자였습니다!"

"그렇게 믿고 싶겠지요."
하고 뚱보가 냉소어린 표정으로 말했다.

창기는 충혈된 눈으로 뚱보를 노려보았다. 그러나 뚱보는 상관하지 않고 하고 싶은 말을 내뱉았다.

"유밀라 씨는 결코 깨끗한 여자가 아니었습니다! 착각하지 마십시오!"

그것은 너무 심한 말이었지만 상대방의 반응을 떠보기 위해서는 그런 잔인한 말도 필요한 것이었다.

형사들이 기대했던 대로 창기의 반응은 격하게 나왔다. 그는 온 몸을 부들부들 떨어대면서 뚱보에게 달려들 듯 하다가 책상 앞에 털썩 주저앉았다. 그리고는 두 손으로 머리를 감싸 쥐었다.

"당신은 유밀라 씨가 깨끗한 여자가 아니라는 것을 알고 있었어요."

뚱보가 냉랭한 어조로 말했다. 창기는 얼굴을 두 손에 묻은 채 떨고만 있었다.

"당신은…… 당신 아내가 에이즈를 당신한테, 그리고 아이한테 퍼뜨렸다는 것을 알고 있었어요."

얼굴을 가리고 있던 두 손이 차츰 밑으로 내려왔다. 안경에 가려진 얼굴은 잔뜩 일그러진 채 계속 경련을 일으키고 있었다.

뚱보 형사는 배창기가 천천히 다가오는 것을 가만히 지켜보고 있었다. 이윽고 뚱보 앞에 이른 창기는 두 손을 뻗어 형사의 멱살을 움켜잡았다. 온힘을 쥐어짜서 틀어쥔 듯 뚱보는 숨쉬기가 거북 할 정도로 목이 답답해져오는 것을 느꼈다.

"내 아내를 모욕하지 마! 내 아내는 깨끗한 여자였어! 내 아내가 깨끗한 여자가 아니었다구?! 무슨 근거로 그렇게 말하는 거야?! 형사라고 말을 함부로 하는 거야?! 근거를 대봐! 왜 내 아내가 깨끗한 여자가 아닌지 근거를 대보란 말이야!"

잔뜩 부릅떠진 충혈된 두 눈에서는 걷잡을 수 없이 눈물이 흘러내리고 있었다.

그가 그렇게까지 나올 줄 몰랐던 형사들은 그만 당황하고 말았다. 이 사람은 정말 자기 아내가 정숙한 여자였다고 믿고 있었을까? 정말 아내의 불륜의 행각을 모르고 있었을까? 찰스 모겐도와 동거생활까지 한 것도 모르고 있었을까?

형사들은 유밀라가 결혼 전에 미국인과 한때 동거생활까지 했으며 바로 그 미국인이야말로 에이즈를 퍼뜨린 장본인으로, 그와 관계를 가진 한국 아가씨들은 거의가 에이즈에 걸렸다는 말을 하고 싶어 입이 근질근질했지만 너무 잔인한 것 같아 끝내 입을 다물고 말았다.

갑자기 침묵이 찾아왔다. 실내에는 거친 숨소리만이 불규칙하게 들려오고 있었다. 창기는 자신이 너무 흥분했다고 생각했는지 형사의 멱살을 움켜쥐었던 손을 풀고 나서 한동안 거칠게 숨만 몰아쉬고 있었다. 그러다가 기침을 토하기 시작했다.

내장을 긁어내는 것 같은 기침소리는 한참 동안이나 계속되었다. 형사들은 그의 기침하는 모습을 심각한 표정으로 지켜보고 있었다.

"너무 흥분해서 미안합니다……."

창기는 가까스로 기침을 멈추고 나서 말했다.

"…… 흥분할 일도 아닌데…… 미안합니다…… 보시다시피 난 에이즈 환자이기 때문에 언제 죽을지 모릅니다…… 죽는 게 시간문제라는 걸 전 잘 알고 있습니다…… 아내도 아이도 모두 죽었는데 저 혼자 살아서 뭣 합니까…… 저도 따라가야지요…… 죽는다는 게 하나도 두렵지 않습니다…… 아내는 이미 세상을 떠났는데 과거 일은 들춰서 뭣 합니까…… 저는 이제부터 떠날 준비를 해야합니다……."

형사들은 죽음의 그림자가 무겁게 드리운 그 얼굴을 한동안 말없이 바라보고만 있었다. 죽음을 기다리고 있는 사람만이 지닐 수 있는 형언할 수 없는 표정이 거기에는 있었다.

그들은 죽음을 앞둔 그가 수사에 결정적인 도움이 될 수 있는 그 무엇인가를 말해 주었으면 하고 기다렸지만 그의 입에서는 끝내 그런 말은 흘러나오지 않았다. 그는 자신의 죽음에 대해서만

이야기하고 있었다.

"기분이 안 좋아."

사장실 밖으로 나와 엘리베이터를 기다리고 있을 때 마 형사가 말했다.

"저도 기분이 별로 안 좋은데요."

남 형사가 목을 움츠려보였다.

"에이즈에 전염된 것 같아 꺼림칙합니다."

"난 죽음에 전염된 기분이야."

그들은 엘리베이터 안으로 들어갔다. 안에는 그들뿐이었다.

"배 사장 말은 정말일까요?"

"글쎄, 그 속을 누가 알 수 있어야지."

뚱보는 벽에 기대서서 천장을 올려다보았다.

"죽음을 앞둔 사람은 거짓말을 안 한다고 하지 않습니까?"

"거짓말도 종류 나름이지."

"제가 보기에는 배 사장은 아내의 과거와 결혼 후의 불륜까지도 알고 있었지 않았나 생각됩니다. 그걸 알면서도 겉으로 표현하지 않고 자신이 모든 것을 뒤집어쓰려고 하고 있는 겁니다. 죽은 사람은 말이 없기 때문에 우리로서는 그의 말을 믿을 수도 안 믿을 수도 없는 입장이죠."

다른 사람이 들어왔기 때문에 그들의 대화는 중단되었다.

"이미 죽은 아내를 욕되게 할 생각은 없다는 건가?"

로비로 나왔을 때 뚱보가 말했다.

"죽은 아내를 욕되게 하는 건 결국 자신을 욕되게 하는 거나 마찬가지 아니겠습니까?"

그들은 한동안 로비에서 서성거리고 있었다.

로비에는 많은 사람들이 오가고 있었다. 호텔이 많은 사람들로 북적거린다는 것은 장사가 잘 된다는 말이다.

"만일 말이야, 그가 아내의 과거를 알았고…… 그에게 그 몹쓸 병을 옮겨준 사람이 아내임을 알았을 때 그의 기분은 어땠을까? 자네 같으면 어떻게 했을 것 같아? 아이까지 병에 걸린 걸 알았을 때 말이야? 아내를 용서해줄 수 있겠어?"

"아뇨. 아내를 죽이고 싶을 겁니다."

남 형사는 완강하게 고개를 흔들었다.

토막시체

초인종 소리에 두 사람은 긴장해서 문 쪽을 바라보았다.

"온 거 같습니다."

허 상무의 말에 서문구는 고개를 끄덕였다.

허 상무는 현관 쪽으로 걸어가 출입문 가운데 뚫려 있는 구멍을 통해 밖을 내다본 다음 문을 열었다.

"어서 오십시오, 형님."

조그맣다고밖에 표현할 수 없는 사내가 소리 없이 집 안으로 들어섰다.

서문구는 일어서서 그 조그만 사내를 맞았다. 허 상무의 소개에 따라 두 사람은 인사를 나누었다.

"와 주셔서 감사합니다. 잘 부탁합니다."

서문구의 말에 허 상무의 이종 사촌형이라는 그 사내는 웃기만 했다.

그의 시선은 초점이 맞지 않았다. 얼굴은 까맣게 찌들어 있었고, 실없이 웃을 때마다 앞니 두 개가 빠져 있는 것이 보이곤 했다. 고수머리가 절반쯤 잿빛으로 변해 있는 것으로 보아 나이는 꽤 들어보였지만 나이를 어림하기가 좀 어려운 생김새였다. 시선이 엇갈리는 두 개의 조그만 눈은 끊임없이 움직이고 있었다.

연장이 들어 있는 것으로 보이는 검은색의 낡은 가방을 내려놓고 그는 서문구가 권하는 소파에 엉거주춤 앉았다. 그가 걸치고 있는 사파리는 때에 절어 있었고, 몸에 비해 흡사 반코트처럼 커 보였다.

"시간이 얼마나 걸릴 것 같습니까?"

서문구가 벽시계를 흘낏 쳐다보며 물었다. 벽시계는 밤 11시 28분을 가리키고 있었다.

"네, 네 시간……."

사팔뜨기가 더듬거리며 말했다.

"그렇게 오래 걸립니까?"

"네, 네 시간……."

사내는 끄덕이면서 아이처럼 손가락 네 개를 세워보였다.

"형님, 소주 한 잔 해야지요?"

허 상무의 말에 사팔뜨기는 당연하다는 듯 고개를 끄덕였다.

"소주 안 마시고는 못해."

사내가 더듬거리며 말했다.

허 상무는 준비해놓은 것들을 탁자 위에 올려놓았다. 두 홉들이 소주병 다섯 개와 탕수육 따위가 탁자 가득히 놓여졌다.

"좀 식었지만 드세요."

사팔뜨기 사내는 싱글거리며 한 손으로는 술잔을, 다른 손으로는 젓가락을 집어 들었다. 그는 자신이 그런 대접을 받는 것을 몹시 기뻐하는 것 같았다. 하지만 다른 두 사람은 술에는 거의 손을 대지 않고 굳은 표정으로 그 사내를 쳐다보기만 했다.

소주잔을 들고 있는 사내의 손은 몸에 비해 유난히도 우악스럽게 커보였다.

사내는 권하는 대로 술잔을 비웠다. 다른 사람한테 잔을 권하는 법도 없이 혼자서 넙죽넙죽 잔을 비웠다. 그리고 중국 요리를 아주 맛있게 먹어치웠다.

"이런 일 해 보셨나요?"

서문구가 초조해 하며 묻자 사내는 히히 하고 웃으며 고개를 끄덕였다.

"돈은 받았지요?"

사내가 고개를 끄덕였다.

"우선 반만 줬습니다. 나머지는 일을 끝낸 다음 주려구요."

하고 허 상무가 말했다. 사팔뜨기가 다시 끄덕였다.

"일 마무리를 잘해 주면 5백을 더 주겠소."

서문구의 말에 무슨 말인지를 몰라 눈을 깜박거리던 사내는 허 상무가 다시 되풀이해서 말해 주자 이를 드러내며 웃었다. 그는 웃으며 고개를 끄덕이는 것으로 자신의 의사를 대부분 표시하곤 했다.

"저기 저거면 되겠습니까?"

서문구는 욕실 앞에 놓여 있는 비닐포대를 가리켜보였다. 사내는 그것을 힐끗 쳐다보고 나서 또 끄덕였다. 포대 옆에는 대형 등산 배낭이 세 개나 놓여 있었다.

술을 마실수록 사내의 얼굴은 하얘지는 것 같았다. 금방 소주 세 병을 거의 혼자 비운 것을 보고 허 상무가 제지했다.

"형님, 나머지는 일 끝낸 다음에 마시는 게 어때요?"

사내는 웃으며 끄덕이더니 일어서서 옷을 벗기 시작했다. 그들이 보거나 말거나 그는 거침없이 옷을 벗어부쳤다.

이윽고 팬티 바람이 되자 그는 그들에게 씨익 하고 한번 웃어 보인 다음 연장가방을 들고 욕실 안으로 들어가 문을 닫았다. 조금도 머뭇거리지 않는 거침없는 행동을 보고 서문구와 허 상무는 어리둥절한 표정으로 가만히 지켜보기만 했다.

"왜 옷은 벗었지? 샤워하려고 저러나?"

"피가 옷에 묻을까봐 벗었을 겁니다."

욕실 문을 바라보면서 그들은 꿀 먹은 벙어리처럼 꼼짝않고 앉아 있었다.

조금 있자 욕실 안에서 쿵쿵 하는 소리, 쓱쓱 써는 소리, 탁탁 치는 소리, 쏴아 하는 소리, 헛기침하는 소리, 퉤 하고 침 뱉는 소리 같은 것이 들려오기 시작했다. 소리가 조금 크게 날 때마다 거실에 앉아 있는 사람들은 깜짝깜짝 놀라면서 서로 얼굴을 쳐다보곤 했다.

반 시간쯤 지났을 때 갑자기 욕실 문이 조금 열리면서

"술!"

하는 소리가 들려왔다.

사내의 얼굴은 보이지 않고 문틈으로 손이 불쑥 나와 흔들리고 있었다.

허 상무는 서문구의 얼굴을 한번 쳐다보고 나서 얼른 술병을 들고 욕실로 다가갔다. 그리고 멈칫하고 물러섰다. 문틈 사이로 삐져나와 흔들리고 있는 손은 피투성이였다. 그 손이 소주병을 받으려고 손가락을 벌리고 있었다.

"형님, 꼭 술 마셔야 합니까?"

허 상무가 떨리는 목소리로 물었다.

"빠, 빨리."

재촉하는 소리가 들려왔다. 허 상무는 그 손에 소주병을 건네준 다음 얼른 문을 닫았다. 그러자 문이 다시 열렸다.

"아, 안주 좀……."

더듬거리는 소리에 서문구가 벌떡 일어섰다.

"아니, 그 안에서 안주까지 먹겠다는 거야? 도대체 어떻게 된 사람이…… 일을 하는 거야 안 하는 거야?"

어쩔줄 모르는 서문구를 허 상무가 간곡히 말렸다.

"가만 계십시오. 보통 사람하고는 다르니까 그렇게 알고 모른 체하십시오. 그 대신 일은 틀림없이 잘 할겁니다. 그 점은 안심하셔도 됩니다."

서문구가 새파랗게 질린 표정으로 자리에 도로 주저앉는 것을 보고 허 상무는 탕수육 그릇을 집어 들었다.

안주그릇을 받기 위해 문틈이 더 넓게 벌어졌다. 허 상무는 욕실 안을 보지 않으려고 고개를 돌린 채 그릇을 디밀었다. 피투성이 손이 다시 뻗어나와 그것을 덥석 잡더니 안으로 잽싸게 사라졌다.

조금 있자 노랫소리가 들려오기 시작했다. 술에 취해 흥얼거리는 소리였다.

사팔뜨기 사내가 밖으로 나온 것은 어둠이 걷힐 때쯤이었다. 샤워 소리가 한동안 들리더니 사내가 수건으로 몸을 닦으면서 나왔다. 그때까지 소파에 앉아 자는 둥 마는 둥하고 있던 사내들이 벌떡 일어섰다.

"다 됐습니까?"

사팔뜨기는 씨익 웃으면서 옷을 입기 시작했다.

사내들은 조심스럽게 욕실 쪽으로 다가가 그 안을 들여다보았다. 피비린내가 확 풍겨왔지만 두 구의 시체는 보이지 않았다. 그 대신 비닐 꾸러미가 몇 개 욕조 속에 쌓여 있었다. 꾸러미는 목 부분이 모두 묶여 있었다. 비닐부대는 투명하지는 않았지만 희뿌연 빛이었기 때문에 유심히 들여다보면 안에 들어 있는 것을 식별할 수는 있었다.

"억!"

비닐 꾸러미 하나를 바라보던 서문구가 손으로 입을 가리면서 욕실 밖으로 뛰쳐나갔다.

허 상무도 서문구를 놀라게 한 맨 위쪽에 놓인 비닐포대를 내려다보았다. 가만 보니 목이 잘린 여자의 머리통이 머리카락이 뒤엉킨 채 들어 있는 것이 보였다. 하필이면 두 눈을 부릅뜨고 있는 것까지 드러나 있었다. 그는 얼굴을 홱 돌린 다음 침을 칵 뱉고 밖으로 물러나왔다.

부엌 쪽에서 서문구가 억억 하고 토하는 소리가 들려왔다. 사팔뜨기를 힐끗 보니 그는 남아 있는 소주를 마시면서 실실 웃고 있었다. 허 상무는 부엌 쪽으로 가 보았다. 서문구는 싱크대 위에 얼굴을 숙인 채 위 속에 들어 있는 것을 모두 게워내고 있었다. 허 상무는 서문구의 등을 두드려 주면서 말했다.

"지독한데요."

서문구는 물로 입 속을 헹군 다음 머리를 흔들었다.

"내 생전 그런 건 처음이야…… 괜히 봤어…… 꿈에 나타날텐데…… 괜히 봤어……."

안색이 창백하게 질린 채 중얼거리는 그를 보고 허 상무는 그가 놀라도 단단히 놀란 모양이라고 생각했다.

"배낭에 집어넣겠습니다. 보지 말고 그대로 계십시오."

"그래. 그렇게 해줘."

거실로 돌아온 허 상무는 사팔뜨기에게 배낭을 꾸려달라고 요청했다. 그러자 그는 혀꼬부라진 소리로 약속대로 5백만 원을 더 달라고 요구했다. 서문구가 5백만 원짜리 수표를 꺼내 주자 그는 비로소 욕실 안으로 다시 들어가 배낭에다 비닐 꾸러미를 담기 시작했다.

토막을 낸 시체를 담은 비닐포대는 모두 여섯 개였고 배낭은 세 개였다. 그리고 배낭 속에는 한 개의 꾸러미밖에 들어가지 않았다. 따라서 배낭을 모두 꾸렸을 때 비닐 꾸러미 세 개는 욕조 속에 그대로 남아 있었다.

날은 완전히 밝아 있었다. 밤새에 구름은 걷히고 동쪽 하늘이 밝게 달아오르고 있는 것으로 보아 곧 해가 떠오를 것 같았다.

세 사람은 서둘러 등산 차림으로 바꿔 입었다. 모자도 배낭도 모두 새 것이었다.

준비가 끝나자 그들은 각자 배낭 한 개씩을 등에 지고 아파트를 빠져나갔다.

"이렇게 일찍 등산 가십니까?"

경비원이 서문구를 보고 아침 인사를 겸해서 물었다. 다리를 저는 서문구가 배낭을 지고 등산 차림으로 나서는 것을 보기는 처음이었기 때문에 그 경비원은 조금 의아스러운 눈으로 그와 낯선 사내들을 바라보았다.

"아, 네, 시원한 계곡에 좀 다녀오려구요."

서문구는 서둘러 자동차 쪽으로 걸어갔다.

중년의 경비원은 세 사내가 배낭을 차 트렁크에 실은 다음 서둘러 떠날 때까지 잠자코 그들의 움직임을 지켜보았다. 등산 차림이 하나같이 새 것인 것으로 보아 모두가 처음 등산길에 나서는 것 같았다. 두 사내는 처음 보는 사람들이었다. 아무리 주말이라고는 하지만 아침 일찍 세 남자가 등산 차림으로 길을 떠나는 것이 경비원의 눈에는 어쩐지 부자연스러워 보였다 세 명 가운데 유난히 작아 보이는 사내는 술에 취해 있는 것 같았다.

서문구의 고급 승용차에는 운전기사가 딸려 있었다. 서문구는 다리를 저는 탓으로 운전할 줄을 모르는 것 같았다. 그런데 오늘은 운전기사 대신 건장한 사내가 차를 몰았다. 경비원은 그들이 탄 차가 사라질 때까지 바라보고 있다가 크게 하품을 하면서 하늘을 올려다보았다. 그런데 조금 있다가 보니 그 차가 도로 들어오고 있었다. 운전자는 아파트 건물 입구에다 바싹 차를 갖다 댔다. 이어서 세 사내가 차에서 내리는 것이 보였다. 그들은 트렁크 쪽으로 돌아가더니 웬일인지 배낭을 도로 꺼내들고 안으로 사라졌다. 그것을 보고 경비원은 알다가도 모르겠다는 듯 고개를 갸우뚱했다. 무얼 잊고 갔다면 그냥 올라갈 것이지 배낭은 왜 도로 지고 올라가지? 차를 출입구에 바싹 갖다 붙여놓은 것을 보면 곧 다시 나와 차를 탈 모양이었다. 참, 이상한 사람들이군. 경비원은 그 차 쪽으로 슬금슬금 다가섰다.

집 안으로 들어간 세 사람은 먼저 배낭 안에 들어 있는 것들부터 모두 꺼내놓았다. 그 배낭들 역시 아까 지고 나갔던 것들과 똑같은 새 것이었는데 그 안에서 꺼내놓은 것들은 의외로 헌 신문 뭉치였다. 세 개의 배낭 안에서 꺼내놓은 신문 뭉치가 수북이 쌓였다. 사팔뜨기 사내가 빈 배낭들을 들고 다시 욕실 안으로 들어갔고, 다른 두 사람은 거실에서 불안한 표정으로 서성거렸다.

10분쯤 지나 경비원은 세 사내가 다시 배낭을 지고 나오는 것을 볼 수 있었다. 그가 차 옆으로 다가서자 트렁크를 열던 서문구가 깜짝 놀라 그것을 도로 쾅 하고 닫았다.

"배낭을 가지고 타는 게 좋겠어."

그렇게 말한 다음 그가 먼저 배낭을 들고 차 안으로 들어갔다. 다른 사람들도 그를 따라 좌석에다 배낭을 실었다.

경비원은 그들이 탄 차가 멀어지는 것을 바라보면서 서문구가 트렁크 문을 급히 닫는 순간 얼른 보았던 배낭들을 머리에 떠올리고 있었다. 혹시 잘못 본 게 아닐까 하고 생각했지만 결코 그렇지 않은 것 같았다. 트렁크 안에 들어 있던 것은 배낭이 틀림없었다.

서울을 벗어난 차는 계속 북쪽으로 달리고 있었다.

이윽고 강변에 접어들었을 때는 눈부신 햇빛이 강물 위로 막 쏟아져 내리고 있었다.

멀리 댐이 보였을 때 서문구가 갑자기 차를 세우게 했다.

"저 검문소는 까다롭기로 소문나 있어. 저쪽으로 가지 않는 게 좋겠어."

허 상무는 차를 오른쪽 샛길로 몰아넣었다. 차가 한 대 통과할 수 있는 비포장도로가 산기슭을 따라 꼬불꼬불 나 있었다. 인적이 전혀 없는 외진 길이었고, 조금 돌아 들어가자 산에 가려 큰길 쪽으로부터는 보이지도 않는 숲길이 나타났다. 길이 갑자기 좁아졌기 때문에 차는 거기서 더 이상 앞으로 나아갈 수가 없었다. 거기에는 차를 겨우 돌릴만한 빈터가 있었다.

"이 근방에 묻어버리는 게 어떨까요?"

하고 허 상무라는 자가 물었다.

사팔뜨기 사내는 잠들어 있었다.

처음 계획은 토막시체를 강물에다 던져 넣기로 되어 있었다. 그런데 밤이라면 몰라도 환한 아침에 여섯 개나 되는 배낭을 강물 속으로 던져 넣는다는 것은 위험하기 짝이 없는 일임을 알게 되었다. 차도로는 끊임없이 차들이 오가고 있었고 강기슭에는 숨어서 일을 벌일만한 곳이 얼른 눈에 띄지 않았다. 그래서 계획 자체를 포기하고 아무데나 적당한 곳을 빨리 찾아내지 않으면 안 되었다. 사전에 답사라도 했더라면 이런 일이 일어나지는 않았을 텐데 과거에 몇 번 지나친 일이 있어 그것을 믿고 무작정 달려온 게 잘못이었다.

서문구는 차에서 내려 주위를 둘러보았다. 숲이 울창해서 무엇을 버리기에는 안성맞춤인 듯싶었다.

"여기가 적당하지 않겠습니까?"

허 상무가 다가와 물었다.

"괜찮은 것 같은데…… 그냥 버려서는 안 되고 파묻어야 할 거 아니야?"

"저걸 다 파묻으려면 시간도 오래 걸리고…… 연장도 없지 않습니까. 여기서 시간을 끌다가 사람들 눈에라도 띄면 오히려 위험해집니다. 나뭇잎으로 적당히 덮어둘 수밖에 다른 도리가 없겠는데요. 발견되더라도 누가 갖다버렸는지 알게 뭡니까?"

서문구는 한동안 좋은 방법이 없을까하고 생각해 보았지만 뾰족한 수가 있을 리 없었다.

"형님한테 맡기고 우리는 차도에 나가 기다리고 있는 게 좋을 것 같습니다. 형님이 잘 알아서 처리해줄 겁니다."

서문구가 마지못해 고개를 끄덕이자 허 상무는 차 안에 잠들어 있는 사팔뜨기를 흔들어 깨웠다.

"형님, 좀 일어나세요!"

사팔뜨기 사내는 기지개를 켜면서 일어났다. 그는 허 상무의 설명을 하품을 하면서 듣고 나더니 잘 알았다는 듯 고개를 끄덕였다.

곧 여섯 개의 배낭이 차에서 내려졌다. 모양이 같은 것도 있고 다른 것도 있었지만 하나같이 한 회사의 제품들이었다.

"수고스럽지만 잘 부탁합니다. 발견되지 않게 깊이 좀 숨겨 주십시오."

먼저 그들은 사내를 도와 숲속에다 우선 배낭들을 갖다놓았다. 그리고 차를 몰고 차도로 나와 사내가 일을 끝내고 돌아오기를 기다렸다.

사팔뜨기 사내는 아주 느리게 움직였다. 밤을 꼬박 새웠기 때문에 몹시 피곤한지 거듭 하품만 하면서 한동안 땅바닥에 앉아 먼 산만 바라보고 있었다. 그러다가 그는 바지를 내리고 쭈그리고 앉았다.

그가 움직이기 시작한 것은 거의 30분쯤 지나서였다. 그는 적당한 곳을 물색하기 위해 숲을 헤치고 안쪽으로 들어갔다. 잡목과 잡초가 빽빽이 들어차서 헤쳐 나가기가 힘이 들었다. 숲속은 몹시 무더웠고 그는 귀찮은 생각이 들었다. 그것이 발견되건 말건 그런 것은 그에게 조금치도 관심거리가 되지 않았다. 그는 더 이상 안으로 들어가는 것을 그만두고 배낭들을 가지러 처음의 자리로 돌아왔다.

중년의 남자 한 사람이 숲길에 나타난 것은 사팔뜨기가 나뭇가지를 꺾어 배낭 무더기를 덮고 있을 때였다. 우두둑 하고 나뭇가지 꺾는 소리에 그 사내는 멈칫하고 걸음을 멈추었다. 사내는 지게를 지고 있었다. 남루한 작업복 차림에 겉늙어버린 듯한 사내였다. 그는 나무를 하러 가는 길이었다. 산하나 너머에는 여섯 가구가 모여 사는 조그만 마을이 있었는데 모두가 너무 가난해서 땔감을 직접 산에서 채취하고 있었다. 산간의 외딴 마을이라 연탄을 배달해 주는 곳도 없었다.

사내는 긴장해서 소리가 나는 쪽을 응시하다가 그쪽으로 살금살금 다가가 보았다. 언제 와 봐도 적막만이 감돌고 사람의 발길이라고는 거의 찾아볼 수 없는 곳인데 나뭇가지 꺾어지는 소리가 계속 나고 있으니 사내가 긴장한 것도 무리는 아니었다.

조심스럽게 숲을 헤쳐 가던 사내는 멈칫하면서 재빨리 몸을 웅크렸다. 바로 눈 앞에서 한 남자가 나뭇가지를 꺾어 무엇인가를 열심히 덮고 있었다. 사내는 숨을 죽인 채 웅크리고 있다가 다시 고개를 들어 앞을 바라보았다.

그때 사팔뜨기가 몸을 돌렸다. 그는 들고 있던 나뭇가지를 가만히 내려놓고 날카롭게 주위를 둘러보았다. 조금 전 뒤통수로 분명히 인기척이 느껴졌고, 고개를 돌린 순간 사람의 모습 같은 것이 얼핏 나무 사이로 사라지는 것이 보였다. 하지만 그것이 꼭 사람인지는 아직 알 수가 없었다. 헛것을 보았을 수도 있었다.

지게를 진 사내는 몸을 더욱 웅크렸다. 그러나 조심한다는 것이 썩은 나무를 밟는 바람에 그것이 부러지는 소리가 꽤나 크게 났다.

"누, 누구야?!"

사팔뜨기는 소리가 난 쪽으로 다가서면서 돌멩이를 하나 집어 들었다. 그때 수 미터 앞에서 한 남자가 몸을 일으키는 것이 보였다. 낯선 사람이었다.

그들은 한동안 말없이 서로를 노려보고 있었다. 낯선 사내가 지게 막대기를 앞으로 쳐드는 것을 보고 사팔뜨기는 냅다 돌멩이를 던졌다. 큼직한 돌멩이가 사내의 어깨에 부딪치는 것과 동시에 사내의 입에서

"어이쿠!"

하는 소리가 터져 나왔다.

사내는 비틀거리다가 자세를 바로 한 다음 지게 막대기를 휘두르며 앞으로 달려나왔다.

"이놈!"

몸을 돌려 도망치려는 사팔뜨기의 머리 위로 막대기가 떨어졌다.

사팔뜨기는 쓰러질 듯 비틀거리다가 있는 힘을 다해 뛰어갔다. 낯선 사내는 끝까지 뒤쫓지는 않았다. 얼마쯤 따라가다가 상대방이 혼쭐이 나서 도망치는 것을 보고는 멈춰서버렸다.

이윽고 사팔뜨기 사내의 모습이 시야에서 완전히 사라지자 나무꾼은 발길을 돌려 아까 왔던 곳으로 돌아갔다. 돌멩이에 맞은 어깨가 욱신거렸지만 견딜만 했기 때문에 내처 걸어갔다.

마침내 나무꾼 사내는 나뭇가지가 수북이 덮여 있는 곳에서 걸음을 멈추었다. 미처 완전히 덮지를 못했기 때문에 나뭇가지 사이로 배낭 같은 것들이 보였다. 그는 빈 지게를 내려놓고 조심스럽게 나뭇가지를 하나씩 들어내기 시작했다. 나뭇가지를 들어낼수록 배낭의 숫자가 점점 많아지고 있었다. 사내는 겁먹은 눈으로 주위를 둘러보고 나서 다시 나뭇가지를 들어냈다.

놀랍게도 배낭은 모두 여섯 개나 되었다. 이게 도대체 뭐지? 사내는 잔뜩 겁먹은 눈으로 그것을 내려다보다가 한 개를 집어 들어 보았다. 묵직한 것이 꽤나 무거운 느낌이 들었다. 도대체 이게 뭘까?

한편 사팔뜨기 사내는 몇 번씩이나 쓰러지면서 가까스로 숲 속을 빠져나와 차도 쪽으로 달려갔다. 달리면서 머리를 만져보니 머리 중간이 터져 피가 흐르고 있었다. 그러나 통증 같은 것은 별로 느껴지지 않았다.

차에서 기다리고 있던 사내들은 헐레벌떡 달려오는 사팔뜨기 사내를 의아한 눈으로 바라보았다.

"엔진 걸어놓고 있어!"

사태의 심각성을 깨달은 서문구가 날카롭게 말했다. 허 상무는 재빨리 운전석으로 뛰어들어 차에 시동을 걸었다.

서문구도 뒷좌석으로 올라탔다.

"형님, 왜 그래요?"

허 상무가 운전대를 잡은 채 밖을 내다보고 물었다.

"크, 큰일 났어!"

차에 부딪칠 듯 다가서면서 사팔뜨기가 숨이 턱에 차서 말했다. 머리를 타고 흘러내린 피가 이마를 적시고 있는 것을 보고 사내들은 깜짝 놀라는 표정을 지었다.

"형님, 무슨 일이에요?"

묻는 말에는 대답하지 않고 사내는 무턱대고 운전석 옆 자리에 올라탔다.

"머리에서 피가 흐르는데 왜 그래요? 무슨 일이에요?"

"몽둥이로 때렸어…… 빠, 빨리 도망가! 쫓아오고 있어!"

사내는 빨리 가자고 손을 앞으로 흔들어 보였다.

"누가 때렸다는 겁니까? 누구한테 맞았어요?"

서문구가 화가 나서 물었다. 차는 이미 달리고 있었다.

"어떤 놈들이 몽둥이로……."

사팔뜨기는 여전히 숨넘어가는 소리로 말했다. 서문구는 재빨리 뒤를 돌아보았다. 이미 커브를 돌았기 때문에 커브 저쪽은 보이지도 않았다. 따라오는 차량도 없었다.

"몇 놈이나 돼요?"

"몰라. 아이구, 죽겠다."

사팔뜨기 사내는 머리 상처를 누르면서 상체를 잔뜩 뒤로 젖혔다.

"그놈들한테 들켰어요?"

서문구는 머리끝까지 치미는 화를 누르면서 가까스로 물었다.

"나뭇가지로 덮고 있는데…… 갑자기 나타나서 몽둥이로 머리를 때렸어…… 다 덮지도 못 했어…… 아이구, 머리야……."

차는 무서운 속도로 질주하고 있었다.

"돌아갈까요? 그 새끼들을 조져버릴까요?"

허 상무가 떠보는 소리로 물었다.

"안 돼! 이미 틀렸어! 한 놈이라면 몰라도……."

서문구는 화를 못 이겨 어금니를 질근질근 깨물었다. 그는 사팔뜨기 뒷통수를 흘겨보다가

"도대체 어떤 놈들이에요?! 뭐 하는 놈들이 거기에 나타났어요?!"

하고 물었다.

그러나 사팔뜨기는 거기에 대해 아무 대꾸도 하지 않았다. 죽은 듯이 눈을 감은 채 신음소리만 내고 있었다.

"형님, 대답해 보세요!"

허 상무가 팔꿈치로 옆구리를 치자 그제서야 사내는 상체를 움직였다.

"몰라…… 내가 그걸 어떻게 알아……."

사팔뜨기는 마치 파리를 쫓듯 손을 흔들었다. 그리고는 빨리 병원에 데려다 달라고 덧붙여 말했다.

"미치고 환장하겠네!"

서문구가 안절부절 못하는 것을 보고 허 상무가 다시 사팔뜨기에게 물었다.

"혹시 그 새끼들…… 군인 아니에요?"

"그, 그래…… 그런 것 같았어……."

사팔뜨기가 끄덕이는 것을 보고 허 상무는 자신의 직감력을 더 확인하고 싶었다.

"산악 훈련하는 군인들 아니에요? 제가 생각하기에는 유격대원들 같은데…… 총 같은 거 들고 있지 않았어요?"

"그, 그래. 맞아…… 그걸로 내 머리를 때렸어…… 아이구 죽겠다…… 병원에 가려면 아직 멀었어?"

"정말 재수 좋았습니다. 유격대원들한테 잡혔으면 뼈도 못 추렸을 텐데 정말 용케 도망쳐 나왔습니다."

서문구는 도무지 사팔뜨기의 말을 믿을 수가 없었다. 어디까지가 정말이고 어디까지가 거짓말인지 도대체 알 수가 없었다. 그의 말이 정말이라면 용케 도망쳐 나왔다고 볼 수 있었다.

"유격대원들한테 들켰다면 큰일인데…… 어떡 하지?"

"알게 뭡니까. 배낭만 가지고는 찾아낼 수 없으니까 안심하십시오. 제가 걱정하는 건 그 친구들이 차를 타고 쫓아오지 않을까 하는 겁니다. 그 친구들은 끈질긴 데가 있으니까 끝까지 추격해 올지도 모릅니다. 아무 차나 세워서 집어타고 따라올지도 모릅니다."

정말 그럴지도 모른다는 생각에 서문구는 다시 한 번 뒤를 돌아보았다. 그들이 탄 차는 2차선 차도의 중앙선을 수시로 넘나들면서 앞선 차들을 추월하고 있었기 때문에 추격해 오는 차 같은 것은 보이지도 않았다.

나무꾼은 여섯 개의 배낭 가운데 급한 대로 우선 한 개만을 집어 들고 사람들이 쉽게 찾을 수 없는 숲속으로 깊숙이 달음질쳐 들어갔다. 숨이 턱에 닿아 더 이상 달릴 수 없게 됐을 때쯤에야 그는 배낭을 내려놓고 그것을 풀어헤쳐 보았다.

배낭 안에서 제일 먼저 불거져 나온 것은 비닐이었다. 그는 배낭의 양쪽 모서리를 발로 밟은 다음 비닐을 가만히 잡아 뽑았다. 비닐부대와 함께 그 안에 들어 있는 것이 빠져나왔다. 부대 안에는 시뻘건 고깃덩어리 같은 것이 들어 있었다. 썩은 고깃덩어리쯤으로 생각하고 가만히 그 안을 살펴보던 사내는 그만

"으악!"

하고 외마디 소리를 지르면서 뒤로 나자빠지고 말았다.

그가 놀랄 만도 한 것이 부대 안에는 사람의 잘린 손과 발이 들어 있었던 것이다.

겁에 질려 엉덩방아를 찧으면서 뒤로 허겁지겁 물러난 그는

자신도 무슨 소리인지 알 수 없는 소리를 내지르면서 냅다 달리기 시작했다.

뒷자리에 앉은 서문구는 미친 듯이 차를 몰아대는 허 상무를 조금 겁먹은 눈으로 쳐다보고 있었다. 그러나 유격대원들이 추격해 올지도 모른다는 생각 때문에 그에게 차의 속력을 줄이라는 말을 할 수가 없었다. 그는 자꾸만 뒤를 살펴보곤 했지만 유격대원들이 추격해 오는 것 같지는 않았다. 그러나 마음을 놓을 수는 없었다. 지금 워낙 허 상무가 차를 빨리 몰고 있기 때문에 그들이 바짝 따라붙지 못하고 있는지도 몰랐다. 그렇다면 조금만 속력을 늦추어도 그들은 급방 그 모습을 드러낼 것이다.

커브길이 저만치 보였다. 그들이 탄 승용차는 버스 뒤를 바짝 따라붙고 있었다. 시외버스 같았는데 그들의 눈에는 그 버스가 너무나 느리게 달리는 것 같았다. 허 상무는 핸들을 왼쪽으로 꺾었다. 차는 중앙선을 넘어 왼쪽 차선으로 들어섰다. 그는 커브를 돌기 전에 버스를 추월하기 위해 액셀러레이터를 힘껏 밟았다. 차는 무서운 속도로 버스를 스쳐갔다. 그리고 막 오른쪽 차선으로 들어서려는 찰나 앞에서 시커먼 트럭이 불쑥 나타났다. 허 상무는 트럭을 피해 급히 핸들을 오른쪽으로 홱 꺾었다. 순간 쾅 하는 굉음과 함께 운전석이 뭉개져 나가면서 차는 버스 앞으로 미끄러져 들었다. 뒤이어 이번에는 버스가 승용차의 옆구리를 밀어붙였다.

승용차는 마치 양철을 우그러뜨려놓은 것처럼 납작하게 짓이겨진 채 길가의 가드레일을 들이받으면서 수 미터 아래로 굴러 떨어졌다.

차들이 급정거하는 소리가 요란스럽게 주위를 울렸다.

사람들이 차에서 뛰어내려 강 쪽을 내려다보았을 때 승용차의 앞부분은 물속에 반쯤 처박혀 있었다. 그것은 자동차라고 할 수 없었다. 폐차장에서 압축기로 압축되어 재생을 기다리는 고철 덩어리 같았다.

너무 기막힌 광경에 사람들은 넋을 잃은 채 한동안 그것을 내려다보기만 했다. 사고 차 안에 갇힌 사람들은 모두 죽었는지 살려달라는 아우성도 들리지 않았고 조그만 움직임 같은 것도 보이지가 않았다. 무거운 정적만이 감돌고 있을 뿐이었다.

그때 깨진 차창 밖으로 손이 하나 흐물거리며 기어 나오는 것이 보였다.

"살아 있어!"

누군가가 외쳤고, 그것을 신호로 사람들은 우르르 밑으로 달려 내려갔다.

사람들은 우선 앞부분이 물에 처박혀 있는 차체를 밖으로 끌어냈다. 여러 사람이 힘을 합쳐 끙끙거리며 당기자 차체는 조금씩 끌려나왔다.

앞에 앉아 있는 두 사람은 숫제 피를 뒤집어쓰고 있었다. 그리고 서로 뒤엉켜 있어 누가 누군지 분간하기도 어려울 정도였다. 그들은 미동도 하지 않고 있었다. 밖으로 손을 내민 사람은 뒷자리에 타고 있는 사람이었다. 그는 앞 의자 등받이에 밀려 뒷자리에 처박혀 있었는데 조금씩 움직이고 있는 것으로 보아 빨리 손을 쓰면 살아날 수 있을 것 같았다. 그 역시 피를 뒤집어쓰고 있었지만 앞자리에 앉아 있는 사람들만큼 참혹한 모습은 아니었다.

사람들은 그를 꺼내기 위해 문을 잡아당겨 보았다. 그러나 문이라는 문은 모두가 우그러져 있었기 때문에 도무지 열리지가 않았다. 깨진 차창을 통해 꺼내려고 해도 차체가 납작하게 우그러져 있어 도무지 사람이 빠져나올 공간이 없었다.

"절단기가 있어야겠어."

누군가가 말했지만 거기에 절단기 같은 것이 있을 리 없었다.

"용접기로 잘라내야 해요."

이번에는 다른 사람이 말했다.

"무슨 소릴 하는 거야? 용접기는 화재 위험이 있어요. 휘발유가 흘러나오고 있을지도 모르니까 담뱃불 꺼요!"

그렇게 말한 사람은 나이가 좀 들어 보이는 사람이었다. 그는 주위를 둘러보면서 사람들에게 좀 큰 소리로 말했다.

"그러고 구경만 하지 말고 연장 가진 거 있으면 가져들 와요! 긴 쇠꼬챙이나 쇠파이프 같은 거 있으면 가져와요! 밧줄도 있으면 가져와요!"

그제서야 구경꾼들은 움직이기 시작했다. 모두가 차도가 막히는 바람에 차에서 내려 몰려든 사람들이었다. 2차선 상하행 차선은 모두 막혀 있었다. 하행 차선에서 승용차와 충돌한 트럭은 차도를 가로막은 채 앞부분을 산기슭에 처박고 있었고, 추월하려던 승용차의 옆구리를 들이받은 버스는 갑자기 브레이크를 밟는 바람에 뒤에서 추돌한 또 다른 승용차와 함께 상행선을 가로막고 있었다. 버스를 뒤에서 받은 또 다른 승용차는 앞이 우그러지고 전면 유리가 산산조각 났지만 그 차에 혼자 타고 있던 중년 남자는 이마에 약간의 찰과상을 입었을 뿐이었다.

"나는 아무 잘못도 없다구! 커브를 도는데 갑자기 앞에 이 차가 나타나지 않아! 피할 새도 없었고 피할 수도 없었다구! 당신도 알잖아?! 당신은 분명히 봤잖아?!"

머리에서부터 발끝까지 뿌우옇게 먼지를 뒤집어쓴 트럭 운전기사가 버스 운전기사에게 하는 말이었다.

"그래, 그래, 맞아. 내가 분명히 봤어. 이 차가 내 차를 추월하려고 왼쪽 차선으로 뛰어들었다구."

"세상에 커브길에서 중앙선을 넘어 들어오는 놈이 어딨어! 죽으려고 환장했지."

"지금 그런 거 따지게 됐어요?! 자, 빨리 빨리 합시다!"

쇠파이프를 두 개나 들고 온 젊은이가 소리쳤다. 밧줄을 가져온 사람은 우그러진 문짝에다 그것을 붙들어 매고 있었다.

"그건 저쪽 뒤에다 묶으세요! 이쪽에서 잡아당기면 끌려오지 않게 그쪽에서 몇 사람이 붙들고 있어야 해요."

몇 사람이 뒤쪽으로 달려갔다. 다른 몇 사람이 문짝에 붙들어 맨 밧줄을 힘껏 잡아당기기 시작했다. 두 사람이 벌어진 틈 사이에다 쇠파이프를 끼우고 그것을 힘주어 잡아당겼다. 쇠와 쇠가 부딪치며 나는 소리가 섬뜩하게 주위를 울렸다. 조금씩 조금씩 벌어지던 문짝이 이윽고 끼이익 소리를 내면서 떨어져나갔다. 그 바람에 줄을 잡아당기던 사람들이 한꺼번에 뒤로 나뒹굴었다. 문은 열렸지만 안에 타고 있는 사람은 샌드위치처럼 의자와 의자 사이에 끼어 있어서 좀처럼 쉽게 빠져나오지가 않았다. 그래서 쇠파이프를 끼워 비틀어대자 틈새가 조금씩 벌어지기 시작했다. 몇 사람이 손과 옷에 피가 묻는 것을 상관하지 않고 부상자에게 달려들어 그를 가까스로 끌어냈다. 신음소리가 커지는 것 같더니 마지막으로 다리가 빠져나올 때는 비명소리가 터져 나왔다.

차에서 처음 끌어내어진 사람은 차도 위로 옮겨졌다. 앞자리에 앉았다가 사고를 당한 사람들은 철판과 함께 완전히 납작하게 찌그러져 버렸기 때문에 끌어내기가 더욱 힘이 들었다. 맥을 짚어본 사람들은 이미 죽은 사람 기를 써가며 서둘러 꺼낼 필요가 뭐 있느냐고 하면서 슬금슬금 뒤로 물러나버렸고, 그래서 그들 두 명은 결국 그대로 방치된 상태로 놓여 있었다.

차도 위로 옮겨진 부상자 역시 그대로 땅바닥에 방치되어 있었다. 길바닥 위에 눕혀진 그는 뜨거운 햇살을 그대로 받은 채 신음하고 있었다. 사람들은 그를 끌어내 놓는 데까지는 힘을 합쳐 애를 썼지만 막상 뒤처리를 해야 하는데 이르러서는 뒤꽁무니들을 빼고 있었다. 시내라면 몰라도 먼 거리를 피투성이 부상자를 싣고 간다는 것이 여러 가지 사정도 있고 해서 내키지가 않았던 것이다. 엄밀히 따진다면 사고차와 충돌한 트럭이나 버스 운전기사가 먼저 사고 경위야 어떻든 부상자를 싣고 병원으로 달려가야 마땅하다고 볼 수 있었다. 그런데 그들의 차 역시 움직일 수가 없는 처지였다. 트럭은 산기슭에 처박혀 있었고 버스는 금방이라도 강 쪽으로 굴러 떨어질 듯이 앞바퀴 두 개가 허공에 걸려 있었다. 버스 운전기사는 위험을 무릅쓰고 버스 위로 올라가 차를 뒤로 빼보려고 했지만 뒷바퀴 두 개는 헛돌기만 할 뿐이었다.

"버스에라도 태우고 가고 싶지만 보다시피 움직일 수가 없어요. 누가 좀 이 사람을 병원까지 싣고 갈 수 없습니까? 이대로 두었다가는 여기서 죽고 맙니다."

버스 운전기사가 분노에 차서 큰 소리로 말했지만 누구 한 사람 선뜻 나서려고 하지를 않았다. 그때 멀리서 경찰 순찰차의 사이렌소리가 들려왔다. 사람들은 안도의 한숨을 내쉬면서 사이렌소리가 들려오는 쪽을 일제히 바라보았다.

조금 후 경광등을 번쩍이며 도착한 순찰차에서 두 명의 경찰관이 내렸다.

"여기다 부상자를 이렇게 버려두면 어떡합니까?"

경찰관 한 명이 사람들을 둘러보며 책망하고 나서 강 쪽을 내려다보았다.

"차 안에 사람이 또 있는 것 같은데 끌어내야지요."

"두 사람이 있는데 끌어낼 수가 없어요. 모두 죽었어요."

버스 운전기사가 말했다.

"죽은 게 확실해요?"

"맥을 짚어봤는데 뛰지를 않던데요."

"빨리 실어. 내려가 보고 올 테니까."

다른 경찰관한테 지시하고 나서 그 경찰관은 강 쪽으로 내려갔다.

허우대가 큰 그는 침착하게 행동했다. 교통사고 현장을 하도 많이 목격했기 때문인지는 몰라도 얼굴빛 하나 찡그리지 않고 우그러진 차 안을 들여다본 그는 피에 젖어 있는 팔 하나를 집어 들고 맥을 짚어보았다. 그러고 나서 다른 사람의 팔을 또 집어 들고 손목에 손을 갖다 댔다. 이윽고 그는 고개를 내저으면서 뒤로 물러서서 모자를 벗어 땀을 닦은 다음 강물에다 손을 씻었다.

순찰차는 부상자를 싣고 출발하기만을 기다리고 있었다.

"어떻습니까?"

차도에 서서 젊은 순경이 물었다.

"죽었어."

허우대가 큰 경장이 아래쪽에서 말했다. 그는 사고차의 번호를 수첩에다 적은 다음 차도로 올라왔다. 그리고 무전기로 상황실을 불렀다.

젊은 순경은 한 초라한 사내가 차도 중간에 서서 두 손을 흔들어 대는 것을 보고 천천히 차를 세웠다. 경장은 사고현장 수습을 위해 현장에 남고 혼자서 부상자를 싣고 가던 중이었다.

"뭡니까?"

그는 사이렌을 끄고 퉁명스럽게 물었다.

"저, 저…… 산 속에…… 사, 사람 시체가 있습니다."

초라한 사내가 숨이 턱에 차서 말했다. 순경은 그 사내가 가리키는 쪽을 힐끗 쳐다보았다. 일이란 순서가 있는 법이다. 그에게는 사내의 말이 아무 의미도 없는 헛소리처럼 들릴 뿐이었다.

"지금 바쁘니까 가 볼 수가 없어요!"

그는 차를 다시 출발시켰다.

"손발이 잘려나갔어요! 배낭 속에 들어 있는 것을 봤어요!"

사내가 따라오면서 말했다. 순경은 브레이크를 밟았다. 그리고 조금 관심 있는 눈초리를 사내에게 보냈다.

"배낭이 여러 개 있어요! 여섯 개나 있어요!"

사내는 사뭇 울상이 되어 말했다. 이윽고 그의 시선이 뒷자리에 실려 있는 부상자 쪽으로 옮겨갔다.

"정확한 위치가 어디에요?"

순경의 물음에는 대답도 하지 않은 채 사내는 부상자의 모습과 얼굴을 뚫어지게 들여다보고 있었다.

"정확한 위치가 어디냐구요?"

순경이 역정을 내면서 물었다. 그제서야 사내는 순경을 쳐다보면서

"바로 이 사람입니다!"
하고 소리쳤다.

순경은 어리둥절했다. 혹시 머리가 돈 사람이 아닌가 하고 생각하는데 그가 다시 말했다.

"바로 이 사람입니다!"

"도대체 무슨 말을 하는 거예요? 비키세요!"

순경은 눈을 흘기면서 다시 차를 출발시키려고 했다.

"바로 이 사람이 그 배낭들을 숨기고 있었다구요! 숨기다가 나한테 들켜서 도망갔다구요! 틀림없이 이 사람이 맞아요! 나를 죽이려고 했어요!"

젊은 순경은 사내의 말을 도대체 어디까지 믿어야할지 알 수 없었다. 아무튼 일에는 순서가 있는 법이었다. 한꺼번에 두 가지 일을 처리할 수는 없는 일이었다.

"이 사람 왜 이렇게 됐습니까?"

사내가 물었다.

"교통사고예요. 시체가 있는 정확한 위치가 어디예요?"

"바로 저기 저 골짜기입니다. 샛길을 따라 조금만 들어가면 됩니다."

순경은 사내가 가리키는 쪽을 눈여겨보고 나서 고개를 끄덕였다.

"알았어요. 지금 우선 병원에 가야하니까 저기 샛길 있는 데서 기다리고 있어요. 올 때까지 기다릴 수 있어요?"

"네네, 기다리고 있겠습니다!"

사내는 비로소 좀 씩씩하게 대답했다.

사내의 성은 백가였다. 그가 나무 그늘에 앉아 졸고 있을 때 가까이서 사이렌소리가 들려왔다. 그는 눈을 번쩍 뜨고 차도 쪽을 바라보았다. 두 대의 순찰차가 막 멈춰서는 것이 보였다. 그 뒤로 아무 표시도 없는 일반 승용차가 또 한 대 멈춰 섰다. 세 대의 차에서 사람들이 내렸다.

백씨는 긴장하면서 천천히 몸을 일으켰다. 그들은 곧장 그가 서 있는 쪽으로 걸어왔다. 정복 경찰관이 세 명이었고 나머지 두 명은 사복이었다. 맨 앞장서서 걸어오는 사람은 아까 보았던 그 젊은 순경이었다.

"바로 이 사람입니다."

젊은 순경이 사내를 턱으로 가리켰다. 사복 두 명이 앞으로 나섰다.

"어디에 시체가 있어요?"

배가 좀 튀어나온 중년 사복이 사내를 아래위로 훑어보면서 물었다.

"이리 쪽 들어가면 있습니다."

백씨는 손으로 안쪽을 가리켜보였다.

"가봅시다. 어떻게 해서 시체를 발견하게 됐어요?"

배가 나온 사복이 물었다.

젊은 순경은 차로 돌아가고 네 명의 경찰관들은 사내 뒤를 따라왔다.

"글쎄, 지게를 지고 땔감을 좀 주울까 해서 왔는데……."

생나무를 자르는 것이 위법임을 알고 있는 사내는 그 상황에서도 법망을 피할 수 있는 말로 골라서 이야기했다.

"여기는 사람이 거의 오지 않는 곳이거든요. 1년 가야 한두 번 사람을 볼까 말까한데…… 인기척이 나서 가 보았더니 어떤 사람이 나뭇가지를 꺾어서 자꾸만 덮더라구요. 그래서 숨어서 보다가 그 사람한테 들켰지요. 쪼그만 남자였는데…… 그 사람이 돌멩이를 집어던지면서 나를 죽이려고 하기에 나도 지게 작대기로 달려들었지요."

그는 일어났던 일을 빠짐없이 이야기한 다음 경찰 순찰차에 실려 가던 부상자가 바로 그 사내였다는 말도 덧붙여 했다.

"틀림없어요?"

"네, 틀림없습니다. 그 자를 잡아야 합니다."

"지금 병원에 있으니까 나중에 가서 다시 한번 확인해 줘야겠소."

배가 나온 사복이 말했다.

이윽고 나무꾼은 꺾어진 나뭇가지가 수북이 덮여 있는 것을 가리키면서 걸음을 멈추었다.

"바로 여깁니다."

그는 나뭇가지 하나를 들어냈다. 나뭇가지 사이로 배낭이 무더기로 쌓여 있는 것이 보였다. 경찰관들은 재빨리 나뭇가지를 모두 치웠다.

"모두 다섯 개인데요."

안경을 낀 사복이 말했다.

"한 개는 저 쪽에 있습니다."

"가서 찾아와요."

나무꾼은 완강히 고개를 내저었다.

"혼자서 어떻게 갑니까."

그는 잔뜩 겁에 질려 경찰관들을 둘러보았다. 안경을 낀 사복이 함께 가자고 나서자 그제서야 나무꾼은 배낭을 버렸던 곳으로 걸어갔다.

배가 나온 사복은 정복 경찰관 두 명이 각각 배낭 한 개씩을 들어내 그 안에 들어 있는 것을 꺼내는 것을 잠자코 지켜보았다. 비닐부대에 들어 있는 것을 꺼내 가만히 들여다보던 정복들은 이내 넌더리를 치면서 몇 걸음씩 뒤로 물러났다.

"사람 머리통이 들어 있습니다."

다른 정복 한 명은 몸을 돌려 쭈그리고 앉더니 억억 하고 토하기 시작했다.

사복은 담배를 꼬나문 채 비닐부대 속에 들어 있는 것을 찬찬히 살펴보더니 나머지 배낭 안에 들어 있는 것들도 꺼내라고 지시했다.

정복이 배낭을 거꾸로 들어 안에 있는 것을 땅바닥에다 뽑아냈다.

다섯 개의 배낭 안에서 나온 것들은 모두가 사람의 몸뚱이를 토막낸 것들이었다. 나무꾼과 안경 낀 사복은 한참 후에야 돌아왔다.

"찾느라고 애먹었습니다."

안경은 들고 온 비닐부대와 그것을 담았던 빈 배낭을 아무렇지도 않은 듯 던져놓았다.

"이건 너무 지독한데……."

배가 나온 사복이 중얼거리면서 침을 뱉았다. 토막시체는 비닐부대 속에 들어 있어서 악취를 풍기지는 않았다.

"머리통이 두 개인 것으로 보아 두 사람 같습니다. 이런 경우는 처음인데요. 한 명은 남자이고 다른 한 명은 여자입니다. 보십시오."

머리통 두 개가 들어 있는 비닐부대를 구두 끝으로 건드리면서 안경이 말했다.

피에 젖어 있는 두 개의 사람 머리통은 차마 눈뜨고 볼 수 없을 정도로 참혹해 보였다. 그러나 사복들은 아무렇지도 않은 듯이 그것을 쳐다보고 있었다. 엽기적인 살인 사건 현장을 많이 보아왔기 때문에 그들은 그런 것에는 이골이 나 있었다. 그러나 하나도 아닌 두 사람의 토막시체가 발견되기는 처음이었다.

"잘 확인해 봐."

"틀림없습니다. 발이 네 개…… 손이 네 개…… 머리가 두 개…… 두 사람이 틀림없습니다."

배가 나온 사복이 나무꾼을 돌아보았다.

"그 사람 외에 또 다른 사람은 보지 못했나요?"

"보지 못했습니다. 하지만 이 쪽으로 들어오는 샛길 입구에 차가 한 대 서 있는 것을 봤습니다. 그 안에 두 사람이 타고 있는 것 같았습니다. 모두 남자 같았습니다. 그 뒤에 보니까 그 차가 보이지 않았습니다."

"자가용 승용차였나요?"

"네, 승용차였습니다."

"색깔은? 그리고 어느 회사 차였어요?"

"색깔은 검은색이었는데…… 어느 회사 차였는지는 잘 모르겠습니다."

"도망치다가 사고를 일으킨 모양인데요."
하고 안경이 말했다.

배가 나온 사내는 끄덕였다. 차를 타고 도망치던 범인들 가운데 두 명은 사고로 즉사하고 한 명만 겨우 목숨을 건진 모양이라고 그는 생각했다. 하지만 그 한 명도 목숨이 살아날 가망이 있는지는 아직 불확실한 것 같았다.

"자, 배낭에 도로 모두 담으라고. 그리고 자네들은 여기를 지키고 있어. 이 주위에다 줄을 쳐놓으라고. 앰뷸런스를 보낼 테니까 그때까지 여기를 지키고 있으란 말이야?"

정복 순경들은 얼굴을 찡그리며 토막시체를 도로 배낭에 담기 시작했다.

"엽기적인 살인 사건치고는 좀 지독한데요."

숲을 빠져나오면서 안경이 말했다.

"그래도 다행이야. 범인들이 사고를 당해서……."

아직 범인이라고 단정할 수는 없지 않습니까 하고 말하려다가 안경은 입을 다물어버렸다.

그 사내의 얼굴에는 온통 붕대가 감겨 있었다. 밖으로 드러난 것이라고는 두 눈과 코 그리고 입뿐이었다. 팔과 어깨 그리고 다리에도 붕대가 감겨 있었다. 그 사내의 상태를 체크하고 있던 의사가 형사들을 힐끗 쳐다보더니 청진기를 거두면서 말했다.

"위기는 넘긴 것 같습니다. 목숨은 건졌지만 중상이기 때문에 몇 달은 병원에서 치료를 받아야겠습니다."

"이야기 좀 할 수 있을까요? 좀 급해서 그러는데……."

"의식은 깨어났지만 말을 할 수 있을지 모르겠습니다. 너무 무리하게 하지는 마십시오."

"물론이죠."

의사가 나가고 나자 형사들은 환자에게 달라붙었다.

그 환자는 경찰의 부탁으로 일반 중환자실이 아닌 특실에 혼자 들어 있었다. 병실은 경찰에 의해 엄중히 감시되고 있었다.

"신원을 파악할만한 게 하나도 없습니다. 그런데 이런 게 나왔습니다."

병실을 지키고 있던 형사가 꺼내 보인 것은 거액의 자기앞수표였다.

"자그마치 1천5백만 원이나 됩니다. 병원측에서 입원 보증금이 있어야 한다기에 할 수 없이 백만 원은 병원측에 줬습니다. 여기 영수증 있습니다."

배가 나온 사복의 눈꼬리가 치켜 올라갔다.

"무슨 소릴 하는 거야? 허락도 없이 누가 그 돈을 쓰라고 했어? 이 사람 정말 형편없어."

그는 젊은 형사를 호되게 꾸짖고 나서 수표를 검사해 보았다. 백만 원짜리 자기앞수표가 자그마치 열네 장이나 되었다.

"이 수표를 추적해 봐."

그는 안경에게 수표를 건네주고 나서 환자를 내려다보았다.

"당신 이름이 뭐야?"

환자는 두 눈을 멀뚱히 뜨고 있었다. 초점이 엇갈리는 것이 사팔뜨기였다.

"당신 동행들은 모두 죽었어. 당신 혼자 살아난 거야. 알고 있어?"

사내는 두 눈을 끔벅거렸다.

"당신은 재수가 좋았어. 당신 이름 말해 봐. 주소도 말해 봐. 집에 연락해야 할 거 아니야."

형사는 상대를 윽박지를 수도 없어 답답하기만 했다.

"말할 수 있으면서 그러고 있지 마. 당신 언제까지 입 다물고 있을 거야? 당신들 도망치다가 사고 난 거 다 알고 있어. 당신을 살인범으로 체포한다. 내 말 들려?"

형사는 환자의 머리를 주먹으로 툭툭 건드렸다. 그러자 사내는 고통스러운 듯 눈을 찡그렸다.

환자는 의식이 분명히 깨어 있었다. 그는 형사의 질문을 충분히 알아듣고 있었고 입을 열어 거기에 대답할 수도 있었다. 그러나 그는 전혀 못 알아듣는 척하고 있었다. 죽을 때까지 입을 다물고 있는 것이 상책이라고 그는 생각하고 있었다.

그가 살아난 것은 정말 기적 같은 일이었다. 그는 그것을 천운이라고 생각하고 있었다. 그가 사고 차의 뒷좌석에 옮겨 타게 된 것부터가 하늘이 내려준 운명이었다.

그는 처음에는 운전석 옆인 조수석에 앉아 있었고 뒷좌석에는 서문구가 타고 있었다. 그런데 도중에 서문구가 무슨 생각으로 그랬는지는 몰라도 갑자기 차를 세우게 하더니 차에서 내렸다. 샛길에서 경운기가 한 대 불쑥 튀어나오는 바람에 차량 통행이 잠시 멈추었고, 그 틈을 이용해서 서문구가 차에서 내려 앞쪽으로 오더니 사팔뜨기 사내를 뒷좌석으로 몰아내고 자신이 그 자리에 올라탔던 것이다.

서문구가 왜 그랬는지는 몰라도 지금 생각하니 그는 그때 죽을 운명이었던 것 같았다.

"백씨 데리고 와."

배가 나온 사복의 말에 안경이 병실 밖으로 나가더니 즉시 백씨를 데리고 왔다. 사복이 환자에게 백씨를 가리켜 보였다.

"산에서 이 사람 봤지? 토막시체를 숨기는 것을 목격한 사람이야. 당신이 돌을 던져서 죽이려고 한 사람이야. 당신은 지게 작대기에 머리를 얻어맞았다면서? 이래도 모른 체할 거야? 묵비권을 행사하고 있다고 해서 다 통하는 게 아니야."

사팔뜨기는 백씨를 올려다보다가 눈을 감아버렸다.

"시체가 도착했습니다."

정복 순경이 안으로 들어와 배불뚝이에게 보고했다.

그들이 영안실 앞에 도착했을 때 앰뷸런스에서 막 두 구의 시체가 내려지고 있었다. 형사들은 시체에 덮여 있는 시트를 젖혀 보았다. 두 구의 시체는 얼굴을 알아볼 수 없을 정도로 심하게 상해 있었다.

"얼굴 사진을 찍어야 하니까 피를 깨끗이 닦아내."

배불뚝이는 얼굴을 돌려 침을 뱉고 나서

"묵사발이 됐어"

하고 중얼거렸다.

"두 사람 다 묵사발이 됐어."

사팔뜨기가 누워 있는 병실에 들어갔을 때 그는 똑같은 말을 되풀이했다.

"당신이 아무리 입을 다물고 있어도 당신 신원을 알아내는 건 간단해. 지문만 조회하면 금방 알아낼 수 있어."

"난 아무것도…… 모, 모릅니다…… 난 시, 시킨 대로만 했어요…… 정말 몰라요……."

사팔뜨기가 처음으로 입을 열었다.

그는 눈물까지 글썽이고 있었다. 그는 고통에 몹시 괴로워하는 것 같았지만 얼굴을 뒤덮고 있는 붕대 때문에 표정을 읽을 수는 없었다.

"당신들이 죽인 사람들은 누구야? 두 사람을 죽였던데…… 그 사람들에 대해서 아는 대로 말해 봐."

"전 아무것도 모릅니다. 정말 아무것도 모릅니다. 저는 심부름만 했습니다. 아이구, 머리야……."

"엄살떨지 말고 빨리 바른대로 말해! 무슨 심부름을 했다는 거야?"

"배, 배낭을 갖다버리라고 했습니다. 사람들이 찾지 못하게……."

"배낭 안에는 뭘 담았지?"

"저는 모, 모릅니다. 보여 주지 않아서…… 보지 말라고 해서…… 저는 그냥 갖다버리기만 했습니다…… 전 정말 심부름만 했습니다."

"그래서 그 심부름 값으로 1천5백만 원이나 받았나?"

"그, 그건…… 비, 빌린 겁니다…… 집을 사려고……."

"거짓말하지 마! 은행에 알아보면 그 수표를 누가 끊었는지 다 알 수 있어. 배낭 속에 뭣이 들었는지 몰랐다구? 그 안에는 두 사람의 시체가 들어 있었어."

사팔뜨기 사내는 눈을 감아버렸다.

"여자하고 남자…… 두 사람이야. 토막을 내서 여섯 개의 배낭 속에 나누어 담았어."

배불뚝이는 두 손으로 환자의 양쪽 어깨를 힘주어 눌렀다.

"그래도 모르겠다구? 네 놈이 잡아뗀다고 그대로 무사통과할 줄 알아?"

사내는 고통을 못 이겨 신음을 토했다.

"좋아, 다른 건 다 몰라도 당신 자신의 이름은 알고 있겠지.

이름하고 주민등록번호, 주소를 말해 봐."

사내의 호흡이 거칠어지고 있었다. 그는 눈을 감은 채 머리를 가로저었다.

"안 되겠어. 이 자식 지문을 찍어. 순순히 불 놈이 아니야. 여기서 시간 낭비할 필요 없어."

형사 한 명이 병원에서 백지와 인주를 빌려와 양쪽 엄지 손가락의 지문을 찍을 때까지도 환자는 눈을 감고 있었다.

"사고 차 속에 이런 게 들어 있었습니다."

밖으로 막 나가려던 형사들은 안으로 들어선 젊은 형사가 내미는 낡은 가방을 바라보았다. 가방 안에는 각종 연장들이 들어 있었다.

"시체를 토막 내는데 사용한 연장들 같습니다."

"그렇군. 어느 좌석에 있었지?"

"뒷좌석에 있었습니다."

배가 나온 형사는 가방 속을 찬찬히 들여다보고 나서 환자 쪽으로 시선을 돌렸다.

"이봐, 눈 떠봐. 이거 당신 거 아니야?"

사내는 사팔뜨기 눈으로 형사가 쳐들어 보이는 가방을 힐끗 올려다보더니 고개를 흔들었다.

"아, 아닙니다!"

그리고 나서 그는 도로 눈을 감았다.

"아니라고? 좋아!"

배가 나온 형사가 장갑을 끼는 것을 보고 안경 낀 형사가 재빨리 면장갑 낀 손으로 대신 가방 속을 뒤지기 시작했다.

가방 속에는 조그만 주머니가 하나 달려 있었다. 지퍼를 열자 안에서 면장갑, 동전, 라이터, 지갑 같은 것들이 나왔다. 지갑을 열어본 형사의 두 눈이 안경 너머로 번쩍 하고 빛났다. 그는 그 안에 들어 있는 것을 꺼내 상사에게 내밀었다. 그것은 주민등록증이었다. 그것을 받아서 들여다본 형사는 회심의 미소를 지었다. 그는 그것으로 환자의 눈을 찔렀다.

"임마, 눈 떠봐! 너 정말 잘 걸렸다! 이래도 잡아뗄 거야?"

사팔뜨기 사내는 자신의 사진이 붙어 있는 주민등록증을 올려다보고는 미동도 하지 않았다.

"시체를 토막내는 일은 아무나 할 수 있는 일이 아니야. 미친 놈이든가 아주 잔인무도한 전문가가 아니고는 할 수가 없는 일이야. 넌 어느 쪽이냐? 넌 전문가 쪽이냐? 내가 볼 때 넌 미친 것 같지 않은데?"

그의 말이 끝나기가 무섭게 사내가 몸을 떨어대기 시작했다. 짐승 같은 신음을 토하면서 몸을 뒤틀고 팔다리를 허우적대기 시작했다. 입에서는 거품까지 흘러나오고 있었다.

"육갑하는군."

배불뚝이 형사는 냉소어린 표정으로 중얼거리고 나서 갑자기 소리를 버럭 질렀다.

"네가 모두 토막 낸 거지? 그 대가로 1천5백만 원을 받은 거지? 김봉채! 미친 척하지 말고 말해 봐!"

그러나 사팔뜨기 사내의 발작은 더욱 격렬해지고 있었다.

"심상치가 않은데요."

형사의 연락을 받고 간호사와 의사가 달려왔다.

"이거 왜 이러죠? 눈까지 뒤집고…… 이 사람 이러다 죽는 거 아닙니까?"

의사는 간호사에게 주사를 놓으라고 지시한 다음

"간질인 것 같은데요."

하고 중얼거렸다.

"잘 지켜. 자해할지도 모르니까."

배불뚝이와 안경은 고개를 흔들면서 병실을 나왔다.

"토막시체들 말이야. 지문을 모두 찍어서 신원을 조회하라구."

"알겠습니다."

위조 전문가

수사본부 안은 그 어느 때보다도 착 가라앉은 분위기 속에 싸여 있었다. 그전처럼 소란스러움도 없었고, 열을 내어 큰 소리로 이야기를 나누는 사람도 없었다. 점심식사 후의 나른함과 그 때문에 밀려드는 졸음, 숨 막히는 무더위, 풀릴 것 같으면서도 풀리지 않는 사건의 매듭이 실내 분위기를 그렇게 만들어놓고 있었던 것이다.

마 형사는 숫제 책상 위에 두 다리를 걸치고 얼굴을 신문지로 덮은 채 낮잠을 즐기고 있었다. 그러나 잠속에 완전히 빠져 있는 것은 아니었다. 그는 반수면 상태 속에서 사건의 매듭과 씨름을 벌이고 있었다.

"증거가 없어…… 증거……."

그의 중얼거리는 소리를 듣고 옆에 있던 형사들이 킬킬거리고 웃었다.

"저러다가 돌아버리는 거 아니야."

"직업은 못 속인다니까."

형사들은 작은 소리로 속삭이고 나서 다시 킬킬거렸다.

그들 가운데서 오직 한 사람만이 심각한 표정으로 앉아 있었다. 김영대를 만나기 위해 자신 있게 부산까지 내려갔다가 허탕을 치고 느닷없이 김영대의 부인하고 불륜 관계를 맺고 올라온 강 형사였다. 그는 김영대의 부인이 어떻게 나올지 몰라 속으로 은근히 불안한 한편으로 자신의 실패를 만회해 보려는 욕심 때문에 속이 편치가 않았다.

"어떻게 된 게 범인이 먼지 붙잡히고 피살자는 신원은 오리무중이야."

석간신문을 보고난 염 형사가 그것을 책상 위에 내던지면서 뱉은 말이었다.

석간신문 사회면에는 엽기적인 살인 사건 기사가 실려 있었다. 그것은 사회면 거의를 차지할 정도로 크게 실려 있었다. 다행히도 그것은 다른 서의 관할구역에서 발생한 것이었기 때문에 그들은 강 건너 불 보듯 단순한 흥미를 가지고 그 신문기사를 보았을 뿐이었다.

"토막사건은 가끔씩 있지만, 두 명을 한꺼번에 그것도 남녀 두 명을 한꺼번에 토막내어버린 것은 지금까지 아마 없었을걸. 남 형사 어때?"

"네, 아마 그럴 겁니다."

남 형사는 막 눈을 감으려다 말고 대답했다.

강 형사는 손을 뻗어 신문을 집어 들었다. 이미 그 살인 사건 기사를 읽어보았지만, 다시 한 번 보기 위해 사회면에 시선을 박았다.

피살자들의 신원이 밝혀지지 않은 것은 신원을 알아낼 수 있는 단서 같은 것이 하나도 없기 때문이었다. 살인자들은 심지어

손가락의 지문까지 모두 도려내어 하수구에다 버렸던 것이다.

살인자들 중 살아남은 한 명은 시종 입을 다물고 있었다. 그가 입을 열어 주기만 해도 피살자들의 신원을 알 수 있을 텐데 그는 시종 모른다고만 말하고 있었다.

혼자 살아남은 김봉채…… 그는 좀 괴이한 사내였다. 주민등록증상의 나이는 42세이지만 실제로는 훨씬 더 늙어보였다. 주민등록증상의 주소는 10여 년 전의 것으로 산비탈의 움막이었는데 지금은 철거되어 잡초만 무성히 자라고 있을 뿐이었다. 현재 그가 살고 있는 주소는 본인이 입을 다물고 있어서 알 수가 없었다. 그는 일정한 주소도 없이 떠돌이 생활을 하고 있다고만 대답했다. 가족도 없다고 했다.

경찰은 그가 시체를 토막 낸 장본인이라 생각하고 그 솜씨가 탁월한 데 주목했다. 토막 내어진 시체를 검사한 결과 그것은 그런 일을 많이 해본 전문가의 솜씨임이 분명했다. 그래서 경찰은 그를 도살자라고 불렀다. 그리고 그에 대한 수사를 강화하고 있었다. 경찰이 도살자의 사진을 공개한 것을 보면 그에 대한 정보를 기다리고 있음이 분명했다.

살인자로 생각되는 3명 가운데 차 사고로 죽은 두 명의 신원은 쉽게 드러났다. 그들은 신원을 알아낼 수 있는 여러 가지 단서들을 갖춘 채 죽었던 것이다. 몸에 지닌 증명들과 지문, 그리고 사고차 등이 그것이었다.

운전석에서 죽은 사내의 이름은 한명기였다. 그는 두 개의 주민등록증을 지니고 있었는데 허종달이라는 이름으로 되어 있는 것은 가짜였다. 그는 폭력과 사기 전과가 다섯 번이나 되는 사내였다.

운전석 옆자리에서 죽은 조그만 사내 역시 주민등록증을 두 개나 지니고 있었다. 그런데 그 두 개가 모두 진짜였다. 사진은 물론 동일 인물이었고 그 밖의 사항은 모두 달랐다. 하나는 서문구라는 이름으로 되어 있었고 다른 하나는 임노태라고 되어 있었다. 서문구 쪽은 전과 하나 없이 깨끗했다. 그러나 임노태 쪽은 전과가 꽤 많았다. 임노태 쪽은 위조와 사기 전과가 8건이나 되었다. 경찰은 임노태를 그의 본명으로 보았다. 수소문한 결과 그는 위조 전문가로 그 방면에서는 대가로 꼽히고 있는 인물이었다.

"위조 전문가가 왜 살인을 했을까? 그것도 토막 살인을?"

강 형사는 기사를 읽다 말고 고개를 갸우뚱했다.

피살자들의 얼굴 역시 신원을 알 수 없게 짓이겨져 있었다.

그 위조 전문가의 본명은 임노태일 가능성이 많았다. 전과가 8범이나 되자 그는 새로운 신분으로 태어날 필요성을 느끼고 서문구라는 새로운 이름으로 주민등록증을 발급받았던 게 아닐까? 물론 그 주민등록증 자체는 위조된 게 아니고 진짜일 것이다. 그것을 발급받는 과정에 문제가 있었을 것이다.

두 개의 주민등록증에 적혀 있는 두 곳의 주소지 가운데서 임노태 쪽 주소에는 현재 다른 사람이 살고 있었다. 서문구 쪽 주소지는 어느 아파트였는데 그곳은 비어 있었다. 경비원과 이웃 주민들의 말을 종합해 본 결과 바로 그곳에서 서문구, 즉 임노태가 살고 있었음이 판명되었다.

경찰은 보다 확실하게 해두기 위해 경비원을 시체가 보관되어 있는 병원에까지 데리고 가 그에게 두 구의 시체를 보였다. 그리고 중환자실에 누워 있는 사팔뜨기 사내도 보였다. 다행히도 그 경비원은 그들을 모두 알아보았다.

그 경비원의 말에 의하면 임노태는 1510호에서 어떤 젊은 여자와 단둘이서 살고 있었는데 어제 아침 낯선 남자 두 명과 함께 아파트에서 나와 차에다 배낭을 싣고 갔다고 했다. 여자는 물론 보이지 않았고 세 사람 모두 등산복 차림이라 산에 가는 줄로만 알았다는 것이었다. 그런데 그들은 떠났다가 도로 돌아와 배낭을 진 채 집에 들어가더니 얼마쯤 있다가 다시 배낭을 지고 나와 차를 타고 사라졌다고 했다.

경찰은 1510호에서 많은 증거물들을 확보해 놓고 있었다. 세 명의 사내들이 그곳에서 두 명의 남녀를 토막 살해했음이 움직일 수 없는 사실로 드러나고 있었다. 그러나 피살자들의 신원은 여전히 드러나지 않고 있었다.

"전화 받으라구."

선배 형사의 말에 강 형사는 신문에서 눈을 떼고 수화기를 받아 들었다.

"여자야. 목소리가 매력적인데 그래."

선배 형사가 관심을 보이며 말했다. 강 형사는 수화기를 귀에 갖다댔다.

"네, 강인재입니다."

"안녕하세요?"

끈적끈적함이 느껴지는 젊은 여인의 목소리가 바로 곁에서 속삭이듯이 들려왔다.

"누구십니까?"

강 형사는 약간 어리둥절해서 물었다.

"어머나, 벌써 잊으셨어요! 정말 섭섭해요. 저 하종미예요! 그래도 모르세요?"

강 형사는 멍하니 있었다.

"부산이란 말이에요!"

"아, 네네…… 알고 말구요. 난 또 누구시라고……."

드디어 올 것이 오고야 말았구나 하고 그는 생각했다.

"어쩜 그럴 수가 있어요. 벌써 목소리까지 잊다니……. 전 잊지 않고 있단 말이에요."

그녀가 원망스럽다는 듯이, 그러나 다분히 애교가 철철 넘치는 목소리로 말했다.

"아, 잊은 게 아니라 갑자기 전화가 와서……."

당황한 그는 그렇게 얼버무리면서 전화를 건네준 선배 쪽을 힐끗 쳐다보았다. 선배 형사는 입가에 미소를 띤 채 그를 흘겨보고 있었다.

"갑자기 전화 걸어서 놀라셨어요?"

"아, 아니요."

"괜히 전화 걸었나 보죠?"

이런 빌어먹을. 강 형사는 속으로 중얼거렸다.

"아, 아닙니다."

"목소리 듣고 싶어서 전화 걸었어요."

가슴을 기름으로 적시는 것 같은 끈적끈적한 목소리에 그는 소름이 끼치는 것을 느끼면서 마른침을 꿀꺽 삼켰다.

"미안합니다. 지금 좀 바빠서…… 나중에 제가 전화를 걸겠습니다."

"전화 꼭 걸어 주시는 거죠?"

"네네, 그럼요. 참, 아빠는 아직 소식 없습니까?"

"없어요. 그런데 말씀드릴 게 있어요."

그녀의 목소리에서 끈적끈적함이 사라지는 것 같았다.

"네, 뭡니까?"

"혹시 신문에 난 토막 살인 사건 읽어보셨어요?"

강 형사는 어리둥절했다.

"네, 읽었습니다."

"저도 읽었어요. 여기 신문에도 났어요. 혹시 강 형사님이 그 사건 맡지 않으셨어요?"

"아닙니다. 우리하고는 관할이 다릅니다."

"그럼 그 토막시체 못 보셨겠군요?"

"네, 보지 못했습니다."

이 여자가 지금 무슨 헛소리를 지껄이고 있을까 하고 그는 생각했다.

"토막시체 가운데 남자 말이에요. 신문기사를 보니까 지문하고 얼굴을 모두 못 알아보게 만들어버렸기 때문에 신원이 밝혀지지가 않았다면서요?"

"네, 그런 모양입니다. 그 사건에 관심이 있으신가 보죠?"

"아니, 그게 아니라…… 생각만 해도 끔찍해요. 그런데 죽은 사람 가운데 남자 쪽 말이에요. 신문에 난 걸 보니까 왼쪽 발등에 흉터가 있다고 했는데…… 우리 그이도 발등에 큰 흉터가 있거든요. 그럴 리가 없겠지만 혹시나 해서 전화 걸었어요."

번개처럼 스쳐가는 예감에 강 형사는 바짝 긴장했다.

"김영대 씨 발등에 말입니까?"

"네, 그래요. 아주 큰 흉터예요."

"흉터가 어떻게 생겼나요?"

"글쎄요. 전복처럼 생겼다고나 할까…… 아무튼 발등을 거의 덮고 있어요. 그리고 붉은 색깔을 띠고 있어요. 어릴 때 끓는 물이 발등에 쏟아지는 바람에 그렇게 됐대요."

"알겠습니다. 한번 알아보겠습니다."

"그럴 리야 없겠지만…… 한번 알아봐 주세요. 그리고 집으로 연락해 주세요."

"알겠습니다."

그는 시계를 들여다보고 나서 다시 말했다.

"두 시간 후에 연락드릴 테니까 댁에서 기다리고 계십시오."

전화를 끊자마자 그는 살인 사건 기사를 다시 훑어보았다. 그리고 분명히 거기에 하종미의 말대로 흉터에 대한 언급이 있는 것을 확인하고는 부리나케 밖으로 뛰쳐나갔다. 선배 형사가 뒤에다 대고 무슨 일이냐고 물었지만 그는

"잠깐 나갔다 오겠습니다."

라고만 말하고는 뒤도 안 돌아보고 달려갔다.

토막시체와 살인자들의 시체는 처음에는 춘천에 있는 병원에 보관되어 있다가 사건의 무대가 서울로 밝혀짐에 따라 지금은 서울의 경찰병원으로 옮겨와 있었다.

이미 부검이 끝난 상태였기 때문에 그것들은 보관실에 냉동 상태로 안치되어 있었다.

강 형사는 소정의 절차를 밟은 다음에야 피살체에 접근할 수가 있었다.

남자 토막시체는 토막 난 것들을 맞추어 놓았기 때문에 그런대로 제 모습을 보여 주고 있었다. 강 형사는 소름이 끼칠 정도로 싫었지만 한편으로는 호기심과 함께 어쩌면 자신이 사건 해결에 결정적인 역할을 하게 될지도 모른다는 생각 때문에 두 눈을 부

릅뜨고 시체를 덮고 있는 시트를 걷어냈다.

머리 쪽에서부터 시트를 걷어내던 그는 목이 잘린 부위가 보이자 얼른 고개를 돌려버렸다. 금방이라도 토할 것 같은 것을 심호흡으로 간신히 억제하고 나서 그는 다시 시체 쪽으로 시선을 돌렸다.

시트를 걷어 내릴수록 시체는 더욱 참혹해 보였다. 너무 끔찍해서 차마 눈뜨고 볼 수 없을 정도였다. 그는 몇 번씩이나 고개를 돌렸다가는 다시 그것을 내려다보곤 했다.

마침내 발에 덮여 있는 시트를 걷어냈을 때 그의 두 눈은 지금까지와는 달리 도전적인 빛을 띠고 있었다. 그는 더 자세히 보기 위해 맞은편 쪽으로 돌아간 다음 왼쪽 발등을 한동안 뚫어지게 들여다보았다.

두 다리는 무릎 아래 정강이 상부에서 잘려나가 있었는데 하종미의 말대로 왼쪽 발등에는 불그스레하게 생긴 흉터가 있었다.

잔뜩 흥분해서 밖으로 나온 그는 부산의 하종미한테 전화를 걸었다. 하종미는 기다렸다는 듯이 전화를 받았다.

"보셨어요?"

"네, 봤습니다. 왼쪽 발등에 흉터가 있었습니다."

"제가 말한 것하고 비슷해요?"

그녀가 숨 가쁘게 물었다.

"글쎄요, 크고 불그스레한 것이 아주 흉측했습니다."

"그렇다면 비슷해요."

그녀의 목소리가 처음으로 떨려나왔다.

"그이가 맞는가 봐요."

그녀의 목소리는 막 울음소리로 바뀌려하고 있었다.

"아직 뭐라고 단정을 내릴 수는 없습니다. 흉터만 가지고는 안 됩니다. 발등에 그런 흉터가 있는 사람이 어디 한둘입니까. 일단 서울로 올라와서 직접 확인해 보시는 게 어떻겠습니까?"

"물론 그래야죠. 그런데 지금 생각해 보니까 특징이 또 하나 있어요."

"네, 무슨 특징입니까? 그런 것은 많을수록 좋습니다."

"오른쪽 젖꼭지 밑에 까만 점이 하나 있어요. 그리고…… 아래 거기에 알 같은 게 박혀 있어요."

"거기라니요?"

"아이, 거기 말이에요."

"페니스 말입니까?"

"네……."

그녀가 킥 하고 웃었다.

"겉으로 볼 때는 모르지만 만져보면 알 수 있어요."

"알겠습니다. 그밖에 또 다른 특징이 있습니까?"

"그것 말고는 별로 없어요."

"그 정도면 됐습니다. 다시 확인해 보고 나서 전화 드리겠습니다. 외출하지 말고 기다리고 계십시오."

강 형사는 다시 발길을 돌려 시체 보관실로 들어갔다.

얼마 후 강 형사는 의기양양한 모습으로 수사본부의 문을 밀치고 들어섰다.

"김영대의 소재를 알아냈습니다. 지금 시체 보관실에 누어 있습니다."

흐트러져 있던 실내 분위기가 그 한 마디에 갑자기 찬 물을 끼얹은 듯 조용해졌다.

"토막 살인 사건의 피살자가 바로 김영대로 밝혀졌습니다. 아직 아무도 모릅니다."

그는 자랑스럽게 말하면서 마 형사 쪽을 슬쩍 쳐다보았다.

마 형사는 책상 위에 웅크리고 있다가 무겁게 눈을 치켜뜨고 강 형사를 쏘아보았다. 무슨 뚱딴지같은 소리를 하느냐는 표정이었다.

"무슨 소릴 하고 있는 거야?"
하고 남 형사가 물었다.

"김영대는 피살됐습니다. 이번에 토막 살해된 두 남녀 중 남자 쪽은 김영대가 틀림없습니다. 그, 그러니까……."

강 형사가 너무 흥분한 나머지 말을 더듬는 것을 보고 형사들이 웃었다.

"흥분하지 말고 차근차근 말해 봐. 그러니까 뭐가 어떻게 됐다는 거야?"

그들은 신출내기 형사의 흥분해 하는 모습을 재미있다는 듯 쳐다보기만 할 뿐 그의 말을 곧장 받아들이려고 하지 않았다.

"지금 김영대의 시체를 확인하고 오는 길입니다. 아까 그 부인한테서 전화가 왔었는데…… 토막사건의 피살자가 김영대 같다는 거였습니다."

"그 여자 말만 믿고 그게 김영대라고 단정했단 말이야?"

남 형사가 힐난하듯 물었다.

"아, 아닙니다. 그 여자가 여러 가지 신체 특징들을 말해 줬습니다."

"그 특징이란 게 도대체 뭐야?"

"왼쪽 발등에 불에 덴 흉터가 크게 남아 있고…… 오른쪽 젖꼭지 밑에 까만 점이 하나, 그리고 페니스에 알 같은 게 박혀 있다고 말했습니다. 그래서 달려가서 확인해 봤더니 틀림없이 그 자리에 그런 게 있었습니다. 그 여자한테 비행기 타고 즉시 올라오라고 했습니다."

그때까지 아무 말 없이 웅크리고만 있던 마 형사가 천천히 상체를 뒤로 젖혔다. 그리고 팔짱을 끼면서 강 형사를 쏘아보았다.

실내는 금방 무거운 긴장감과 침묵으로 덮였다. 사내들의 얼굴에서도 이미 미소는 사라져 있었다.

"피살자의 페니스를 직접 만져봤어?"

마 형사가 처음으로 무뚝뚝하게 물었다. 킥 하는 웃음소리가 구석 쪽에서 들리다가 말았다.

"네, 직접 만져봤습니다. 틀림없이 콩알 같은 게 피부 속에 들어 있었습니다."

"그게 뭔지 알아?"

남 형사가 웃지도 않고 물었다. 강 형사는 머리를 저었다.

"그건 말이야, 여자를 녹여 주기 위해 일부러 수술해서 집어넣는 거야. 저절로 생긴 게 아니고 일부러 집어넣은 거란 말이야. 그러니까 돌출된 그것이 여자를 자극해대는 거지. 여자가 거기에 맛들이면 환장한다구. 제비족 같은 건달들이 그런 수술을 한다구. 강 형사도 한번 해 봐. 아마 여자들이 안 떨어질걸."

"쓸데없는 소리 작작 하라구!"

마 형사가 남 형사 쪽을 흘기면서 핀잔을 주자 그는 얼른 입을 다물었다. 킥킥거리던 웃음소리가 사라지자 염 형사가 끼어들었다.

"강 형사 말이 사실이라면 빨리 가서 확인해 봐야 하지 않을까? 내 생각에는 범인이 스스로 함정을 판 것 같은데……."

"기다려. 일차 확인은 강 형사가 했으니까 여자가 올 때까지 기다려. 그리고 그 신문 이리 가져와 봐."

마 형사의 한 마디에 부풀어오르던 분위기가 다시 썰렁하게 가라앉았다.

강 형사가 신문을 갖다 주자 마 형사는 토막 살인 사건 기사에 눈을 박았다. 그것을 빠짐없이 자세히 읽고 나서 그는 그것을 오려 주머니에 넣고 일어섰다.

"조 형사와 염 형사는 강 형사하고 시체실에 다녀와. 여자가 올 때까지 기다렸다가 함께 가서 확인하란 말이야."

그는 점퍼를 집어 들고 남 형사한테 턱짓을 보냈다.

"따라와."

"어디 가십니까?"

마 형사는 아무 대꾸도 하지 않고 밖으로 나가더니 낡은 차에 올랐다.

"위조 전문가의 집에 가는 거야."

차를 출발시키면서 비로소 그가 말했다.

"토막 살인 사건 현장 말입니까?"

"그래, 아파트 말이야."

차가 덜컹거리며 앞으로 달려 나갔다.

"강 형사 말을 믿으십니까?"

남 형사가 불만스러운 듯 물었다.

"자넨 믿지 않나?"

"글쎄요, 아직은…… 그 여자의 확인이 끝나지 않았지 않습니까?"

"확인하나마나야. 강 형사의 말을 믿을 수밖에 없게 됐어. 그건 사실일 거야."

남 형사는 팔짱을 끼고 앞을 노려보았다.

"강 형사가 숨통을 터줬어. 위조 전문가가 왜 김영대를 살해했을까? 이제부터 그 점을 밝혀내야 할 거야."

마 형사는 차를 몰고 가면서 계속 혼잣말처럼 중얼거리고 있었다.

차 사고로 죽은 위조 전문가의 아파트는 태풍이 한번 휩쓸고 지나간 후의 고요 속에 잠겨 있었다.

마 형사 일행이 집 안으로 들어갔을 때 거실에는 관할서의 형사 네 명이 앉아 있었다.

"야아, 고 반장, 오랜만이야."

"정말 오랜만인데……."

마 형사는 관할서의 형사반장과 반갑게 악수를 나누었다.

관할서의 고 반장은 마 형사처럼 뚱뚱했고, 그들은 서로 잘 아는 처지였다. 고 반장은 마 형사가 갑자기 나타나자 꽤나 놀라는 기색이었다.

"여긴 어쩐 일이야?"

"놀러왔지. 냄새가 많이 나는군. 저 안에서 칼질을 했나?"

마 형사가 욕실 쪽을 턱으로 가리키자 고 반장은 고개를 끄덕였다.

"여긴 웬일이야?"

고 반장은 마 형사가 불쑥 나타난 것이 아무래도 이상한 모양이었다. 마 형사는 그에게 담배를 권하고 나서 자신도 한 대 피워 물었다.

"아무래도 토막사건은 우리가 맡아야 할 것 같아."

"그게 무슨 말이야?"

관할서의 수사관들이 눈을 휘둥그렇게 뜨고 마 형사를 쳐다보았다.

"피살자 신원 밝혀냈나?"

"여자 쪽은 그런대로 심증이 가는데 남자 쪽은 모르겠어."

"남자 쪽은 우리가 찾고 있던 인물이야. 김영대라는 놈인데 살인 용의자로 체포되었다가 얼마 전에 무혐의로 풀려났지. 그 부인의 확인이 아직 남아 있긴 하지만…… 거의 확실한 것 같아."

그는 피살자의 신원을 알게 된 경위를 고 반장에게 설명해 주었다. 고개를 끄덕이며 듣고 있던 고 반장은 이야기를 모두 듣고 나더니

"틀림없군. 알아보나마나야."

하고 말했다.

"우리가 골치 아프게 됐어."

"우리는 손을 털게 돼서 한숨 놓이는데……."

고 반장이 즐거워하면서 두 손을 마주비벼대자 그의 부하들의 얼굴에도 웃음꽃이 피어올랐다.

"죽은 여자는 누구야?"

"여기서 위조 전문가하고 동거생활하던 여자 같아. 경비원 말로는 그저께 밤에 새벽 2시쯤에 여자가 들어가는 것을 봤는데 그 이후로는 보지 못했다는 거야. 여자가 몰고다니는 차는 그대로 주차장에 있어. 이리 와서 보라구."

고 반장은 창가로 다가서더니 창문을 열고 베란다로 나갔다.

"바로 저 차야. 왼쪽에서 세 번째에 있는 파란색 차야."

그들은 도로 거실로 들어왔다.

"신원은 밝혀졌나?"

"음, 양방희라는 이름으로 차가 등록되어 있었어. 동사무소에는 주민등록이 되어 있지 않았고 관리실에는 정우희라는 이름으로 올려져 있었어. 조사해 보니까 사기전과가 두 건 있더군. 바로 이 여자야."

고 반장은 주머니에서 사진 뭉치를 꺼냈다.

"다행히 이게 집 안에 있었어. 한번 보라구. 볼만하다구."

마 형사는 그것을 받아 하나하나 유심히 들여다보았다.

"볼만하지?"

"음, 볼만한데……."

마 형사는 고 반장의 웃음소리를 들으며 숨을 죽였다.

사진의 주인공은 빼어난 미모를 지닌 젊은 여성이었다. 미모와 함께 육체미도 뛰어나 있었다. 그것을 과시하기라도 하듯 요염한 포즈를 취한 채 나체로 찍은 사진들이 몇 장 있었다.

"야, 근사한데요."

남 형사가 침을 삼키며 말했다.

"이 두 사람이 여기서 동거생활을 하고 있었어. 경비원과 주민들이 증언해 주었으니까 틀림없어."

고 반장은 남녀가 함께 찍은 사진을 손가락으로 가리키면서 말했다.

사진 속의 두 남녀는 다정하게 앉아 있었다. 술집 같은 데서 찍은 것인 듯 그들의 앞에 있는 테이블 위에는 술병들이 놓여 있었고 남자는 취기어린 표정으로 여자의 어깨를 감싸안은 채 입에 담배를 물고 있었다.

"이자가 바로 위조 전문가인 임노태인가?"

마 형사는 안경을 끼고 몸집이 작아 보이는 사진 속의 그 사내를 손가락으로 짚어보였다.

"그래, 일명 서문구이지. 여기 관리실과 동사무소에는 서문구라고 등록되어 있었어. 하지만 위조 세계에서는 임노태로 많이 알려진 인물이야."

"양방희와 정우희중 어느 쪽이 이 여자의 본명인가?"

"글쎄, 확실하지는 않지만 정우희가 본명일 가능성이 많아. 자동차 등록은 양방희로 되어 있었어. 하지만 그 이름에는 전과기록이 없었어. 사기 전과기록은 정우희라는 이름이 가지고 있었어. 그러니까 정우희 쪽이 본명이 아닐까 생각되는데 확실하지는 않아."

"양방희라면 김영대가 여러 차례 들먹인 여자가 아닙니까? 자신의 알리바이를 증명해줄 수 있는 유일한 여자라고 몇 번이나 말했지만 우린 그 말을 믿지 않았죠."

"그래, 나도 그 생각을 하고 있었어."

"고리가 풀리나?"

고 반장이 물었다.

"글쎄, 어느 정도…… 처음에는 김영대라는 자를 용의자로 검거했었지. 그자는 알리바이를 증명할 수 없었어. 양방희라는 여자가 그것을 증명할 수 있다고 했지만 그 여자를 찾을 수가 없었어. 우리는 그 여자가 가공 인물인줄 알았지. 나중에 김영대는 풀려났지만…… 지금 생각하니까 풀려나자마자 양방희를 찾으러 다닌 것 같아."

"그렇다면 결국 김영대는 양방희를 찾아냈고, 그녀의 집에서 살해됐다는 결론이 나오는군."

하고 고 반장이 말했다.

마 형사는 고개를 끄덕였다.

"그렇지."

"김영대는 자신이 함정에 빠졌다고 몇 번이나 말했습니다. 자신을 살인범으로 만들기 위한 함정에 자신이 빠졌다고 말했습니다. 그리고 양방희가 그 함정 속으로 자신을 이끌어 들인 장본인이라 생각하고 그 여자를 찾아달라고 했습니다. 하지만 우리는 그 여자를 찾을 수가 없었습니다. 양방희라는 이름이 한둘이라면 몰라도…… 그리고 김영대가 아무렇게나 둘러댄 가공인물이라고 생각했었기 때문에 애써서 찾을 생각을 하지 않았습니다."

남 형사가 손짓을 해가며 말했다.

"풀려난 김영대는 복수하기 위해 양방희를 찾아다녔겠군."

고 반장이 몸을 일으키면서 말했다.

"그렇죠. 제 생각에는 미친 듯이 찾아다녔을 거라고 생각합니다."

마 형사가 손을 들어 남 형사의 다음 말을 가로막았다.

"그 성격으로 봐서 양방희를 죽이려고 했을 거야. 그런데 오히려 그녀의 집에서 당했어. 뿐만 아니라 양방희까지 피살됐단 말이야. 임노태의 일당한테 당한 게 분명한데 왜 양방희까지 잔인하게 죽였을까?"

"김영대가 먼저 양방희를 죽이자 임노태 일당이 김영대를 죽인 게 아닐까요?"

"글쎄, 그럴 수도 있지."

"옥상에 한번 올라가 보라구. 참고될 만한 게 있을 거야. 거기서 한바탕 결투가 있었던 것 같아."

고 반장이 앞장서서 나가면서 말했다.

"페인트공이 옥상에다 창고 같은 가건물을 만들어 놓았는데 그동안 비가 와서 일을 못했대. 그저께 아침에 날이 갰기 때문에 옥상에 올라가봤더니 난장판이 되어 있었다는 거야. 경비원이 처음 들려준 이야기야. 나중에 페인트공도 만나봤어."

옥상은 오후의 뙤약볕 속에서 뜨거운 열기를 받아 후끈거리고 있었다.

"페인트공은 다행히 현장을 치우지 않고 그대로 보존해 두었어. 뭘 좀 아는 친구였어."

옥상의 가건물 주위에는 새끼줄이 쳐져 있었다. 고 반장은 잠겨 있는 문을 열고 안으로 들어갔다.

첫눈에도 거기에는 격렬한 싸움이 있었음을 말해 주는 흔적이 고스란히 남아 있었다. 바닥에는 온통 흰 페인트칠과 함께 핏자국이 남아 있었고, 페인트통, 플래시, 철사줄, 반창고, 부러진 각목, 화장품, 거울, 라이터 따위가 제멋대로 널려 있었다.

"보다시피 이건 여자와 남자가 싸운 흔적이 아니야. 남자대 남자가 목숨을 걸고 결사적으로 싸운 흔적이란 말이야. 시체를 부검한 결과 남자는 흉기에 가슴을 찔린 게 결정적인 사인이었어. 여자는 질식사였고. 토막을 낸 것은 죽은 뒤의 일이었고, 그전에 그들은 다른 요인에 의해 목숨을 잃었단 말이야."

고 반장은 주머니에서 잭나이프를 꺼내들었다.

"이건 여기에 떨어져 있던 것인데 검사를 하려고 가져갔었지. 지문이 나왔기 때문에 지금 알아보고 있어. 이 나이프에는 혈흔이 없어. 그러니까 이건 피살자가 들고 있었던 거라고 봐야겠지. 김영대라는 자가 잭나이프를 들고 있었으면서도 흉기에 찔려 죽은 걸 보면 피살자와 살인범은 여기서 서로 흉기를 들고 결투를 벌인 게 분명해. 그리고 여기 화장품하고 손거울이 있는 걸로 봐서 여자도 함께 있었던 게 틀림없어."

그는 한 주먹이나 되는 머리칼을 집어 들었다.

"이건 여자 머리칼이야. 죽은 여자의 것하고 일치해. 이런 게 여기 이렇게 많이 빠져 있는 걸 보면 여자가 여기서 누군가에게 폭행을 당한 게 분명해. 그런데 여자는 여기서 죽지 않았단 말이야. 목이 졸린 흔적이 있고 폐 속에 물이 가득 차 있는 것으로 보아 목이 졸린 채 물 속에 처박힌 것 같아. 집 안의 욕조가 아니고는 이 주위에서는 물 속에 처박혀 죽을 만한 곳이 없어. 자, 그리고 이걸 보라구."

고 반장은 밖으로 나가면서 출입구 바닥을 구두 끝으로 가리켰다.

거기에는 페인트와 핏자국이 바깥쪽으로 쓸려나간 흔적이 남아있었다.

"이건 무거운 것을 끌고 나간 흔적이야."

"바깥에는 흔적이 없는데?"

"그럴 수밖에 그날 밤 비가 억수로 쏟아졌거든. 비에 모두 씻겨 나갔어. 비에 씻기지 않은 부분은 그대로 남아 있어. 이쪽으로 와 보라구."

고 반장은 옥상을 벗어나 계단 쪽으로 다가갔다.

"여길 보라구. 핏자국하고 페인트 자국이 남아 있지 않아? 닦아버려서 얼른 눈에 띄지 않지만 자세히 보면 보인다구. 급해서 대강 닦아버린 거야."

옥상에서 아파트로 내려가는 계단 초입을 찬찬히 살펴보니 고 반장의 말대로 과연 핏자국과 페인트 자국이 육안에 뜨일 정도로 희미하게 남아 있는 것이 보였다.

계단을 한번 꺽어내려가자 1509호와 1510호가 나왔다. 두 집은 서로 마주보고 있었고 그 앞에는 공간이 있었다. 마 형사는 1510호 앞을 아무리 살펴보았지만 거기에는 아무 흔적도 남아 있지 않았다.

"여기에는 아무 자국도 없는데?"

"집 앞은 깨끗이 닦아냈기 때문에 육안으로는 보이지 않아. 그래서 루미놀을 뿌려보았지. 그랬더니 저 위에서부터 집 앞까지 뚜렷이 반응이 나타났어."

"더 아래는 반응이 나타나지 않았나?"

"나타나지 않았어. 이 집 앞에서 그쳤어."

고 반장은 출입문을 열었다. 모두 안으로 들어오게 한 다음 문을 닫자 빛이 들어오지 않아 꽤 어둠침침했다.

"현관은 숫제 핏자국 투성이야."

현관의 전등을 켜자 현관 바닥에 핏자국과 페인트 자국이 뒤엉켜 있는 것이 보였다.

"여기는 닦지도 않았어."

루미놀은 혈흔을 찾아내기 위해 사용하는 화학물질이다. 범인이 현장을 은폐하기 위해 아무리 핏자국을 깨끗이 닦아낸다 해도 거기에 1만 배의 희석 혈액이 남아 있을 경우 루미놀 용액을 뿌리면 강한 형광의 빛을 발하게 된다. 마치 여름밤 보게 되는 반덧불처럼.

고 반장은 마 형사 일행을 뒤편에 있는 다용도실로 데리고 갔다. 거기에는 페인트로 뒤범벅된 옷뭉치가 있었다.

"피살된 두 사람의 옷이야. 토막을 내기 전에 옷을 모두 벗긴 다음 여기에다 갖다놓은 것 같아."

남 형사가 그 옷가지들을 들춰보았다. 남자 옷과 여자 옷이 뒤엉켜 있었는데 거기에는 내의도 섞여 있었다.

"여자 옷은 숫제 페인트로 떡이 되어 있는데요. 그리고 이걸 보십시오."

그는 여자 옷을 쳐들어 보였다. 그것은 원피스였는데 여기저기에 구멍이 뚫려 있었다.

"이건 담뱃불로 뚫은 것 같은데요."

"담뱃불로 지진 것 같아. 여자 시체를 검사해 봤더니 여기저기에 담뱃불로 지진 자국이 남아 있더라구. 그러니까 옷을 입고 있는 여자를 옷 위로 담뱃불로 지진 거야."

"고문을 가했군."

하고 마 형사는 중얼거렸다.

"여자는 살해당하기 전에 아주 혹독하게 당한 것 같아."

"도대체 왜 비가 쏟아지는 한밤중에 옥상까지 올라갔을까?"

마 형사의 의문에 고 반장은 다시 옥상에 올라가 보자고 말했다. 그들은 다시 옥상으로 올라갔다.

"빠진 여자 머리카락, 화장품, 거울…… 철사줄, 반창고, 부러진 각목, 라이터…… 이런 것들로 봐서 여자는 여기서 심한 고문을 당했던 것 같아. 1차로 여기서 고문을 받은 다음 아파트로 내려가 욕조 속에 처박혀 살해된 것 같아."

"김영대는 임노태한테 살해됐다치고…… 그럼 여자는 누구한테 살해됐지? 양방희를 찾아낸 김영대는 그 여자를 죽이고 싶었을 거야. 그가 양방희를 옥상으로 끌고가 고문을 가했을 가능성이 커. 임노태가 고문을 가했다면 집 안에서 하지, 굳이 비가 쏟아지는 옥상까지 끌고 가 그 짓을 했을 리가 없지."

"그건 그렇습니다."

남 형사가 마 형사의 말에 동의했다.

"그 다음에 김영대는 왜 그 여자를 끌고 아파트 안으로 들어가 욕조 속에 처박아 살해했을까? 그렇다면 왜 굳이 옥상에서 해치우지 아파트까지 끌고 갔을까?"

"의문은 또 있습니다. 만일 아파트에서 양방희를 살해했다면 그 다음에 김영대는 왜 다시 옥상으로 올라가 흉기에 찔렸을까요? 그가 여기서 격투를 벌이다가 살해당했을 가능성은 여러 가지 증거로 보아서 아주 큽니다. 여기에 있는 핏자국은 양방희가 흘린 피가 아닙니다. 그 여자는 피를 흘리지 않고 질식사했을 뿐입니다. 그렇죠?"

남 형사가 고 반장을 쳐다보자 그는 고개를 끄덕였다.

"핏자국은 김영대의 것으로 밝혀졌어. 검사 결과 김영대의 혈액형과 일치해. 그리고 김영대가 그 여자를 집 안으로 끌고 들어와 살해했을 가능성은 아주 희박해. 왜냐하면 그때 집 안에는 임노태가 자지 않고 그 여자를 기다리고 있었거든."

새로운 사실을 말해 주는 고 반장을 마 형사는 뚫어지게 쳐다보았다. 고 반장은 경비원한테서 들은 이야기를 털어놓았다.

"이제 내 담당이 아니니까 이야기해 주지. 그날 밤 양방희는 자정이 지나 새벽 2시 가까이 되어서야 집에 도착했다는 거야.

경비원이 직접 목격했다니까 틀림없는 사실일 거야. 그런데 한참 지나서…… 그러니까 양방희가 차를 주차시켜놓고 나서 아파트 건물 안으로 사라지고 난 뒤 한참 지나고 나서 경비실로 연락이 왔다는 거야."

인터폰을 통해 경비실로 연락을 취한 사람은 임노태였다. 그의 말인즉슨 자기의 동거녀가 아파트 건물 안으로 들어오는 것을 봤는데 아직까지 집 안으로 들어오지 않았으니 어떻게 된 일이냐는 것이었다.

"그러니까 임노태는 그때까지 자지 않고 여자가 돌아오기를 기다리고 있었다는 이야기이지. 그리고 여자가 차를 주차시켜놓고 들어오는 것을 지켜보고 있었어. 그런데 반시간 넘어 지나도록 집 안에 들어오지 않았다는 거야. 주차장에서 1510호까지는 엘리베이터를 탈 경우 5분도 걸리지 않아. 슬슬 걸어올라온다 해도 10분이면 충분해. 경비원은 이상한 생각이 들었지만 자기가 본 대로 그 여자가 안으로 들어가는 것을 틀림없이 봤다고 말했다는 거야."

"그렇다면 아파트 건물 안으로 들어와서 집에까지 오는 도중에 실종된 거군요?"
하고 남 형사가 물었다.

"그렇지 몇 분 사이에 실종된 거지. 경비원 말로는 남자로부터 한번 인터폰으로 여자가 들어오지 않았다고 연락이 오고는 그 뒤에는 연락이 오지 않았다는 거야. 그 여자는 엘리베이터를 타고 올라오다가 도중에 납치되어 옥상으로 끌려왔을 가능성이 커. 그리고 여기서 고문을 받았겠지."

고 반장의 말에 이어 마 형사가 자기 의견을 말했다.

"여자가 들어오지 않으니까 임노태는 궁금해서 밖에 나가봤을 거야. 그리고 옥상으로 올라왔던 게 아닐까? 집에서 옥상까지는 바로 한 층 상간이니까 어렵지 않게 올라올 수 있지. 뭐라고 할까. 어떤 예감이란 게 있었던가, 아니면 옥상 쪽으로 양방희가 끌려간 흔적 같은 것, 이를테면 신발이 벗겨졌다던가 그밖의 소지품 같은 게 떨어져 있는 걸 보고 옥상으로 올라왔던 게 아닐까?"

"그렇지. 그 가능성이 제일 커. 아마 그랬을 거야. 그래, 바로 그거야."

고 반장이 고개를 크게 끄덕이면서 말했다. 마 형사는 다시 말을 이었다.

"옥상으로 올라온 임노태는 놀라운 광경을 목격했을 거야. 양방희가 고문을 당하고 있는 걸 목격했을 거야. 고문을 가하고 있던 김영대도 임노태를 발견했고……, 그래서 여기서 생사를 건 결투가 벌어졌을 거야. 그 결투에서 김영대가 죽고 임노태는 양방희를 구해내서 집으로 데리고 갔겠지. 그리고 시체를 숨기기 위해 그것도 집 안으로 끌어들였을 거고……."

"거기까지는 저도 이해가 됩니다. 그럼 양방희는 누가 죽였습니까?"

하고 남 형사가 물었다.

"김영대가 죽었으니까 임노태밖에 더 있겠어?"

하고 고 반장이 아무렇지도 않게 말했다.

"그럼 임노태가 양방희를 죽였다는 건가?"

마 형사가 물었다.

"그밖에 다른 사람이 없잖아."

"왜 구해놓고 나서 여자를 죽였지? 더구나 동거하는 여자를 말이야? 이해가 안 되지 않아?"

"우리가 모르는 무슨 이유가 있었겠지. 그래서 여자를 토막까지 내서 버린 거겠지. 그렇지 않으면야……."

마 형사가 급히 밖으로 나가자 다른 사람들도 뒤를 따랐다.

"어디 가는 거야?"

"양방희 차를 좀 살펴봐야겠어."

그들은 옥상을 벗어나 엘리베이터 앞으로 다가섰다.

"임노태는 차가 없나?"

"차가 있긴 하지만 다리를 절기 때문에 임노태는 직접 운전은 안하고 운전기사가 대신 운전을 했대. 그저께 아침에 그 차를 타고 나갔다가 사고가 난 건데 경비원 말로는 운전기사 대신 건장한 사내가 운전하고 나갔다는 거야. 사고로 죽은 두 명중 한 명이 분명해."

그들은 엘리베이터를 타고 아래로 내려갔다.

양방희의 코발트색 차는 며칠 동안 닦지를 않았기 때문에 먼지를 뒤집어쓰고 있었다. 차 문은 모두 잠겨 있었다.

남 형사가 가는 철사를 구해오더니 문틈으로 그것을 밀어넣었다. 조금 후 그가 문고리를 잡아당기자 문이 열렸다.

"야아, 기술 좋은데. 직업을 잘못 선택한 것 같아."

고 반장이 웃으며 남 형사의 어깨를 툭 쳤다.

"이 정도는 보통입니다."

그는 운전석으로 들어가 앉았다.

"자동차 열쇠가 어디로 갔는지 찾을 수가 없어."

"김영대가 여자한테 홀려 함께 타고 다닌 차도 파란색 차라고 했어."

마 형사는 조수석으로 올라갔다.

"자, 그럼 우리는 철수하는 게 좋을 것 같은데……."

고 반장이 손을 쳐들어보였다. 마 형사는 밖으로 손을 내밀어 그와 악수를 나누었다.

남 형사는 운전석 위에 세워져 있는 조그만 액자 속의 사진을 들여다보았다. 그것은 교복 차림의 여고생 모습이었다.

"예쁜데요. 양방희의 여고때 사진인 것 같은데요."

마 형사도 그것을 뚫어지게 들여다보았다.

머리를 양쪽으로 땋아 늘인 여학생은 미소를 머금은 채 그를 바라보고 있었다. 검은 제복과 흰 칼라가 맑은 미소와 함께 투명한 아름다움을 보여 주고 있었다.

"예쁘죠?"

"음, 예쁜데…… "

"이런 소녀가 꿈을 상실한 채 범죄에 얽혀들어 참혹한 죽음을 당하다니…… 도무지 이해가 가지 않습니다."

"차에다 그 당시의 사진을 붙이고 다닌 걸 봐서는 그때의 무지개꿈이 그리웠나보지."

마 형사는 중얼거리면서 액자 속에서 사진을 뽑아냈다. 그리고 손가락으로 그녀의 왼쪽 가슴을 가리켜 보였다. 거기에는 학교 배지가 붙어 있었다.

"어느 여학교인지 알겠어?"

"그걸 봐가지고는 모르겠는데요."

"한번 알아봐. 서울 시내에 있는 여학교라면 어렵지 않게 찾을 수 있을 거야. 여학교때 이름이 진짜 이름이야. 그때 가명을 사용했을 리는 없었을 거 아니야?"

"그렇군요. 역시……."

"위조 전문가하고 동거생활까지 하고 있었다면…… 위조 조직에 가담하고 있었다고 봐야겠지. 임노태에 관해서 샅샅이 조사해 봐야겠어. 샅샅이 조사해 보면 김영대와의 관계가 드러날지도 몰라. 그 관계가 드러나면 양방희가 왜 김영대를 유혹했는지 그 이유는 드러날 거야."

"알겠습니다."

남 형사는 차에 장치되어 있는 카세트 녹음기의 플레이버튼을 눌러보았다. 그러자 배경음악이 전혀 없는 여자의 노랫소리가 흘러나왔다. 고음의 맑은 목소리로 귀를 기울이고 싶을 만큼 뛰어난 노랫소리였다.

"누가 부르는 거지?"

"양방희가 아닐까요?"

그것은 최신 유행가였다. 그것이 끝나자 이번에는 이탈리아 가곡이 흘러나왔다. 그것 역시 같은 목소리가 부르고 있었다.

"아, 보통이 아닌데……."

"대단한 데요."

그들은 멍하니 넋이 빠진 모습으로 노랫소리에 귀를 기울이고 있었다.

세 번째 노래는 아주 옛날에 유행하던 유행가였다. 그것을 그녀는 청승맞게 불러대고 있었다.

"양방희가 자기 노래를 녹음한 것 같은데요. 가수가 되는 게 꿈이었던 모양이죠?"

"글쎄, 누군지는 모르지만 노래 솜씨가 보통이 아니군."

"양방희가 틀림없습니다."

남 형사는 테이프를 꺼내 그것을 뒤집어 꼽았다. 버튼을 누르자 이번에는 노랫소리 대신 이상한 신음소리가 흘러나왔다.

남 형사는 스톱버튼을 눌렀다. 그들은 어리둥절해서 서로를 쳐다보았다. 그것은 남자와 여자가 성희의 클라이맥스를 향해 올라가면서 내는 신음과 대화였다.

"이게 뭐지?"

남 형사보다는 마 형사가 더 놀라서 물었다.

"그거 하는 소리 아닙니까. 남자 목소리는 김영대 같은데요."

"다시 들어 봐."

남 형사가 흥분한 표정으로 다시 플레이버튼을 눌렀다.

"…… 후유…… 됐어요. …… 이제 그만해요."

"……."

"됐다니까요."

"난 아직 멀었어…… 난 이제 시작이야……."

"정말 지독해요…… 좀 쉬었다가 해요…… 한동안 섹스 생각은 안 나겠어요."

"쉬긴 뭘 쉬어…… 자, 힘을 내…… 이것도 벗어버려……."

"누가 보면 어떡해요……."

"보면 보라지 뭐……."

"아, …… 잠깐…… 준비도 안 됐는데 그러는 법이 어딨어요."

살과 살이 부딪치는 소리가 거칠게 들려오고 있었다. 여자는 너무 흥분한 나머지 숫제 우는 소리를 내고 있었다.

마 형사가 스톱버튼을 눌렀다.

"열이 나서 못 듣겠어."

마 형사가 땀을 닦으며 말했다.

"어떻습니까? 김영대의 목소리 같지 않습니까?"

"그놈이야."

"이로써 양방희가 김영대를 유혹해서 돌아다녔다는 게 사실로 나타난 셈인데요."

"김영대의 증언은 사실이었어."

"끝까지 더 들어보죠. 이런 걸 들을 수 있는 기회가 어디 흔합니까."

김영대는 더욱 힘차게 양방희를 밀어붙이고 있었고, 그녀는 금방이라도 숨이 넘어갈 것만 같은 신음소리를 내고 있었다. 그리고 그것은 꽤 오래 계속되고 있었다.

"이것들이 차 안에서 지랄들을 쳤던 모양인데요. 카섹스치고는 정말 너무 진한데요."

다시 흘러나오기 시작하는 소리에 귀를 기울이며 남 형사가 말했다. 그는 차문을 모두 닫은 다음 볼륨을 더 높였다.

숨 가쁜 신음소리 사이로 그들은 계속해서 대화를 나누고 있었다. 그리고 그것이 정상적인 상태로 돌아오기까지는 꽤 시간이 걸렸다.

"넌 거미 같은 여자야…… 아주 이상한 여자야…… 왜 나를 유혹했지?…… 말해 봐…… 왜 나를 유혹했어?…… 말하지 않으면 죽여 버릴 거야…… 난 이걸로 여자를 죽일 수도 있어……."

"죽여 보세요…… 제발 죽여 주세요…… 죽고 싶어요……."

"그래? 좋아! 죽어 보라구!"

살과 살이 난폭하게 부딪치는 소리에 마 형사는 더 이상 들을 수 없다는 듯 머리를 흔들었다.

"이봐, 난 아직 총각이야. 쇼크사하겠어."

마 형사가 스위치를 끄려고 하는 것을 남 형사가 다급하게 막았다.

"곧 끝납니다. 들어보십시오. 앞으로 결혼하시면 도움이 될 겁니다."

남 형사가 능청을 떨자 마 형사는 다시 머리를 가로저었다.

"결혼하고 싶은 마음이 싹 가셨어. 도대체 이건 짐승만도 못하잖아."

"원, 반장님도…… 이보다 더 인간적인 게 어딨습니까?"

갑자기 침묵이 흐르고 있었다. 그들은 일을 치르고 나서 잠시 휴식을 취하고 있는 것 같았다. 조금 있자 남자의 목소리가 먼저 흘러나왔다.

"옷이 엉망이 됐어. 어디 가서 샤워좀 했으면 좋겠어."

"당신같이 멋진 남자는 처음이에요."

여자의 목소리는 어느새 착 가라앉아 있었다.

"나도 너 같은 여자는 처음이야. 우리 결혼할까?"

"부인이 있잖아요."

"이혼하지 뭐, 까짓거……."

"우린 함께 살면 안 돼요. 너무 궁합이 잘 맞아서 아마 말라죽을 거예요. 결혼하지 않고 이렇게 가끔씩 만나서 하는 게 스릴있고 좋잖아요."

"흥, 그 말도 그럴듯하군. 도대체 네 정체가 뭐야? 이제 밝힐 때도 됐잖아?"

여자의 웃음소리가 가느다랗게 들려왔다. 콧소리가 약간 섞인 웃음소리였다.

"밝힐 것도 없지만…… 밝혀서 뭘 하게요? 밑바닥까지 다 드러내면 흥미가 없어지지 않아요? 전 이 상태가 좋은데요. 서로 모르는 체 지내는 이런 상태 말이에요."

"다른 남자들과도 그러나?"

"물론이에요."

"참, 묘한 여자군."

"우리 밖으로 나가서 좀 걸어요."

"비가 오고 있잖아."

"비같은 거 좀 맞으면 어때요. 아이, 왜 그렇게 로맨틱한 데가 없어요?"

"로맨틱? 흥……."

대화가 사라지면서 침묵이 찾아왔다. 녹음은 거기서 끝나 있었다. 남 형사는 테이프를 꺼내 주머니 속에 집어넣고 나서 밖으로 나왔다.

"김영대가 양방희라는 여자한테 유혹당해 이러저리 끌려다녔다는 게 정말인가 보죠?"

"어휴, 더워"

마 형사는 고개를 끄덕이면서 걸레 뭉치처럼 된 손수건으로 얼굴에 흐르는 땀을 닦았다. 차 속에 한동안 앉아 있었기 때문에 그의 몸은 땀으로 젖어 있었다.

"아파트로 들어가자구."

그들은 아파트 건물 쪽으로 걸어갔다.

"그런데 그 여자는 왜 그런 걸 녹음해 뒀을까?"

"그러니까 그 여자가 보통이 아니죠."

그들은 건물 안으로 들어가 엘리베이터 안으로 들어갔다.

"보통이 아니라니? 그게 무슨 말이야?"

"그 여자는 그 소리를 들으면서 즐기기 위해 그걸 녹음해둔 걸 겁니다. 소리만 듣고도 얼마나 흥분이 됩니까. 자신이 흥분해서 내지르는 신음소리와 괴성이 듣고 싶었던 겁니다. 어쩌면 자기 자신한테 도취되어 있는 여자였는지도 모르죠. 자기 자신의 나체 사진을 간직하고 있었던 것만 봐도 알 수 있지 않습니까. 속되게 말해서 그런 여자는 색골이죠."

"그런 여자한테 걸리면 뼈도 못 추리겠는데……."

그들은 1510호 안으로 들어갔다.

"전 그런 여자한테 한번 걸려봤으면 좋겠습니다."

마 형사는 벌써 집 안을 뒤지기 시작했다.

"샅샅이 뒤져. 뭐가 있을지 모르니까 샅샅이 뒤지라구."

집 안은 이미 관할서의 수사관들이 한번 훑고 지나간 뒤였다.

하지만 그들은 들춰낸 것들을 모두 그대로 집 안에 놔둔 채 철수했다. 수사 대상이 그들의 손에서 떠났기 때문이었다.

집 안에 널려 있는 것들을 대충 훑어본 다음 그들은 은밀한 곳을 찾아 촉각을 곤두세운 채 돌아다녔다. 구석진 곳만을 찾아 재빠르면서도 조용히 움직이고 있었기 때문에 마치 바퀴벌레들 같았다.

임노태가 작업실로 사용한 방은 흐트러진 것 하나 없이 깔끔하게 정리되어 있었다. 큼직한 책상 위에는 온갖 제도용 사무기기들이 언제라도 사용될 수 있게끔 가지런히 놓여 있었다. 마 형사의 눈초리가 날카로워졌다.

"여기서 위조 작업을 한 모양이죠?"

뒤늦게 들어온 남 형사가 책상 위를 살피면서 물었다.

"음, 그런 것 같아."

그는 서랍을 열어보았다. 모두가 위조 작업에 필요한 것들뿐이었다. 그것들은 대충대충 훑어간 손들 때문에 흐트러지고 서로 뒤엉켜 있었다. 관할서의 수사관들은 피살자의 신원이 밝혀졌기 때문에 집 안에 대해서는 대충 형식적으로 훑기만 한 것 같았다.

"여기가 문제의 방인 것 같아."

마 형사는 책상 앞에 앉아 두 손으로 턱을 괴었다. 남 형사는 담배를 피워 물고 건성으로 이것저것 만져보고 있었다.

"별다른 건 없는데요."

그 말에 마 형사는 머리를 흔들었다. 그의 앞으로 튀어나온 이마가 더욱 앞으로 밀려나오는 것 같았다. 그의 뭉툭코가 실룩거렸다. 점 같은 두 눈은 더욱 작아지는 것 같았다.

"임노태 일당은 단지 김영대하고만 관계가 있었을까? 그게 아니었을 거란 말이야. 다른 목적을 위해 김영대를 잠시 이용했을 뿐이었어. 임노태의 배후에는 유밀라와 황개를 죽인 범인이 있어. 그 범인이 누구인지 임노태는 알고 있었을 거란 말이야. 그 증거물이 이 방 안 어딘가에 숨겨져 있을 것 같은데……. 이봐, 담배 한 대 줘."

"그런 증거물은 없는 것 같은데요."

남 형사가 상사에게 담배를 꺼내 주면서 말했다.

"숨길만 한 데라고는 책상밖에는 없는데…… 여기는 이상이 없는데요."

그는 책상을 두드려보았다.

마 형사는 천장을 향해 담배연기를 내뿜으면서 몸을 일으켰다. 그때 그의 튀어나온 배에 책상이 걸려 그것이 들썩했다. 큼직하고 묵직해 보이는 책상이 그 정도에 들썩하고 올라간다는 것이 아무래도 이상했다. 그는 담배를 비벼 끄고 책상을 아래위로 살핀 다음 장방형의 넓은 판을 위로 올려보았다. 그것은 힘들지 않게 위로 들썩 올라갔다. 그것은 아래위가 붙어 있지 않고 조립식으로 되어 있는 책상이었다. 그러나 흔히 볼 수 있는 것이 아닌 특별히 주문해서 만든 조립식 책상 같았다.

두 사람은 장방형 판을 조심스럽게 들어 올려 보았다. 기둥 역할을 하는 양쪽 널판지 위에는 손가락 굵기의 쇠붙이들이 여러 개 튀어나와 있었는데 그것들이 덮개 밑의 홈 속으로 들어가 덮개가 옆으로 밀려나지 않게 고정시키는 역할을 하고 있는 것 같았다. 두 사람은 양쪽 널판지와 그것을 중간 부분에서 H자형으로 연결시켜 주는 더 큰 널판지의 위쪽 단면을 세밀히 살폈다. 손으로 두드려보니 그것은 통나무가 아닌 합판을 중간에 공간을 두고 양쪽에서 붙인 것이었다. H자형 단면은 나무로 메워져 있었다. 중간의 단면과 오른쪽의 단면은 하나의 나무로 메워져 있었는데 왼쪽의 단면은 네 토막의 나무로 메워져 있었다. 그 네 토막의 나무에 각기 하나씩 모두 해서 네 개의 쇠붙이가 튀어나와 있었다. 그런데 오른쪽의 단면에는 두 개의 쇠붙이만 튀어나와 있었다. 마 형사는 오른쪽의 쇠붙이를 잡아당겨 보았다. 그것은 단단히 고정되어 있었다. 그는 왼쪽의 쇠붙이 하나를 당겨보았다. 그러자 쇠붙이가 박혀 있는 나무토막 자체가 빠져나왔다. 다른 세 개도 모두 헐겁게 빠져 나왔다.

"이 속에 뭔가 들어 있는데요! 보십시오!"

나무토막이 빠져나온 자리를 들여다 본 남 형사가 흥분해서 소리쳤다.

"으음, 그렇다니까……."

마 형사는 홈 속을 들여다보고 나서 주먹으로 남 형사의 어깨를 쳤다.

나무토막이 빠져나온 자리에는 칸이 져 있는 네 개의 홈이 있었는데 놀랍게도 각각의 홈 속에는 무엇인가가 들어 있었다.

"이게 뭐지?"

그들은 안에 들어 있는 것들을 잡아 뽑아 보았다. 뽑혀 나온 것은 일정한 크기의 자루였다. 그리고 자루 속에는 무엇인가가 가득 들어 있었다. 자루의 길이는 책상 높이쯤 되어 보였는데 그 자루가 접혀지지 않게 안에는 얇은 플라스틱판이 하나씩 들어 있었다.

흥분한 그들은 서로 얼굴을 쳐다보고 나서 우선 하나씩 차례대로 내용물을 꺼내보았다. 첫 번째 자루 속에서 나온 것은 달러화였다. 달러는 모두 백 달러짜리였다.

백 달러짜리 묶음으로만 스무 개나 되었다. 그것이 두 묶음씩 세워져서 그렇게 많이 들어갈 수 있었던 것은 홈의 폭이 여느 책상에 비해 유난히 넓기 때문이었다.

"도대체 이게 한화로 치면 얼마지?"

"20만 달러니까…… 1억 5천만 원 정도는 되는데요."

마 형사는 입이 딱 벌어졌다.

남 형사가 두 번째 자루를 풀었다. 묶여 있는 매듭을 풀고 나서 그것을 거꾸로 쳐들고 흔들자 안에서 일본 지폐가 쏟아져 나왔다.

"아니, 이건 엔화 아니야?"

"모두 만 엔짜리인데요."

두 번째 자루에서 나온 만 엔짜리 묶음 역시 스무 개나 되었다.

"한 묶음이 백만 엔…… 5대 1로만 계산해도 우리 돈으로 5백만 원…… 모두 해서 1억 원인데요."

남 형사가 재빨리 계산하는 것을 들으면서 마 형사는 잠시 멍하니 돈다발들을 내려다보았다.

남 형사가 세 번째 자루를 풀었다. 거기에서도 엔화가 쏟아져 나왔다. 모두 스무 다발이었다.

"기가 막히군."

"달러까지 합하면 모두 3억 5천만 원이나 되는데요. 먹어치울까요?"

"그럴까?"

그들은 심각한 눈빛으로 서로를 한참 쳐다보다가 씨익 하고 웃었다.

남 형사가 네 번째 자루를 집어 들었다.

"이건 좀 달라 보이는데요. 돈이 들은 것 같지 않은데요."

남 형사가 자루를 만지면서 뜸을 들이자 마 형사가 재촉했다.

"빨리 꺼내 봐!"

남 형사가 자루를 거꾸로 쳐들자 안에서 이상한 것들이 굴러 떨어졌다. 수첩, 여권 뭉치, 사진, 그밖에 납작한 플라스틱 통 같은 것들이었다. 남 형사는 플라스틱 통 뚜껑을 열었고 마 형사는 여권 뭉치를 풀어헤쳤다.

"이것 보십시오!"

남 형사가 번쩍거리는 것들을 손바닥 위에 올려놓고 흥분해서 소리쳤다.

그것은 이름도 알 수 없는 보석들이었다. 마 형사는 그것을 힐끗 쳐다보고 나서 여권 다발 쪽으로 시선을 내렸다. 여권 뭉치는 두 개였다.

"그건 여권 아닙니까?"

"위조 여권들 같아."

그것은 모두 해서 열네 개나 되었다. 그는 또 한 개의 묶음을 풀었다. 그것은 모두 여섯 개였는데 하나같이 사진이 붙어 있지 않았다. 사진이 있던 자리에는 사진을 떼어낸 자국이 뚜렷이 남아 있었다.

"이건 아직 작업이 끝나지 않은 것들이야."

그는 사진이 붙어 있지 않은 여권들을 하나하나 살피고 나서 처음 열네 개의 여권을 펴보았다.

거기에는 모두 사진들이 붙어 있었다. 그 여권들은 거의가 한 번 이상은 사용된 것들이었다. 그러나 자세히 살펴보니 모두가 한두 군데에 흠이 있는 것들이었다. 그 흠이란 것들은 이를테면 이름이 지워졌거나 나이, 키, 사인, 주소 같은 것들이 없는 것들이었다.

"이것들은 본래는 진짜 여권들이었을 거야. 그런데 사진을 바꿔치기하고 인적사항을 한두 군데 교묘하게 고쳐 넣어서 다른 여권으로 만들어버린 거야. 진짜 여권들은 훔치거나 했겠지. 이것들은 거의 마무리가 됐는데 아직 한두 군데 완성을 못해서 그대로 모아둔 것 같아. 그리고 사진을 떼어낸 것들은 아직 작업에도 들어가지 않은 것들이야."

"교묘하게 지웠군요."

남 형사가 감탄을 금치 못하면서 말했다.

"특수한 약품을 썼을 거야. 떼어낸 사진들이 있을 거야. 이런 일을 하는 자들은 증거가 되는 것들을 잘 버리지 않고 모아두는 버릇이 있어. 나중에 대비해서. 자기가 위험에 처했을 때를 대비해서 또는 협박용으로 말이야."

열네 개의 사진들 가운데 그들이 아는 얼굴은 없었다.

"이거 보십시오. 모두 기막힌 것들뿐입니다. 이건 다이아몬드입니다."

남 형사는 플라스틱 통 안에서 엄지손가락 굵기의 가공되지 않은 다이아몬드를 꺼내 들여다보았다. 손가락을 움직일 때마다 그것은 영롱한 빛을 내뿜고 있었다.

"수천만 원짜리는 되겠는데요. 전 장가갈 때 우리 마누라한테 다이아몬드 반지 하나 못해 줬습니다. 마누라는 다이아 반지 하나 갖는 게 소원인데……"

남 형사는 탐욕스런 눈빛으로 그것을 들여다보고 또 들여다보곤 했지만 마 형사는 그저 덤덤한 표정이었다. 그는 보석류 따위는 알지도 못하고 또 그런 것에는 관심도 없었다. 그에 비해 남 형사는 보석들을 하나씩 집어 들어 보이면서 이름들을 들먹이는 것이 그런 것들에 대해 아는 바가 많은 것 같았고 관심 또한 대단한 것 같았다.

"모두 수억대는 될 것 같은데요. 완성품들이 많은 것이 장물 같은데요."

"위조뿐만 아니라 장물아비역도 한 모양이지."

마 형사는 비닐봉지 속에서 명함판 컬러 사진들을 꺼냈다. 같은 것들이 세 장씩 모두 아홉 장의 사진이었다.

그 사진들 뒷면에는 이름과 주소, 나이 등 각자의 인적사항들이 적혀 있었다.

"이건 새로 의뢰해 온 사람들의 사진 같은데……."

"여기 또 있습니다."

남 형사는 또 다른 비닐봉지 속에서 사진들을 꺼냈다. 그것은 몇십 장이나 되는 사진들로 하나같이 뒷면에 뜯긴 흔적들이 남아 있는 것들이었다.

"이건 훔친 여권에서 뜯어낸 사진들 같은데요."

그들은 거의 완성되어 있는 열네 개의 여권에 적혀 있는 이름들을, 따로 떼어내어 보관해둔 사진들의 뒷면에 적혀 있는 이름들과 대조해 보았다. 그 결과 아홉 개의 이름이 서로 일치하고 있음을 밝혀낼 수 있었다. 이름들은 서로 일치했지만 여권에 붙어 있는 사진들과 따로 떼어낸 사진들과는 전혀 다른 얼굴 모습을 보여 주고 있었다. 나머지 다섯 개의 이름들은 사진 뒷면의 떼어낸 자국이 너무 커서 그것들이 지워진 바람에 확인할 수가 없었다. 그러나 그것은 더 이상 확인할 필요도 없는 일이었다.

"이런 거 한 건 해 주는데 수백만 원은 받았을걸요."

남 형사의 지껄이는 소리를 귓가로 흘리면서 마 형사는 수첩을 집어 들었다.

"더구나 이 친구는 이렇게 해서 번 돈을 함부로 흥청망청 써 버리지 않고 이렇게 보석을 사 모은다거나 외화로 바꿔놓는다거나 했기 때문에 꽤 재산을 모았겠는데요. 외화를 이렇게 모아둔 걸 보면 외국으로 재산을 빼돌릴 생각이었던 모양이죠?"

수첩은 대학노트 반절 크기의 것으로 수첩이라고 보기에는 좀 크고 두꺼운 것이었다. 겉면이 검정 가죽으로 입혀져 있어서 묵직한 느낌을 주고 있었다. 마 형사는 겉장을 넘겼다.

"그건 뭐죠?"

남 형사가 가까이 얼굴을 디밀었다.

그것은 두꺼운 카드를 모아둔 것으로 한 장씩 끼울 수도 있고 빼낼 수도 있게 되어 있는 파일이었다. 각 장에는 본명과 가명, 연락처, 발급일자, 금액 따위가 일목요연하게 기록되어 있었다.

"바로 이거야!"

마 형사는 흥분을 감추지 못하고 소리쳤다.

"위조 여권을 발급해준 사람들의 리스트야! 하나도 빼놓지 않고 기록해 놓았어!"

"무서운 놈이군요."

"뒤에 빠져나갈 구멍을 만들어 놓은 거야. 이건 협박 자료가 되거든."

마 형사는 카드를 한 장 한 장 넘기기 시작했다.

카드에는 일련번호가 매겨져 있었는데 기록이 되어 있는 카드는 100장이 넘었다.

"장사가 꽤나 잘 된 모양인데요. 이렇게 숫자가 많은 걸 보니……."

"전문가로 알려져 있으니까 고객이 많이 몰렸겠지. 이런 걸 하려면 혼자서는 안 될 거야. 조직이 있어야 안전하게 장사를 할 수가 있을 거야."

붙어 있는 사진 가운데는 여자들도 적지 않게 있었다.

"이자들은 한국에서는 살 수가 없는 수배자들…… 그리고 어떻게든 외국으로 빠져나가 살고 싶어 안달이 난 자들이 대부분일 거야."

"모두 잡아들여야겠는데요."

"이미 빠져나갔을걸."

거의 마지막 부분의 카드를 넘기고 있던 마 형사의 손이 갑자기 움직임을 멈췄다.

"이게 누구지?"

그는 카드에 적혀 있는 내용을 들여다보며 신음하듯 물었다. 남 형사의 두 눈이 등잔만 하게 커졌다.

"아아니, 이럴 수가!"

"믿을 수가 없어."

마 형사는 카드를 뽑아냈다.

그 카드에는 배창기라는 이름이 적혀 있었다. 마 형사는 자기 눈을 믿을 수가 없었다. 그래서

"이게 배창기가 틀림없지?"

하고 물었다.

남 형사는 고개를 끄덕였다.

"기가 막혀 말이 나오지 않습니다. 이게 어떻게 된 일이죠?"

카드에 기록되어 있는 본명은 분명히 배창기였다. 전화번호와 주소도 일치했고 직업란에는 호텔 <로미오와 줄리엣>의 사장으로 되어 있었다. 가명은 최태석이었다. 그것은 최태석이라는 이름으로 위조 여권을 만들었다는 것을 의미하는 것이었다. 발급일자는 6월10일로 되어 있었다.

"이제 가닥이 풀리는 것 같은데……."

그들은 배창기를 용의자로 점찍었었다. 과거 외국인과 동거생활까지 한 사실을 숨긴 채 배창기와 그 아들한테 에이즈를 전염시킨 유밀라야말로 배창기의 입장에서는 저주의 대상이 될 수밖에 없었다. 그야말로 죽여도 시원찮을 저주스런 여자였을 것이

다. 따라서 그가 그녀를 살해했을 가능성은 얼마든지 있었다. 그러나 알리바이가 문제였다. 유밀라가 피살당할 그 시간에 배창기는 일본에 가 있었던 것이다. 그것은 경찰이 출입국관리사무소에서 이미 확인한 사실이었다.

"이것으로 그의 알리바이는 깨어진 것 아닙니까?"

"공항에 가서 확인해 보면 확실한 것을 알 수 있겠지."

"배 사장이 위조 여권을 사용했으리라고는 정말 생각지도 못했었는데요."

남 형사는 억울하다는 듯이 말했다.

"배 사장은 치밀하게 계획을 세웠던 것 같아."

마 형사는 카드를 넘겼다.

"아니, 이건 또 누구야?!"

마 형사의 얼굴에 경련이 일었다. 그의 얼굴은 경악으로 가득 차 있었다. 카드에 적혀 있는 이름을 들여다본 남 형사 역시 소스라치게 놀라 얼어붙은 표정이 되었다.

그것은 틀림없는 유밀라의 이름이었다.

피살된 유밀라의 이름이 거기에 있다는 것은 그야말로 상상이 되지 않는 일이었다.

"이게 어떻게 된 일이죠?"

남 형사가 흥분을 누르면서 들뜬 목소리로 물었다. 마 형사 역시 흥분된 모습으로 머리를 흔들었다.

"나도 모르겠어. 배 사장은 이해가 되는데 그 여자 이름이 여기에 적혀 있는 이유를 모르겠어."

그들은 숨을 죽이고 카드에 적혀 있는 내용을 읽어보았다.

그녀는 서정자(徐貞子)라는 이름으로 위조 여권을 만들어

가진 것으로 되어 있었다. 그것의 발급일자는 배창기보다 며칠 늦은 6월14일이었다.

"꾸물거릴 시간이 없어! 공항으로 가자구!"

그들은 파일을 끝까지 훑어보고 나서 서둘러 밖으로 뛰쳐나갔다.

"부부가 함께 위조 여권을 만들었다는 것은 함께 무엇인가 공모했다는 것인데……."

공항 쪽으로 차를 몰아대면서 마 형사가 중얼거렸다.

"그 공모 과정에서 유밀라는 살해당한 게 아닐까요?"

"글쎄……."

황혼이 깔린 차도를 노려보면서 마 형사는 액셀러레이터를 더 힘주어 밟았다.

"그 여자는 죽기 전에 위조 여권을 가지고 무슨 짓을 했을까요?"

"우리는 바보 같은 놈들이야. 모두 멍청한 놈들만 모였단 말이야."

저돌적으로 튀어나온 마 형사의 이마를 곁눈질로 쳐다보면서 남 형사는 몸을 사렸다.

"너무 과속인데요. 속도를 좀 줄이십시오."

마인은 브레이크를 가만히 밟으면서 호흡을 조절했다.

위조 여권

이윽고 공항에 도착한 그들은 곧장 출입국을 관리하고 있는 사무실 문을 밀치고 들어갔다.

안면이 있는 책임자가 마인과 악수를 나누고 나서 그가 내놓은 두 사람의 명단을 받아들였다.

"잠깐 기다리십시오."

책임자는 그것을 들고 컴퓨터 단말기 앞에 앉아 있는 여직원 쪽으로 걸어갔다.

형사들은 컴퓨터 자판을 두드려대는 소리를 들으면서 초조하게 앉아 있었다.

10분도 못 돼 그들 앞에는 프린트기를 통해 빠져나온 기다란 기록지가 놓여졌다. 거기에는 최태석과 서정자의 최근 출입국 상황이 기록되어 있었다.

최태석은 지난 4월 12일에 출국한 것으로 되어 있었다. 목적지는 미국이었다. 그리고 귀국 일자는 7월 16일이었다. 그런데 그는 4일 후인 7월 19일 밤 10시25분 JAL편으로 다시 일본에 간 것으로 되어 있었다. 그후로는 아직 귀국한 기록이 없었다.

서정자의 마지막 출국 일자는 5월 9일이었다. 그리고 같은 달 18일에 귀국한 것으로 기록되어 있었다. 그녀의 목적지는 일본이었다. 18일 이후 그녀가 출국한 기록은 없었다.

그들은 배창기와 유밀라의 출입국 기록도 찾아보았다. 컴퓨터 단말기는 즉시 두 사람의 출입국 기록을 토해냈다.

배창기가 본명으로 일본에 간 것은 지난 7월 15일이었다. 그리고 역시 본명으로 귀국한 것은 7월 21일이었다.

유밀라는 그보다 훨씬 전인 지난 3월 25일에 본명으로 출국한 것으로 나타나 있었는데 목적지는 프랑스였다. 그리고 한 달 후인 4월 27일에 귀국한 것으로 기록되어 있었다. 그 이후에는 출입국한 사실이 없었다.

그곳을 나온 형사들은 공항 대합실로 나가 구석진 곳에 있는 의자에 가서 앉았다.

"이걸 어떻게 해석해야지?"

마 형사가 기록지들을 무릎 위에 펴놓고 물었다.

"저는 이렇게 해석하고 싶은데요. 진짜 최태석은 여기 기록대로 지난 4월 12일에 출국했습니다. 그런데 그는 외국에서 여권을 분실당했습니다. 그 여권이 임노태의 손에 흘러들어갔고 임노태는 그것으로 배창기의 위조 여권을 만들어준 겁니다. 배창기는 7월 15일에 본명으로 발급받은 여권을 가지고 일본에 건너갑니다. 그리고 7월 16일 이번에는 위조 여권, 그러니까 최태석의 여권을 가지고 귀국합니다. 그리고 기회를 노리다가 유밀라와 황개를 차례로 살해한 다음 19일 밤에 최태석의 여권을 가지고 도로 출국합니다. 시간상 두 사람을 살해하고 출국하기에는 충분합니다. 밤 10시 25분에 출국했으니까 저녁 6시 30분경에 두 번째로 황개를 해치우고 나서도 무려 4시간 가까운 시간이 있었습니다.

그는 여유 있게 마무리를 짓고 나서 떠난 겁니다."

"그리고 도쿄에 가서 대기하고 있다가 누이동생으로부터 아내의 피살 소식을 듣고 21일에야 본명으로 슬픔에 잠겨 귀국했다 이 말인가?"

"그렇죠. 완벽한 알리바이를 만들어놓고 천연덕스럽게 귀국해서 아내의 장례를 치르고……."

"아주 그럴듯해. 그야말로 딱 들어맞는군. 그렇게 하면 정말 감쪽같이 속겠는걸."

"진짜 여권과 위조 여권을 아주 적절히 사용해서 알리바이를 조작해낸 거죠."

"정말 그렇겠는데."

마 형사는 흥분한 모습으로 담배를 꺼내 물었다.

"여기는 금연구역입니다."

"아, 그래."

그는 담배를 구겨버리고 나서 다시 기록지를 들여다보았다.

"유밀라는 지난 3월 25일에 출국해서 프랑스로 갔어. 그리고 한달 후에 귀국했는데 이건 어떻게 해석해야지?"

"제가 보기에는 그 여행은 이번 사건과 관련이 없을 것 같은데요. 단순히 유럽 일대를 한 달간 여행하고 돌아온 게 아닐까 생각하는데요. 우선 몇 달 전의 일 아닙니까?"

"그래. 좋아. 그건 그렇다하고…… 서정자의 출입국은 어떤 연관성이 있을까?"

"반장님 생각을 말씀해 보십시오."

마 형사는 기록지를 둘둘 말면서 몸을 일으켰다.

"만일 유밀라가 5월 9일 이전에 위조 여권을 입수했다면 5월

9일에 출국해서 5월 18일에 귀국한 것은 유밀라 자신이 그렇게 한 거야. 하지만 임노태의 파일을 보면 6월 14일에 유밀라한테 위조 여권을 만들어준 것으로 되어 있어. 그러니까 5월 9일에서 5월 18일까지의 여행은 진짜 서정자 자신이 여행한 거야. 그러니까 서정자는 5월18일 이후에 여권을 분실했던가 했겠지."

"그 이후 서정자의 출국 사실은 없는데요."

그들은 밖으로 나가 주차장에 세워둔 차에 올랐다.

"그것은 이렇게 해석할 수 있지 않을까? 유밀라는 어떤 목적으로 임노태한테서 위조 여권을 입수했는데 한 번도 써먹을 기회가 없었다. 그것을 써먹을 필요가 없어졌다. 또는 나중에 그것을 써먹기 위해 보관하고 있었는데 사용해 보지도 못하고 살해되고 말았다. 이런 게 아닐까?"

"부부가 똑같이 위조 여권을 만들어 가졌다는 것이 아무래도 이해할 수 없는데요."

"그 위조 여권을 찾아야 해. 아마 어딘가 숨겨뒀을 거야."

"지금 어디로 가는 겁니까?"

"어디로 가긴. 로미오와 쥴리엣으로 가지."

"수색하실 겁니까? 수색하려면 영장이 있어야 할 텐데요."

"일단 가서 이야기를 해 보고 순순히 자백하면 다행이고, 그렇지 않으면 그때 가서 대책을 세워도 될 거야."

일단 강변도로로 접어들자 그가 운전하는 낡은 차는 다른 차들을 앞질러 달려가기 시작했다.

"에이즈에 걸려 어차피 죽을 사람인데…… 손목에 수갑을 채운다는 게 어쩐지 내키지가 않는데요."

"그렇다고 내버려둘 수는 없잖아."

남 형사는 강물 위로 스러져가는 낙조를 바라보고 있다가 사뭇 동정적인 어조로 말했다.

"저는 배 사장의 행동을 충분히 이해할 수 있습니다. 저라도 그렇게 했을 겁니다."

"쓸데없는 감상은 집어치우라구."

"감상이 아닙니다. 한번 생각해 보십시오. 순결한줄 알았던 아내가 결혼 전에 외국인과 동거생활을 하는 등 문란한 성생활을 했다는 것을 알았을 때 남편의 심정은 어떠했겠습니까? 그뿐이면 그래도 괜찮습니다. 그 여자는 자신은 물론 자식과 남편한테도 에이즈를 퍼뜨렸습니다. 그걸 알았을 때 아내가 죽이고 싶도록 저주스러울 건 당연하지 않을까요? 저라도 아내를 죽이고 싶었을 겁니다. 결국 자식도 에이즈에 걸려 죽었고 남편 자신도 죽어가고 있지 않습니까? 그럴 때 저주스런 아내만 살려두고 자기 혼자 죽을 남편은 없을 겁니다. 죽을 바에는 저주스런 아내도 데려갈 겁니다."

"황개는 덤으로 죽은 건가?"

"누이동생과 아내를 차례로 농락한 녀석이었으니까 그 역시 처리되어야 할 인물이었겠죠."

"아무리 그렇다해도 나는 이해할 수 없어."

호텔 로미오와 쥴리엣에 도착한 그들은 사장실로 직행했다.

배창기는 자리에 없었다.

"아침에 잠깐 들르셨다가 나가셨는데 아직 돌아오지 않았습니다."

여비서가 앞에 두 손을 모은 채 공손한 어조로 말했다.

"어디 간다고 하면서 나갔나요?"

"목적지는 말씀 안 하셨습니다. 잠깐 나갔다 오겠다면서 나가셨습니다."

"커피숍에서 기다릴 테니까 오는 대로 연락바랍니다."

커피숍은 손님들로 북적대고 있었다.

"주인이야 어떻게 되든 장사는 잘 되는군."

그들은 출입구 가까운 쪽에 있는 빈 자리에 앉았다. 웨이터가 다가왔다.

"또 커피 마실 겁니까?"

남 형사가 질린 표정으로 물었다.

"할 수 없잖아."

그들은 똑같이 커피를 주문했다. 주문을 받고 돌아서려는 웨이터를 남 형사가 불러세웠다.

"웨이터, 혹시 이 호텔 사장님 오늘 보지 못했나요?"

"보지 못했습니다."

"알았어요."

웨이터가 돌아가자 마 형사는 실내를 둘러보다가

"올 때마다 멋진 호텔이라는 생각이 든단 말이야."

하고 말했다.

"이름도 특이하고요."

"배 사장이 세상을 떠나면 이 호텔은 누구 차지가 되지?"

"그야 뭐……."

마치 새로운 사실에 직면한 듯 두 사람의 표정이 굳어졌다. 먼저 표정을 푼 사람은 남 형사 쪽이었다.

"…… 당연히 배미화가 사장이 되지 않겠습니까?"

"그건 너무한데. 20대 처녀가 이런 멋진 호텔의 사장이라니 그건 너무한데."

"옛날에는 어린애가 왕도 되지 않았습니까?"

"그런 엉터리가 어딨어. 그러니까 우리나라가 요 모양 요 꼴이 됐지."

"배미화가 사장이 된다…… 그 아가씨가 이 호텔을 독차지하게 된다 이 말이지……."

마 형사는 자못 심각한 표정으로 고개를 끄덕였다.

웨이터가 커피를 날라오자 그들은 각자 생각에 잠겨 커피를 마셨다. 자기 생각을 먼저 입 밖에 낸 사람은 남 형사였다.

"배미화 쪽에 의심이 가십니까? 그쪽은 지금까지 안전권 안에 있었는데요."

"글쎄…… 그보다는 배 사장이 과연 혼자서 두 사람을 모두 해치웠을까 하는데 생각이 미친단 말이야."

"공범을 생각하시는 겁니까?"

"음, 그래. 공범이 있었을 것 같아. 7월 19일 상황을 생각해 보자구. 그날 배미화는 12시경에 황개를 만나 점심을 먹고 나서 M호텔에 들어갔어. 그리고 2시 반쯤에 호텔을 나와 그와 헤어져서 집으로 돌아갔어. 여기까지는 미화 자신의 진술이었어. 한편 미화와 헤어진 황개는 S호텔로 가서 스카이라운지에서 유밀라를 만나 호텔 방으로 갔어. 그는 연달아 두 여자와 관계를 가진 거야. 그것도 시누이와 올케 사이에 있는 여자들을 말이야. 기가 막힌 일이지."

"그야말로 짐승 같은 놈이죠."

"놈은 유밀라와 정사를 가진 후 저녁 6시 30분경에 지하주차장으로 내려와 자기 차에 탔다가 불에 타죽었어. 그런데 유밀라도 검시 결과 비슷한 시각에 죽은 것으로 나타났어. 황개가 타죽은 6시 30분 전후해서 유밀라 역시 독살 당했는데 황개보다 먼저 죽었는지 나중에 죽었는지는 분명치가 않아. 범인이 공범 없이 혼자라면 두 가지 가능성을 생각해볼 수 있어. 첫째 유밀라가 황개보다 먼저 살해당했을 경우야. 그 경우 범인은 먼저 방에서 유밀라를 살해한 후 황개를 뒤따라 주차장에 내려가 계속해서 그를 살해했다고 볼 수 있지."

"하지만 그 경우 범인이 유밀라를 방에서 살해할 때 방 안에는 황개도 있었을 거 아닙니까? 황개를 밖으로 유인해서 스카이라운지나 커피숍 같은 데서 기다리게 한 다음 방으로 들어가서 유밀라를 살해했다면 몰라도 말입니다."

"그래. 그건 좀 어려운 방법이겠지. 나는 그보다도 두 번째 경우가 더 마음에 들어. 유밀라가 황개보다 나중에 살해당했을 가능성 말이야. 범인은 황개를 먼저 태워죽인 후 혼란을 틈타 1924호실로 들어가 유밀라를 살해하는 거야. 30분 정도면 충분할 거야. 그렇다면 배창기가 황개를 태워죽인 후 방으로 들어가 유밀라까지 살해했다는 말인데…… 그게 글쎄 가능할까?"

"가능하죠. 그럴 이유도 충분하지 않습니까. 그는 누이동생과 아내까지 농락한 놈을 가장 잔인한 방법으로 죽인 겁니다. 그리고 1924호실로 들어갔습니다. 바람난 아내를, 에이즈까지 퍼뜨려 남편과 자식까지 죽게 만든 아내를 살려두고 싶은 마음은 추호도 없었을 겁니다. 그가 유밀라한테 강제로 독약을 먹게 했는지, 그녀가 자진해서 그것을 먹었는지…… 아니면 그녀 몰래 독약을 술에 타서 먹게 했는지 그건 모릅니다. 하지만 그가 두 사람을 죽였을 가능성은 충분하다고 생각합니다."

마 형사는 천천히 머리를 흔들었다.

"처음 사건이 발생했을 때 말이야, 수사본부에 와서 증언한 보험회사 직원들 말이 생각나나?"

"네, 생각납니다. 여자가 발가벗고 창가에 서서 몸을 비비 트는 모습을 봤다고 했죠."

"나중에 여자 한 명이 또 있는 것을 봤다고 하지 않았나?"

"네, 그런 말을 했었죠."

"그 여자를 어떻게 생각하나? 난 그 여자가 유밀라를 죽이지 않았나 생각되는데……."

"황개를 태워죽인 자도 여자 차림이었습니다. 배 사장이 여자로 위장을 했다면 그 차림으로 1924호실에 들어가지 않았을까요? 그러니까 보험회사 직원들이 그 방에서 보았다는 또 한 명의 다른 여자란 바로 여장 차림의 배 사장이 아니었을까요?"

"글쎄, 그렇게 듣고 보니까 또 그럴듯하군. 혹시 황개가 유밀라를 죽인 게 아닐까?"

"그 경우도 또 한 명의 여자를 어떻게 해석하시겠습니까?"

"또 한 명의 다른 여자라…… 그것 참 지랄 같은데……."

"그 여자가 배미화라면 이야기가 되죠."

"어떻게?"

남 형사는 마 형사가 알고 있으면서도 그렇게 묻는다고 생각했다.

"그날 M호텔에서 황개와 헤어진 배미화는 그의 뒤를 미행해서 그가 유밀라와 함께 호텔 방으로 들어가는 것을 목격합니다. 처음부터 계획적으로 유밀라를 죽이려고 일을 꾸몄는지도 모르죠. 청산가리로 독살된 것을 보면 계획적으로 살인 계획을 세웠을 가능성이 큽니다."

"오빠하고 함께 말인가?"

마 형사의 조그만 두 눈이 반짝거렸다.

"그렇죠. 공동의 피해자인 그들에게는 유밀라와 황개야말로 저주의 대상이 될 수밖에 없었을 겁니다. 그들은 상의 끝에 그들을 죽이기로 작정하고 기회를 노리다가 그날을 택했을 겁니다. 그리고 각자 한 명씩을 맡아서 해치우기로 하고 한 명은 1924호실로 들어가고 다른 한 명은 지하주차장에 내려가 대기한 겁니다. 만일 배 사장이 여장을 했다면 그가 방 안으로 들어갔을 수도 있고 배미화가 대신 지하주차장으로 내려갔을 수도 있습니다. 그 어느 쪽도 가능한 일이었으니까요. 그건 아무래도 좋습니다. 배미화 혹은 배창기가 나타나자 유밀라와 황개는 혼비백산했을 겁니다. 그때 거기서 어떤 상황이 벌어졌는지는 뻔하지 않습니까. 황개는 당황해서 밖으로 도망쳐나왔을 것입니다. 그리고는 황개는 지하주차장으로 내려갔고, 그 사이에 방에서는 살인극이 벌어진 겁니다. 배미화와 배창기의 합작품…… 어떻습니까? 오누이 사이이기 때문에 비밀이 새어나갈 염려도 없습니다. 그야말로 완전무결한 합작품 아닙니까?"

"그야말로 멋지게 맞아떨어지는군. 아주 멋져."

마 형사는 손목시계를 들여다보았다.

"한 시간이 지났어. 여기서 이러고 있을 게 아니야. 가만 있어, 배 사장 집에 전화를 걸어 봐야겠어. 자네가 걸어 봐. 배미화가 전화 받으면 조금도 의심하는 눈치를 보여서는 안 돼."

"염려 마십시오."

남 형사는 커피숍을 나가 로비 한쪽에 나란히 설치되어 있는 공중전화기 쪽으로 걸어갔다.

배미화는 집에 있었다. 그의 전화를 받은 그녀는 조금 당황해 하는 것 같았다.

"그동안 별일 없었습니까?"

"아, 네, 별일 없었어요. 무, 무슨 일이죠? 범인은 잡았나요?"

"아직 못 잡았습니다. 정말 면목 없습니다."

"경찰이란…… 정말 한심스럽군요. 잠을 못 자겠어요. 죽은 사람들이 원통해 하는 소리가 들리는 것 같아서 말이에요. 뭐예요? 도대체 지금까지 뭣들 하고 계셨어요?"

"정말 죄송합니다. 입이 열 개라도 할 말이 없습니다."

"월급이 아깝군요."

그 한 마디에 남 형사의 표정이 굳어졌다. 그런 모욕적인 말을 듣기는 형사가 된 이후 처음이었다. 그는 입술을 깨물다가 가만히 말했다.

"곧 잡힐 겁니다. 아무리 놈이 신출귀몰하다 해도 우리 손을 벗어날 수는 없습니다. 시간은 좀 걸리겠지만……."

"10년쯤 지나서 잡을 건가요? 그렇다면 저도 잡겠어요."

"그래요? 그렇다면 이제부터 한번 잡아보시죠. 배 사장은 댁에 계십니까?"

"안 계세요."

"호텔에도 안 계시는데…… 어디 가셨을까요?"

"그걸 제가 어떻게 알아요."

"잘 알겠습니다. 혹시 들어오시거나 연락이 있으면 우리가 기다리고 있다고 전해 주십시오. 로미오와 쥴리엣 호텔에 있습니다. 사장실이나 커피숍으로 연락하시면 됩니다. 범인을 체포하는 날 찾아뵙겠습니다."

남 형사는 잔뜩 성이 나서 자리로 돌아와 앉았다.

"망할 놈의 기집애! 어디 두고 보자."

그가 성이 몹시 나서 씩씩거리는 것을 보고 마 형사는 어리둥절했다.

"왜 그래?"

"글쎄, 그 기집애가……."

남 형사는 냉수를 벌컥벌컥 들이켜고 나서 배미화한테 당한 모욕을 이야기했다. 이야기를 듣고 난 마 형사는 소리내어 웃었다. 너무 큰 소리로 웃는 바람에 주위 사람들이 모두 그들 쪽을 쳐다보았다.

"말이야 바른 말이지. 배미화가 말은 옳게 했어. 틀린 말은 아니라구."

"눈앞에 있었다면 따귀라도 갈겼을 겁니다. 망할 놈의 기집애……."

남 형사는 한동안 분을 삭이지 못해 씩씩거렸다.

"배 사장은 집에 없대?"

"없답니다."

"지난 7월 19일…… 사건이 나던 날 오후 배미화는 M호텔에서 황개와 정사를 가진 후 3시 10분경에 집으로 돌아왔었다고 증언했어. 그녀의 알리바이는 그녀의 어머니에 의해 입증이 되었어. 그녀의 어머니 채씨는 딸이 그 시간에 집에 돌아왔다고 증언했어. 그건 어떻게 해석해야지? 그녀의 알리바이를 무시할 수는 없잖아?"

"참, 반장님도…… 그렇게 사람 말을 곧이곧대로 믿으시면 어떡하십니까? 채씨는 배미화의 어머니입니다. 딸을 위해서 무슨 거짓말인들 못하겠습니까?"

"하긴 그래. 그럴 수도 있겠지."

"이렇게 생각해 볼 수도 있습니다. 배미화는 일단 3시 10분경에 집으로 돌아가 알리바이를 만들어놓은 다음 채씨 몰래 다시 집을 나와 S호텔로 갑니다. 그리고 거기서 계획대로 살인극을 벌이는 겁니다. 그 여자가 3시 10분 이후에 쭉 집에 머물렀다는 것을 누가 증언할 수 있습니까? 그것을 증언할 수 있는 사람은 채씨밖에 없는데 그 여자는 거짓 증언할 수도 있고, 또 몸이 아파 자리에 누워 있었기 때문에 딸이 밖에 나간 것을 모르고 있었을 수도 있습니다."

"그것도 그럴 듯하군."

별로 대수롭지 않다는 듯 가볍게 대꾸하는 마 형사를 보고 남 형사는 신경질적인 반응을 보였다.

"그렇게 가볍게 보지 마십시오. 배미화의 행적에 대해서는 다시 조사해 볼 필요가 있습니다. 지금까지 그 아가씨에 대해서는 너무 소홀히 생각해 왔지 않습니까?"

"글쎄, 다시 조사해 보는 것은 어렵지 않지. 오누이가 범인이라…… 그럴듯하긴 한데……."

마 형사는 고개를 갸우뚱하면서 몸을 일으켰다.

"배 사장 방으로 가자구. 더 이상 기다려봤자 시간만 낭비할 뿐이야."

"영장도 없이 뒤질 겁니까?"

그들은 엘리베이터 쪽으로 걸어갔다.

"그런 거 필요 없어."

배 사장 방으로 형사들이 밀고 들어가려고 하자 여비서가 그들을 막았다.

"지금 안 계시는데요."

"상관없어요. 방을 수색해야 하니까 그렇게 알고 방해하지 말아요."

마 형사가 위압적으로 말하자 여비서는 무슨 말인가 할 듯 하다가 도로 입을 다물어버린다. 그대신 그녀는 당황해서 호텔 간부직원들을 불러들였다.

간부직원들이 배 사장 방에 도착했을 때 방 안은 이미 많이 어질러져 있었다.

"아니, 이거 어떻게 된 일입니까?"

총지배인이라는 사람이 항의하고 나서자 남 형사가 그 앞에 형사 신분증을 들이밀었다.

"수색영장을 보여 주십시오."

"이봐요. 우린 살인 사건을 수사하고 있단 말이오. 시간을 다투는 일인데 그런 거 챙길 겨를이 없어요. 정 필요하다면 나중에 갖다 주겠소."

서랍을 뽑아 책상 위에다 뒤집어엎는 것을 보고 총지배인은 어처구니없다는 표정을 지었다. 그러나 그는 형사들의 위압적인 태도 앞에 더 이상 항의하고 나서는 것을 삼갔다.

"본부에 연락해서 두 명 더 오라고 해."

마 형사의 지시에 남 형사는 본부로 전화를 걸었다.

서랍을 모두 뒤지고 나자 그들은 책장 쪽으로 이동했다. 책장 안에는 소설류와 교양 관계의 서적들, 그리고 호텔 경영에 관한 책들이 꽂혀 있었다. 책장은 두 개였는데 다른 쪽 책장에는 두꺼운 파일들이 꽂혀 있었다. 그들은 아주 치밀하게 하나하나씩 더듬어 나갔다. 책 한 권을 보더라도 대충 만져보고 던져놓는 것이 아니라 겉표지의 안팎을 꼼꼼히 살피고 나서 다음으로 넘어가곤 했다.

그들이 찾는 물건이 분명히 방 안 어딘가에 숨겨져 있을 것이라는 확신을 가지고 그들은 작업에 임하고 있었다.

방 안은 냉방장치가 잘 되어 있는 데도 그들은 땀을 흘리고 있었다. 30분쯤 지났을 때 형사 두 명이 그들을 지원하기 위해 방 안으로 들어섰다. 조 형사와 염 형사였다.

수사관 네 명이 팔을 걷어붙이고 달라붙는 바람에 방 안은 순식간에 난장판이 되어버렸다.

방 한쪽 구석에는 중형의 금고가 하나 놓여 있었다. 그들은 그것을 열어보려고 했지만 번호를 몰라 열 수가 없었다. 비서도 그 번호는 모르고 있다고 했다. 그것을 열 수 있는 사람은 배 사장뿐이라고 했다.

책장 안에 들어 있는 것들을 모두 수색하고 난 그들은 책장까지 한쪽으로 들어냈다. 장식장도 들어내고 바닥에 깔려 있는 카펫도 걷어내 보았다. 그러나 위조 여권은 나타나지 않았다. 여비서는 난장판이 된 방 안을 울상이 되어 바라보고 있었다.

"아이, 사장님은 어디 가셨지?!"

그녀는 발을 동동 구르며 아침에 나가 그때까지 들어오지 않고 있는 사장을 원망했다.

수사관들은 벽까지도 뜯어냈다. 벽을 손으로 만져 보다가 조금이라도 느낌이 이상하다 싶으면 사정없이 벽지를 뜯어내고 안을 살폈다.

그들의 수색작업을 지켜보고 있던 호텔 직원들은 그 철저함에 하나같이 혀를 내둘렀다. 총지배인이 참다못해 안타까운 표정으로 도대체 무엇을 찾느냐고 물었지만 수사관들은 대꾸도 하지 않았다. 어떤 수사관은 텔레비전 수상기의 뒷면까지 열어보았다. 또 한 명은 책상 밑으로 기어들어가 여기저기를 두드려보면서 책상을 뜯으려고까지 했다. 그러나 워낙 비싸게 맞춘 책상임을 알고는 그것을 뜯어내는 짓만은 삼갔다.

아무리 뒤져도 찾는 것이 나오지 않자 마침내 수사관들의 입에서는 한숨소리가 새어나오기 시작했다. 마 형사가 땀을 훔치며 작업을 포기하고 주저앉자 다른 사람들도 기다렸다는 듯이 모두 일손을 놓고 그를 쳐다보았다.

마 형사의 시선이 구석에 놓여 있는 금고 쪽으로 이동했다. 그가 사나운 눈초리로 금고를 노려보자 그의 부하들의 시선도 일제히 그쪽으로 쏠렸다.

"사람을 불러. 더 이상 기다릴 수 없어."

장거리를 뛰어온 사람처럼 숨을 가쁘게 몰아쉬며 마 형사가 말했다.

"저 안에 있는 게 틀림없어."

남 형사가 재빨리 본부로 전화를 걸었다.

"금고털이 전문을 한 명 빨리 수배해서 데리고 와줘. 시간이 없어. 빨리!"

수화기를 내려놓고 나서 그는 여비서를 돌아보았다.

"커피를 부탁해도 되겠습니까?"

금고털이 전문가 두 명이 들어선 것은 한 시간 남짓 지나서였다. 한 명은 50대의 사내였고 다른 한 명은 그의 보조역인 듯싶은 젊은이였다. 그들은 구속 중에 끌려나온 듯 수갑을 나란히 차고 방 안으로 들어섰다.

"저 금고를 빨리 좀 열어 주시오."

마 형사가 턱으로 금고를 가리키자 대머리 사내는 눈을 깜박거리며 손목에 채워진 수갑을 내려다보았다. 그 수갑은 그의 보조역의 손에도 걸려 있었다. 마 형사가 눈짓을 하자 그들을 데리고 온 형사가 수갑을 풀어 주었다.

"얼마나 걸리겠소?"

대머리는 금고 앞으로 다가가 마치 얼굴을 만지듯 그것을 쓰다듬어 보더니

"이건 특수 외제품이라 시간이 좀 걸리겠는데요."
하고 말했다.

"30분 이내로 열어줘요."

"알겠습니다. 한번 해 보죠. 그런데 저기……."

사내가 머리를 긁적거리는 것을 보고 남 형사가 그의 어깨를 툭 쳤다.

"알았어요. 참작해줄 테니까 빨리 열기나 하라구."

대머리는 고개를 꾸벅하고 나서 입고 있는 점퍼를 벗었다. 안에 걸치고 있는 티셔츠는 땀과 때에 절어 있었다. 이윽고 그가 금고 앞으로 다가가 무릎을 꿇자 보조가 조그만 가방을 들고 그 옆으로 바싹 붙어 앉았다. 보조는 장발에 비쩍 마른 몸매였다.

대머리가 손을 내밀자 보조가 가방 속에서 청진기 같은 것을 꺼내 그의 손에 얹어 주었다. 마치 수술중의 의사에게 간호사가 도구를 내주는 것처럼.

대머리는 청진기 같은 것을 귀에다 끼운 다음 그 끝을 금고 다이얼 옆에다 고정시켰다. 그러고 나서 천천히 다이얼을 돌리기 시작했다. 다이얼을 좌우로 반복해서 돌리면서 안에서 들리는 소리에 온 신경을 집중하고 있었다. 그는 몇 번씩이나 고개를 갸우뚱거리곤 했다. 그의 대머리에는 금방 땀방울이 맺히기 시작하고 있었다. 그렇게 10분쯤 지나자 그는 신음소리를 내면서 뒤로 물러앉았다.

"담배."

그가 손을 내밀자 장발이 재빨리 그의 입에 담배 한 개비를 꽂아 주고 나서 불까지 붙여 주었다. 형사들은 미소를 주고받았지만 아무 말도 하지 않았다.

"힘들겠는데요."

대머리는 중얼거리고 나서 한숨과 함께 담배연기를 뿜어냈다.

"망치."

대머리가 오른손을 내밀자 보조가 조그만 망치를 꺼내 주었다. 대머리는 피우던 담배를 보조에게 넘겨주고 나서 망치로 금고문을 조심스럽게 두드려대기 시작했다. 그것은 마치 장인이 마지막 마무리를 하기 위해 두드려대는 것처럼 정교하면서도 부드러운 느낌을 주고 있었다. 그는 반사되어오는 소리를 계속 듣고 있었다. 갑자기 그가 망치를 내려놓고 청진기를 걷어내더니 몸을 일으켰다.

그가 급한 걸음으로 화장실 안으로 들어가는 것을 보고 형사들은 실소했다. 화장실 안에서 변을 쏟아내는 소리가 요란스럽게 들려왔다. 형사들은 얼굴을 찌푸리면서 약속이나 한 듯 담배를 피워 물었다.

"수속이 꽤나 복잡하군."

"수술하는 것만큼이나 어렵습니다. 선생님은……."

장발이 말끝을 흐리면서 형사들을 쳐다보았다.

"선생님이라고? 그럼 자네가 제자란 말이야? 도둑질을 가르치는 사람도 선생님이라고 부를 수 있나?"

남 형사가 비아냥거리자 장발은 대답을 못하고 얼굴을 붉혔다. 그것을 보고 마 형사가

"스승은 스승이지. 그렇지 않아?"

하고 말했다.

대머리가 허리춤을 추스르면서 밖으로 나왔다.

"설사가 갑자기 나와서요. 죄송합니다."

그는 젖은 손바닥을 옷에 문질러대면서 다시 금고 앞에 무릎을 꿇었다. 이번에는 아까보다 더 진지한 자세를 취하는 것이 마치 도를 닦는 것 같은 모습이었다. 그는 옆에 다가와 있는 보조도 물리쳤다. 그가 워낙 진지한 자세로 임했기 때문에 모두가 숨을 죽인 채 그의 움직임을 주시했다. 두 손을 허벅지에다 문질러대던 그는 다시 금고문에다 청진기를 갖다 댄 다음 오른손으로 다이얼을 천천히 돌리기 시작했다. 다이얼을 좌우로 반복해서 돌리는 동안 모든 움직임이 정지하는 듯했다. 그 시간이 무척이나 길게 느껴졌다. 사람들은 모두 다이얼의 움직임에만 시선을 집중하고 있었다.

마침내 그의 오른손이 다이얼에서 떨어져 나왔다. 전기에 감전이라도 된 듯 그의 손에 경련이 일었다. 그는 뒤로 물러나면서 청진기를 걷어냈다. 그리고 다시 손을 뻗어 이번에는 금고문 손

잡이를 움켜잡았다. 그것을 왼손으로 가만히 틀자 그때까지 움직이지 않던 그것이 돌아가면서 비상벨이 울려대기 시작했다. 갑작스런 소리에 사람들은 모두가 깜짝 놀라는 표정들을 지었다.

"비상벨을 막는 장치가 있을 텐데……."

대머리는 금고 뒤쪽과 밑 부분을 더듬어보았지만 그 장치를 끝내 찾아내지 못했고 벨은 계속 울려대기만 했다. 2분이 지나서야 그것은 자동으로 꺼졌다.

"다시 울릴 겁니다. 그 전에 손을 써야 합니다."

대머리는 뒤로 물러나면서 보조한테 눈짓을 던졌다. 마지막 작업을 제자한테 맡김으로써 극적인 장면을 즐기고 자랑하려는 것 같았다.

장발은 대머리처럼 진지한 자세로 금고 앞에 무릎을 꿇더니 손잡이를 힘주어 잡아당겼다. 문이 소리 없이 열리는 것과 동시에 다시 비상벨이 울려대기 시작했다.

금고 속은 3단으로 되어 있었다. 그런데 누군가가 급하게 뒤진 듯 안에 들어 있는 것들이 흐트러져 있었다. 맨 윗단에는 서류 파일 같은 것들이 쌓여 있었는데 그것은 그런대로 가지런히 놓여 있었다.

2단에는 지폐가 쌓여 있었다. 손때가 묻지 않은 새 지폐다발이 흐트러져 있었는데 모두가 원화였다.

"외국 지폐가 있을 법도 한 데 하나도 없어. 모두 빼내간 모양이야."

마 형사가 그렇게 말했을 때 벨소리가 뚝 그쳤다. 대머리가 손에 무엇인가 들고 빙그레 웃고 있었다.

"바로 이겁니다. 원격조정 장치입니다. 이걸로 비상벨을 작

동시킬 수가 있죠."

그는 책상 위에 쏟아놓은 물건들 속에서 그것을 찾아낸 모양이었다. 그가 웃으면서 원격장치 버튼을 올렸다 내렸다 하자 벨소리가 울렸다 꺼졌다 했다.

"당신은 천재요. 그런 머리를 앞으로는 좋은 방향으로 쓰도록 해요."

"네, 그렇지 않아도 앞으로는……."

남 형사와 대머리의 주고받는 말을 들으면서 마 형사는 맨 아랫단을 들여다보았다.

거기에는 보석함과 가죽 케이스가 놓여 있었다. 그것들은 가지런히 놓여 있지 않고 아무렇게나 던져놓은 듯 구석 쪽에 처박혀 있었다.

꽃과 새 그림이 정교하게 채색되어 있는 목제 보석함 안에는 아무것도 들어 있지 않았다. 그는 가죽 케이스를 꺼내 열어보았다. 그 안에는 배창기 개인의 각종 증명서들, 이를테면 주민등록증, 자동차운전면허증, 신용카드, 골프회원권, VIP카드 같은 것들과 함께 여권이 들어 있었다. 마 형사는 여권을 집어들어 펴보았다.

그것은 진짜 배창기의 여권이었다.

"그건 없지 않습니까?"

위조 여권이 있을 것으로 기대했던 마 형사의 표정이 일그러졌다. 그는 성난 얼굴로 한참 동안 미동도 하지 않고 서 있다가 갑자기 수화기를 집어들고 공항으로 전화를 걸었다. 전화를 받은 출입국관리소 직원은 마 형사의 이야기를 듣고나서 그를 잠깐 기다리게 했다. 잠시 후 관리소 직원의 말소리가 그의 귀를 후벼 파

듯 들려왔다.

"그 사람…… 최태석 씨는 조금 전 8시 45분발 JAL기편으로 출국했습니다. 목적지는 도쿄입니다."

"틀림없나요? 여권 번호를 다시 한 번 확인해 보십시오."

"틀림없습니다."

상대방이 여권 번호를 불러대는 것을 듣고 나서 마 형사는 수화기를 철컥 내려놓았다.

"배 사장은 떠났어. 위조 여권으로……."

"뭐라구요?"

남 형사가 경악에 찬 표정으로 그를 바라보았다. 마 형사는 벽에 걸려 있는 전자시계를 힐끔 쳐다보았다. 시계바늘이

오후 9시 14분을 가리키고 있었다.

"30분 전에 이미 떠났어. 도쿄로…… 우리가 한 발 늦었어. 빌어먹을."

두 개의 얼굴

오후 9시 25분. 서울발 도쿄행 JAL 219편기 안.

보잉 747기는 그 거대한 기체를 마치 고공 속에 떠받쳐놓은 것처럼 조금의 동요도 없이 조용히 비행하고 있었다.

서울 김포공항을 이륙한 지 40분이 지났기 때문에 승객들은 긴장을 풀고 주위를 둘러보기도 하고 화장실에 다녀오기도 하고 일행을 찾아 자리를 옮기기도 하는 등 조금은 산만한 분위기를 만들어내고 있었다.

배창기는 창가에 앉아 있었다. 그는 출발 때부터 기침을 참으려고 애를 쓰면서 줄곧 눈을 감고 있었다. 그의 옆에 앉아 있는 미모의 아가씨가 걱정스런 눈길로 가끔씩 그의 옆얼굴을 들여다보곤 했다. 그들은 서로 손을 꼭 잡고 있었다.

통로를 굴러오던 카트가 창기가 앉아 있는 열 옆에서 멎었다. 카트 위에는 음식이 담긴 플라스틱 용기가 잔뜩 쌓여 있었다. 스튜어디스가 저녁 식사를 내밀자 미치코는 고개를 내저었다. 그때 창기가 눈을 떴다. 그는 물을 한 잔 달라고 말했다. 미치코는 주스를 요구했다. 스튜어디는 물 한 잔과 주스 한 잔을 내려놓고 나서 다음 사람에게 말을 걸었다.

창기는 연한 잿빛이 나는 양복을 입고 있었다. 실내에는 시원한 공기가 흐르고 있었지만 그의 얼굴은 땀에 젖어 있었다. 그는 계속 땀을 흘리고 있었고 미치코는 걱정스런 표정으로 그것을 닦아 주고 있었다. 그녀는 아래위 검은 투피스 차림이었다. 그 때문인지 얼굴이 유난히도 희어 보였다.

그가 창 밖으로 시선을 돌렸다. 창 밖은 불빛 하나 없는 캄캄한 어둠뿐이었다. 창으로 빗방울이 부딪치고 있는 것이 보였다. 창에 부딪친 빗방울은 산산이 흩어지면서 비산하고 있었다. 김포를 출발할 때만 해도 맑은 날씨였는데 어느새 비가 내리고 있었다. 그는 창문에 비친 자신의 얼굴을 가만히 쳐다보다가 얼굴을 돌려 미치코에게 작은 소리로 속삭였다.

"만일 나한테 무슨 일이 생기면…… 내 가방을 들고 가만히 사라져. 아는 체하지 말고 사라지란 말이야."

일본 아가씨는 공포어린 눈으로 그를 쳐다보면서 머리를 흔들었다.

"싫어요. 어떻게 그럴 수가……."

"그렇게 해. 그렇게 하는 게 좋아. 시끄러운 일에 말려들 필요가 없잖아."

그녀는 그의 어깨에 머리를 기대면서 울음을 삼켰다. 눈물이 볼을 타고 소리 없이 흘러내리고 있었다.

"도쿄에 도착하면…… 어쩌면 수사관들이 나를 기다리고 있을지도 몰라. 없으면 다행이지만……."

그는 한숨을 내쉬고 나서 주머니 속에서 약봉지를 꺼냈다. 봉지 안에는 빨간색의 캡슐과 함께 하얀 알약들이 들어 있었다. 그는 캡슐 두 개와 알약 한 개를 꺼내 그것들을 가만히 내려다보다가 입 속에 털어 넣었다. 그리고 플라스틱 용기에 담겨 있는 물을 한 모금 마셨다.

약이 물과 함께 목구멍을 타고 몸 속으로 완전히 들어간 것을 확인 한 뒤 그는 다시 한 번 물을 마셨다. 그것은 기침을 멎게 하고 열을 내리게 하고 폐 속에 들어차기 시작한 가래를 제거시켜 주는 역할 등을 하는 약으로 그는 알고 있었다. 그것은 그의 친구인 민 원장이 지어준 것이었다. 그는 계속 합병증에 시달리고 있었기 때문에 민 원장은 수시로 약을 바꾸어가며 조제해 주고 있었다. 그렇게 약을 지어 주긴 했지만 그의 죽음을 시간문제로 보고 있었다.

창기가 세 번째로 물을 마시기 위해 잔을 들어올렸을 때 그의 손에서 잔이 굴러 떨어졌다. 그는 잔을 들고 있던 손을 펴면서 갑자기 목을 움켜잡았다. 입이 벌어지면서 눈이 커지고 있었다.

"아니, 왜 그래요?"

그는 부들부들 경련을 일으키면서 두 손으로 가슴과 배를 쥐어뜯었다. 입에서는 신음소리와 함께 헐떡거리는 숨소리가 거칠게 흘러나오고 있었다. 얼굴은 고통으로 잔뜩 일그러져 있었고 그 고통을 이기지 못해 벌떡 몸을 일으켰다가 도로 자리에 털썩 주저앉았다. 당황한 미치코는 뛰쳐 일어나 앞쪽에 서 있는 스튜어디스 쪽으로 달려갔다. 그리고 다급한 목소리로

"의사! 의사를 불러줘요!"

하고 소리쳤다.

스튜어디스가 달려왔을 때 창기는 배를 움켜잡은 채 통로 쪽으로 걸어 나오고 있었다. 그는 내장을 뜯어내는 것 같은 고통에 도저히 그 자리에 앉아 있을 수가 없었던 것이다. 도움을 청하고

싶었지만 혀가 굳어 말이 나오지 않았다. 화장실 쪽으로 가서 물을 실컷 마시고 싶다는 생각뿐이었기 때문에 그는 그쪽으로 비틀거리며 걸어갔다. 이게 바로 에이즈 환자의 말로인가 하고 그는 생각했다. 그러나 말로치고는 너무 갑작스럽고 고통스럽다는 생각이 들었다. 많은 승객들이 놀란 모습으로 그의 움직임을 지켜보고 있었다. 의사를 찾는 스튜어디스의 다급한 아나운스먼트가 흘러나오고 있었다. 이건 아니야. 누군가가 약에다 극약을 넣은 게 틀림없어. 민 원장이 그러지는 않았을 거야. 그의 생각은 더 이상 나아갈 수가 없었다. 미치코가 쓰러질 듯 다가오는 것을 보면서 그는 무릎을 꺾었다. 이렇게 죽고 싶지는 않았다고 그는 생각했다. 이렇게 추한 모습을 남에게 보이면서 죽을까봐 그는 몹시 걱정했었다. 그런데……. 그의 생각은 이어지지가 않았다. 그는 몸을 한 바퀴 돌렸다가 뒤로 벌렁 쓰러졌다. 눈이 뒤집히고 입에서는 침이 흘러나오고 있었다.

"미치코……."

그가 마지막으로 부르고 싶은 이름은 그것뿐이었다. 그러나 그 말도 입 밖으로 새어나오지는 않았다. 그는 자기를 내려다보고 있는 사람들을 올려다보았다. 그들은 하나같이 웃고 있는 것처럼 보였다. 그 얼굴들이 이를 드러낸 채 깔깔대며 웃는 것 같더니 일제히 흔들리기 시작했다. 그리고 한데 뒤엉키는 것 같더니 마치 안개처럼 형체도 없이 그의 시야를 뿌옇게 가렸다. 그는 자신에게는 마지막이 될 지상의 공기를 가슴 깊숙이 들이마셨다. 그것은 마치 사랑과 증오도, 그리고 그만이 알고 있는 비밀마저도 마셔버린 것 같았다.

그 위에 상체를 구부리고 있던 의사가 몸을 일으키면서 머리를 흔들었다.

"죽었습니다."

사람들이 웅성거리기 시작했다. 남자 승무원들은 승객들을 모두 쫓아 보냈다. 그리고 시체를 일단 뒤쪽으로 옮긴 다음 시트로 덮어 두었다.

비행기는 예정대로 비행하고 있으니 승객들은 동요하지 말라는 아나운스먼트가 계속 흘러나오고 있었다.

"실례지만…… 사망한 승객분하고 동행되십니까?"

자리에 앉아 있는 미치코 곁으로 다가온 승무원이 정중한 어조로 물었다.

"아뇨."

미치코는 차가운 어조로 대답했다.

"동행 같다고 하던데요?"

주위에 앉아 있는 승객들 말을 이미 들은 바 있었기 때문에 승무원은 그렇게 물었다.

"비행기 안에서 알았을 뿐이에요."

냉랭한 어조에 승무원은 더 이상 말을 붙여보지 못하고 물러섰다.

JAL 219편기는 예정대로 비행했다. 그리고 두 시간 후인 10시 45분에 정확히 나리타 공항에 착륙했다.

미치코는 선반에서 창기의 가방을 끌어내렸다. 그것은 소가죽으로 만든 여행가방이었다. 그는 죽으면서 그것을 그녀에게 선물로 남겼다. 그녀는 자신이 그것을 가질 자격이 있다고 생각했다. 그녀는 그것을 든 채 승객들 속에 섞여 비행기 밖으로 나갔다.

승객들이 앞문을 통해 내리는 동안 그들과 엇갈려 수사관들이 비행기 안으로 들어서고 있었다. 모두 네 명이었다.

비행기 밑에는 이미 앰뷸런스가 대기하고 있었다. 앰뷸런스에서 흰 가운 차림의 남자들이 내리더니 비를 피해 비행기 밑으로 들어갔다.

먼저 비행기 안으로 들어온 일본인 수사관들은 죽은 사람의 신원을 확인한 다음 승무원들과 몇 마디 이야기를 나누었다.

"바로 그자 아니야?"

상급자인 듯한 사내가 담배를 뽑아 물면서 물었다. 그는 콧수염을 기르고 있었다.

"네, 그런 것 같습니다."

올백으로 머리를 빗어 넘긴 매끄럽게 생긴 수사관이 시트에 덮여 있는 시체를 힐끗 내려다보았다.

"제기랄, 오늘밤 또 늦겠어."

"타살 같은데요."

뒷문이 열리자 비바람이 몰려들어왔다. 사람들이 다니는 로딩브리지를 피해 몰래 시체를 끌어내기 위해 뒷문 쪽에 계단이 갖다 붙여지고 그쪽으로 사람들이 올라왔다. 흰 가운 차림의 사내들이 올라오더니 시트에 덮인 시체는 들여다보지 않은 채 그것을 들것에 실어 밖으로 운반해 나갔다.

마 형사는 일본 쪽으로부터의 전화를 이제나 저제나 하고 기다리고 있었다. 도착 시간이 훨씬 지났는데도 웬일인지 전화가 오지 않고 있었다.

배창기가 최태석이라는 이름의 가짜 여권을 휴대하고 일본으로 도망친 것을 확인한 그는 즉시 그 사실을 상부에 보고, 비행기가 일본에 도착하는 대로 일본 경찰이 배창기를 체포할 수 있도록 손을 써줄 것을 요청했다. 배창기는 살인 사건 용의자이지만 그것이 아니더라도 위조 여권을 휴대한 것만으로도 일본 경찰은 그를 체포할 수 있는 권한이 있다는 것이 그의 주장이었다. 일본 경찰로부터 범인을 인도받을 수 있을 것인지 하는 문제는 나중의 일이었다. 우선 배창기의 신병을 확보해두어야 한다는 그의 주장에 경찰 상부는 마침내 일본 경찰에 연락을 취했던 것이다.

자정이 지나자 마 형사는 더 이상 기다릴 수가 없었다. 그는 상호 연락을 취하기로 되어 있는 상대방의 전화번호에다 전화를 걸었다.

"신호가 갑니다. 물어보십시오."

그는 전화기를 계장 앞에다 갖다 놓았다. 수사본부 안에서 구계장은 일본 말을 능숙하게 할 줄 아는 유일한 사람이었다.

"성질도 급하군."

계장은 졸고 있다 말고 수화기를 귀에다 갖다 댔다.

계장은 일본 말을 지껄이기 시작하자 갑자기 생기가 도는 모양이었다. 그는 유난스레 몸을 움직여 가며 상대방과 이야기를 나누었다.

"요시다입니다. 그렇지 않아도 전화를 걸려던 참이었습니다. 아직 마무리가 되지 않아서 좀 기다리고 있었습니다. 그런데 부탁하신 건은 유감스럽게 됐습니다."

요시다라고 하는 일본 쪽 수사 책임자는 조심스럽게 운을 떼었다.

"무슨 말씀이신지?"

"부탁하신 인물이 비행기 안에서 사망하고 말았습니다."

"네에?"

"정말 유감입니다. 여객기가 출발한 지 40분쯤 지나서 사고가 난 모양입니다. 갑자기 배를 움켜쥐면서 쓰러졌다고 합니다. 의사가 있긴 했지만 너무 갑작스런 일이라서 손을 쓰지 못한 모양입니다. 비행기가 도착했을 때는 이미 사망해 있었습니다. 정말 유감입니다."

"유감이군요. 사망 원인은 밝혀졌습니까?"

"독살 같습니다. 곧 부검 결과가 나오겠지만 그렇게 보시는 것이……."

"알겠습니다. 날이 새는 대로 사람을 보내겠습니다. 사체도 인수할 겸……."

"수고가 많으십니다. 도움을 드리지 못해 정말 유감입니다."

전화를 끊고 난 구 계장은 핏발이 선 눈으로 부하들을 노려보았다.

"배창기는 비행기 안에서 독살당했어!"

"아니, 뭐라구요?"

경악하는 부하들을 계속 쏘아보면서 계장은 냉수를 벌컥벌컥 들이켰다.

구 계장이 허둥지둥 밖으로 사라지고 난 뒤에도 수사관들은 한동안 얼빠진 모습으로 멍하니 앉아 있었다. 거센 비바람에 창문이 유난히도 덜컹거리는 소리를 내고 있었다.

"지금까지 헛다리만 짚고 있었군요."

남 형사가 자조적인 목소리로 중얼거렸다.

"배 사장이 살해될 줄이야 누가 알았나."

염 형사가 혀를 차면서 말했다. 유도선수 출신의 조 형사는 말없이 눈만 굴리고 있었다.

"배 사장까지 죽인 걸 보면 범인은 이제 막판에 몰린 것 같은데요."

남 형사가 몸을 일으키면서 말했다. 그는 마 형사의 눈치를 살피고 나서 말을 이었다.

"유밀라를 독살시킨 자가 결국 배 사장도 독살시킨 겁니다. 황개는 제외시켜 놓더라도 말입니다."

점을 찍어놓은 것 같은 마 형사의 조그만 두 눈이 더욱 작아지면서 그 간격도 더 멀어지는 것 같았다. 그는 상체를 앞으로 숙이더니 두 손으로 이마를 짚었다. 그리고 작은 목소리로

"배미화한테 전화를 걸어."

하고 말했다.

그의 목소리에 어떤 결심이 서린 것을 보고 남 형사는 잠자코 배미화의 집으로 전화를 걸었다.

한참 신호를 보냈지만 배미화의 집에서는 전화를 받지 않았다. 남 형사는 수화기를 내려놓고 마 형사를 쳐다보았다.

"받지 않는데요. 깊이 잠이 든 모양인데요."

그들이 알기로는 배미화의 집에는 이제 배미화와 그녀의 어머니 이렇게 두 모녀만이 남아 있다. 마 형사는 이마를 짚고 있던 두 손을 내렸다. 그리고 아까보다 더 힘없는 목소리로

"가서 배미화를 데리고와."

하고 말했다.

"체포할까요?"

"체포?"

그는 멈칫해서 남 형사를 올려다보았다. 그리고 끄덕였다.

"아무튼 데리고 와. 놓치지 말고."

네 명의 형사가 즉시 출동했다. 그들의 표정은 하나같이 돌처럼 굳어 있었다.

배창기의 집은 어둠 속에 잠겨 있었다. 창기가 죽었으니 이제 그 저택은 미화의 것이라고 볼 수 있었다. 아무리 한참 동안 초인종을 눌러댔지만 안에서는 응답이 없었다. 마치 빈 집처럼 아무런 기척도 없이 어둠 속에 잠겨 있을 뿐이었다. 미친 듯이 무섭게 짖어대는 개소리만 아니라면 빈 집으로 생각될 정도로 그 집에서는 아무런 움직임도 보이지 않았다.

"전에는 개가 없었는데."

그 집에서 개를 본 적이 없었음을 생각하면서 남 형사가 중얼거렸다. 집은 큰데 실제 살고 있는 사람이 적으니까 개를 한 마리 갖다놓은 모양이라고 생각하면서 담을 올려다보았다. 담은 꽤나 높아보였다. 조 형사를 엎드리게 한 다음 그는 담 위로 몸을 끌어올렸다.

바로 담 밑에서 시커먼 개 한 마리가 그가 내려오기만 하면 물어뜯을 듯이 눈에 불을 켜고 무섭게 짖어대고 있었다. 그 기세가 하도 사나웠기 때문에 남 형사는 감히 담 밑으로 뛰어내릴 용기가 나지 않았다.

"한 방 갈겨버려!"

밑에서 염 형사가 말했다. 남 형사는 권총을 뽑아들었다. 주민들이 놀라 깰까봐 신경이 쓰였지만 개를 잠재울 수 있는 방법이 달리 생각나지 않았다. 그는 개를 겨누는 대신 총구를 공중으로 향한 다음 방아쇠를 당겼다. 총소리는 어둠과 적막을 갈기갈기 찢어발기는 것 같았다. 그 소리에 남 형사 자신도 하마터면 담 위에서 굴러떨어질 뻔했다. 총소리의 여운이 채 사라지기도 전에 시커먼 개의 모습은 이미 어디론가 사라져버리고 없었다.

남 형사는 담 밑으로 뛰어내린 다음 대문부터 열었다. 밖에서 대기하고 있던 세 명이 안으로 들어왔다. 현관 앞에서 그들은 다시 한 번 문을 두드려보았다. 그러나 아무 반응이 없기는 마찬가지였다. 현관문도 창문도 모두 잠겨 있었기 때문에 안으로 들어갈 수가 없었다. 그들 중에 그래도 남 형사가 제일 기민하게 움직였다. 그는 집 뒤로 돌아가더니 부엌으로 통하는 창문 하나를 거침없이 깬 다음 그곳을 통해 먼저 안으로 기어들어 갔다. 조금 후 집 안에 불이 환히 켜지면서 현관문이 활짝 열렸다.

집 안에는 예상했던 대로 아무도 없었다. 집 안을 샅샅이 돌아다녀보았지만 쥐새끼 한 마리도 보이지 않았다. 집 안은 많이 어질러져 있었고 급하게 떠난 듯한 흔적이 뚜렷이 남아 있었다. 남 형사는 흥분해서 마 형사에게 전화를 걸었다.

"집 안에 아무도 없습니다. 배미화는 물론 그녀의 어머니도 보이지 않습니다. 있는 것이라고는 개 한 마리뿐입니다. 급하게 떠난 흔적이 남아 있습니다. 도망친 게 분명합니다. 당장 수배해야겠습니다."

마 형사와 남 형사는 도쿄행 첫 비행기를 탔다. 8시 15분에 출발하는 KAL기였다. 국내를 처음 벗어나보는 남 형사는 퍽 흥분해 있었다.

배창기의 시신을 인수해 오기 위해 그의 회사 쪽에 연락을 취해 간부사원과 함께 동행하려고 했지만 시간이 너무 촉박해서 일단 그들이 먼저 출발했다. 회사 쪽 사람들은 출국에 필요한 서류를 갖춘 다음 오후 비행기로 오기로 약속이 되어 있었다.

나리타공항에는 사전에 연락을 받은 일본 경찰 관계자들이 나와 있었다.

마 형사 일행과는 달리 일본측 사나이들은 하나같이 매끈한 차림새였다.

"청산염에 의한 독살로 밝혀졌습니다."

시신이 안치되어 있는 병원으로 가는 차 안에서 일본측의 요시다라고 하는 코밑수염의 사나이가 설명했다. 그에게서는 향수 냄새가 역겨울 정도로 풍겨오고 있었다. 마 형사는 앞만 바라보고 있었고 남 형사는 차창 밖으로 스쳐가는 바깥 풍경에 정신을 팔고 있었다.

"피살자는 살인 사건 수배자라고 하셨죠?"

"네, 그렇긴 합니다만……."

제비족처럼 머리를 올백으로 빗어 넘긴 사내가 한국말로 서투르게 통역을 해 주었다. 그는 한국에서 얼마 동안 근무한 적이 있었다고 했다.

"수배자가 살해됐다면…… 문제가 복잡해지겠군요?"

"뭐 그렇지도 않습니다."

마 형사는 심사가 사나워져 있었다. 그는 시종 무표정하게 앞만 바라보고 있었다.

"참, 피살자와 동행한 사람은 없었습니까?"

하고 남 형사가 물었다.

그의 말을 제비족처럼 생긴 형사가 통역해 주었다.

"그렇지 않아도 그쪽을 조사해 봤는데…… 젊은 여자가 한 명 있었습니다. 일본 아가씨인데…… 본인은 한사코 부인을 하고 있어서 심증은 가지만 단정을 못 내리고 있습니다."

"일본 아가씨라면…… 혹시 미치코라는 여대생 아닙니까?"

"아니, 어떻게 그 아가씨를 아십니까?"

요시다가 놀란 표정으로 마 형사를 돌아보았다.

"그 아가씨가 피살자의 연인이라는 거…… 벌써부터 알고 있었습니다. 두 사람 관계는 특별하다고 할 정도로 깊었습니다. 보통 일반적으로 알고 있는 연인 이상의 관계였습니다."

"아하, 그래요?!"

요시다는 자못 놀라는 표정이다가 이윽고 자존심이 상한다는 듯 미간을 찌푸렸다. 일본 아가씨가 한국 남자와 연인 관계였다는 사실이 그의 기분을 상하게 한 것 같았다.

"그 아가씨를 만나 보고 싶은데요."

"그거야 어렵지 않지요. 신병은 이미 확보되어 있는 상태니까요."

병원에 도착한 그들은 곧장 시체 안치실로 향했다.

배창기의 시신은 냉동상태로 철제 박스 속에 들어가 있었다. 옷은 모두 벗겨져 있었고 발가락에 달려 있는 꼬리표에는 <崔太錫 韓國人>이라고 적혀 있었다. 위조 여권에 적혀 있는 이름을 그대로 적어둔 것이다.

배창기의 얼굴은 살아 있을 때와는 상당히 달라보였다. 안경도 끼어 있지 않은 얼굴은 푸르딩딩하게 부어 있었고, 두 눈은 천장을 향해 초점 없이 열려 있었다. 그 모습은 너무나도 생소해 보였다.

마 형사는 한동안 시신을 내려다보고 있다가 잠자코 손을 뻗어 그 눈을 감겨 주었다.

"이 사람…… 직업은 뭡니까?"

요시다가 물었다.

"호텔업 외에 서너 가지 사업체를 가지고 있습니다."

"부자인가요?"

"네, 대단한 부자이지요."

"아무리 부자라도 죽었으니 그게 다 무슨 소용이 있습니까?"

그들은 자리를 옮겨 검시의 방으로 들어갔다. 검시의는 생각보다는 젊어보였다. 그는 서류를 들여다보고 나서 설명했다.

"위 속에 들어 있는 내용물을 검사해 봤더니 청산염이 검출됐습니다. 치사량을 먹은 것 같습니다. 그리고 청산염은 이 속에도 들어 있습니다."

그는 약봉지를 꺼내더니 그것을 유리그릇 속에다 놓고 엎었다. 흰색과 빨간색의 알약 몇 개가 그릇 속으로 떨어져 나왔다. 젊은 검시의는 빨간색의 알약을 집어 들었다. 그것은 캡슐이었다. 그는 그것을 두 조각으로 분리해냈다. 캡슐 속에는 하얀 분말이 들어 있었다.

"이건 진통제의 일종입니다. 그런데 이 속에 청산염이 섞여 있었습니다. 모두 섞여 있는 게 아니고 일부에 섞여 있었습니다."

"혹시 진통의 효과를 높이기 위해 첨가한 게 아닐까요?"

통역을 통해 마 형사의 말을 알아들은 검시의는 멸시하는 듯한 미소를 지어보였다.

"진통의 효과를 높이려면 헤로인 같은 마약을 쓰지 이런 독약을 쓰지는 않습니다. 이건 진통의 효과를 높이기 위해 첨가한 게 아니고 사람을 죽이기 위해 첨가한 겁니다."

"민 원장이 지어준 약입니다."

약봉지를 들여다보면서 남 형사가 재빨리 말했다.

"민 원장은 아니야. 배창기의 약봉지에 자연스럽게 손을 댈 수 있는 사람이야. 배미화나…… 미치코 같은……."

마 형사는 요시다 쪽을 쳐다보았다.

"미치코 양을 좀 만나 볼 수 없을까요?"

한국인 형사들은 일본인 형사들을 따라 병원을 나왔다.

미치코는 경찰서에 임시로 수용되어 있었다. 그들이 방 안으로 들어갔을 때 그녀는 책상 위에 엎드린 채 잠이 들어 있었다. 한쪽에 간이침대가 있는데도 그것을 이용하지 않고 책상 위에 엎드려 잠이 든 모양이었다. 요시다가 불러도 그녀는 꼼짝도 하지 않았다.

"이상한데요."

남 형사의 중얼거리는 말에 마 형사는 재빨리 그녀 곁으로 다가가 보았다. 그때 요시다의 손이 그녀의 어깨를 잡아 흔들었다. 그러자 그녀의 상체가 오른쪽으로 조금 기울어지는 듯하다가 갑자기 몸뚱이 전체가 바닥으로 무너져 내렸다. 미처 붙잡을 새도 없이 그녀의 몸뚱이는 바닥 위로 둔탁한 소리를 내면서 떨어져버렸다.

"미치코!"

요시다가 놀라 소리지르면서 그녀의 상체를 끌어안았다.

헝클어진 머리칼 사이로 여자의 두 눈이 초점없이 떠 있는 것이 보였다.

옆으로 힘없이 기울어지는 머리를 손으로 받치면서 요시다는 머리를 흔들었다.

"죽었어! 도대체 죽는 것도 모르고 뭣들 하고 있었어?!"

그는 시체를 내려놓으면서 부하들에게 벌컥 화를 냈다.

마 형사는 미치코의 백옥 같은 피부에 넋을 잃고 있다가 책상 위로 시선을 돌렸다.

책상 위에는 빨간색의 캡슐이 한 개 놓여 있었고, 그 곁에는 쓰다만 것 같은 편지가 한 장 펼쳐진 채 놓여 있었다. 캡슐은 배창기가 복용한 것과 같은 것이었다. 요시다가 편지를 읽어보더니 그것을 부하에게 넘기면서 턱으로 마 형사 일행을 가리켰다. 한국말을 할 줄 아는 형사가 더듬거리는 한국 말로 편지 내용을 번역해서 읽기 시작했다.

"말썽을 일으켜서 죄송합니다…… 저는 사랑하는 분 곁으로 갑니다…… 어차피 우리는 죽기로 되어 있었습니다…… 그분도 저도 에이즈 환자였으니까요…… 그분은 저에게 많은 것을 남기고 가셨습니다만, 저한테 그런 것이 무슨 소용이 있겠습니까…… 불쌍한 사람들을 위해 써 주십시오…… 그분은 죽음을 예감하고 계셨습니다…… 하지만 자살한 것은 아니었습니다…… 누군가가 그분을…… 살해했는데…… 분명히 말씀드리지만 저는 범인이 아닙니다…… 저는 범인이 누구인지 알고 싶지도 않습니다…… 모든 것이 그저 무의미할 뿐입니다…… 그분은 한국을 떠나 스위스에 가서 살고 싶어했습니다…… 우리는 함께 죽음을 기다리면서 마지막 사랑을 그곳에서 불사르기로 약속했었습니다…… 그런데 어느 악마의 손길이 얼마 남지 않은 그의 목숨을 앗아가고 말았습니다…… 하지만 저는 그 악마가 누구인지 알고 싶지 않습니다…… 모든 것이 무의미하니까요…… 국경을 초월해서 한 남자를 순수하게 사랑했던 미치코가……."

마 형사와 남 형사는 서로의 얼굴을 쳐다보며 멀거니 서 있었다. 주위가 시끄러워졌을 때에야 그들은 한켠으로 물러서서 본래의 모습으로 돌아갈 수가 있었다.

"남자가 약을 먹고 죽는 것을 보고 아마 아무도 몰래 봉지에서 약을 몇 개 빼내가지고 있다가 독살당한 것이 확실해지자 자신도 음독한 것 같습니다. 그렇게밖에는 해석이 안 되겠는데 어떻게 생각하십니까? 이 유서를 보더라도 말입니다."

요시다의 말이었다. 한국인 형사들은 얼빠진 모습으로 고개를 끄덕거리기만 했다. 마 형사는 배창기에 대한 미치코의 사랑이 죽음을 초월할 만큼 그렇게 대단했다는 데 대해서 부러움 같은 것을 느끼고 있었다.

"이걸 보십시오."

요시다가 누런 가죽 가방을 열어보였다.

"이것은 미치코 양이 가지고 있었는데…… 아마 죽은 남자가 남긴 것 같습니다. 어떻게 이게 무사히 통과되었는지 이해할 수가 없습니다."

가방 안에는 돈다발이 가득 들어 있었다. 모두 미국 달러와 일본 엔화였다.

"미국 돈은 50만 달러, 일본 돈은 5천만 엔입니다. 그리고 여기에는 더 값진 게 들어 있습니다."

요시다는 안쪽에 붙어 있는 주머니 속에서 검은 가죽 주머니를 꺼냈다. 남 형사가 그것을 받아 조여져 있는 줄을 풀어보았다. 그 안에는 값비싼 보석류들이 가득 들어 있었다.

"배 사장 사무실에 있는 그 금고에서 꺼낸 것들 같은데요. 해외에서 도피생활을 하려고 단단히 준비한 것 같은데요."

"도대체 이런 것을 어떻게 가지고 나왔지?"

마 형사가 고개를 갸우뚱하는 것을 보고 요시다가 말했다.

"미치코양의 유서대로 따르자면 이건 모두 불쌍한 사람들 몫이겠는데요"

마 형사는 그런 것은 아무래도 좋다는 생각이었다. 그의 생각은 서울 쪽에 가 있었다. 그는 요시다에게 양해를 구한 다음 서울의 수사본부로 국제전화를 걸었다.

도쿄에서 걸려온 전화는 마치 이웃집에서 걸려온 전화처럼 선명하면서도 가깝게 들려왔다. 조 형사는 마 형사의 목소리에 졸음이 싹 가셨다.

"어떻게 됐어? 배미화 소식 있어?"

"아직 오리무중입니다! 계속 수배중입니다."

"수배를 강화하라고 해! 빨리 찾아내지 않으면 안 돼! 공항과 항만은 체크해 봤나?"

"네, 아직 빠져나간 흔적은 없습니다."

"계속 감시해. 그리고 음모 말인데……."

조 형사는 처음에는 마 형사가 무슨 말을 하고 있는지 얼른 알아듣지를 못했다. 나중에야 그가 말하는 음모가 사타구니에 밀집해 있는 털이라는 것을 알고는 좀 어리둥절한 기분이 들었다. 왜 뒤늦게야 그것을 들먹이는 것인지 그는 이해할 수가 없었다.

"음모를 가지고 혈액형을 알아낼 수 있는지 연구소에 알아보라구. 가만 생각해 보니까 그걸 지금까지 빠뜨렸어."

"음모를 가지고 어떻게 혈액형을 알 수 있습니까? 그건 어려울걸요."

"지레 짐작하지 말고 알아보란 말이야! 요즘엔 하루가 다르게 과학수사 분야가 발전하고 있다는 거 몰라?"

"네, 알겠습니다. 알아보겠습니다."

"음모를 가지고 혈액형 분석이 가능하다면 유밀라의 피살현장에서 채취했던 음모의 혈액형을 알아보라구! 빨리 말이야!"

"1924호실에서 수거했던 음모 말입니까?"

"그래. 그게 아니면 또 뭐가 있겠어."

"알겠습니다. 배창기는 어떻게 됐습니까?"

"독살된 게 분명해. 진통제 캡슐 속에 청산염이 섞여 있었어. 누군가가 섞은 거야."

마 형사의 이야기를 들으면서 조 형사는 소처럼 두 눈을 계속 껌벅거렸다. 그의 두뇌회전으로서는 뭐가 어떻게 돌아가는지 도무지 갈피를 잡을 수가 없었다. 마 형사는 미치코가 어떻고, 거액의 외화와 보석이 주인을 잃고 결국 일본 경찰의 손에 들어가게 됐다는 등 계속 흥분해서 이야기했지만 거기에 대한 조 형사의 반응은 덤덤하기만 했다.

"민 원장을 만나 봐. 어떻게 해서 그 약에 청산염이 들어갔는지 알아보란 말이야."

"민 원장이 범인입니까?"

"누가 범인이라고 했어? 만나서 이야기를 들어보란 말이야."

마 형사가 버럭 고함을 지르는 바람에 조 형사는 움찔 놀라 눈을 더욱 자주 껌벅거렸다.

"즉시 만나 보겠습니다. 그런데 제 생각에는 배미화가 결국 범인이 아닌가 생각됩니다. 모두 죽고 그 아가씨 혼자 살아남아 있지 않습니까? 결국 범인은 맨 마지막까지 살아남아 있는 셈 아닙니까?"

다시 마 형사의 고함소리가 들려올줄 알았는데 갑자기 침묵이 찾아왔다.

"그래, 그러고 보니까 혼자 살아남았네."

중얼거리는 소리에 이어 다시 침묵이 찾아왔다. 한참 후 본래의 목소리가 터져 나왔다.

"그래, 그렇긴 해. 행방을 감춘 것도 이상해. 나도 그 아가씨를 점찍고 있었어. 하지만 걸리는 게 있단 말이야."

"그게 뭡니까?"

"배창기하고는 오누이 사이가 아닌가 말이야. 여동생이 오빠를 독살할 수가 있어? 이유야 어떻든 말이야. 그 점이 목에 걸려서 넘어가지가 않아."

"그렇군요. 하지만 인간 관계란 상식으로 이해할 수 없는 부분이 많지 않습니까?"

"알았어. 알았어. 하여간 그 아가씨를 빨리 찾아내. 그리고 함께 행방을 감춘 그 어머니도 수배해. 음모 건도 빨리 알아봐. 1924호실에서 발견된 여자 음모는 피살자의 것이 아니었어. 그 음모의 혈액형을 알 수 있으면 그게 누구 것인지도 알 수가 있을 거야."

"배미화와 유밀라는 똑같은 B형 아닙니까?"

"하지만 그 음모가 피살자의 것이 아니라는 것은 확인됐잖아. 배미화의 음모를 구할 수만 있다면 비교가 가능한데 말이야. 진작 비교해 봤어야 했는데……."

"배미화의 음모를 구할 수 있을 것 같은데요."

"어떻게? 행방을 알 수 없는데 어떻게 구할 수 있다는 거야?"

"집에 가 보면 침실 같은 데 하나쯤 떨어져 있을 거 아닙니까? 틀림없이 있을 걸로 알고 있는데요."

"그거 좋은 생각인데. 지금 빨리 가 봐!"

마 형사의 목소리가 갑자기 높아져 있었다.

조 형사가 염 형사와 함께 배미화의 집을 다시 찾아갔을 때에도 그 집은 텅 비어 있었다. 집을 지키고 있는 키가 껑충하게 크고 시커먼 개는 그들을 보자 더 이상 짖지 않고 슬슬 피했다. 놈은 몹시 굶주린 듯했다. 쓰레기통이라도 뒤져 먹을 것을 찾을 수 있게 대문을 열어놓자 놈은 마당을 한 바퀴 돈 다음 잽싸게 밖으로 뛰쳐나가 버렸다.

"나중에 개 주인이 오더라도 굶어죽은 놈을 보는 것보다야 낫겠지."

염 형사가 말했다.

집 안으로 들어간 그들은 안방과 욕실, 그리고 침대가 놓여 있는 방 안을 집중적으로 조사해 보았다.

집 안은 한동안 청소가 안 되어 있었는지 많이 어질러져 있었고, 생각했던 것보다도 의외로 많은 음모들을 채취할 수가 있었다. 음모를 발견할 때마다 염 형사는 그것으로 코끝을 간지럽히면서 코를 킁킁거렸다.

"이건 야릇한 냄새가 나는데. 젊은 여자 것이 분명해."

흐뭇한 표정을 짓다가도 그는 갑자기 표정을 바꾸어 이렇게 투덜거렸다.

"제기랄, 아무리 형사라고 하지만 이 나이에 XX털이나 찾고 앉았고 참 한심하군."

"얼마나 좋은 일을 하십니까. 사무실에 앉아 펜대 굴리는 것

보다야 낫지 않습니까?"

"뭐가 어째?!"

그가 눈을 부라리자 조 형사는 킬킬거리면서 다른 방으로 가버렸다.

그들이 수집한 음모는 수십 개나 되었다. 음모가 그렇게 많이 집 안에 떨어져 있었다는 사실에 그들은 자못 놀랐다. 그들은 채집한 음모들을 네 개의 조그만 플라스틱 용기에 나누어 담았다. 그렇게 분류해서 담은 것은 그 집 안 사람들이 각기 기거하던 방에서 채취한 음모들이 서로 뒤섞이지 않게 하기 위해서였다. 배미화의 침실, 배창기 부부가 쓰던 침실, 배미화의 노모가 사용하던 안방, 그리고 욕실 등으로 그것들은 분류되어 있었다.

"배미화의 방에서 채취한 것이 제일 많은데."

용기 안을 들여다보며 염 형사가 야릇한 미소를 지어보였다.

"우리가 음모까지 이렇게 세세히 조사할 줄은 범인도 미처 생각지 못했을 겁니다."

"배미화 것은 유난히 시커멓고 굵지? 그리고 아주 길어. 한번 만져보라구."

염 형사가 건네 주는 털을 조 형사는 마지못해 만져보았다. 그것은 확실히 여자의 음모치고는 좀 굵은 것 같았다. 그러나 총각인 그는 그런 것에 대해서는 아는 바가 별로 없었다.

배창기 부부가 쓰던 침실에서 채취한 음모는 남녀의 것이 뚜렷이 구별되었다.

"굵고 길고…… 느낌이 거친 것…… 이건 배 사장 것이 틀림없어. 야, 이건 그야말로 토끼털처럼 부드러운데. 이건 짧고 보드랍고 끝이 꾸부러졌잖아. 이건 유밀라 것이 틀림없어. 같은 여자라도 배미화 것하고는 얼마나 차이가 나. 이건 정말 기막힐 정도로 보드라운데. 한번 만져보라구."

그것은 정말 배미화의 것하고는 비교가 안 될 정도로 보드라웠다. 염 형사는 웃으면서 가장 적은 수의 음모가 들어 있는 용기 안을 들여다보았다.

"이건 늙은 여자 것이라는 게 확연히 드러나지 않아? 보라구. 누렇게 퇴색되어 있고 기름기라고는 하나도 없잖아. 늙으면 다 이렇게 되는 거야. 자, 이걸 이제부터 연구소에 보내 분석을 해야겠지. 전에 호텔 방에서 채취한 것하고 일치하는 게 있으면 다행이고 없으면 우린 망하는 거야."

그곳을 나온 그들은 곧장 과학수사연구소로 향했다.

과학수사연구소에서 법의학 분야의 한 파트를 맡고 있는 사람은 의외로 젊은 여자였다. 그녀는 과장직을 맡고 있었고 박사 학위까지 가지고 있는 30대 중반의 미녀였다. 검은 테의 안경을 끼고 있는 최명지 박사의 지성적인 미모 앞에서 남자 형사들은 주눅이 들어 조심스럽게 이야기를 꺼냈다.

"급해서 말입니다. 절차를 밟아야 한다는 건 알고 있지만 워낙 시간을 다투는 일이라서요."

"괜찮아요. 절차 같은 건 저도 아주 싫어해요. 빨리 검사해 드리죠."

"감사합니다. 잘 부탁합니다."

"털에서 혈액형을 밝혀내는 건 가능해요. 시간이 좀 걸릴 테니까 기다려 주세요."

최 박사는 의외로 까다롭게 굴지 않고 선선히 응해 주었다.

조 형사와 염 형사는 얌전히 앉아서 검사 결과가 나오기를 초조하게 기다렸다.

"이렇게 간단하게 되는 걸 가지고 지금까지 빠뜨려왔으니 말입니다."

"그러게 말이야."

그들은 연구실과 분리된 사무실에서 대기하고 있었다.

사무실 안에는 열 명쯤 되는 직원들이 바스락거리는 소리 하나 내지 않은 채 앉아 있었다. 한 곳에 오래 붙어 있지 않고 야단스럽게 바람을 일으키며 하루 종일 돌아다니기만 하는 형사들한테는 기침소리 하나 없는 적막감이 마치 질식할 것 같은 물속처럼 느껴졌다. 좀이 쑤시기 시작하는지 몸을 들썩거리던 조 형사가 마침내 일어서더니 아무 말 없이 밖으로 나갔다. 그 뒤를 쳐다보다가 염 형사도 몸을 일으켰다.

"답답해서 혼났어요. 난 단 한 시간도 못 견디겠어요."

"다 습관 나름이야. 저 사람들은 시끄러운 게 싫을 거야"

그들은 건물 밖으로 나와 처마 밑에 서서 담배를 피워대기 시작했다.

"지긋지긋하게 비도 오는군."

소리도 없이 내리고 있는 가는 비를 바라보면서 염 형사가 중얼거렸다.

조 형사는 손목시계를 들여다보고 나서 빗속을 가로질러 맞은편에 보이는 공중전화 부스 쪽으로 뛰어갔다.

잠시 후 그는 굳어진 표정으로 달려왔다.

"배미화 어머니가 4시 20분에 출발하는 도쿄행 JAL기를 예약했답니다."

"채씨 말이야? 채 뭐더라?"

"채말녀입니다."

"빨리 가 봐야겠군."

"시간이 없습니다. 여기서 공항까지는 한 시간 이상이 걸릴 텐데…… 앞으로 40분밖에 안 남았습니다."

"어떡하지? 왜, 채말녀 혼자야? 배미화는 없대?"

"탑승자 명단에 배미화는 없답니다. 따로따로 빠져나갈 모양입니다."

"잘들 노는군. 비행기 출발을 좀 늦춰달라고 부탁해 보지. 도대체 이제야 그걸 알려 주면 어떡하라는 거야? 이렇게 서로 협조가 안 되니 정말 큰일이야."

"채씨가 늦게야 탑승수속을 했답니다. 만원이라 자리가 없었는데 마침 자리가 하나 비어서 탑승수속을 한 모양입니다. 그리고 KAL기 같으면 몰라도 외국 비행기는 출발 연기 요청을 안 들어 줄 겁니다."

"공항에는 지금 몇 명이 나가 있지?"

"두 명이 나가 있습니다. 보세구역으로 빠져나가면 복잡해지니까 체포하려면 그 전에 체포해야 합니다."

"그 여자는 체포 대상이 아니잖아. 출국을 저지시키고 잠시 잡아두는 건 몰라도……."

"그럼 그렇게라도 해야겠는데요."

조 형사는 다시 공중전화 쪽으로 달려갔다.

오후 4시 20분 서울발 도쿄행 JAL 315편 탑승객들은 이미 하나 둘씩 출국장을 빠져나가고 있었다. 출국장 저편은 보세구역이다.

조 형사로부터 채말녀를 체포하라는 연락을 받은 강인재는 동료 형사 한 명과 함께 출국장을 지키고 있었다.

출국장을 빠져나가는 검사대는 여러 곳이기 때문에 그들은 모든 검사대를 지킬 수가 없었다. 그래서 검사대를 지키고 있는 직원들에게 단단히 부탁해 둔 다음 출국장 한 편에 서서 출국장을 빠져나가는 사람들을 지켜보고만 있었다.

여자들의 얼굴은 대부분 가까이 접근해서 들여다보기 전에는 알아보기가 어렵다. 화장을 짙게 하고 옷차림이 생각 밖으로 엉뚱하다거나 거기다 안경과 모자 같은 거라도 착용하고 나면 가까운 거리에서도 찬찬히 들여다보지 않고는 알아보기가 어렵다. 더구나 두 명의 젊은 형사는 채말녀를 한 번도 본 적이 없었다. 그러니 출국장을 통과하는 사람들을 멀거니 쳐다보고 있을 수밖에 없었다.

15분쯤 지났을 때 중간에 있는 검색대의 직원이 몸을 일으키더니 그들을 향해 손을 쳐들어보였다. 그것은 당사자가 나타났다는 신호였다. 형사들은 그쪽으로 급히 달려갔다.

검색대 앞에 화장을 짙게 한 여인이 한 명 서 있었다. 숱이 많은 검은 머리가 얼굴을 덮다시피 하고 있었고 거기에다 색깔이 들어 있는 잠자리 안경까지 끼고 있었다. 연분홍 투피스 정장에 굽이 높은 하이힐이 어쩐지 불안해 보였다.

"그런 안경 끼고 있으면 얼굴을 알아볼 수 없잖아요. 안경 벗어 보세요"

검색대의 직원이 말했다. 그녀는 안경을 천천히 벗었다. 눈가에 잔주름이 유난히도 많은 얼굴이 드러났다. 그것은 늙고 메마른 얼굴이었다. 목에 걸고 있는 목걸이와 손가락에 끼고 있는 반지가 어쩐지 어울리지 않아 보였다. 전체적으로 급조된 차림이라는 생각이 드는 그런 모습이었다.

"채말녀 씨 맞아요?"

검색대의 사나이가 마지막으로 물었다.

"네, 그런데요."

그녀는 불안한 기색으로 양옆에 다가와 있는 형사들을 쳐다보았다.

"이분들을 따라가세요."

"왜, 왜요?!"

그 말이 떨어지는 것과 동시에 양쪽에 서 있던 형사들이 그녀의 팔을 움켜잡았다.

"아니, 왜 이러세요?! 이거 놓으세요! 왜들 이러는 거예요?!"

"경찰입니다. 시끄럽게 굴지 말고 저쪽으로 잠시 갑시다."

"이거 놓으세요! 난 비행기 타야해요! 비행기가 곧 출발하는데 어딜 가자는 거예요?"

그녀는 거세게 항의하며 끌려가지 않으려고 기를 썼지만 형사들이 그녀를 순순히 보내줄 리 없었다. 그들은 그녀를 출국장에 인접해 있는 사무실로 끌다시피 데리고 갔다.

"채말녀 씨, 비행기를 타고 싶으면 묻는 말에 대답하십시오."

앉지 않으려는 그녀를 의자에 눌러 앉힌 다음 강 형사는 두 손으로 책상을 짚으며 그녀를 내려다보았다. 그녀 곁에 서 있던 우 형사가 그녀의 안경을 벗긴 다음 머리칼을 잡아당기자 그녀가 놀라서 두 손으로 그것을 움켜잡았다. 그러나 가발은 이미 벗겨진 뒤였다. 가발 밑으로 드러난 머리는 잿빛이었다. 메마른 얼굴

위로 경련이 스쳐가면서 움푹 들어간 두 눈이 살기로 번득였다.

"나이 많은 여자한테 이게 무슨 짓이에요?"

"배미화 씨는 어디 있습니까? 어디서 만나기로 했습니까?"

"몰라요. 만나기로 한 적 없어요."

"거짓말 말아요. 댁의 따님은 살인범으로 지금 수배중이에요. 빠져나갈 수 없으니까 빨리 자수시켜요."

"아니, 내 딸이 살인범이라니 그게 무슨 말이에요? 도대체 그 애가 누구를 죽였다는 거예요?"

그녀는 펄쩍 뛰면서 눈에 불을 켜고 달려들었다. 우 형사가 그녀의 어깨를 찍어 눌렀다.

"자자, 그런 건 여기서 이야기할 필요 없고 따님이 지금 어디 있는지 그것부터 말해 봐요. 어디 숨어 있어요?"

"모른다니까요."

"살인범을 숨겨 주면 형사처벌을 받는다는 거 몰라요? 모녀가 짜고 사람을 죽이고 나서 해외로 도주하는 거 다 알고 있어요. 이제 다 들통이 났으니까 순순히 자백해요."

"나 원 기가 막혀서. 생사람을 잡아도 유분수지 아무리 경찰이라도 함부로 이렇게 말해도 되는 거예요?"

그녀는 앙칼지게 쏘아붙이면서 몸을 바들바들 떨었다.

한편 김포 공항에서 강 형사와 우 형사가 채말녀를 상대로 말다툼을 벌이고 있을 때 도쿄에서는 마 형사가 조 형사로부터 걸려온 국제전화를 받고 있었다.

"…… 공항에 있는 강 형사한테 채말녀를 체포하라고 일러놨습니다."

"배미화는?"

"배미화는 탑승객 명단에 없었습니다."

"그럼 어떻게 된 거지?"

"제 생각에는 배미화는 먼저 다른 비행기 편으로 빠져나갔던가 아니면 다음 비행기 편으로 빠져나갈 가능성이 있습니다."

마 형사는 머리가 지근거려왔다. 빨리 생각을 정리하여 결정을 내려야 한다는 생각 때문에 마음은 더욱 초조해지면서 입 속이 바짝 타들어갔다. 이윽고 그는 시계를 보고 나서 결정적인 지시를 내렸다.

"채씨를 풀어 주라고 해!"

"네? 국외로 한번 빠져나가면 다시는……."

"기다렸다가 여기서 붙잡아도 늦지는 않아! 그 여자보다도 배미화를 체포해야 해. 탑승객 명단에 배미화가 없다면 틀림없이 도쿄에서 모녀가 접선할 가능성이 많아. 접선하도록 내버려뒀다가 접선할 때 두 명을 한꺼번에 체포하는 게 좋겠어."

"알겠습니다."

마 형사는 수화기를 내려놓으면서 손등으로 땀을 닦았다.

다시 조 형사의 연락을 받은 강 형사는 이랬다저랬다 하는 그의 지시에 갈피를 잡을 수가 없었다. 불만스러운 표정으로 전화를 끊고 난 그는 채말녀를 노려보았다. 비행기 출발시간이 15분 전으로 다가오자 그녀는 거의 발작을 일으킬 것처럼 보였다.

"내 말 잘 들어요. 석방시켜 줄 테니까 딸을 만나거든 잘 타일러 자수시켜요. 외국에서 평생 도피생활을 한다는 것이……."

그의 말이 채 끝나기도 전에 그녀는 가발을 뒤집어쓰면서 밖으로 뛰쳐나갔다.

요시다는 다행히 협조를 잘해 주었다. 그는 지원 인력까지 늘려 주면서 명령만 내리면 즉각 범인을 체포해서 넘겨 주겠다고 공언했다. 그가 그렇게 친절히 구는 데는 이유가 있었다. 그 대가로 그는 자기가 맡고 있는 사건 수사를 위해 한국측의 협조를 요청했고, 마 형사는 그 협조를 받아들였던 것이다. 요시다가 쫓고 있는 일본인이 한국으로 도망가 있다고 했다. 결국 서로 주고받는 거래를 한 셈이었다.

그들은 일찌감치 나리타공항에 나와 있었다. 공항건물 내에 있는 경찰 전용의 사무실에서 마 형사와 남 형사는 조여져오는 압박감을 견딜 수 없어 계속 줄담배만 피워대고 있었다. 서울 쪽에도 그곳의 전화번호를 알려 주었기 때문에 언제라도 교신은 가능하게끔 준비가 되어 있었다.

"더럽게 시간이 안 가는군. 만일 여기서 두 모녀가 접선하지 않으면 어떡하죠?"

남 형사가 초조한 기색을 보이며 물었다. 마 형사는 거기에 대꾸하는 대신 벽시계를 힐끗 쳐다보고 나서 책상 위에 놓여 있는 길다란 종이 위에 다시 눈을 박았다. 그것은 채말녀가 타고 있는 JAL 315편기의 탑승객 명단이었다.

컴퓨터 단말기에서 뽑아낸 그 명단은 모두 영어로 되어 있었다. 탑승객 수는 모두 209명이었고 그 가운데 채말녀의 영문 이름이 분명히 찍혀 있는 것이 보였다. 그러나 아무리 눈을 씻고 보아도 배미화의 이름은 보이지 않았다.

"이봐, 그러고 있지 말고 다음 비행기 승객 명단좀 살펴 봐."

"다음 비행기가 어디 한둘입니까? 김포에서 출발하는 각항공사 비행기만 해도……."

"몇 대가 됐건 하라면 해!"

"알겠습니다. 배미화가 수배된 걸 알고 있을 텐데 본명으로 비행기를 타겠습니까?"

하고 싶은 말을 끝까지 다 내뱉는 남 형사를 흘겨보다가 마 형사는 다시 명단을 들여다보았다.

무심코 그것을 훑어보던 그의 시선이 이윽고 한 곳에 잠시 머물렀다. 그의 두 눈이 신경질적으로 깜박거려졌다. 그는 손으로 눈을 비비고 나서 다시 그것을 노려보았다. 거기에는 분명히 <SU JUNG JA>라고 찍힌 이름이 있었다. 배미화라는 이름만 찾다보니까 그것을 지금까지 발견하지 못했던 것이다.

"남 형사, 이 이름 한 번 읽어 봐!"

갑자기 그의 긴장된 목소리에 남 형사는 얼른 그가 가리키는 영문 이름자를 들여다보았다.

"서…… 정…… 자……."

"누군지 알아?"

마 형사의 조그만 눈이 더욱 작아졌다.

"글쎄요. 아아…… 알고말고요! 유밀라의 위조 여권 이름 아닙니까?"

"그래! 바로 그 이름이야!"

"그럼 이게 어떻게 된 겁니까?! 배미화가 유밀라의 위조 여권을 가지고 출국했다는 겁니까?"

"글쎄……."

"그럴 리가 없을 텐데요. 혹시 동명이인이 아닐까요?"

마 형사는 멍하니 허공의 한 점을 응시하고 있었다. 그때 요시다가 그들을 부르면서 수화기를 흔들어보였다. 마 형사는 잽싸게 그쪽으로 다가가 수화기를 받아들었다.

"검사 결과를 보고 드리겠습니다! 놀라운 사실이 밝혀졌습니다!"

조 형사가 금방이라도 숨넘어갈 것처럼 말했다.

"뭐야?! 빨리 말해 봐!"

마 형사는 거칠게 소리쳤다.

"검사 결과 1924호실에서 채취한 제3의 여인의 음모는 B형으로 밝혀졌습니다. 그리고 그 음모는 배미화의 방에서 채취한 음모와 같았습니다. 아! 아닙니다! 잘못 말했습니다! 배미화의 음모와 달랐습니다!"

"뭐야?! 다시 분명히 말해 봐!"

"배미화의 방에서 채취한 음모와 달랐습니다!"

"그럼 같은 게 없었단 말이야?!"

마 형사는 거기가 일본인 줄도 모르고 소리쳤다.

"같은 게 있었습니다. 배창기와 유밀라의 침실에서 발견한 음모하고 제3의 여인의 음모하고 같은 것이었습니다!"

"뭐가 어째!"

"다시 말씀드려 유밀라의 음모하고 제3의 여인의 음모하고 같은 것이었습니다!"

마 형사는 머릿속이 혼란스러워졌다. 도대체 조 형사가 무슨 말을 하고 있는지 갈피를 잡을 수가 없었다.

"무슨 말을 하고 있는 거야? 다시 한 번 말해 봐!"

"네, 죽은 유밀라의 방에서 채취한 유밀라의 음모하고 제3의 여인의 음모하고 같은 것이었단 말씀입니다!"

"이거 보라구. 이 바보 같은 친구야. 죽은 유밀라의 시체에서 채취한 음모와 제3의 여인의 음모가 서로 달랐다는 것은 이미 밝혀졌었지 않아?"

"네, 그러니까 말씀드리는 건데…… 유밀라의 침실에서 채취한 음모와 죽은 유밀라의 시체에서 채취한 음모를 서로 비교한 결과 그것은 서로 일치하지 않았습니다. 서로 같은 것이어야 하는데 이상하게도 달랐습니다!"

"그럼 그게 어떻게 된 거지?"

"그런데 더욱 이상한 것은 배미화의 방에서 채취한 음모가 피살체의 음모와 같은 점이었습니다! 그것은 다시 말해 배미화와 피살체의 음모가 같다는 것을 의미합니다!"

"뭐, 뭐라고?!"

마 형사는 더 이상 소리치지 않았다.

중얼거리면서 온몸에서 갑자기 힘이 빠져버린 것 같은 표정을 지었다. 조 형사가 계속 흥분해서 뭐라고 지껄여댔지만 그의 귀에는 웅웅거리는 잡음으로밖에 들리지가 않았다. 그때 요시다가 다가와 문제의 비행기가 도착했다고 일러 주었다. 마 형사는 조 형사에게 한 가지 지시를 내린 다음 전화를 끊었다.

"체포해야 할 사람이 한 명 더 늘었습니다."

마 형사는 서정자의 영문 이름자 밑에 줄을 그은 다음 그것을 요시다에게 보여 주었다.

"무슨 전화였습니까?"

창백하게 굳어 있는 마 형사의 표정을 살피면서 남 형사가 물었다.

"기다려보라구. 어쩌면 귀신을 잡을지도 모르니까. 입국 검사장을 빠져나오는 대로 해치우는 게 좋겠어."

그들은 요시다를 따라 건물의 2층으로 올라가 세관검사장 쪽으로 들어섰다.

입국 심사를 마친 사람들이 세관검사장 쪽으로 하나둘씩 빠져나오고 있었다.

세관검사장에서는 여러 대의 컨베이어벨트가 돌아가고 있었다. 그리고 먼저 빠져나온 승객들은 자기 짐을 찾기 위해 컨베이어벨트 주위에 늘어서 있었다.

기다린지 15분쯤 지났을 때 요시다의 워키토키에서 신호음이 들려왔다. 요시다는 거기에다 귀를 기울이고 나서 마 형사를 돌아보았다.

"지금 5번 심사대에 채말녀가 와 있답니다."

옆에 서 있던 통역관이 그 말을 마 형사에게 전해 주었고 마 형사는 즉시 남 형사에게 지시를 내렸다.

"감시하고 있다가 세관을 빠져나가기 전에 잡아채라고! 서정자하고 동시에 덮쳐야 해. 신호를 보낼 때까지 기다려!"

남 형사는 일본 형사 네 명과 함께 중앙에 있는 5번 심사대 쪽으로 조심스럽게 움직였다.

5분쯤 지나자 요시다의 워키토키가 다시 신호음을 발했다. 요시다는 심각한 표정으로 끄덕였다.

"3번 심사대에 서정자가 나타났답니다."

마 형사는 땀으로 끈적거리는 손을 쥐었다 폈다 했다. 요시다와 두 명의 그의 부하가 마 형사를 따랐다.

마 형사는 3번 심사대가 보이는 곳에 이르자 일본 형사들 뒤로 몸을 숨겼다.

검은 옷차림의 여인이 심사대를 막 빠져나오고 있었다. 머리에는 밀짚모 같은 것을 쓰고 있었고 선글라스를 막 꺼내 쓰고 있었다. 마 형사는 첫눈에 그녀를 알아볼 수 있었다.

가짜 여권을 지닌 배미화는 중앙에 있는 컨베이어벨트 쪽으로 다가갔다. 주위를 휘둘러보던 그녀의 시선이 맞은편에 서 있는 채말녀 앞에서 잠시 머물다가 컨베이어벨트 위의 짐 쪽으로 옮겨갔다. 잠시 후 그녀는 옆에 있는 카트를 끌어다가 놓았다. 채말녀도 카트를 옆에다 세워놓고 있었는데 그 위에는 이미 트렁크가 두 개나 실려 있었다. 이윽고 트렁크 하나를 더 올린 다음 그녀는 컨베이어벨트에서 물러나 세관검사대 쪽으로 카트를 밀고 갔다. 검사대 쪽은 어느 곳이나 기다리는 사람들로 줄을 이루고 있었다. 채말녀는 배미화와 보조를 맞추기 위해서인지 줄이 제일 긴 쪽에 가서 멈춰 섰다.

5분쯤 지나 배미화도 카트를 밀고 세관검사대 쪽으로 움직였다. 그녀의 카트 위에도 트렁크가 세 개나 실려 있었다. 그녀는 채말녀가 서 있는 줄의 바로 옆줄에 가서 멈춰 섰다. 그녀들은 검사대 쪽을 향해 나란히 서 있었지만 서로 외면한 채 앞만 바라보고 있었다.

마 형사는 남 형사 쪽을 향해 고개를 끄덕였다. 그러고 나서 배미화의 뒤로 접근했다. 그는 갑자기 목이 간지러워오는 것을 느끼면서 그녀를 어떻게 불러야 할지 심히 망설여졌다. 망설이다가 그는 잔기침을 두어 번 한 다음 한 걸음 더 앞으로 다가섰다.

"유밀라 씨!"

목에 가시 같은 것이 걸린 듯 그는 조금 이상한 목소리로 속삭이듯 그녀를 불러보았다. 순간 그녀가 홱 고개를 돌려 그를 쳐다보더니 도로 얼른 앞을 바라보았다.

"유밀라 씨! 배미화라고 불러줄까요?"

마 형사는 이죽거리듯이 말했다.

옆줄에서는 채말녀가 남 형사의 손을 뿌리치며 항의하고 있었다.

"정말 귀신을 잡으셨군요!"

남 형사가 채말녀의 손목을 단단히 움켜잡으며 마 형사에게 말했다.

"그 여자는 배미화의 어머니가 아니고 유밀라의 친정 어머니일 거야."

마 형사는 차갑게 웃으며 유밀라를 노려보았다.

"더 이상 배미화 행세를 한다는 건 무의미할걸. 자, 한국으로 돌아갑시다. 당신들을 위해서 이미 비행기편을 마련해 놨어요."

마 형사가 유밀라의 팔을 움켜잡으려는 순간 그녀는 갑자기 사람들을 밀치며 세관검사대 쪽으로 돌진했다. 휴대품을 검사하고 있던 세관원이 미처 손을 쓸 새도 없이 그녀는 검사대를 빠져나갔다. 그 다음은 대합실이었다. 대합실은 자동문 저쪽에 있었다. 문 앞에 서 있던 일본인 형사 두 명이 요시다의 고함치는 소리를 듣고 유밀라를 덮쳤다.

"놔! 이거 놓으라고!"

미친 듯 몸부림치는 그녀를 차갑게 노려보면서 마 형사는 일본 형사로부터 수갑을 받아들었다.

"숙녀 대접을 해 주려고 했는데 안 되겠어."

양쪽 손목에 철컥철컥 수갑을 채우자 그녀의 몸부림이 갑자기 수그러졌다. 그러나 그녀는 고개를 떨구거나 하지는 않았다. 오히려 선글라스 안쪽에서는 타는 듯한 두 눈이 계속 마 형사를 노려보고 있었다.

KAL측에서는 마 형사 일행에게 특별히 자리를 내 주었다. 타고 보니 귀빈석이었다. 남 형사는 자리를 둘러보면서 마치 소년처럼 즐거워했다. 그는 채말녀와 함께 자리를 잡았고 그 뒤쪽에 마 형사와 유밀라가 마치 연인들처럼 나란히 앉았다.

유밀라는 계속 묵비권을 행사하면서 창밖만 내다보고 있었다. 그녀의 입가에는 끊임없이 냉소가 감돌고 있었고, 두 눈은 초점 없이 먼 곳을 향하고 있었다. 나리타공항은 거친 비바람에 휩싸여 있었다.

마침내 비행기가 공중으로 솟아올랐다. 마 형사는 유밀라의 한쪽 손목에서 수갑을 풀어냈다. 그러자 그녀는 통증을 느낀 듯 자꾸만 손목을 만지작거렸다.

"그렇게 말 안 하깁니까? 이왕 이렇게 된 거 속 시원히 털어놓지 그래요. 말 안한다고 해서 당신이 고상해지는 건 아니잖아요. 깨끗이 패배를 자인하고 털어놓아 봐요. 한번쯤 좋은 일하는 것도 괜찮지 않아요?"

그녀는 손거울을 꺼내더니 그것을 들여다보면서 얼굴을 매만지기 시작했다. 그러면서 처음으로

"어떻게…… 어떻게 알았죠?"

하고 물었다.

비행기는 고도를 잡고 수평으로 날아가고 있었다.

이번에는 마 형사의 입가에 냉소가 피어올랐다. 그가 웃기만

하면서 얼른 입을 열지 않자 그녀가 참을 수 없다는 듯이 그를 돌아보았다. 그를 바라보는 그녀의 두 눈은 더 이상 타오르고 있지 않았다. 그것은 도저히 사람을 살해할 것 같지 않은 아름답고 투명한 눈이었다.

마침내 마 형사가 입을 열었다.

"서정자의 여권은 유밀라 당신의 위조 여권이라는 것을 우리는 알고 있었지요. 하지만 승객 명단에서 그 이름을 발견했을 때에도 나는 설마 했지요. 죽은 사람이 살아서 그것을 이용했다고는 도무지 믿기지가 않았지. 그런데 당신이 도쿄로 오는 동안 서울의 수사팀은 새로운 사실을 발견했던 거요. 좀 지저분한 이야기인데…… 당신의 침실에서 채취한 음모와 피살자의 음모를 비교한 결과 그것들은 일치하지 않았소. 피살자의 음모는 오히려 배미화의 침실에서 채취한 음모와 일치했지요. 그래서 우리는 피살자가 유밀라가 아니고 배미화라는 것을 알았고…… 결국 지금까지 배미화로 행세해 온 당신의 연극에 철저히 속아서 놀아났다는 것을 알게 되었던 거요."

그 말을 하고 나서 마 형사는 기가 막힌다는 듯 허허허 하고 헛웃음을 웃었다.

"당신은 벽에 붙어 있는 사진을 바꿔치기한 것은 물론 집에서 일하는 사람들까지 모두 내보내고 장례식에 당신의 얼굴을 아는 사람들의 참석까지 피하는 등 치밀하게 위장했지만…… 음모에까지 생각이 미치지는 못했던 거요. 우리가 음모를 가지고 범인을 찾아내리라고는 꿈에도 생각지 못했을 거요. 기막히다고 생각되지 않아요?"

"네, 기막힌 솜씨예요. 그건 인정해요."

"그건 그렇고 어떻게 배미화를 해치웠지요? 당신도 기막힌 솜씨를 발휘했던데?"

"흥, 기막힌 솜씨라고요? 그렇게 봐 주니 고맙군요."

그녀는 코웃음을 치고 나서 갑자기 주위를 두리번거리더니 얼굴빛이 어두워지면서 침울한 표정을 지었다.

"그날 갑자기 배미화가 황개와 함께 있는 호텔 방에 들이닥쳤어요. 황개는 놀라서 도망치고 방 안에는 나와 그 여자만 남았어요. 그 여자는 나한테 온갖 저주를 퍼붓다가 홧김에 청산염이 든 맥주를 모르고 마셨어요. 그건 내가 황개를 죽이기 위해 타 놓았던 것인데…… 그렇게 돼버린 거예요. 난 차라리 잘 됐다 싶었죠. 조금 있으니까 여장을 한 배창기 씨가 겁에 질려 들어와서는 황개를 태워죽였다고 했어요. 그는 배미화의 시체를 보더니 어떻게 된 거냐고 물었어요. 나는 황개가 죽였다고 거짓말했어요. 거기서 우리는 서로 협상했어요. 배미화한테 내 옷을 입히고 내가 죽은 걸로 했지요. 그리고 나는 그의 여동생이 되기로 한 거죠. 도청당할 것을 생각해서 전화할 때마다 나는 그를 오빠라고 부르면서 생각까지도 그의 동생이 되려고 노력했어요. 그는 이미 약점이 잡혔기 때문에 내 말에 따를 수밖에 없었지요."

"이해가 잘 안 되는데…… 배 사장과 당신이 오래 전부터 두 사람을 없애려고 계획한 게 아니었나요?"

유밀라는 웃으면서 머리를 흔들었다.

"배창기 씨와 나는 오래 전부터 별거나 다름없는 생활을 해왔어요. 우리 부부 사이에는 갈수록 높은 벽이 쌓이고 있었는데 어떻게 살인 계획을 세울 수 있겠어요? 더구나 그 사람이 자기 여동생을 제거하는 계획을 어떻게 세울 수가 있겠어요? 아무리 이

복동생이라고 하지만…….”

“두 사람은 이복 남매간이었나요?”

마 형사가 조금 놀란 표정으로 물었다.

“그것도 모르셨나요?”

“몰랐습니다.”

마 형사는 머리를 가로젓고 나서 다시 질문을 던졌다.

“사건 당일 배창기 씨 남매가 현장에 나타난 것은 우연이었나요, 아니면 계획된 것이었나요?”

“어떻게 그게 우연일 수 있겠어요? 그것은 계획적인 것이었어요. 두 오누이는 오래 전부터 계획을 세웠던 거예요. 나와 황개를 없애려고 말이에요. 계획을 세운 다음 기회를 노리다가 그날 동시에 기습을 한 거지요. 한 사람은 지하주차장에서 황개를 해치우고 다른 한 사람은 방 안에서 나를 없애려고 했어요. 하지만 황개를 없애는 데는 성공했지만 나를 없애는 데는 실패하고 말았어요. 오히려 나한테 당하고 말았지요.”

그 말끝에 그녀는 묘하게 입술을 비틀며 웃었다.

“배 사장이 황개를 불태워죽인 건 게임으로 말하면 그야말로 절묘한 승부수였지요. 일본에 가 있는 것으로 알리바이까지 만들어놓고 그를 해치웠으니 놀라운 솜씨지요. 그건 그렇다하고 배미화 씨가 혼자서 당신을 없애려고 방 안에 들어왔다는 건 얼른 이해가 안 되는데 혼자서 어떻게 당신을 해치울 수가 있지요? 정말 그 여자가 당신을 없애려고 했나요? 그렇다면 두 여자가 방 안에서 격투를 벌였을 텐데 현장에는 그런 흔적이 없었거든요. 그때의 상황을 좀 이야기해 주겠소?”

“칼을 들고 달려들거나 그러지는 않았어요. 하지만 나를 죽일 마음이 있었던 것은 분명해요. 아까도 말했지만 그 여자가 들이 닥치자 황개는 놀라서 도망가버렸어요. 그 자리에서 무슨 변명 같은 걸 할 수 있겠어요. 그 여자는 황개가 도망가도록 내버려두었어요. 그리고 나한테 갖은 욕설과 저주를 퍼부었어요. 시누이 약혼자와 놀아났으니 얼마나 분통이 터졌겠어요."

그녀는 조금 소리까지 내어 웃었는데, 그 웃음 속에서는 자신을 조소하는 빛이 뚜렷이 느껴지고 있었다.

"배미화는 미쳐서 길길이 날뛰었고, 나는 고스란히 당하고만 있었지요. 그 여자가 어느 정도 미쳐서 날뛰었는지 이야기하지 않아도 충분히 짐작이 갈 거예요. 그 여자는 그러면서 오빠가 나타나기를 기다리고 있었어요. 오빠가 나타나면 힘을 합해 나를 없앨 계획이었겠지요. 그런데 배미화는 오빠가 지하주차장에서 황개를 처치하고 나서 1924호실로 들어오기 전에 맥주를 마셔버리고 말았어요. 독약이 들어 있는 맥주를 말이에요. 그 바람에 나를 죽이려다 되레 자기가 죽고 말았지요."

"당신은 배미화 씨가 그걸 마시고 죽게 내버려뒀군요? 마시지 못하게 막을 수도 있었는데 일부러 내버려뒀군요?"

"글쎄요, 꼭 그렇다고는 볼 수 없을걸요. 그 여자는 내가 화장실에 들어간 사이에 그걸 마셨으니까요. 화장실에 들어갔다 나오니까 맥주를 정신없이 마시고 있었어요. 그리고 조금 있자 배를 움켜쥐면서 쓰러지더군요."

"배미화가 틀림없이 맥주를 마실 줄 알고 그 여자가 보는 데다 그걸 두지 않았나요?"

"글쎄요."

그녀의 입가에 야릇한 미소가 맴돌았다.

"아니, 그렇지 않아. 당신은 배미화한테 틀림없이 맥주를 직접 따라 줬어. 마시라고 권하면서 말이야. 그렇죠?"

"글쎄요."

그녀는 긍정도 부정도 하지 않은 채 묘한 여운을 띤 반응을 보였다. 그것을 보고 마 형사는 소리를 버럭 지르고 싶은 것을 간신히 참았다.

"그건 나중에 조사해 보면 알겠지. 그건 그렇고 배 사장이 방 안에 들어와서 당신을 죽이려고 했나요?"

"아뇨. 죽이고 싶었겠지만 기회를 놓쳤으니 어떻게 죽일 수가 있었겠어요. 배미화나 배창기 씨나 내가 1924호실에 있는 것을 알고 찾아왔겠어요? 사전에 계획을 짜가지고 나와 황개를 미행했던 게 틀림없어요."

갑자기 비행기가 심하게 흔들렸다. 마 형사는 조금 불안한 눈으로 밖을 내다 내다보았지만 유밀라는 오히려 그것을 즐기고 있는 것처럼 보였다.

"배미화가 갑자기 쓰러져 죽는 것을 보고 나는 얼른 호텔 방을 빠져나가려고 했어요. 그때 배창기 씨가 나타난 거예요. 문을 거칠게 두드리기에 누구냐고 했더니 죽은 아이 이름을 댔어요. 목소리를 들으니까 틀림없는 배창기 씨였어요. 이미 알고 왔는데 문을 안 열어준다고 해서 해결되는 것도 아니고 해서 열어줬어요. 그때는 죽을 각오를 했어요. 각오를 하니까 오히려 침착해지더군요. 안으로 들어온 배창기 씨는……."

그녀는 자기 남편을 굳이 배창기 씨라고 부르고 있었다.

"…… 여장 차림을 하고 있었어요. 그 사람은 여동생이 죽어 있는 것을 보고는 소스라치게 놀랐어요. 도무지 믿어지지 않는다는 표정이었어요. 어떻게 된 일이냐고 묻기에 사실대로 이야기했죠 뭐. 황개를 죽이려고 맥주에 청산염을 타두었는 데 정작 죽어야 할 사람은 도망쳐버리고 배미화가 모르고 마셔버렸다고요. 그러자 그 사람은 말했어요. 자기가 황개를 지하주차장에서 태워 죽였다고요. 내가 믿지를 않자 바깥을 가리키면서 내다보라고 했어요. 바깥을 내다보니까 과연 지하주차장 출입구 쪽에서 시커먼 연기가 꾸역꾸역 올라오고 있는 것이 보였어요. 그 사람은 황개와 함께 나까지 싸잡아 없애버리려고 했는데 오히려 그 반대로 미화를 잃었다고 하면서 가슴을 치며 원통해 했어요. 그래서 나는 이렇게 말했지요. 미화가 죽는 바람에 이제 그 여자 재산까지 차지하게 되지 않았느냐고요. 사실 아버지한테 물려받은 그 아가씨 재산은 막대했어요. 백억 가까이 되는 재산이었어요. 그것이 몽땅 당신한테 가게 됐으니 슬퍼할 것도 없지 않느냐고 했더니 내 뺨을 때리더군요."

그녀는 흥 하고 코웃음 쳤다. 그가 가소롭다는 웃음이었다.

"그 경황에서도 배짱이 대단했군요."

마 형사가 부추기자 그녀는 희망과 절망이 교차하는 복잡한 표정이 되었다가 제법 들뜬 목소리로 다시 하던 이야기를 계속해 나갔다.

"배창기 씨가 나를 때리긴 했지만…… 그때부터는 입장이 완전히 뒤바뀌게 되었죠. 우리는 법적인 부부 관계이면서도 적으로, 또는 공범 관계로서 공생하지 않으면 안 될 입장이었지요. 나는 그를 설득하고 위협했어요. 황개를 죽인 사실 때문에 그는 내 위협에 꼼짝없이 굴복했어요. 그리고 그때부터 내가 시키는 대로 했던 거예요. 그의 협조가 없었다면 내가 배미화 역할을 하는 것은 사실 불가능했을 거예요. 두 오누이가 나를 제거하려고 오래 전부터 기초를 닦아놓았기 때문에 나는 그것을 역이용함으로써 어렵지 않게 배미화 역할을 할 수가 있었어요."

"김영대를 함정에 빠뜨린 것은 배 사장 남매의 짓이었나요?"

"자세히는 모르지만…… 아마 그랬을 거예요. 직접 하지 않았다면 아마 사람을 사서 했을 거예요."

스튜어디스가 카트를 밀고 왔다. 카트 위에는 물수건이 쌓여 있었다. 마 형사는 그녀가 주는 물수건을 받아 하나는 유밀라 앞에 놓고 다른 하나는 자신이 사용했다.

"배창기 씨가 당신을 왜 죽이려고 했는지 그 이유를 알고 있나요?"

"네, 알고 있어요. 그가 모두 이야기해 줬거든요."

"뭐라고 이야기하던가요?"

"우선 내가 황개와 놀아난 것만으로도 죽이고 싶었다고 했어요. 그리고 그는 내 과거를…… 외국인과의 동거생활을 들먹거렸어요. 과거를 들먹거리다니 치사하지 뭐예요. 요즘 세상에 과거 없는 사람이 어딨어요."

다른 스튜어디스가 또 카트를 밀고 왔다. 이번 카트 위에는 플라스틱 도시락이 잔뜩 쌓여 있었다. 스튜어디스가 도시락을 내려놓으려는 것을 마 형사는 사양하면서 맥주를 청했다. 그러나 유밀라는 선뜩 그것을 받아들더니 뚜껑을 열고 서슴없이 먹기 시작했다.

"교도소에 들어가면 이런 음식 좀처럼 먹겠어요? 미리 많이 먹어둬야죠"

마 형사는 멍하니 그녀를 쳐다보다가 맥주를 천천히 잔에 따랐다.

"에이즈에 대해서는 이야기하지 않던가요?"

"이야기했어요. 내가 맨 처음 에이즈에 걸렸고, 나 때문에 가족이 모두 에이즈에 걸렸다고 했어요. 하지만 그건 억지예요!"

그녀는 마 형사만 들을 수 있게 낮은 소리로 속삭이듯, 그러나 격한 어조로 말했다.

"누가 에이즈를 퍼뜨렸는지 그걸 어떻게 알아요?! 그건 신만이 아는 거예요?! 자기가 나보다 깨끗했다는 것을 어떻게 장담할 수가 있어요?! 외국인과의 관계를 따진다면 나뿐만 아니고 배미화도 그런 경력이 있어요. 그리고 두 오누이 관계는 보통 남매 관계가 아니었어요. 과거에, 그러니까 배창기 씨가 결혼하기 전이었겠죠. 그 두 사람은 이복남매 관계 이상의 관계…… 그러니까 불륜 관계를 가졌었나 봐요. 그런 과거 때문에 배창기 씨는 몹시 괴로워했고, 배미화는 그걸 꼬투리삼아 오빠를 손아귀에 쥐고 흔들었어요. 그런 오빠와 내가 결혼했으니 배미화가 질투를 느끼고 나를 증오할 만도 했죠. 아까도 말했지만 나도 배미화도 외국인과 관계를 가졌어요. 그리고 배창기 씨하고도 관계를 맺었어요. 그럼 도대체 배창기 씨는 누구한테서 에이즈를 옮겨 받았지요? 나 혼자서 그것을 옮겼다고 주장할 수는 없잖아요?"

그녀는 포크로 음식을 찍어 입 속에 집어넣고 씹어댔다.

마 형사는 심한 혼란을 느꼈다. 그녀의 말이 정말이라면 그것은 충분한 설득력을 지니게 된다.

"당신은 병원에 가서 자신의 에이즈 감염 여부를 확인해 봤나요?"

"아뇨. 배창기 씨는 건강진단을 한다고 나를 병원으로 데려가서 몰래 에이즈 검사를 했다고 했어요. 그리고 내가 에이즈에 걸린 걸 알았다고 했어요. 하지만 전 그 뒤에 혼자 병원에 가서 확인해 보지 않았어요. 무섭기도 하고, 그럴 필요도 없었기 때문이죠. 죽게 되면 죽는 거죠 뭐. 언제라도 죽을 각오가 되어 있으니 마음이 편해지더군요."

마 형사는 맥주로 입 속을 축였다.

"황개하고는 어떻게 해서 관계를 갖게 됐나요?"

"그 사람이 나를 협박했어요. 내가 외국인과 동거했던 사실을 어떻게 알았는지 그걸 미끼로 나를 협박하면서 접근했어요. 자기 말을 듣지 않으면 남편한테 알리겠다고 나를 협박했어요. 그자는 악마였어요. 남편한테 알려질까 봐 나는 하는 수 없이 그의 요구에 응했지요. 그러다보니까 나는 점점 깊이 황개한테 말려들게 되었지요. 그놈은 내 몸뿐만 아니라 돈도 많이 울궈갔어요. 잘 타죽었지요."

"위조 여권은 어떻게 해서 만든 거지요?"

"배창기 씨가 만들어놓았던 거예요. 왜 내것까지 만들어놓았는지 모르겠어요. 아마 나를 외국으로 몰래 데리고 나가 외국에서 없애버리려고 그랬는지도 모르죠. 그러면 국내에서는 영원한 실종으로 처리되겠죠."

"왜, 왜 그를 죽였소?"

"그래야 뒤끝이 깨끗하잖아요."

그녀는 거침없이 내뱉었다.

"어떻게 약에다 청산가리를 집어넣었지요?"

그때 갑자기 표정이 굳어지면서 그녀는 세차게 머리를 흔들었다.

"그건 오해예요! 난 그를 죽이지 않았어요!"

"방금 죽였다고 하잖았소?!"

"그건 잘못 말한 거예요."

"뭐라구요?!"

마 형사는 주먹을 움켜쥐었다가 도로 천천히 폈다. 그때 비행기가 또 심하게 흔들렸다. 그 바람에 그녀의 상체가 마 형사 쪽으로 기울어졌다. 그녀는 그에게 상체를 안기듯하면서

"이 비행기…… 추락해 버렸으면 좋겠어요."

하고 중얼거린다.

교도소에서 남은 인생을 보낼 줄 알았던 유밀라는 2년쯤 지나 석방되었다. 배미화의 죽음에 대해서는 과실치사죄가 적용되었고, 그밖에 위조 여권에 대해서도 유죄가 인정되었다. 그러나 배창기를 독살한 부분은 증거 불충분으로 무죄로 처리되었다.

얼마 후 그녀는 정식으로 로미오와 쥴리엣 호텔의 사장으로 취임했다. 그 파티석상에 불청객으로 참석한 마 형사와 남 형사는 불타는 여인의 그 화려한 미소를 보고 마음이 편치 않았다.

〈끝〉

김성종

1941년 중국 제남시 출생. 전남 구례에서 성장기를 보냈다.
구례 농고와 연세대학교 정외과 졸업한 후 언론매체에 종사하다가
전업 작가로 전업.
1969년 조선일보 신춘문예 단편소설 당선
1971년 현대문학 소설추천 완료
1974년 한국일보 장편소설 공모에 「최후의 증인」 당선
장편 대하소설 「여명의 눈동자」 (전10권)는 TV드라마로 방영
장편 추리소설 「제5열」, 「부랑의 강」 등 50여 편의 작품을 발표하였다.

불타는여인 2

김성종 장편추리소설

초판발행——2014년 2월 5일
초판 1쇄——2014년 2월 5일
저 자——金聖鍾
발행인——金仁鍾
발행처——도서출판 남도
등록일——서기 1978년 6월 26일(제2009-000039호)
주 소——경기도 성남시 중원구 둔촌대로 464. 507호
(상대원동 중일아인스플라츠지식산업센터)
전 화——031-746-7761 서울 02-488-2923.
팩 스——031-746-7762 서울 02-473-0481
Email ndbook@naver.com

ISBN 978-89-7265-576-3 04810
(978-89-7265-574-9 04810 세트)

정가: 16,000원

이 소설 초판본은 1993년 도서출판 추리문학사에서 발행되었습니다.

이 도서의 국립중앙도서관 출판시도서목록(CIP)은 서지정보유통지원시스템 홈페이지
(http://seoji.nl.go.kr)와 국가자료공동목록시스템(http://www.nl.go.kr/kolisnet)
에서 이용하실 수 있습니다.(CIP제어번호: CIP2014001029)